...ah Johyy & read .... about North Korea
...te supper there at 1:30 PM then
...repared to return to Chisan (my hotel) the
...hey were one short for 3 tables, so asked me to play
.. Played at same table with Mr. Su, Mrs
..im and General Song — one of the top men
..the Korean army.

 At midnight returned to Chisan — read...
..oo AM. —

..5 June — Woke at about — 10:00 AM — Read in
bed — friend came in and said they were
..aving some trouble on the parallel — ambas...
..dered us not to go on streets any more...
..han necessary. — Skipped lunch — contin...
..eading — About 1: PM took shower — dres...
..walked down to Mrs Su's — about ½ mile...
..ad bulletins along way which made situ...
..und more serious than I had suspected...

 Mrs Su was getting ready to take a nap...
..just stayed for a few minutes. No one
..as particularly worried about situation.
..went to tea room — Miss was practicing...
..olin — so I went to American Embassy to
..r office.

 Spent most of afternoon typing
..atement. 2 of my trip — left it in its of...
..row hopelessly lost

민병갈 그는 누구인가.

한국의 자연과 풍물에 반하여 국적을 한국으로 바꾼 미국 태생의 나무 광이다. 본명은 칼 페리스 밀러(Carl Ferris Miller). 1945년 해방 직후 한국에 진주한 미군의 선발대 장교로 인천항에 첫 발을 디딘 날부터 그의 운명적인 한국생활은 57년간 이어진다. 10개월간 주한 미군으로 복무 중 한국 사랑에 빠진 그는 귀국 5개월 만에 주한 미군 총사령부(군정청) 직원으로 다시 한국에 온다. 이어 8년간의 미국 정부기관 근무를 끝내고 1954년부터 28년 간 한국은행에서 일했다.

1960년대 초부터 한국 이름을 사용한 민병갈은 한국인의 전통적인 의·식·주에 동화돼 1979년 법적인 한국인이 된다. 서양인 남자로는 광복 후 두 번째 귀화였다. 한국생활 초기 부터 한국인의 생활습속이 몸에 밴 그는 김치를 먹어야 입맛이 나고 온돌에 누워야 잠이 잘 왔다. 이를 가리켜 스스로 "내 전생은 한국인" 이라고 표현했다. 특히 한국의 자연에 심취한 그는 1970년 태안반도 천리포에 나무를 심으며 수목원 조성을 평생의 과업으로 삼는다.

민병갈은 초인적인 노력으로 첫 삽질 30년도 안 돼 천리포수목원을 세계적인 수준에 올려놓았다. 유럽과 미국의 명문 수목원과 교류하며 세계의 나무들을 수집하는 한편, 한국의 토종나무들을 세계에 전파했다. 완도호랑가시나무를 발견하여 국제 공인을 받는 학술적인 업적도 남겼다. 이 같은 공로로 1989년 영국왕립원예협회(RHS)로부터 세계의 식물학자와 원예인이 선망하는 비치(Veitch) 메달을 받았다. 한국 정부는 2002년 3월 금탑산업훈장을 수여한 데 이어 2005년에는 국립수목원 '숲의 명예 전당' 에 동판 초상을 헌정했다.

민병갈은 천리포수목원을 포함한 전 재산과 평생 수집한 학술자료 등 소장품을 제2 조국에 선물하고 2002년 4월 8일 태안에서 81년 생애를 마감했다. 한국인보다 더 한국을 사랑했던 그는 나무만 열심히 심은 것이 아니라 한국 국민들의 마음속에 자연보호와 나무사랑을 심는 일에도 열성을 다 했다. 만년 식물학도로서 세계의 식물학자와 원예인과 소통한 학술 외교는 한국식물의 가치를 국제적으로 선양했다는 평가를 받고 있다.

민병갈

Carl Ferris Miller
(1921~2002)

"내 얼굴은 서양인이나 내 가슴은 한국인이다.
한국에 반한 한 이방인을 품어준 은혜에 감사하여
나는 이 땅에 수목원을 차리고 자식 돌보듯 나무를 키웠다.
세계를 통틀어 한국의 자연을 따를 만 한 나라는 드물다.
내가 평생 사랑한 나의 제2 조국 동포들이 한 마음이 되어
하늘이 내린 이 아름다운 강토에
늘 푸른 산림의 옷을 입혔으면 한다."

나무야
미안해

나무야
미안해

1판 1쇄 | 발행일 2012년 4월 2일
　　2쇄 | 발행일 2013년 8월 31일

지은이 | 임준수
펴낸곳 | 해누리
발행인 | 이동진
편집주간 | 조종순
마케팅 | 김진용

등록 | 1998년 9월 9일(제16-1732호)

주소 | 121-251 서울시 마포구 성산1동 239-1번지 성진빌딩 B1
전화 | 02) 335-0414 · 0415
팩스 | 02) 335-0416
e-mail | henuri0101@naver.com

ⓒ 임준수, 2012
ISBN　978-89-6226-030-4　03810

천리포수목원 일군 민병갈의 자연 사랑

나무야
미안해

임준수 지음

들어가는 말

　광활한 광릉 숲 복판에 자리 잡은 국립수목원은 언제나 깊은 고요 속에 잠겨 있다. 경기도 포천에 있는 이 수목원은 제한된 예약 손님만 받기 때문에 국내 최대 규모(1,018ha)에 걸맞지 않게 내방객들의 발길이 뜸하다. 정문에서 녹화 기념탑으로 이어지는 길은 사람들의 발길이 가장 많이 닿는 통로지만 입장객수를 줄이는 토요일에는 더욱 한적하다. 이 길을 지나면서 그래도 좀 더 아늑한 곳이 없나 눈길을 돌리면 규모는 작아도 의미 있는 기념물 공간을 하나 만나게 된다. '숲의 명예전당' 이라는 곳이다.

　기념물이라야 몇 개 안 되는 석물과 금속으로 꾸며져 전당이라고 부르기에는 너무 빈약하다. 그러나 숲 속의 고요함을 즐기려는 산책객들에게는 덩치 큰 축조물보다 작은 조형물로 꾸며진 것이 편안하다. 잘 다듬어진 화강암을 병풍처럼 세운 구조물이 전부인 이 명예전당에서 소풍객들의 시선과 관심을 끄는 것은 조형물이 아니라 그 벽면에 붙어진 여섯 사람의 부조浮彫 초상이다.

광릉숲에 자리잡은 국립수목원 '숲의 명예 전당' 에 오른 임업인들. 맨 오른쪽이 민병갈.

　이렇듯 아름다운 자연의 품에 안겨 세세 무궁토록 산림발전 공로자로 추앙 받는 명예의 주인공들은 대체 누구일까? 그것도 국립수목원의 명당자리에서 말이다. 이쯤 생각하며 초상에 시선을 모은 관람객들의 첫 눈에 들어오는 인물은 박정희 전 대통령이다. 사람에 따라선 반색을 하거나 의외라는 듯 반응이 달라지겠지만 그가 재임 중 산림녹화에 기여한 공로를

생각하면 명예전당의 으뜸 자리에 올라 있는 것이 이상할
것도 없다.

그런데 좀 엉뚱하다 싶은 초상은 여섯 사람 중의 다섯 번
째 인물이다. 뿔테 안경이 걸린 오뚝한 콧날이 아니더라도
풍기는 인상부터 전형적인 한국인이 아니기 때문이다. 박
정희부터 나무할아버지 김이만, 육종학자 현신규, 독립가
임종국까지 이어지는 앞 서열의 네 명과 그리고 뒷자리에
있는 SK그룹 창업주 최종현과는 너무나 다른 모습이다. 어
느 모로 보나 서양인이다. 그렇다면 이 코 큰 이방인이 남
의 나라에 와서 장구한 시일이 소요되는 산림발전에 얼마
나 이바지하였기에 전직 대통령과 나란히 국가적 영구 기
념물에 이름과 초상이 오를 수 있게 되었는가?

거듭되는 의아심에 문제의 동판 초상 아래로 눈길을 내리면 '민병갈像상
(1921~2002)'이라는 명패가 먼저 눈에 띈다. 단박에 그 이름이 생각나는 사람
들은 2002년 봄 국내 모든 언론이 부음을 전하며 애도했던 푸른 눈의 나무 할
아버지를 기억 속에서 떠 올릴 것이다. 그리고 그가 세운 수목원이 있는 서해
안의 태안반도에서 까마득한 내륙의 국립수목원에서 만나는 감회가 남다를
것이다. 그러나 그 이름이 생소한 사람들은 이 서양 남자가 명예전당에 오른
이유가 궁금할 것이다. 초상 아래로 눈길을 내리면 다음과 같은 명문을 읽게
된다.

　　　이 땅과 나무를 사랑한 민병갈 (Carl Ferris Miller)
　　　1979년 한국인으로 귀화하기 전 1962년부터
　　　40여 년 동안 한결같은 마음으로
　　　태안의 헐벗은 산림을 10,300여 종의 식물종이 살고 있는

세계적인 수목원으로 바꾸어 놓았다.

그가 우리 국민에게 선물한 천리포수목원은

우리나라 식물자원의 보고로

영원히 우리 곁에 남아

소중한 자원으로 활용될 것이다.

비문대로 민병갈은 반세기 넘게 한국에 살면서 세계적인 수목원을 일구어 놓고 이 땅에 묻힌 귀화 미국인이다. 광복 직후 미군 장교로 한국에 와서 이 땅의 자연에 빠졌던 그는 외국산 나무들을 집중적으로 수집한 끝에 30여 년 만에 아시아 정상급의 자연동산을 꾸몄다. 태안 해안국립공원의 북쪽 모서리에 자리 잡은 '천리포수목원'이다. 수목원이 보유한 식물은 2011년 현재 11,000종으로 국립수목원보다 5,000종이 많으며, 목련류Magnolia와 호랑가시류Ilex 수집 규모는 세계적인 수준으로 평가 받는다.

한때 많은 사람들은 민병갈이라면 천리포수목원부터 생각했다. 그러나 그가 세상을 떠난 지 오랜 지금은 천리포수목원에 가서야 그 이름을 떠 올린다. "내가 죽은 뒤에도 천리포수목원은 계속 살아있을 것"이라던 그의 말이 사실로 나타나게 되었다. 그러나 아직은 천리포수목원에서 "산천은 의구한데 인걸은 간 데 없다"고 무상 세월을 말하기엔 이르다. 연간 20여 만 명의 관람객이 이곳을 찾아 민병갈의 숨결을 생생하게 느끼기 때문이다. 돌이켜 보면 그는 일찍부터 천리포 모서리에 자신을 위한 '숲의 명예 전당'을 꾸미고 있었다.

민병갈은 한국에 반하여 눌러 살면서 세계가 알아주는 수목원을 꾸며 놓았지만 그가 이 땅에 남긴 유산은 수목원 하나로 그칠 수 없다. 수목원은 그의 기념비적인 작품이며 하나의 잘 꾸며진 나무들의 견본장일 뿐이다. 진짜 업적은 겉으로 나타난 수목원이 아니라 그 뒤 안에 있다. 그것은 한국인에 나무 사랑을 일깨우며 한국의 나무를 세계에 알리고 세계의 나무를 한국에 전파시킨 것이다. 수목원을 통해 식물 교육에 힘쓴 것이나 꿈나무를 키우는 인재 양성 노력도 무시할 수 없다.

임산林山이라는 원불교 법호를 가진 민병갈은 항상 나무에게 미안했다. 멀쩡하게 자라다가 난데없이 잘리고 꺾이는 것이 미안했고, 걸핏하면 꽃다발 재료로 징발돼 가위질을 당하는 것이 미안했다. 나무 앞에 서면 그는 가해자 인간을 대표하여 사죄하는 마음부터 생겼다. 그가 한국인의 마음에 나무 사랑을 심으려 노심초사한 노력은 수목원을 가꾸는 정성에 못지않았다.

많은 사람들이 기억하는 민병갈은 거대한 사설 장원을 꾸며놓고 노후를 즐긴 돈 많은 외국인이다. 정책 당국자는 나무만 열심히 심은 육림가로 인정하여 금탑산업훈장을 주었다. 그러나 그의 내력을 잘 알고 그의 노년을 가까이서 본 입장에서 말하면 그는 산림인이나 육림가로만 볼 인물이 아니다. 그보다는 식물학자나 교육자에 더 가깝다. 대학 강단에 선 적이 없으니 '만년 식물학도'가 어울린다. 한국 식물을 세계 식물학계의 관심권에 편입시킨 업적은 국내 학자들이 따를 수 없는 학술외교로 평가 받고 있다.

민병갈의 생애에는 실패를 받아들일 수 없는 두 개의 도전 지표가 있었다. 첫째는 자연과 더불어 사는 것이고 둘째는 한국인으로 사는 것이다. 단순한 자연 애호가나 평범한 한국 이민자에 만족할 수 없던 그는 혼신의 노력을 기울여 천리포수목원을 일구고 명실상부한 한국인이 된다. 어떻게 보면 대단할 것도 없는 지표지만 민병갈은 그 목표에 도달하기 위해 누릴 수 있는 모든 혜택을 버리고 줄 수 있는 모든 것을 바쳤다.

자연과 더불어 산다는 것도 세상 사람이 생각하는 목가적인 삶이 아니라 치열한 탐구의 삶이었다. 80평생 중 70%를 한국에서 보낸 민병갈의 삶은 한국이 좋아서 눌러앉아 사는 외국인의 흔한 사례와 비교할 것이 못 된다. 1970년대 서양인 남자로는 드물게 아예 한국으로 귀화하여 한국 사람이 되었는가 하면, 평생 수집한 것 모두를 고스란히 남겨놓고 이 땅에 묻혔다. 그가 40여

년간 열심히 수집한 것은 다름 아닌 가져갈 수 없는 나무들이었다.

숲 속의 고요를 찾아 국립수목원을 찾는 사람들은 '숲의 명예전당'에서 민병갈을 알건 모르건 그의 동판 초상 앞에서 남의 나라에 와서 산림 발전에 헌신한 한 이방인을 마음에 새긴다. 천리포수목을 찾은 관람객들은 '밀러 가든'이라는 본원의 중심 지역에 세워진 민병갈의 흉상 앞에서 아름다운 자연 동산을 꾸민 설립자의 이름을 기억에 담는다. 많은 사람들이 그의 기념물에서 쉽게 발길을 돌리지 못하는 것은 자연과 더불어 산 그의 삶이 각박한 현대를 사는 자신에게 무언의 교훈을 주기 때문일 것이다.

지금 민병갈은 평생을 바쳐 일군 천리포수목원의 양지바른 언덕에 누워있다. 묘소에서 정면으로 바라보이는 태안 앞 바다는 그가 미국 군함을 타고 한국에 처음 올 때 지났던 뱃길이다. 그 바다와 관련하여 좀처럼 뇌리에서 지워지지 않는 고인의 잔영殘影 하나가 있다. 세상을 떠나기 6개월 전 만리포 해안 도로변에 자동차를 세워놓고 하염없이 바다를 응시하던 모습이다. 눈길이 간 곳은 반세기 전 그가 새벽의 어둠을 타고 북상하는 미군 함정에서 호기심 어린 눈으로 한국 땅을 바라보던 해역이었다. 당시 24세의 칼 밀러 중위는 어느덧 팔순의 한국 노인이 되어 56년 전과는 정 반대 방향으로 허무에 젖은 눈길을 보내고 있었다.

그날 2001년 10월 6일은 천리포수목원 후원회원의 날이었다. 전국에서 모여든 회원과 그 가족 1천여 명이 만나고 싶어 한 '원장님'은 오전 한 때 얼굴을 비쳤을 뿐 더 이상 나타나지 않았다. 병색 깊은 얼굴을 보이기 싫었는지 칩거해 있던 그는 해질 녘에 숙소를 나와 수목원 남쪽 경계 근처의 바닷가에 자동차를 세우고 장시간 꼼짝도 안 했다. 때 마침 만리포 앞 바다는 먹구름과 함께 세찬 바람에 요동치는 파도소리로 음산하기만 했다. 낯익은 베이지색 승용차를 발견하고 다가갔으나 바다에 시선을 모은 채 미동도 않는 노신사의 처연한 모습은 범접을 어렵게 했다.

일렁이는 바다에서 잠시도 시선을 떼지 못하는 민 원장은 가끔 눈자위로 손수건을 가져갔다. 울고 있음이 분명했다. 침중한 병세가 이 의지의 이방인을 눈물짓게 하는 것일까? 아니면 성난 바다 물결이 그의 가슴에서 슬픔의 파도를 일으킨 것일까? 검푸른 파도와 구름 사이의 붉은 낙조는 서해바다와 질긴 인연을 가진 민병갈에게 비애의 감정을 일으키기에 충분했다. "저 바다는 젊은 날 내가 한국에 처음 올 때 지난 뱃길이었지. 아! 이 정든 땅을 하직하기에는 못 다한 일들이 너무나 많구나." 그의 탄식은 들리지 않았지만 그의 슬픈 마음은 석양을 타고 전해 왔다.

말기 암 환자로서 시시각각으로 다가오는 죽음의 그림자를 느끼고 있을 민병갈이 넘실대는 파도 위로 본 것은 무엇이었을까? 그것은 주마등처럼 스쳐가는 수많은 추억의 편린이었을 것이다. 그 편린들이 영롱하게 빛나는 보람의 성취물이건, 실패로 끝나 빛바랜 퇴물이건 인생의 종말에서는 허무한 과거사일 수밖에 없을 것이다. 그러나 그 모두를 부질없는 지난 일로 돌리기에는 인간 민병갈에게는 못다 이룬 아쉬움이 너무 많았다. 그 절절한 심정을 바다에 띄워 보낸 해변의 쓸쓸한 노인은 이듬 해 봄 이승을 떠났다. 그리고 그 해안에서 5리 쯤 뒤로 물러앉은 언덕배기를 유택으로 정해 서해를 바라보는 영원한 조망자가 되었다.

그로부터 10년. 이제는 가까웠던 친지들에게도 민병갈이라는 이름은 기억 속에 가물가물하다. 그러나 그가 한 자연인과 이방인으로 이 땅에서 보낸 반세기는 '잊혀지는 데 필요한 시간'이 산술적으로 적용될 만큼 흔한 삶이 아니었다. 그 긴 내력을 담은 것이 이 책이다. 파란 많았던 민병갈의 삶을 조명하는 시발점에서 먼저 떠오른 것은 성난 파도가 솟구치는 황혼의 바다를 바라보며 눈물짓던 고인의 모습이다. 죽음의 문턱에서 사연 많은 서해를 바라보며 그가 잠겼던 사념들이 어떤 것이고, 그의 노안을 적신 환영幻影들이 무엇이었을지 헤아리며 이 글을 시작한다.

차례

민병갈

1부

한국에서 살리라

미국 태생 백인 민병갈이 한국과 인연을 맺게 된 것은 우연보다 필연에 가깝다. 태평양전쟁이 한창이던 1943년 미국 해군 정보학교에 들어갈 때만 해도 그가 갖고 있던 한국에 관한 지식은 일본의 식민통치를 받는 아시아의 변방국이라는 정도였다. 그런 정보장교 후보생 칼 밀러에게 한국을 구체적으로 가르친 사람은 한국에서 가톨릭 신부로 선교활동을 했던 정보학교 교장이었다. 임관 후 오키나와 미군기지에 배치된 밀러는 일본군 포로 속에 끼어있는 한국인을 통해 한국에 대한 강렬한 연민과 호기심을 갖게 된다. 전쟁이 끝난 뒤 미군 대부분이 꺼리는 한국 점령군 편입을 지원한 밀러는 운명적으로 한국인 민병갈이 되는 길에 들어선다.

한국을 만나다

서해는 이래저래 민병갈과 연고가 많다. 미국 군함을 타고 한국에 처음 올 때부터 천리포 해안의 야산에 묻힐 때까지 질긴 인연이 있다. 서해를 지나 인천항으로 도착했던 그는 여름 휴양지로 대천과 만리포 해수욕장을 즐겨 찾았다. 평생의 업으로 삼은 수목원도 서해를 끼고 있다. 식물채집을 위해 자주 갔던 변산반도와 소흑산도, 홍도 등 서해의 섬들은 식물학도의 꿈을 키워준 야외학습장이었다. 해외 학회지에 소개한 글에서는 "리아스식 해안을 끼고 있는 한국의 서해는 간만의 차가 세계적 수준이며 같은 위도의 다른 지역보다 따뜻하다"고 소개했다.

미국 청년 밀러가 해군 정보장교로 임관 후 한국행 군함을 타고 서해로 진입하기까지 그 기간은 짧지만 과정은 운명적이었다. 1942년 봄부터 1945년 가을까지 3년 사이에 일어난 일이다. 그 시초는 밀러가 일본어 통역장교 양성을 위한 교육 과정에 입학한 것이다. 그리고 한국을 잘 아는 종군신부를 교장으로 만난 것이 제2 운명의 길이었다. 그러나 그가 오키나와에 배치되지 않았다면 한국으로 가는 길은 열리지 않았을 것이고, 여기서 한국인을 만나는 제3의 운명을 맞지 못했을 것이다.

▶ 한복을 입고 한옥 앞에 서 있는 젊은 날의 민병갈.
한국생활 초기부터 그는 한국인처럼 살았다.

한국에 관한 지식이 백지 상태였던 밀러는 정보학교에서 일본어를 배우면서 일본의 식민통치를 받는 한국을 알게 되고 한국에서 사용하는 한자를 배우면서 한자권 문화에 대한 호기심을 갖게 된다. 그가 한국과 인연을 맺게 된 결정적인 계기는 한국에서 선교 경험이 있는 에드워드 배론 교장을 만난 것이다. 그를 통해 한국에 대한 호기심을 품게 된 밀러는 오키나와에서 일본군 포로 심문 중 만난 한국인의 순박한 인상에 끌려 한국 주둔군 배속을 신청한다. 이 같은 일련의 과정을 보면 운명은 끝없이 민병갈을 한국으로 인도한 것 같다.

일본군 포로 속에 끼어있는 한국인을 본 순간 밀러의 마음속에는 배론 교장이 심어준 코리아가 다시 꿈틀거리기 시작했다. 특히 그에게 충격을 준 한국인은 종군 위안부로 시달리다가 잡힌 앳된 여성들이었다. 그들의 참담한 모습은 마음이 여린 청년장교에게 연민을 일으키기에 충분했다. 1945년 8월 15일 일본이 항복을 선언하자 한국에 갈 절호의 기회라고 생각한 그는 자진하여 한국행 군함을 탄다.

해방군의 선봉 장교

1945년 9월 8일. 그날은 군국 일본이 미국에 무조건 항복을 한지 23일째 되는 날이었다. 사흘 전까지도 태풍이 몰아친 서해는 이날 새벽 유례없는 대규모 선단에 놀랐는지 기세등등하던 풍랑도 한풀 꺾여 있었다. 다만 먹구름이 가시지 않은 채 가랑비만 뿌릴 뿐이었다. 풍파가 잠든 밤 바다에는 수많은 함선들이 물살을 가르는 소리만 요란했다. 먼동이 트기엔 아직 이른 시각. 별빛도 없는 칠흑 같은 어둠을 뚫고 군산 앞바다에 떼 지어 나타난 괴물은 대형 철갑선들이었다. 이들은 패망한 일본의 식민지에 진주하는 미 24군단 병력을 싣고 인천으로 가는 미 7함대 소속 함정들이었다.

오키나와 섬의 태평양연안 서남쪽 나카구스쿠中城 만의 화이트비치White Beach를 떠난 미군 함정 40여 척은 출항 나흘 만에 서해에 진입했다. 상륙지점이 가까운 태안반도 앞바다에 들어서자 모든 함선들은 아연 긴장에 휩싸였다. 당시 일본은 이미 항복한 상태였고 미군의 진주가 예고돼 있었기 때문에 일본군의 공격을 받을 가능성은 거의 없었지만 군단사령관 하지John Hodge 중장은 잠수함 기습에 대비해 등화 관제령을 내리고 전 부대에 완전무장을 하달하여 잠시도 임전태세를 늦추지 않았다. 이윽고 목적지 인천항이 50마일 밖이라는 방송이 나오자 모든 함정에는 숨 막히는 정적이 흘렀다. 특히 하지 사령관이 탑승한 기함 캐톡틴Catoctin호(7430톤)에는 긴장감이 더했다.

그런데 기함 한구석에는 긴장 분위기에 관계없이 곧 시작되는 상륙작전에 잔뜩 들떠 있는 청년장교 한 사람이 있었다. 이날 상륙 작전의 선발대에 속하는 민간정보검열대CCIG (Civil Censorship Intelligence Group)를 지휘하는 칼 페리스 밀러Carl Ferris Miller 해군 중위였다. 모험심과 호기심으로 뭉쳐있는 이 풋내기 장교는 함선 우현으로 검으스레 잡히는 한국 땅에만 정신이 팔려 있었다. 뒷날 민병갈이라는 이름으로 서해안의 천리포에 세계적 수목원을 일군 그는 "내가 밤중에 넘겨짚은 한국 땅은 태안 반도였을 것"이라고 추측했다. 회고에서 그는 검게 스쳐가는 육지에서 자신을 끌어당기는 자력 같은 에너지를 느꼈다고 말했다.

24군단 수송함들이 인천 앞바다의 기항지 월미도에 정박한 시각은 새벽 3시가 조금 지나서였다. 당시 월미도는 일본 해군기지가 있던 곳으로 미군 당국은 항복한 일본군에게 이 기지를 접수하겠다고 사전 통보한 상태였다. 50년 만에 비밀 해제되는 미 국방부 기록에 따르면 이날 월미도에 도착한 군함은 모두 42척으

▲ 해군 정보학교 시절의 칼 밀러 생도.

로 총 병력은 7사단을 주력으로 하는 24군단 소속 2만 5천 명이었다. 이들은 두 그룹으로 나누어 8일 9일 이틀에 걸쳐 서울에 진주하기로 미리 작전계획이 짜여 있었다.

밀러의 가슴 설렘은 월미도 상륙 때 최고조에 달했다. 동이 틀 무렵 모함을 벗어나 상륙정에 오른 그는 보물섬 탐험에 나선 신드바드가 된 듯 한 기대감과 흥분에 휩싸였다. 무거운 배낭에 수류탄이 주렁주렁 매달린 전투복을 입은 완전무장 상태였지만 마음은 적진에 다가가는 군인이 아니라 미지의 세계로 들어서는 탐험가 기분이었다. 그 체험담은 한 미국 여성이 영문 잡지 '아리랑'Arirang에 쓴 인터뷰 기사에 실려 있다. 1980년 수잔 멀릭스Susan P. Mulnix가 쓴 글[1]을 보면 "전투훈련을 한 번도 받지 않은 통역 장교에 불과했던 나는 허리에 매단 수류탄이 거추장스럽기만 했다"는 말이 나온다.

상륙정을 타고 월미도로 가는 동안 밀러는 새벽 공기를 타고 전해오는 한국의 기운을 온몸으로 느꼈다. 약간 비릿한 갯냄새는 오키나와에서 못 느꼈던 친밀감으로 다가왔다. 초가을 새벽의 차가운 갯바람도 시원한 미풍으로 느껴졌고 간간히 뿌리는 가랑비도 적당히 시야를 가려 신비감을 일으켰다. 만일 월미도나 인천부두의 전경이 한 눈에 들어왔다면 미지의 나라를 탐방하는 설렘이 덜 했을지 모른다. 밀러는 1950년 한국전쟁 당시 미군이 벌였던 9.18 상륙 작전과 비교하여 자신이 참여한 '9. 8 상륙작전'을 인천상륙작전의 원조元祖라고 즐겨 말했다.

월미도에 상륙한 밀러 중위의 첫 임무는 일본어 통역장교로서 미군을 마중 나온 조선 총독부와 일본군 수뇌를 만나는 하지 사령관과 그의 참모진을 위해 통역을 하는 일이었다. 당시 일본 측 대표는 총독부 엔도 류우사쿠遠?柳作 정무총감이고 오다 야스마 라는 통역관이 따라붙었다. 인천부두에는 해방군을 환영하기 위해 수많은 한국인이 나와 있었으나 일본 경찰의 무력제지를 받아 두 명이 목숨을 잃는 사태가 일어났다. 이 때 미국이 사전 조율로 항복한 일본 측에 미군의 인천상륙을 돕도록 하고 한국인들이 미군 접근을 못하게 경비를 맡긴 것은 뒷날 반미反美의 빌미가 되었다.

밀러가 밝힌 당시의 월미도 미군상륙 상황은 '코리아 위클리' Korea Weekly 1999년 12월 3일자에 실려 있다. 미국 여행 작가 케네스 나이트 Kenneth Knight

---

[1] He and hundreds of their troops disembarked in full battle gear and Miller, never having been trained in weapons, found the grenades dangling at his waist a bit disconcerting. What a surprise to find the "Japanese Government officials all lined up on the Inchon dock to welcome us wearing formal attire, top hats and gloves."<The Blue Eyed Korean, Arirang, Winter 1980, by Susan Purrington Mulnix>

가 쓴 밀러 인터뷰 기사[2]에 따르면 한국에 남아있는 일본군이 어떤 적대행위를 해 올지 몰라 잔뜩 긴장해 있던 미군 앞에 나타난 일본 측 대표들은 뜻밖에도 서양 귀족의 정장 차림이었다. 3주 전까지도 미국에 결사항전의 적개심을 품었던 총독부 수뇌들은 부두에 뻣뻣이 도열해 있다가 하지 중장 일행이 나타나자 허리를 굽혀 인사를 하고 악수를 청했다. 서양식 악수 문화에 익숙하지 못했던 이들은 잡은 손을 너무 흔드는 바람에 별난 악수를 다 하는구나 싶었다고 뒷날 밀러는 회고했다.

24군단 1진은 월미도를 거치지 않고 곧장 인천항 부두에 상륙했다. 이날 미군의 대규모 상륙작전과 서울 진주가 순조롭게 진행된 것은 사흘 전에 공수된 선발대가 사전 준비를 해 놓았기 때문이었다. 8.15 해방사解放史 자료에 따르면 해리슨 준장이 이끄는 정예요원 37명은 9월 5일 두 대의 수송기를 타고 김포 공항에 내려 조선 총독부와 일본의 조선군관군 사령부의 지원을 받아 병력수송 열차까지 마련해 놓고 있었다. 월미도에 잔류한 1만여 명을 제외한 미군 주력은 열차를 이용하여 서울로 진입했다. 기관차의 바로 뒤에 딸린 선두 화물차는 병력이 13명뿐인 밀러 부대에 배정되었다.

[2] 1 On September 8th, 1945, Mr. Carl Ferris Miller landed at Inchon, Korea, to accept the Japanese surrender. Although the Japanese government had surrendered days earlier on the battleship Missouri, the occupation force on the Korean peninsula was still in firm control and had surrendered nothing. Mr. Miller, a navy lieutenant, junior grade, had no idea what to expect. Would the Japanese soldiers give up without a fight, or would they strike out in the name of the emperor with kamikaze-like conviction, killing the Americans who shamed their country into defeat? No one knew. As Lt. Miller walked down the gangplank he was surprised to see the soldiers not in army fatigues, but in top hat and tails. The Japanese eagerly shook hands and put up no resistance. This was the first of many interesting and exotic experiences that Mr. Miller was to encounter in Korea. After going through the formal receiving line, Mr. Miller and twelve other young officers made their way into the town of Inchon. They were scheduled to take a train into Seoul that wouldn't leave in two hours. <A Korean from Pennsylvania, 'Korea Weekly', Dec. 3rd, 1999, by Kenneth Knight>

'씨그K'[3]로 불리는 밀러 부대는 24군단 정보참모부(G2) 소속의 분대급 비전투 부대였다. 밀러를 제외한 대원 12명은 모두 일본말을 잘하는 일본계 미국인으로 일제 통치를 벗어난 한국에서 정보 수집을 위해 육·해군에서 차출된 정보원들이었다. 이 부대는 전투 병력보다 먼저 월미도에 상륙하여 군단 참모진과 조선총독부 수뇌 간의 대화를 중계한 다음, 서울에 진주하는 본대의 선두에 나서 조선총독부의 통신 시설을 장악하는 특수 임무를 부여 받고 있었다. 지프를 탄 채 화물 열차에 오른 밀러는 비로소 자신이 오래 전부터 가고 싶었던 한국에 와 있음을 실감했다.

미군을 실은 열차가 인천 부두를 벗어나 용산역에 이르는 한 시간 동안, 밀러의 눈에 스쳐가는 풍경들은 모두 정겹기만 했다. 맑은 하늘, 야트막한 산, 한가로운 촌락 등 한국의 자연과 풍물은 멀리 보이는 모습이었지만 그의 눈에 쏙들어 왔다. 이날 느낀 한국의 첫 인상에 대해 밀러는 1983년 가을 서울신문 11월 27일자 인터뷰에서 "인천에 내린 순간 나는 이곳이 처음 온 곳이 아니라는 느낌이 들었다"고 회고했다.

생애 중 가장 긴 날

유사 이래 처음으로 미군이 한반도에 진주한 1945년 9월 8일의 하늘은 아

3 CCIG(Civil Censorship Intelligence Group) : 미 24군단 정보참모부(G2) 산하 민간검열대. 미 극동군사령부에 있던 제3 검열전진지대(CAD, Censorship Advance Detachment)의 후신이다. 육해군 장병으로 구성돼 있으며 주 업무는 암호해독과 통신검열이다. 한국파견대는 CCIG-K로 부르며 서울 중앙우체국과 반도호텔을 본거지로 활동했다. 미 국립 기록보관소 자료에 따르면 이 검열대는 1946년 6월에만 10만 통의 우편물과 300통의 전보를 검열하고 70건의 전화를 도청하였다.

▲ 명동 사무실의 칼 밀러 중위.

침부터 잔뜩 찌푸려 있었다. 그 역사적 행렬의 최선두 자리에 있던 칼 밀러에게 이날은 생애에서 가장 긴 날이기도 했다. 그가 탄 기함 캐톡틴 호가 서해에 들어 선 0시 전후부터 서울 조선호텔 뜰에 군막을 치고 잠자리에 든 자정께까지 24시간 동안 꼬박 한 숨도 자지 못했다. 흥분과 긴장이 연속되는 황망한 하루를 보낸 것이다. 이날 그는 예기치 않게 대규모 서울시민들의 환영을 받는 체험을 한다.

인천부두를 출발한 미군 수송 열차는 한 시간 만에 서울 용산역에 도착했다. 병력과 장비 대부분은 용산역에서 하차했으나 밀러 부대는 잠시 승차대기 상태였다. 총독부의 통신시설을 장악하기 위해서는 서울역까지 가야 했기 때문이다. 대부분의 객차와 화차를 떼어낸 열차는 곧이어 밀러 부대가 탑승한 화물차만 끌고 서울역으로 진입했다. 밀러 개인으로서는 인천에 상륙한 미군 장교 중 가장 먼저 서울 중심부에 입성한 영광의 순간이었다. 그러나 서울역 광장에는 뜻하지 않은 낭패가 기다리고 있었다. 그것은 즐거운 낭패이기도 했다.

당시 마닐라에 주둔한 미 극동군사령부는 24군단의 인천 상륙에 앞서 수십 차례 공중에서 삐라를 살포하여 9월 8일 미군의 서울 진주를 예고한 상태였다. 이 때문에 인천항 부두에는 수많은 환영인파가 몰렸고 서울역 광장도 그 예외가 아니었다. 9일 아침 미군이 열차를 타고 서울로 온다는 소식을 들은 서울 시민 수천 명이 일경들의 삼엄한 경비를 뚫고 광장에 모여 해방군을 기다리고 있었다. 그들은 이날 서울에 들어온 미군의 주력이 용산역에 하차한 사실을 까맣게 몰랐다. 밀러도 환영인파와 마주칠 줄은 꿈에도 모르고 작전계획대로 총독부 통신시설이 있는 중앙우체국으로 가기 위해 선두 지프에 올라 역 구내를 벗어나 곧장 광장으로 진입했다.

해방군의 대규모 군사행진을 기대했던 환영인파 앞에 나타난 미군은 고작 지프 한대를 포함한 군용차 3대에 병력은 13명뿐 이었다. 그러나 환영 나온 시민들은 규모보다 일본을 패망시킨 해방군이 나타났다는 사실이 중요했다. 이들은 태극기를 흔들며 밀러 부대를 에워쌌다. 특히 지휘장교 밀러가 사령관쯤 되는 줄 알았는지 군중들은 선두 지프를 한 발짝도 못 움직이게 했다. 영문잡지 아리랑에 실린 회고담[4]과 본인의 술회를 종합하면 당시 정황은 이렇다.

"우리 일행은 갑자기 밀어닥친 환영인파에 어쩔 줄을 몰랐다. 나는 길을 뚫어 보려고 일단 차에서 내렸으나 이번엔 내가 포위되는 사태가 일어났다. 나는 본의 아니게 한국민의 대규모 환영을 받는 최초의 미군이 되었는가 하면 다른 대원들에게도 감격스러운 체험이었다. 내가 말단 장교라고 일본말로 외쳤지만 통하지 않았다. 주력부대가 용산에 있다는 의미로 대원들에게 "용산"을 외치라고 지시했으나 군중의 환호성에 묻혀 효과가 없었다. 미국이 한국을 위해 일본과 싸운 것이 아닌데 수많은 한국인들로부터 환영받는 것이 미안했다."

[4] Miller and his unit continued on to Seoul Station and the Central Post Office which was to be their office. It was soon apparent that many citizens of Seoul thought that the main body of troops would arrive at Seoul Station because, as these thirteen men left the train, they were greeted by thousands of Koreans waving flags and welcoming them. "It was quite a thrilling experience" for the men still in their early twenties. <The Blue Eyed Korean, 'Arirang', Winter 1980, by Susan Purrington Mulnix>

▲ 조선호텔 앞 마당에서 서 있는 CCIG-K (주한 미 24군단 정보 검열대) 대원들. 왼쪽에서 두번째가 밀러 중위. 대원들은 대부분 일본계 미국인이다. 멀리 보이는 건물 형체는 조선호텔의 철탑 지붕.

13명의 미군이 서울역 광장에서 대규모 환영을 받았다는 밀러의 증언은 처음으로 알려진 사실이다. 이 같은 정황은 8.15 해방사의 어느 기록에도 나와 있지 않다.

밀러 부대가 목적지 중앙우체국까지 가는 길은 엉뚱하게 일본 경찰이 열어 주었다. 뒤에 안 사실이지만 미군 사령부가 조선총독부에 경찰권을 주어 미군 보호를 지시했기 때문이다. 군중을 벗어난 밀러 부대는 정오께 현재 충무로 입구에 있는 중앙우체국에 도착하여 대기하고 있던 일본 관리로부터 조선총독부의 통신망을 접수한다. 그리고 그곳에서 가까운 조선호텔(지금의 웨스틴 조선)의 팔각정 마당에 군막을 쳤다. 지휘관 입장에서 보면 그날의 작전이 모두 계획대로 마무리 된 것이 여간 다행이 아니었다.

군단 사령부에 무전으로 작전 완료를 보고한 밀러는 얼마 후 뜻밖의 전문을 받는다. 하지 사령관이 주재하는 조선호텔 만찬에 참석하라는 명령이었다. 일제시대 최고 호텔이던 조선호텔은 밀러 부대가 도착하기 전 이미 미군이 장악하고 있었다. 24군단은 인천상륙 나흘 전에 해리스 소장 등 37명의 정예 병력을 두 대의 B24기에 태워 한국에 파송 했다. 각종 장비를 싣고 김포공항에 내린 이들은 조선총독부와 일본 주둔군의 수뇌를 위압적으로 다루며 38선 이남의 한반도 관할권을 접수하기 위해 만반의 준비를 했다. 본대의 인천상륙과 열차수송 수단, 용산기지와 조선호텔의 사용도 이들이 결정한 것이다. 미군에 넘어간 조선호텔은 점령군 사령관이 주재하는 첫 만찬을 위해 온갖 성찬을 준비했다.

일개 해군 중위가 육군 중장과 저녁식사를 한다 싶으니 밀러는 가슴이 뛰었다. 그는 어머니에게 보낸 편지에 호텔 양식당 '팜 코트'에서 군단 수뇌들과 함께 고급 와인 등 풀 코스로 나오는 스테이크를 즐겼다고 자랑스레 썼다. 만찬이 끝난 뒤 하지 중장은 참석자 20여 명 중 가장 계급이 낮은 밀러 중위에게 격려의 말을 잊지 않았다. 야전복 차림으로 만찬장을 나와 호텔 앞 군막에 돌아온 밀러는 마치 꿈에서 깨어난 기분이었다. 그제서야 모든 긴장이 풀려 온몸이 노곤했으나 한국의 첫 밤을 맞는 설렘에 잠을 청할 수 없었다.

아직 여름의 잔서가 남아 있는 9월의 햇볕은 따가웠지만 밤의 군막은 차갑기만 했다. 찌푸렸던 날씨도 활짝 개어 별들이 총총한 서울의 밤하늘은 오키나와 군막에서 본 하늘과는 너무나 달랐다. 갯바람도 없고 낮 밤 없이 요란하던 비행기 소리도 들리지 않았다. 보초가 서 있는 호텔 마당을 자정까지 서성이며 밀러는 그의 생애에서 가장 긴 날을 마감했다.

그날로부터 50년 뒤인 1995년 9월 6일 저녁. 웨스틴 조선(옛 조선호텔) 측은 '민병갈 선생 한국생활 50주년 축하 모임'이라는 이름으로 밀러가 호텔에서 저녁을 먹고 마당에서 첫 밤을 보낸 날을 기념하는 성대한 만찬을 베풀었다. 정확한 날짜는 8일이었으나 호텔 사정으로 이틀을 앞당겼다. 같은 양식당이지만 '팜 코트'에서 '튜립 룸'으로 장소가 바뀐 이날 만찬의 주 메뉴는 반세기 전처럼 스테이크였으나 전채 요리에 연어가 추가됐다. 만찬의 주인공은 24세의 앳된 청년장교에서 어느덧 백발이 성성한 74세의 노신사로 바뀌어 있었다. US NAVY 해군마크가 붙은 야전복을 입고 만찬장 말석에 앉았던 칼 밀러 중위가 이번에는 민병갈이라는 한국노인이 되어 후박이 달린 마고자를 입고 만찬의 주빈으로 나타났다.

외국인이 절반을 넘는 50여 명의 참석자들 앞에서 민병갈은 반세기 전의 희미한 기억을 더듬으며 흘러간 에피소드를 털어 놓았다. 호텔 측의 만찬 제공이 고마웠는지 음식 이야기를 많이 한 그는 "하지 사령관이 베푼 만찬에서 오랜만에 먹어 본 스테이크 맛을 잊을 수 없다" 며 전통 있는 이 호텔의 옛 요리 솜씨를 추거 세웠다. 한국에 온지 며칠 지나서 야전식이 지겨워 한국 음식도 맛볼 겸 식당을 찾아 거리로 나섰다가 남대문 근처에서 한 무리의 외국인을 만나 깜짝 놀라서 알아보니 터키인들이었다는 이야기도 했다.

코리아의 유혹

밀러가 미군 장교로 한국 땅을 밟게 된 것은 군의 명령에 따른 것이 아니라 스스로 선택한 길이었다. 그런 선택이 이뤄진 데는 두 개의 우연찮은 배경이 깔려 있다. 첫째는 한국을 잘 아는 한 미국인 신부의 가르침이고 둘째는 일본군 포로 심문 중 발견한 한국인의 순박한 인상이다. 한국이 아름다운 나라라는 단편적인 지식과 한국인에 대한 막연한 호감이 미국의 풋내기 장교를 한국에 가도록 이끈 것이다.

1962년부터 친구로 지낸 재일동포 윤웅수尹應壽 1928~ 의 회고에 따르면 밀러에게 최초로 한국을 일깨운 사람은 1937년 평남 안주安州 성당의 초대 신부를

◀ 1945년 겨울 미군 CCIG
대원과 한국인 종업원이
어울려 명동거리 산책을
즐기고 있다. 왼쪽부터
두번째가 밀러 중위.

지낸 미국인 에드워드 배론[5] Edward Barron 이다. 일제의 탄압에 시달리는 한국
민의 고통을 함께했던 그는 1941년 태평양전쟁이 일어나자 쫓기다시피 미국
으로 돌아가 군종신부가 된다. 일본어를 잘하여 1942년 스프링필드(콜로라
도 주) 해군정보학교 일본어과정 교장이 된 그는 이듬해 입학한 칼 밀러의 비
범한 재능과 따뜻한 인간미를 발견하고 일본이 패전하면 한국으로 가라며 한
국의 아름다움과 일제의 잔인한 식민통치를 알려준다.

5 Edward R. Barron(1900~1965): 미국 리버 로지(미시간) 출생. 캐나다 온타리오 가톨릭신학대학 졸업.
1927년 신부 서품을 받고 하와이서 사목 활동을 했다. 이듬해 메리놀 선교회 소속으로 한국 평양교구에 파
견돼 진남포에 있다가 1930~1937년 평남 안주성당 초대 신부로 재직. 1941년 태평양전쟁이 나자 일제에
의한 강제 귀국 즉시 종군신부로 입대했다. 1942년 콜로라도 대학원 부설 해군 정보학교 일본어과정 교장
에 취임. 1946년 소령 제대 후 1948년부터 일본서 선교활동을 하다가 심장병이 악화돼 고국에 가서 치료
중 1965년 사망했다.

▲ 에드워드 배론 신부

배론 교장으로부터 한국에 관한 지식을 얻게 된 밀러는 1945년 4월 일본과 교전 중인 오끼나와에 배치돼 이곳에서 일본어 통역장교로 일본군을 심문하던 중 한국인을 처음 만난다. 듣던 대로 한국인은 착하고 순박했다. 특히 그에게 연민을 일으킨 한국인은 종군위안부로 끌려와 있다가 포로 신세가 된 소녀들이었다.

전쟁 포로에 여성이 끼어 있다는 사실에 흥미를 느낀 밀러는 일본말을 못하는 이들 소녀가 한국인이라는 점에 매우 놀랐다. 그로부터 50년 뒤인 1995년 4월 세계일보와의 인터뷰에서 그는 자신이 심문한 여성 포로는 30여 명으로 대부분 부산 출신이었다며 다음과 같이 회상했다.

"겁먹은 표정으로 불안해하는 한국인 포로들의 모습은 적개심이 역력한 일본인 포로와 대조적이었다. 특히 종군위안부로 끌려와 강제노역에 시달린 젊은 여성들은 수치심과 공포감 때문에 얼굴을 못 들었다. 어린 나이에 겪었을 고통은 상상만 해도 가슴이 아팠다. 나는 이때 한국인은 순박한 민족임을 재인식했다."

오키나와에서 포로 심문 중 밀러가 받은 한국인의 소박한 인상은 오래도록 뇌리에서 지워지지 않았다. 남자들의 깡마른 체구와 어수룩한 표정이 정다웠고 소녀들의 갸름한 얼굴과 겁에 질린 모습이 연민을 일으켰다. 세브란스 병원의 미국인 의사 인요한Linton John은 오키나와에서 같은 통역장교로 근무했던 백부伯父에게서 들었다며 "미군 장교들은 강제노역에 시달린 한국인을 위해 해 줄 일이 없나 궁리한 끝에 일본군 포로를 감시하는 일을 맡겼다"고 설명했다. 이 일을 너무 잘하는 것에 감탄한 밀러와 린튼은 한국인이 영리하고 적응력이 뛰어나다는 사실도 발견했다는 것이다. 정보학교 동창생인 두 사람은 이를 계기로 배론 교장으로부터 수없이 들은 한국에 대한 인식을 새롭게 하고 한번 가보고 싶은 강렬한 충동을 느낀다.

정보장교로 전쟁이 어떻게 돌아가는지 잘 알고 있던 밀러는 일본이 머지않아 패전하여 미군이 한국에 진주하리라고 믿었다. 1945년 6월 23일 오키나와를 완전히 점령한 미군은 여세를 몰아 일본 본토 공략을 준비하고 있었다. 미극동군 사령부는 8월 11일 드디어 오끼나와에 주둔한 24군단을 한국에 상륙시키는 '블랙리스트 작전'을 확정했다. 밀러는 한국에 갈 좋은 기회다 싶어 내심 기대가 컸으나 원자폭탄 위력에 놀란 일본이 15일 무조건 항복을 하는 바람에 일이 꼬인다. 당분간 불가능한 것으로 믿었던 미군의 일본 상륙이 코앞에 다가온 것이다. 그렇게 되면 주특기가 일본어인 자신은 일본에 갈 수 밖에 없다. 아니나 다를까. 일본에 파송되는 CCIG부대장 명단에 밀러가 올라 있었다.

미군 편제상으로 점령지를 접수하는 선두 부대에는 G2 소속 대민 정보 공작대 CCIG(민간 통신검열대)가 끼게 돼 있다. 밀러는 한국에 파송되는 CCIG-K에 배속되기를 바랐으나 결과는 그 반대였다. 그렇다고 쉽게 포기할 그가 아니었다. 수잔 멀릭스가 영문잡지 '아리랑'에 쓴 기사[6]를 보면 당시 밀러는 한국파견대 대장으로 임명된 동료 장교가 일본에 가기를 원한다는 사실

[6] In April 1945, Ferris went to Okinawa and was assigned to a censorship unit. As the war wound down this unit was divided into two groups: one to go to Japan and the other to Korea. Miller's orders read "Japan" but he had a friend with orders for Korea. "I thought Korea sounded more exotic than Japan," he says, "I could always see Japan later." Since his friend didn't want to go to Korea, Miller offered to trade. The move was approved by their commanding officer and on September 8th, 1945, Miller arrived in Korea for the first time. <The Blue Eyed Korean, 'Arirang', Winter 1980, by Susan Purrington Mulnix>

을 알고 사령부에 교체를 요청하여 마침내 소망을 이룬다. 인터뷰에서 그는 한국을 선택한 배경에 대해 "일본보다 더 이국적"이라고 또 다른 이유를 밝히고 있다. 이때 만일 그가 일본으로 갔다면 민병갈이라는 푸른 눈의 한국인은 영원히 없었을지 모른다.

밀러는 뒷날 자신의 한국 정착에 관하여 1960~1970년대 한국에서 언론인과 음악 평론가로 활동한 미국인 제임스 웨이드James Wade 1930~1983에게 다음과 같이 말했다. 그 인터뷰 기사[7]는 영문계간지 '코리아 쿼터리' 1980년 여름호에 실려있다.

"아시아에서 살기로 작심한 대부분의 서양인들은 특별히 한 나라를 선호한다. 그 나라가 아니고서는 행복을 못 느낀다. 나도 마찬가지다. 만일 미 해군이 일본어 교육을 시켰다는 이유로 나를 일본에 파견했다면 오늘날 내가 아시아에 살고 있지 않을 것이다. 내가 가고 싶었던 한국에 파송된 것은 더 없는 행운이었다. 그래서 내가 이 나라에 살고 있는 것이다."

바라던 대로 한국 땅을 밟게 된 밀러가 가장 먼저 만나고 싶어 한 대상은 한국의 풍물이 아니라 한국인이었다. 과연 본고장에서 만나 본 한국인들은 기대에 조금도 어긋나지 않았다. 첫 눈에 비친 모습은 자연에 순응하면서 꾸밈없이 살아가는 지구상에서 가장 착한 사람들이었다. 콧날이 서지 않은 둥근 얼굴, 욕심이 없는 소박한 표정, 가난하지만 열심히 일하는 모습 등이 그를 사

7 "Most westerners who choose to live in Asia have one preferred country and wouldn't really be happy anywhere else. This is true of me: if the Navy had sent me to Japan, where 1 could have used my language training more directly, I probably wouldn't be in the Orient today. I just happened to be lucky enough to be sent to the country 1 liked best, and so here I am." <The Eden by the Sea, Korea Quarterly, Vol 2 No.3, by James Wade >

로잡았다. 서둘지 않고 느린 걸음으로 거리를 지나는 행인도 마음에 들었다. 노랑머리나 검은 피부의 이방인이 신기한 듯 다가와 보는 어린이들이 귀여웠고 그들이 내미는 때 묻은 손이 혐오스럽지 않았다. 아쉬움이 있다면 오키나와에서 처럼 젊은 여성을 가까이서 볼 수 없는 것이었다.

미군 장교로 10개월 서울에 머무는 동안 한국인에 대한 밀러의 호감은 서서히 한국인의 생활모습으로 옮겨지고 그것은 다시 한국의 자연으로 이어졌다. 이 같은 관심 대상의 변화에 대해 그는 "한참 뒤에야 알았다"며 한국인, 한국의 풍물, 그리고 한국의 자연은 서로 닮았다는 점이 신기하기만 했다고 회고했다. 이 세 가지 닮은꼴은 한국의 새로운 매력으로 다가와 이 호기심 많은 미국 청년에게 한국을 더욱 좋아하게 만들고 마침내 한국인이 되도록 이끈다.

한국과의 상견례

미군 장교로 시작된 밀러의 한국생활 무대는 매우 좁았다. 통신시설이 있는 중앙우체국을 중심으로 반도호텔(현 롯데 호텔 자리) 사무실과 남산 아래의 회현동 숙소로 이어지는 반경 5km 구간이 전부였다. 그러나 점령군 장교로서 재량권은 많았다. 그가 이끄는 CCIG-K는 주로 우편물 검열과 통신 감청을 통해 민심 동향을 파악하는 일을 했으나 일본인이 재산 반출을 못하도록 감시하는 일도 했기 때문에 일본 재산이라면 못 차지할 것이 없었다. 그가 대원과 함께 사용한 회현동 숙소 '취산장'은 시설이 비교적 잘된 일본식 건물이었다.

씨그K 검열대는 반도호텔에 본부를 두고 명동의 메트로호텔을 별관으로

▲ 1947년 한국은행 앞 거리를 산책하는 군정청 직원 밀러. 한국은행은 그의 한국생활과 질긴 인연을 갖고 있다.

썼으나 한국인 고용자가 늘면서 면적이 큰 명동 시공관(현재 예술극장)으로 옮겨 사무실을 넓혔다. 겸열대의 표면상 업무는 우편물 검열 등 대민 정보수집이었으나 뒤늦게 밝혀진 미 국립문서보관소 자료에 따르면 이승만, 김구 등 해방 직후 국내 주요 인사의 움직임도 탐지한 것으로 알려졌다. 당시 밀러가 고용한 한국인은 한 때 190명에 이르렀다. 그 중 한 사람이 한라그룹을 창업한 정인영이다. 정주영 현대그룹 창업자의 친동생인 그는 한국인으로는 드물게 영어를 할 줄 알아 밀러와 가까이 지내며 형을 소개하여 한 때 세 사람은 수영을 함께 할 정도로 친했다.

업무를 떠나서 밀러가 회현동 숙소와 명동 사무실을 벗어나 처음 가 본 서울 거리는 남대문 일대였다. 지도를 보며 시작한 서울 답사는 전차 길과 고궁이 있는 중심가를 벗어나서 주택가의 골목길까지 좀 더 세밀해졌다. 이때 그는 자신이 사는 일식집에서 못 느낀 한식 기와집의 아름다움을 발견한다. 삐걱거리는 대문소리와 그 너머로 보이는 장독대의 우아한 곡선미들이 정겹기만 했다. 얼마 후에는 김치의 매콤한 맛과 장아찌의 짭짤한 맛을 알게 된다. 한국의 맛과 멋에 반했다는 그의 말은 1980년판 '홍익인물연감' 에 다음과 같이 적혀 있다.

"한국에 온지 한 달 쯤 됐을 때 한식 음식점에서 처음 먹어 본 김치가 입에 척척 붙었다. 한국 어디를 가나 고향에 온 듯 편안했고 한국인 누구를 만나도 많이 본 듯한 친밀감이 들었다. 나의 전생은 아무래도 한국인이었던 것 같다."

▲ 밀러 중위는 틈만 나면 군용지프를 몰고 서울 근교를 찾았다.
1946년 3월 경기도 안성에서 자동차 구경을 나온 어린이들과 어울리는 모습.

 한국생활이 점점 재미있어지고 한국인 친구와 서울의 민가 촌에 정이 깊어진 밀러는 한국을 떠날 날이 가까워지는 것이 싫었다. 그가 이끌던 씨그K는 1946년 7월부터 정보 수집 업무가 군정청으로 넘어감에 따라 자동 해체되고 자신은 일본 도쿄에 있는 G2 정보사령부로 복귀해야 할 상황이었다. 일본에 가서 장교생활을 계속하면 생활이 안정되지만 대학원 진학을 포기해야 했다. 고심 끝에 선택한 길은 군복을 벗고 학업을 계속하는 것이었다. 본래부터 군인 체질이 아니었던 그는 귀국을 결심하고 제대 신청을 한다.

 7월 2일 제대 통보를 받은 밀러는 한국 체류기간을 최대한 연장하며 못 다

본 한국의 자연과 풍물들을 즐겼다. 호기심이 많았던 그는 학창 때 익힌 러시아어 실력을 테스트할 겸, 소련군의 38선 초소를 찾아가 경비병과 대화를 나누는 객기도 부렸다. 밀러의 첫 한국생활은 10개월 만에 끝나 맛만 보는 것으로 그쳤지만 그의 의식구조나 생활습관에서 한국화 시동이 걸리기에는 그렇게 짧은 기간이 아니었다.

1946년 7월 말 고국에 돌아가 군복을 벗은 밀러는 한국에 다시 가고 싶어 당초에 구상한 대학원 진학을 접고 워싱턴에 있는 펜타곤(국방부)을 찾아가 서울 근무를 신청한다. 그의 한국 근무경력을 감안한 국방부는 1947년 1월 주한 미군총사령부 사법부 정책고문관 발령을 낸다. 군정청 공무원이 된 것이다. 뜻대로 한국 근무지가 생겨 의기양양해진 밀러는 5개월 만에 다시 서울에 온다. 미군 장교에서 미국 관리로 변신한 그가 군정청에서 맡은 업무는 적산敵産-일본인 재산을 관리 감독하는 일이었다.

이상 밝힌 밀러의 한국 재방문 동기는 영문잡지 '아리랑' 1980년 겨울호에 실린 인터뷰 기사에 따른 것이다. 그러나 그가 제대 신청을 하기 전인 1946년 봄 어머니에게 보낸 편지를 보면 한국에 대한 집념이 그렇게 강하게 나타나지 않는다. 대학원 진학보다는 일정 수입과 신분이 보장되는 공무원 자리에 도전적이고 모험적인 해외주둔 생활에 미련이 더 많았던 것 같다. 귀국 얼마 후 한국으로 다시 가기를 원한 것은 현실적인 계산과 함께 미국 정보기관의 요청에 따른 말 못할 다른 사정이 있었던 때문인지도 모른다.

미 군정청에 부임한 1947년 2월부터 군정이 만료된 1948년 8월까지 1년 6개월 동안 밀러가 미국 관리로서 한 일은 베일에 싸여 있다. 당시 한국 상황은 미국의 신탁통치 여부를 놓고 국론이 분열되고 좌우익의 첨예한 대립으로 사회 전체가 시끄러운 시대였으니 정보장교 출신인 그가 적산관리 같은 한가한 업무에만 매달리지는 않았을 것 같다. 그가 졸업한 미 해군 정보학교 동창회보 2003년 2월 15일자에 실린 동료의 회고담을 보면 그의 진짜 업무는 따로 있었다. 동창생 노드Don Knode가 쓴 글에 따르면 당시 밀러는 미국 정부로부터 한국에 미국이 원하는 정부, 즉 우익 정부 수립을 도우라는 밀명을 받고 있었다. 이 같은 내막은 본인의 함구로 일체 알려지지 않았다가 그가 세상을 떠난 뒤에야 부분적으로 밝혀졌다.

밀러가 다시 한국을 찾았을 때 나이는 26세. 엄격한 군대 규율에서 벗어난 그는 자유로운 민간인 신분으로 여유만만하게 한국의 자연과 풍물을 즐긴다. 이미 10개월간의 한국학습을 한 상태라서 한국생활이 낯설지 않았다. 외국어 재능이 뛰어났던 그는 한국어를 조금 익힌 상태였으나 일본어를 잘 했기 때문에 일제 식민지 교육을 받은 한국 사람을 사귀거나 일본어로 쓰인 한국에 관한 책자를 읽는 데 불편이 없었다. 더구나 그는 점령군 사령부의 집행관인 데다가 보통 사람은 꿈도 못 꾸었던 자동차가 있었으니 거칠 것도 못 갈 곳도 없었다. 미국 군정청 공무원으로 2년 넘게 근무한 밀러의 행적에 관해 알려진 것이 별로 없다. 본인도 좀처럼 입을 열지 않았다. 다만 확실한 것은 1947년 영국왕립아시아학회 RAS 한국지부를 되살린 것이다. 구한말에 결성된 이 유서깊은 외국인 단체는 일제의 한국병탄 이후 장기간 소멸 상태에 있었다.

한국의 문화 유적을 본격적으로 탐사하려던 밀러는 1948년 여름 또 한 번 시련을 맞는다. 이 해 8월 15일 대한민국 정부가 수립되면서 군정이 종료돼 직장을 잃게 된 것이다. 한동안 서울에 남아 적당한 일자리를 물색했으나 여의치 않아 일단 미국으로 돌아갈 수밖에 없었다. 밀러의 고향 피츠턴(펜실베이니아주)을 떠나 워싱턴에서 직장생활을 하던 홀어머니는 맏아들이 귀국한 것이 너무 반가웠으나 그 즐거움은 1년도 가지 못했다. 아들이 다시 한국 행 여장을 꾸렸기 때문이다.

1949년 7월 밀러가 얻은 한국 내 직장은 ECA원조협조처라는 미국 국무부 관할의 해외 원조기관이었다. 이 기관은 이듬해 AID한국경제협조처로 바뀌었다. 그가 거친 외국기관은 나중에 들어간 UNCACK한국민사원조단을 포함하여 미국의 한국원조 업무와 관련이 깊다. 이 같은 직장 경력은 그가 돈을 잘 버는 금융 경제통으로 성장하는 배경이 됐다. 밀러를 잘 아는 사람들은 그가 미국 기관에 근무할 당시 한국에서 10년 가까이 로비 활동을 한 유태인 무기 거상 솔 아이젠버그**Saul Eisenberg**와 자주 어울린 사실에 주목한다. 이승만 정부 때부터 박정희 군사정권 초기까지 원자력 발전소 등 대형 플랜트 건설에서 막강한 영향력을 행사한 아이젠버그와 각별한 사이였다는 점은 그의 행동 반경이 그가 몸담은 직장에서 끝나지 않았으리라는 추측을 하게 한다.

한국에 반하다

미군 장교로 한국에서 보낸 10개월은 밀러에게 꿈같은 세월이었다. 그리고 군정청 관리로 보낸 1년 6개월은 꿈에서 깨어나 현실을 즐긴 세월이다. 이어서 세 번째 태평양을 건너와 한국에서 사는 재미를 제대로 느끼려 할 즈음, 이번에는 6.25전쟁이 터져 그의 한국생활은 또 한 차례 시련을 맞는다. 미 대사관 철수단과 함께 허둥지둥 일본으로 피난을 갔지만 석 달도 안 돼 전시 임시수도인 부산으로 다시 들어간다. 한국을 못 떠나는 이 같은 미련에 대해 그는 "한국이 무조건 좋다" 이상의 토를 달지 않았다.

한국에 계속 눌러 앉아 살려는 미국인 칼 밀러의 집념은 매우 집요했다. 해방 직후부터 1950년 한국전쟁이 일어나기까지 5년 동안 씨그K, 군정청, ECA, UNCACK 등 네 개의 직장을 옮겨 다니며 한국에 남으려 했다. 전쟁 직후 잠시 일본에 피난을 갔다가 전시 중에도 서둘러 부산 임시수도로 들어온 그는 유엔군의 9.18 인천상륙 작전으로 서울이 수복되기 무섭게 군용 열차를 타고 위험한 상경 길에 오른다. 중도에선 북한군의 열차 습격으로 죽을 고비도 넘겼다. 그리고 6.25전쟁 피난길에서는 한국에 잔류하기 위해 미국 대사관 철수단에 끼지 않으려고 비

행기 탑승을 미루는 '항명'까지 했다.

　민병갈을 한국에서 살도록 이끈 요소는 두 가지로 요약된다. 한국의 아름다운 자연과 정겨운 생활문화가 그것이다. 한국인의 소박한 인심도 그를 사로잡았다. 실제로 그에게 한국에 가고 싶은 마음을 일으킨 것은 오키나와 포로수용소에서 만난 한국인의 순박한 인상이었지만 막상 살아보니 한국은 살수록 정감이 가는 나라라는 사실을 알게 된다.

　체질상으로도 밀러는 타고난 한국인이었다. 한옥의 온돌에서 자야 잠이 잘 오고 한복을 입고 있어야 편했으며 김치 깍두기를 먹어야 입맛이 났다. 그러다 보니 생활용품이나 집안 장식도 전통적인 한국 가정을 따르게 되었다. 장롱 등 가구도 옛 것을 사용하고 서재 역시 선비 방처럼 꾸몄다. 그러나 그를 사로잡은 최고의 매력 포인트는 역시 한국의 자연이었다. 야트막한 야산과 적당히 높은 산이 어우러진 대지, 그 안에서 벌어지는 사계절의 조화는 세상에서 가장 아름다운 자연의 나라로 불리기에 손색이 없었다.

숨 막힌 6.25전쟁 탈출

ECA 근무 발령을 받고 1949년 7월 세 번째 한국을 찾은 밀러는 본격적으로 한국생활을 즐길 생각으로 여러가지 구상을 한다. 4년여의 한국생활을 통해 이미 한국에 관해 상당한 지식을 쌓고 있던 그는 좀 더 체계 있는 공부를 해야겠다는 생각으로 한국의 역사, 지리, 문화를 익히는 학습에 들어간다. 이와 함께 그동안 해 온 자연답사를 단순한 하이킹에서 본격적인 등산으로 수준을 높이고 장비도 제대로 갖춘다. 이제껏 방황을 할 만큼 했으니 품위 있게 한국생활을 하자는 생각에서였다. 그러나 그의 한국생활은 1년도 안 돼 큰 시련을 맞는다. 6.25전쟁이 터진 것이다.

1950년 6월 25일 일요일 새벽. 38선을 넘은 북한군이 이틀 만에 서울 근교까지 진격해 오자 미국인 신분이었던 밀러는 당황하지 않을 수 없었다. 서울 방어선이 무너지라고는 꿈에도 생각지 않았던 그는 27일 미 대사관의 긴급 철수단에 합류하여 일본으로 피신하지 않으면 안 되었다. 가족에게 보낸 편

▲ 한국전쟁 발발 직후 일본에 피난가서 가족에게 보낸 밀러 편지. 7월 3일과 23일 두 차례에 쓴 것으로 6.25전쟁이 터진 날부터 일본으로 긴급 대피하기까지 급박했던 사흘간의 상황을 15쪽에 걸쳐 생생하게 기록했다.

지를 보면 대사관측의 요구에 따라 급한 짐만 꾸린 채 김포공항까지 가서도 밀러는 한국을 떠날 생각을 안 했다. 그가 마지못해 탑승한 C54 미군 수송기는 이륙 얼마 후 북한기의 공격을 받아 날개에 총 구멍이 나는 아슬아슬한 사태가 일어났다. 밀러는 이 모든 상황을 편지에 써서 미국의 가족에게 보냈다.

일본 체류 일주일 째인 7월 4일에 절반을 쓰고 23일에 이어 쓴 편지는 모두 15장에 이르는 장문의 육필이다. 6.25 전후의 급박한 상황만 발췌한 내용은 다음과 같다.

"6월 24일 오후 2시. 주말을 이용해 온천에 갈 계획이었으나 자동차 고장으로 미루다, 오후 4시. 한국여성 친구 서 여사의 집에 가서 북한에 관한 책을 읽다가 오후 7시 30분 저녁을 먹은 뒤 한국인 세 사람과 마작을 하다. 그 중한 사람은 한국 육군 고위층인 송 장군이다. 심야에 숙소에 돌아와 새벽 2시까지 책을 읽다.

6월 25일 일요일. 아침 10시에 잠을 깨다. 침대에서 책을 읽는데 한 친구가와서 38선에서 군사 충돌이 일어났다며 외출을 삼가라는 미 대사관의 경계령을 전해 주다. 점심을 간단히 끝내고 보던 책을 읽다가 오후 1시께 반마일 떨어진 서 여사 집으로 가던 길에 뉴스 벽보를 보니 남북한 군사충돌 상황이 심각하다는 내용이다. 사무실로 가서 오후 내내 두 개의 여행 기록을 타이핑하다. 거리가 시끄러워 창밖을 보니 한국군 지프와 미국인 승용차가 충돌사고가 일어나 있다.

불안한 마음에 일손이 안 잡힌다. 오후 5시 문서 작성을 멈추고 친구 프로이드가 일하는 남산 근처의 한국 라디오방송국으로 가다가 거리의 혼돈을 보다. 병력을 싣고 전방으로 가는 한국군 차량들이 줄을 잇는가 하면, 그 길 양쪽은 군 트럭 행렬을 거슬러 남쪽으로 걸어서 피난 가는 인파로 가득하다. 전황을 알 길 없는 피난민들의 가족을 챙기는 고함소리와 보호자 손길을 놓친 어린애들의 울부짖음이 가슴을 아프게 한다. 참으로 극적인 장면이지만 너무나 참담한 모습이다.

25일 저녁. 친구들과 양식당 부셰Boucher에 가서 저녁식사로 스파게티와 미트볼을 먹다. 이곳에서 김포 상공에 북한 공군기가 나타나 기총소사를 했다는 뉴스를 듣고 모두들 장차 무슨 일이 일어날까 불안해하다. 저녁 8시께 숙소인 '취산장'으로 돌아와 있던 중 옥상 위를 지나는 몇 대의 북한 공군기를 목격하다. 이들은 우리 건물을 공격하지는 않았으나 얼마 후 시가지 쪽에서 기총소사 소리가 요란하게 들리다. 같은 숙소에 있는 미국인들은 등화관제로 전등을 끈 상태에서 자정까지 모여 앉아 멀리서 들리는 포성을 들으며 불안한 대화를 나누었으나 서울이 함락 되리라고는 누구도 믿지 않았다.

잠자리에 든 지 반 시간도 안 돼 미 대사관으로부터 가족들의 피난 준비를 하라는 전갈이 오다. 전등을 끈 어둠 속에서 더듬거리며 피난 짐 꾸리는 것을 돕다. 26일 새벽 3시 대사관 차량이 와서 한 사람에 옷 가방 한 개씩 허용한다며 여성들만 실어가다. 새벽 5시 다시 잠자리에 들었으나 긴장 때문에 천정만 보다가 일어나 내게 한국어를 가르치는 민 군 방에 가서 무선 통신기를 가져와 알만한 미군 친구들과 교신을 하다. 정비를 맡긴 자동차의 수리 여부를 알아보니 아직 손도 안 댄 상태란다. 잠 한숨도 못 잔 채 서성이다가 외출하여 아침 겸 점심을 먹는 동안 북한기가 숙소 근처를 공습하는 기관총 소리를 듣다. 숙소로 오던 길에 공습받은 건물의 총 맞은 자국을 사진 찍어두다.

오후 들어 이틀날(27일)부터는 정상근무가 가능하다는 좋은 소식이 들어오다. 기분이 풀린 상태에서 옥상에 올라가 장시간 일광욕을 즐기다. 저녁식사 후 민 군으로부터 한국어를 배우기 시작한지 반시간이 지난 7시 30분쯤 숙소 건물 바로 위에서 기총소사 소리가 들리다. 전날과 달리 이번에는 북한기가 여러 차례 나타나 불안하다. 밤 9시부터 야간 통행금지령이 내려 민 군을 서둘러 집으로 보내다. 사태가 다시 악화되리라고 생각하지 않으면서도 숙소원 모두가 지붕 위만 쳐다보는 불안한 침묵이 흘렀다.

밤 11시쯤 전날 밤 설친 잠을 보충할 생각으로 침대에 들었으나 요란한 전화 벨 소리로 다시 일어나다. 전화 내용인 즉 사태가 악화됐으니 비상대기를 하라는 것이다. 그때서야 상황이 예사롭지 않다는 것을 직감하고 피난 준비를 생각하면서도 설마 서울을 떠나랴 싶었으나 그 다음에 온 전화는 모든 기대를 무너트렸다. 북한군이 서울 근교에 진입했으니 전원 미 대사관에 집결하여 밤샘을 하라는 다급한 전갈이다.

서둘러 내 방에 가서 짐을 꾸리기 시작하다. 다행히 불빛이 새나가지 않도록 휘장이 쳐진 작은 방과 회중전등이 있어서 도움이 되다. 가장 먼저 챙긴 것은 슬라이드 필름이었으나 너무 많아서 절반만 가져가기로 하다. 모든 한복과 세벌의 새 양복, 새 셔츠 3개와 넥타이 여러 개, 그리고 돈과 양말 등을 챙기다. 그러나 책들은 부피가 크고 무거워 한 트렁크 분만 넣다. 트렁크, 옷가방, 서류 가방 등을 꾸리고 나니 생각했던 것 보다 많이 챙긴 것 같다. 오랫동안 정이 든 취산장에 다시 올 것 같지 않은 불안한 예감이 들었으나 다른 미국인들은 낙관적인 모습이다. 숙소원들은 급한 대로 중요한 물건들만 챙겨 짐을 꾸려 놓고 실어갈 트럭을 기다렸으나 좀처럼 오지 않는다. 라디오 방송에서 흘러나오는 스테판 포스터의 멜로디가 마음을 울적하게 한다.

새벽 2시께 온 차량을 타고 밤거리를 지나 미 대사관으로 가보니 건물 안팎이 북새통이다. 수많은 문서들을 태우는 불길이 거대한 모닥불처럼 하늘로 솟는가 하면, 곳곳에 짐짝들이 널려 있고 건물 주변에는 짐을 싣는 차량과 인력들로 부산하다. 친구 프로이드와 함께 차량 한대를 구하여 다시 숙소로 가서 두 개의 트렁크를 더 가져오고 나머지 옷가지와 문구류는 민 군과 한국인 고용인, 그리고 가정부가 나눠 가지라고 메모를 남기다.

대사관원을 포함한 미국인 피난민을 김포공항으로 싣고 갈 차량들은 예정보다 늦은 오전 4시 30분에야 미 대사관을 출발하다. 26마일을 달려 공항에 도착하니 동이 튼다. 대사관측에 서울에 남겠다고 잔류를 요청했으나 받아들여지지 않다. 오전 7시 첫 비행기가 이륙한 후 계속 탑승을 미루다. 좌석이 없기를 은근히 기대하며 8시에 출발하는 마지막 비행기까지 버티었지만 반 밖에 차지 않아 할 수 없이 탑승하다.

이륙 얼마 후 우리가 탑승한 C54 수송기는 북한 공군기의 공격을 받아 비행기 날개에 총 구멍이 나다. 죽는가 싶었으나 다행히 미군 전투기가 날아와 북한의 야크기를 격추시키다. 나중에 들으니 그 북한 조종사는 낙하산 탈출에 성공했으나 땅에 내리기 전에 한국군에 사살됐다고 한다. 총 구멍이 난 우리 탑승기는 저속-저공으로 비행한 끝에 오전 10시 30분 일본의 이타주케 미 공군기지에 착륙하다. 공항에서는 미국 적십자 단원들의 마중을 받다."

실함 직전의 서울 분위기를 기록한 밀러의 편지는 종군기자의 현장 보도처럼 생생하고 상세하다. 개인적인 편지에 불과하지만 그 내용의 일부는 북한군의 전격 남침과 미국대사관의 긴급 피난을 증언하는 자료적 가치도 있다. 한 때 국내 좌파세력의 입담에 올랐던 '6.25전쟁은 미국의 방조 아래 이루어진 북침' 이라는 주장을 뒤엎을 중요한 단서가 된다는 것이다. 당시 밀러는 미국 정보기관에 가까이 있었고 주한 미국대사관의 긴급 철수 수송단에 끼어 탑승기가 총격을 받는 등 죽을 고비를 넘기며 일본으로 대피했기 때문에 그의 말에는 의심의 여지가 없다. 북침설이 맞는다면 미국대사관이 그렇게 허둥대며 일본으로 피난하지는 않았을 것이다. 북침설은 남침을 지령한 구 소련의 기밀문서가 1994년 공개돼 허구임이 증명되었다.

편지에서 전쟁 나기 전날 함께 마작을 즐겼다는 송장군은 뒤에 육군참모총장을 지낸 송요찬 같고, 한국어 개인교사로 나오는 민군Mr. Min은 AFP통신 서울지국장을 지낸 민병규로 보인다. 한가지 풀리지 않는 의문은 피난 비행기에 오르기 직전까지 밀러가 한국에 남으려고 안간힘을 쓴 것이다. 한국에 대

▲ 1950년 10월 용산역에서 밀러가 찍은 피난 열차 사진.
객차가 모자라 수많은 피난민들이 화물차 지붕에 올라 타 있다.

한 애착심 때문인 것 같으나 전쟁 현장을 목격하고 싶은 모험심에서 나왔는
지도 모른다. 편지 끝에서는 국제 전화 할 돈이 없으니 돈을 부쳐달라고 사정
하여 어머니에게 용돈을 조르는 소년 같은 응석도 보인다.

일본 도착 후 불안한 나날을 보내며 한국의 전황에 촉각을 세우던 밀러는
서울이 함락된 데 이어 북한군이 낙동강까지 진격했다는 뉴스에 크게 낙담한
다. 설상가상으로 심한 간염에 걸려 병원에 드나들며 우울해 있던 그는 얼마
후 유엔군 참전으로 전세가 역전됐다는 반가운 소식을 듣고 9월 중순 한국에
다시 온다. 서울을 떠난 지 석 달도 안돼 돌아온 한국 땅은 피난 정부가 있는
임시수도 부산이었다. 얼마 후 일단 서울로 들어갔으나 신병 치료를 위해 한
국을 또 떠나야 했다. 건강을 회복하여 1951년 6월 다시 부산 임시수도로 복
귀한 그의 피난지 생활은 2년에 가깝다.

부산 생활은 밀러에게 전시 한국의 참상과 함께 한국인의 새로운 모습을

발견하는 특별한 기회였다. 전국에서 몰린 피난민으로 북적대는 항구도시에서 그는 전쟁의 참혹함을 생생히 목격한다. 특히 그의 마음을 아프게 한 것은 중공군 개입으로 전세가 역전돼 북한에서 급히 배를 타고 피난온 이산가족들이 곳곳에 붙인 혈육을 찾는 벽보들이었다. 한겨울 추위와 굶주림 속에 노숙을 하는 모습도 충격적이었다. 이들에게 어떤 도움도 줄 수 없었던 밀러는 "거리의 껌팔이나 구두닦이 어린이들을 돕는 정도로 미안함을 달랬다."

그러나 밀러의 충격과 연민은 곧 감탄과 감동으로 바뀌었다. 전시 혼돈을 헤쳐 나가는 한국인들의 무서운 투지와 강인한 생활력을 본 것이다. 특히 부산 국제시장에서 벌어지는 뜨거운 삶의 현장은 시장 구경에 나선 그의 발길을 돌리지 못하게 했다. "넝마 같은 천막촌과 너절한 물건들이 가득한 저잣거리에서 일어나는 치열한 생존경쟁은 현기증이 날 정도로 경이로웠다."고 그가 여러 차례 밝힌 뒷말로 미루어 볼 때 밀러는 부산 피난살이에서 한국인에 대한 인식을 새롭게 갖게 된 것 같다. 그 때까지 생각한 한국인은 주어진 운명에 순응하는 착한 민족이었으나 고난을 당할 때는 악착같이 헤쳐나가는 강인한 기질도 있음을 발견한 것이다.

전시 피난지 부산에서 체험한 뜨거운 삶의 열기는 밀러에게 잊을 수 없는 추억으로 남아 있다. 1979년 '주간매경' 11월 11일자 인터뷰에서 그는 부산 시절을 회고하며 "1952년 한국은행 임시직에 있을 당시 여행원 기숙사의 화재 현장에 뛰어들어 한 여성을 구출한 일이 잊히지 않는다"고 말했다. 그가 소장한 고서화나 민예품의 상당수는 부산 피난시절 거리에서 산 것이다. 외국 학회지에 한국을 소개하는 글에서 그가 빠뜨리지 않은 대목은 "전쟁의 폐허 속에서 굳건히 삶을 영위하는 부산 피난민들을 보고 나는 이 나라가 크게 발전할 것이라고 예감했다"는 회고담이다.

평생 직장을 얻다.

일본 피난생활 두 달 반 만에 ECA 업무를 재개하기 위해 부산 임시수도에 와 있던 밀러는 반가운 소식을 듣는다. 인천에 상륙한 유엔군이 서울을 수복하고 북진 중이라는 것이다. 하루라도 빨리 서울로 가고 싶었다. 전쟁이 한창이던 1950년 10월 초, 그는 미군 열차를 타고 서울로 들어가는 위험천만한 모험을 벌인다. 그가 탄 열차는 부산에 상륙한 유엔군 병력을 전방으로 수송하는 화물차였다. 당시 서울은 적 치하에서 벗어났지만 매우 위험하고 불안정했는데도 상경을 강행한 것을 보면 그에게 다른 사명도 있지 않았나 싶다. 후퇴에서 낙오된 적군이 곳곳에서 출몰하는 내륙을 통과해야 하는 이 북행北行작전은 밀러에게 또 하나의 평생 잊지 못할 장정이었다. 영문잡지 '아리랑'에 실린 그의 인터뷰 내용[8]은 다음과 같다.

"열차로 부산에서 서울까지 가는 데 나흘 반이나 걸렸다. 그것은 대단한 모험이었다. 일요일 아침 10시에 부산역을 출발한 열차는 목요일 오후 4시에야 영등포역에 도착했다. 우리가 탄 열차는 철교가 폭파돼 한강을 넘을 수 없었기 때문에 영등포역 대기선에서 음식을 얻어먹으며 4시간을 기다려야 했다. 저녁에는 북한군의 공격을 받아 죽는 줄 알았다. 업무가 급했던 나는 미

---

[8] "It was quite an experience in itself," he laughs. "It took us four and a half days. The train left Pusan Station at 10:00 Sunday morning and arrived at Yongdungpo near Seoul at 4:00 Thursday afternoon." They spent long four hours waiting in sidings and scrounging food and at night the train was attacked by north Korean forces. Once in the Seoul area the train was unable to cross the Han River because all of the bridges had been destroyed. In order to get back to work Miller had to round up a jeep and cross the river on a pontoon bridge. <The Blue Eyed Korean, Arirang, Winter 1980, by Susan Purrington Mulnix>

군 지프 한 대를 구해 임시로 가설된 부교를 타고 한강을 건넜다."

밀러가 서울에 오자마자 가장 먼저 찾은 곳은 회현동 숙소 '취산장'이었다. 건물은 폭격을 맞지 않아 온전했지만 집안은 쑥대밭이었고 집기나 가재도구는 남은 것이 없었다. 그런 중에도 다행히 피난 때 못 가져간 책들은 그대로 남아 있었다. 북한군이나 전재민들에게는 별로 쓸모가 없었던 때문이었다. 밀러는 한국 체류 4년 동안 한국 관련 외국 책자를 적잖이 모아 둔 상태였다. 이 책들은 얼마 후 중공군 참전으로 전세가 역전돼 서둘러 열차에 실어 부산에 보냈으나 부산역 창고 화재로 모두 잿더미로 변한다. 이와 관련하여 밀러의 단골 고서점이던 통문관의 터줏대감 이겸로李謙魯는 2003년 여름(당시 94세) 다음과 같은 이야기를 들려주었다.

"밀러는 군정청 직원으로 있을 때부터 통문관의 단골이었다 그는 아주 특별한 손님이었다. 총독부 건물 안에서 굴러다니는 헌책들을 가져다 주고도 필요한 책을 사갈 때는 반드시 제값을 치렀다. 책을 귀중하게 생각하는 마음과 예의 바른 자세도 마음에 들었다. 해방 후 내가 판 책 중에 '하멜 표류기' 영역본이 있었는데 친구인 지리학자 노도양으로부터 귀한 책을 외국인에게 주었다고 핀잔을 받았다. 그 책은 6.25전쟁 중에도 무사하여 나중에 어느 대학 도서관에 기증한 것으로 안다. 그런데 휴전 후 그가 찾아와서 부산으로 피난시킨 많은 책들이 화재를 만나 모두 소실되었다고 애석해 했다."

밀러의 한국생활은 곡절이 끊이지 않았다. 위험을 무릅쓰고 수복된 서울에 들어간 그는 간염이 재발하여 병원이 모두 문 닫은 전시 서울에 머무를 수 없었다. 치료 차 일본에 간지 이틀 만에 서울이 다시 북한군에 점령됐다는 소식을 듣고 한국에 갈 일이 막막했다. 일단 미국으로 돌아간 그는 고향에서 치료를 받는 중에 ECA로부터 뜻하지 않은 전갈이 왔다. 한국 사무소를 폐쇄하니 대만으로 부임하라는 것이다. 한국 말고는 어디든 갈 생각이 없던 그는 두 말 없이 사표를 썼다.

그러나 한국에 머물고 싶은 소망은 밀러에게 또 한 번 기회를 주었다. 미 극동군사령부 산하의 유엔 한국민사원조단UNCACK, United Nations Civil Assistance Command- Korea이 그의 전력을 감안하여 네 번 째 한국 직장을 마련해 준 것이다. 1951년 6월 다시 한국을 찾은 그는 부산 임시수도에서 이듬해 7월까지 UN원

▲ 1960년 여름 외국인 여성 친구들에게 불국사 안압지를 안내하는 밀러(왼쪽에서 두번째). 한국은행 시절 초기에 그는 전국의 명승지 답사여행을 많이 했다.

조단 직원으로 일했다. 그래도 한국인들과 일하고 싶은 마음이 간절했던 밀러는 한국은행 고문(미국인 프라이어드)의 보좌관 자리에 공석이 생기자 1952년 8월 9일자 임시직 발령으로 한국은행과 인연을 맺는다. 그러나 1년 계약기간이 끝나자 다시 할 일이 없게 되었다. 그렇지 않아도 임시수도의 임시직이 불안했던 그는 못다 한 학업을 계속하기로 결심하고 1953년 말 귀국한다.

1954년 한국은행 정규 직원이 되기까지 9년 동안 밀러의 한국 내 직장생활은 떠돌이와 비슷했다. 해군 10개월, 군정청 1년 반, ECA 2년 반, UNCACK 1년, 한국은행 임시직 1년 등 다섯 곳을 전전했다. 9년 중 거의 2년은 미국이나 일본에 가 있었다. 한국전쟁 말기까지 이곳저곳을 떠돌던 밀러는 피로에 지쳐 있었던 것 같다. 그가 좋아했던 한국의 자연이 전쟁으로 황폐된 것에 실망했거나 떠돌이 같은 직장생활에 심기가 불편했는지 모른다.

모처럼 마음먹고 고향에 돌아간 밀러는 그동안 저축한 돈으로 대학원에 진학할 궁리를 한다. 그러나 한국과 맺어진 끈끈한 인연은 그를 고향에 눌러 살지 못하게 했다. 당시 한국은행 간부로 미국에 유학 중이던 신병현申秉鉉 전 총재가 함께 일하자고 종용한 것이다. 한국은행 조사부 과장으로 있을 때 영문판 조사월보 간행에 많은 도움을 받았던 신병현은 밀러의 능력을 일찍부터 알고 있었다. 한국은행 측에서도 프라이어드 고문이 물러난 후 그의 직무를 이을 만한 고급 인력이 필요했다. 미국에 대한 경제의존도가 절대적이던 당시 상황에서 한국의 중앙은행에서 볼 때 미국의 대한 원조 업무에 깊이 관여했던 밀러는 탐 낼만한 인물이었다.

신병현의 제의는 밀러에게도 뜻밖의 선물과 다름없었다. 그러나 쉽게 고용계약에 서명할 그가 아니었다. 당시 밀러가 한국은행에 요구한 연봉 액수는 밝혀지지 않았지만 그가 제시한 두 가지 고용조건은 좀 특별했다. 첫 번째는 뚜렷한 과실이 없는 한 정규직으로 4년 근속을 보장할 것과 두 번 째는 2년에 한 번씩 고향의 어머니를 문안할 수 있도록 왕복 항공권과 그에 따른 휴가를 줘야 한다는 것이다. 한국은행 측에서 볼 때는 수락하기 어려운 조건은 아니었다. 그가 어머니에게 보낸 편지에 따르면 1963년 연봉계약 금액이 8,000달러였다. 이는 당시 국내 임금수준으로 볼 때 대단한 고액이다.

1954년 6월. 네 차례의 일시 귀국 끝에 다섯 번째로 한국을 찾은 밀러는 한국은행에서 고용계약을 체결하고 사령장을 받는다. 이 사령장은 "이제부터는 안심하고 한국에 오래 살아도 좋다"는 일종의 보증서와 같은 것으로 한국에 정착하고 싶었던 그에게는 더할 나위 없는 선물이었다. 더구나 한국은행은 보수로 보나 신분으로 보나 최고의 직장으로 통하던 때였으니 한국은행 배지를 단 그가 뿌듯한 성취감에 빠진 것은 당연했다. 당시 나이는 33세. 한국에 첫발을 디딘 지 10년 만에 떠돌이 생활을 끝낸 미국인 칼 밀러는 마침내 한국 정착민이 되어 본격적인 한국생활을 시작한다.

얼마 후 이름을 민병갈로 바꾼 밀러의 한국은행 생활은 1982년 정년퇴임까지 28년간 계속된다. 임시직 기간을 합치면 30여년을 한국은행에서 직장생활을 한 셈이다. 청춘을 바친 긴 세월이었다. 그가 어머니에게 보낸 편지를 보면 얼마나 바쁜 직장생활을 했는지 생생히 나타난다. 맡은 업무는 한국은행이 발행하는 영문판 조사월보의 내용을 감수하는 일이었지만, 한국의 중앙은행을 찾는 외국 손님을 맞는 총재를 보좌해야 할 일이 끊이지 않았다. 한국은행 생활 16년째인 1970년, 그는 어머니에게 보낸 편지(6월 26일자)에서 자신의 직장생활을 다음[9]과 같이 소개했다.

"저의 직장생활은 모두 잘 되고 있으며 최근에는 중요한 일들이 있었습니다. 내일은 아서 번즈 미국 연방은행(FRB) 의장을 만나는 한국은행 총재를 위해 통역을 해야 할 것 같습니다. 이곳 은행사람들이 한국인 대신 나를 통역자로 내세운 것을 보면 내 한국어 실력이 대단한 줄 아는 모양입니다. 은행 측은 나에게 매우 잘해 줍니다. 지난 12일에는 특별 보너스를 주었고 7월부터는 중요한 승진이 있을 예정이지요. 화사한 카펫이 깔린 새로운 집무실도 주어진답니다. 그 보답으로 더 열심히 일해야겠지만 나는 이곳 일이 즐겁기만 합니다. 지난 주말에는 IMF 손님 세 사람(인도, 파키스탄 두 남자와 호주 여성)을 데리

[9] Everything is going along fine here but there have been important developments recently. I am supposed to be the interpreter tomorrow for the Governor of the Bank when he meets Arthur Burns, the Chairman of the Federal Reserve Board. I guess they think my Korean must be pretty good, selecting me instead of a Korean. The Bank is really giving me good treatment lately. I received a special commendation on June 12th, plus a bonus also. I am getting an important promotion from July. Also a new office all my own with plush carpets, etc. The price for all this, however, I must work much harder than ever before, but I'm glad to do it. Last weekend the Bank had me take 3 guests from the International Monetary Fund—to Busan—, one man from Thailand, another from India and a lady from Australia. I hadn't been to Busan for several years, so welcomed the opportunity. < Miller's letter to his mother, Jun. 26th, 1970>

고 부산에 다녀왔습니다. 오래 만에 부산을 다시 찾는 반가운 기회였지요."

한국은행 취업은 민병갈에게 안정된 직장을 얻은 이상의 의미를 갖는다. 이 직장 저 직장 옮겨 다니는 긴 유랑의 세월에 종지부를 찍은 사실도 중요하지만 그보다는 이를 계기로 한국에서의 제2 인생을 시작했다는 점에서 의미가 더 깊다. 그에게 제2 인생이란 바로 한국인처럼 사는 것이다. 이를 위해 먼저 한 일은 한옥을 마련하는 것이었다. 서울 독립문 근처에 있는 기와집을 장기 임대한 그는 양아들을 맞아들인다. 그리고 얼마 후 민병갈이라는 한국 이름을 짓는다.

한국은행에서 보낸 28년은 민병갈의 생애에서 황금시대였다. 필생 사업인 천리포수목원이 이곳에서 잉태했고 평생지기들도 이곳을 통해 만났다. 그가 자랑스레 여기는 영국왕립아시아학회RAS 활동의 본거지도 한국은행 고문실이었다. 가정부로 40여 년간 수발을 들어준 박순덕은 1982년 한국은행을 퇴직했을 때 민병갈이 보인 상심을 잊지 못한다. 정들었던 직장과 동료들과 헤어지는 것이 못내 아쉬웠던 그는 퇴직 후 우울증에 빠져 집에서 혼자 술을 마시는 날이 많았다. 정년 퇴직 후에도 두 개의 증권사에서 고문으로 일 했지만 한국은행에 대한 그리움을 떨치지 못했다.

의식주를 한국형으로

초가집의 정취를 즐겼던 민병갈은 뒤이어 기와집의 매력에 빠진다. 군정시절 이래 회현동의 일식 여관 '취산장翠山莊'을 숙소로 삼았던 그는 늘 기와집에서 살 궁리를 했으나 혼자 살기엔 어려움이 많아 선뜻 이사를 못했다. 한국은행에 취직 후 제대로 된 한국생활을 하기로 마음을 굳힌 그는 독립문 근처 현저동에 있는 기와집(현저동 46-1728)을 장기 임대하여 수리작업에 들어갔다. 1961년 3월 동아일보 기자의 탐방기에 따르면 구조를 바꾼 것은 화장실과 부엌뿐이고 대청, 온돌, 장독대, 아궁이는 그대로 유지했다. 그는 1957년부터 1966년까지 이 집에서 10년을 살았다.

1966년 현저동 시대를 마감한 민병갈은 종로구 팔판동 기와집에서 임시로 몇 달 동안 살다가 가회동의 명문 고택을 세내 1970년까지 한옥생활을 이어 간다. 이 집은 백 병원의 설립자가 살던 집으로 전해진다. 민병갈은 입주 후 집안을 장롱, 경대, 문갑 등 한식 가구와 지필묵, 고서 등 선비용품으로 채워 놓고 구한말 대가 집의 운치와 풍류를 즐겼다. 이웃집에 살던 의사 김정근의 가족 말에 따르면 집안에 부엉이를 키워 동네에서 '부엉이 집'으로 통했다. 민병갈은 한옥 선전에도 열심이었다. 양아들 송진수에 따르면 민병갈은 가끔 외국인 친구들을 초청하여 파티를 열고 집안 구조를 보여주며 한옥의 아름다움과 편리성을 설명했다.

민병갈의 남다른 한옥 사랑은 천리포수목원에 있는 열 한 채의 기와집, 한 채의 초가집, 그리고 두 채의 초가형 콘크리트 건물에 집약돼 있다. 이들 중 다섯 채의 기와집은 기존의 기와집을 옮겨 지은 것이고 나머지는 직원용 집이나 사무실로 신축한 것이다. 수목원에서 가장 전망이 좋은 해안 절벽 위에 세워진 소사나무집은 서울 인왕산 기슭에 있던 고옥으로 이축을 하면서 내부 구조를 양식으로 바꾸었으나 온돌과 아궁이는 원래의 모습대로 꾸몄다. 민병갈은 그보다 넓고 고급스럽게 개축한 후박집이 완공될 때까지 10년 넘게 이 집에서 살았다.

최고급으로 지은 목련 집은 1983년 안동 지구 임화 댐 공사로 헐리는 안동 김씨의 종가 집을 사서 해체 복원한 것이다. 노모의 거처로 쓰기 위해 특별히 공을 들여 지은 이 집은 태안군에서 호화주택으로 분류돼 한 때 준공검사를

▲ 천리포수목원의 숙소(후박집)의 거실 내부. 전통 한옥의 대청마루 곳곳에 가족사진을 걸어두었다.

못 받기도 했다. 다정큼나무 집으로 불리는 초가집은 100년이 넘은 고옥으로 원형을 보존하기 위해 이엉을 잘 매는 농부를 고용하는 등 관리에 각별히 신경을 썼다. 이 집은 수목원 교육생의 숙소로 쓰이다가 2005년에 개량형 초가집으로 개축되었다.

소사나무집 이후 20여 년간 민병갈이 머문 후박집은 서울 홍은동에서 옮겨지은 것으로 주인의 한식 취향이 그대로 담겨 있는 집이다. 온돌로 된 안방은 서화와 함께 침상이 놓여 있고 응접실 겸용으로 쓰인 서재는 옛날 사대부 집안의 사랑방처럼 꾸몄다. 실제로 주인이 애용했던 안방의 침상과 응접실의 보료, 그리고 병풍 등 소품들은 그가 세상을 떠난 뒤에도 오랫동안 보존돼 한 이방인의 남달랐던 한국의 전통문화 사랑을 보여주었다.

그런데 이들 기와집들은 개축 과정에서 서양 가옥의 특징인 전망과 기능성이 가미됐기 때문에 전통 한옥의 멋은 충분히 살리지 못한 아쉬움이 있다. 그

러나 민병갈이 헐리는 한옥을 열심히 옮겨 지은 뜻은 단순한 소유욕이 아니
었다. 그가 진심으로 바란 것은 한옥의 가치를 널리 알리고 헐리는 한옥이 영
구 소멸되지 않도록 이전 개축하여 보존하는 일이었다.

　민병갈의 한옥생활은 가회동 집에 이어 몇 년 더 이어졌다. 독립문 근처(현
재의 영천교회 자리)에 있는 기와집 한 채를 사서 잠시 살다가 서대문구 연희
동 양옥으로 이사했다. 서울 숙소로 쓰인 연희동 집도 내부는 한식으로 꾸몄
다. 대문과 담장도 한식으로 바꾸어 양옥과 균형이 안 맞았지만 민병갈은 개
의치 않고 천리포의 후박집과 함께 두 집을 오가며 한식 생활을 즐겼다. 후박
집에서는 온돌로 꾸며진 안방을 사용했던 그는 침대를 애용하는 가정부를 이
상하게 생각했다. 나이가 들어서는
보료를 깔고 앉아야 편할 만큼 한옥
생활에 깊이 젖었다.

　한옥 입주를 시작으로 민병갈은
한국인의 의식주를 생활화한다. 민
속 명절이나 집안 잔치 때는 항상 한
복을 곱게 차려 입었다. 한복은 민병
갈이 사랑한 또 하나의 한국의 전통
유산이다. 그의 생일 12월 24일 저녁
은 크리스마스 이브 이기도 하지만
어떤 서양식 잔치도 베풀지 않았다.
고희 때부터 천리포수목원의 기와
집에서 벌어지는 생일 파티는 양반
집 잔치를 방불케 한다. 온갖 음식이
차려진 생일상을 앞에 두고 전통 한
복차림으로 가족과 직원들부터 차

▲ 한복을 좋아한 민병갈(중앙)은 가족에게도 한복을
입도록 권장했다. 1961년 어머니 에드나(왼쪽)와
고모 루스(오른쪽)가 한국을 방문했을 때 함께 한
복을 입고 현저동 한옥에서 가족 파티를 열었다.

레로 절을 받는 모습은 옛날 대갓집의 어른과 다를 것이 없었다. 양아들 내외와 손주도 한복을 차려 입는 것은 물론이다.

민병갈은 평소에도 간편한 개량 한복을 입는 날이 많았다. 수목원 창립 20주년 때는 직원 모두에게 개량 한복을 한 벌씩 선물했다. 어머니 고모 여동생 등 미국 가족에게도 한복을 선물했던 그는 외국인 친구를 만날 때 마다 한복의 우아함과 편리성을 강조했다. 1960년부터 5년 동안 어머니 에드나가 한국에서 살 때는 모자母子가 함께 한복을 자주 입는 바람에 옷 간수와 다리미질 하는 일이 큰 고역이었다고 가정부 박순덕이 회고했다.

한복 사랑은 민병갈이 만년에 원불교에 입교하는 계기가 되기도 했다. 한복을 단정히 입고 다니는 여성 교무들에 호감을 가졌던 그는 태안에서 알게 된 안선주 교무를 수양 딸로 삼는다. 그런 인연으로 한복 한 벌을 선물한 안 교무는 얼마 후 그 옷을 입고 외국여행을 다녀 온 민 원장으로부터 특별한 감사의 말을 들었다. 비행기를 탈 때마다 탑승객들의 집중적인 시선을 받으며 아름다운 옷이라는 찬사를 받았다는 것이다.

민병갈은 한옥과 한복을 사랑하기에 앞서 한국 음식을 좋아했다. "처음 먹어본 김치가 입에 쩍쩍 붙었다"는 그의 말은 조금도 과장이 아니다. 특히 깍두기를 좋아하여 명동과 연희동에 있는 그의 단골 중국 음식점에서는 항상 이를 준비했다. 사무실에서 가까운 명동 곰국시집도 점심시간에 그가 나타나면 다데기부터 챙겼다. 매운 고추장과 짭짤한 콩졸임을 좋아하는 그의 식성은 토종 한국인보다 더했다. 1974년부터 17년간 천리포수목원에서 인부들에게 밥을 해준 박동희(1931년생) 할머니에 따르면 오이소배기와 깻잎 절임을 좋아했으나 된장은 즐기지 않았다. 1977년 1월 뉴질랜드 여행 중 어머니에게 보낸 편지에서는 "한국을 떠나니 김치 생각이 간절하다"며 자신의 한국화 Korianized가 너무 빠르다고 미안해 했다.

1960년대 민병갈의 외국인 친구들은 현저동 한옥에서 해마다 즐긴 김치파티를 잊지 못한다. 초청자의 요청에 따라 한복을 입고 참석한 이들은 두 가정부가 보이는 김장 시범을 견학한 뒤 한바탕 시음회를 갖고 나서 끝판에서는 김치 선물 꾸러미를 한 개씩 받았기 때문이다. 김장파티의 단골이었던 언더우드Horace G. Underood 전 연세대 재단이사는 미국호랑가시학회지Holly Society Journal 2002년 여름호에 기고한 추모사에서 "민병갈은 많은 사람들에게 김치를 성공적으로 소개했다"고 회고했다. 그는 글에서 민병갈은 한식과 양식을 불문하고 대단한 미식가였다고 밝혔다.

민병갈의 의식주 생활 양식은 나이가 들수록 토종 한국인보다 더해 갔다. 술이나 담배 등 기호품에서도 예외가 아니었다. 박순덕에 따르면 중년 때는 위스키를 좋아하다가 50 고개에 들어서는 정종(청주)으로 바뀌었다. 그리고 환갑이 지난 뒤부터는 소주로 달라져 저녁이면 혼자 소주병을 비우는 날이 많았다. 한국 술은 거의 다 좋아했지만 유일하게 막걸리만은 가까이 하지 않았다.

한국의 풍물 사랑

예나 지금이나 미개한 나라를 여행하는 외국인 입장이 되면 그 나라의 자연 풍물 민속에 흥미를 갖게 마련이다. 1950~1960년대 한국생활 초기의 민병갈도 그 예외가 아니었다. 의식주를 한국인처럼 살았던 그는 자연스레 한국의 전통적인 생활 습속과 그 유산들을 좋아하게 되었다. 한국인의 순박함과 여유로움이 그대로 담겨 있는 생활문화는 또 다른 한국의 매력으로 다가왔다. 보이는 풍물이나 보이지 않는 풍습이나 모두 신기하면서도 정겨웠다.

한국생활 초기에 자동차 여행을 즐겼던 민병갈은 자연히 지방 풍물을 만날

▲ 1960년대 중반 민병갈
(오른쪽 안경쓴 남자)의
현저동 한옥에서 열린 성
년식. 사모관대를 한 외
국인 친구들이 지켜보는
가운데 한국 여성들의 도
움으로 전통적인 성년식
을 치르고 있다. 모델 청
년도 외국인이다.

기회가 많았다. 이때 그에게 가장 정겹게 다가온 농촌 풍경은 옹기종기 모여
있는 초가집들이었다. 특히 그를 매혹시킨 것은 집집마다 굴뚝에서 밥짓는
연기가 솟는 저녁나절의 풍경이었다. 미군 장교시절 처음 가 본 농촌이 경기
도 일산 근처였다고 기억하는 그는 날이 저무는 줄도 모르고 농가마을을 구
경하다가 귀로에 길을 잃어 애를 먹었다고 술회했다. 한국말을 어느 정도 익
힌 군정청 시절에는 마을에 들어가 주민과 정담을 나누는 단계에 이르렀다.

민병갈이 좋아한 풍물은 역시 농촌 등 시골에 많았다. 풍물이라고 할 것까
지야 못되지만 개울에서 빨래하는 아낙네들, 느티나무 아래서 장기를 두는
촌로村老들, 영그는 곡식을 지키기 위해 새를 쫓는 아이들이 그의 눈에는 한
폭의 수채화처럼 보였다. 어떻게 보면 그가 좋아한 풍물들은 구한말 한국에

온 외국기자나 선교사들이 열심히 사진기에 담은 피사체들이다. 그런 측면에서 그가 보였던 한국인이나 한국의 풍물에 대한 호감은 개화기 한국에 왔던 외국인이 보인 호기심의 수준을 크게 벗어나지 못한다.

민병갈이 남긴 수많은 슬라이드 필름들은 그가 얼마나 한국 풍물을 사랑했는지 잘 말해준다. 그 대표적인 모습들은 농촌풍경과 향토색이 물씬한 지방 시장이다. 마당에서 새끼를 꼬는 농부, 신부를 태우고 가는 가마, 찹쌀떡을 파는 거리의 행상 등이 그런 사례에 들어간다. 풍악과 묘기로 와자지껄한 난장판을 즐겨 찾았던 그는 "호객과 흥정이 요란하게 벌어지는 저잣거리도 즐거웠지만 시장 구석에 쪼그리고 앉아 좌판을 지키는 할머니와 지방 특산물을 지게에 가득 지고 나온 촌로들이 더 정겨웠다"고 회고했다. 이 같은 재미를 즐기기 위해 그는 지방 여행에 나설 때는 가는 곳의 장날에 맞춰 출발했다. 그가 오랫동안 기억하는 추억의 장은 경기 수원장과 일산장, 충남 강경장, 경북 안동장이다.

지방 풍물 구경은 6.25전쟁으로 일단 중지되었으나 북한군이 들어오지 못한 부산지역은 예외였다. 임시수도가 있는 전시, 부산의 국제시장에서 처절한 삶의 현장을 목격한 민병갈은 한국의 시장 풍경이 항상 정겹지만 않다는 것을 처음 알았다. 전쟁이 끝난 뒤 자주 찾은 한국은행 직장에서 가까운 남대문 시장이나 현저동 집에서 가까운 영천시장에서도 마찬가지였다. 그의 뇌리에서 좀처럼 지워지지 않은 시장 풍물은 어린 남자 애가 지게에 땔감 나무를 지고 팔러 나온 모습이었다. 몇 푼 벌기 위해 생업전선에 나선 어린애가 너무 불쌍해 보였다고 뒷날 회고했다.

휴전 성립으로 사회가 어느 정도 안정을 되찾은 1954년부터 민병갈은 중단했던 자연 탐사와 풍물 답사를 재개한다. 한 때 농촌 풍물에 깊이 빠졌던 그였지만 한국은행 취직으로 한국정착이 이루어진 뒤부터는 선비문화 쪽으로 풍물 취향이 달라진다. 그 배경은 확실치 않으나 오랜 친구인 서정호徐正虎가

들려준 다음과 같은 일화가 하나의 계기로 작용했을 가능성이 크다.

"민병갈은 휴전 후 몇 해 지나서 대중교통이 안정되자 청량리에서 출발하는 버스를 타고 강원도 쪽을 혼자서 많이 여행하는 것을 자주 보았다. 한번은 한국은행 고문실을 찾아 갔더니 대관령에서 서당 구경을 하고 왔다고 한바탕 자랑을 하며 자신이 찍은 사진을 보여주었다. 그 사진은 망건 쓴 훈장 앞에서 댕기 딴 학생들이 공부하는 모습이었는데, 대단한 발견을 한 듯 흐뭇해하며 서당에 대해 이것저것 물었다."

▲민병갈이 찾아간 조선왕조 마지막 왕비. 윤비

당시 민병갈은 한국생활을 10년 넘게 했을 때인데 서당에 대한 지식이 없었던 것은 뜻밖이다. 그만큼 그는 농촌의 서민적인 풍물에만 빠져 있었다. 실제로 그가 선비들의 본거지인 서원이나 사대부들이 사는 양반집에 관심을 보이기 시작한 때는 1950년대 말이었다. 이 시기는 그가 외국인 친목단체인 왕립아시아학회RAS 관광단을 이끌고 전국의 서원과 이름난 선비의 고택을 많이 탐방한 때와 일치한다. 그가 제대로 갖춰진 선비문화를 처음으로 만난 곳은 안동의 하회마을이었다. 이곳의 고택들에 깊은 인상을 받은 그는 1985년 천리포에 한옥(목련집)을 지을 때 안동 댐의 수몰지구에 있던 양반집을 사들여 건축자재로 활용했다.

▲ 수목원 내방객에 초가집의 아름다움을 설명하는 민병갈.
  생전에 그는 수목원에 있는 두 채의 초가 보존에 각별한 신경을 썼다.

　민병갈은 풍물 현장만 즐긴 것이 아니라 풍물에 관련된 사람을 만나는 것
도 좋아했다. 시골 난장판에 가면 의례 광대를 찾아가 함께 사진을 찍자고 청
했다. 왕실문화에도 관심이 많았던 그가 가장 만나고 싶어한 사람은 비원의
낙선재에서 사는 조선왕조의 마지막 황후인 윤비였으나 왕가의 엄격한 법도
때문에 쉽지 않았다. 고심 끝에 그는 같은 미국인이자 펜실베이니아 동향인
인 영친왕의 며느리로 있는 줄리아를 통해 설날 세배를 하고 싶다는 청을 넣
는다. 1960년대 어느 설날 무렵 낙선재를 찾아 윤비에게 큰 절을 하는 데까지
는 성공했으나 집안 구조를 둘러보고 싶은 뜻은 상궁들의 거부로 이루지 못
했다.

　민병갈의 호기심을 자극하는 인물은 구중 궁궐보다 산간벽지에 더 많았다.
그 신분도 윤비같은 왕족부터 이름 없는 촌로까지 다양했다. 한국의 풍물이

나 민속과 관련하여 좀 특별한 인물이다 싶으면 그가 어디에 살든 직접 만나서 확인해 봐야 직성이 풀리는 성미였다. 그 우선 대상은 명문가의 종손과 집성촌의 촌장이었으나 희귀 성씨도 빠트리지 않았다. 이 같은 취향은 한국의 족보문화를 좋아한 호기심에서도 나타난다. 지방 여행길에 이름난 고택을 찾아 종손으로부터 집안 내력을 듣는 것이 취미였던 그는 어디에 어느 희귀 성씨가 산다는 소문을 들으면 일부러 먼 길을 찾아가는 열성을 보였다.

1982년 가을, 수행비서로 갓 입사한 이규현은 주말을 맞아 관례대로 천리포 수목원으로 내려갈 준비를 하던 중 민 원장으로부터 뜬금없는 지시를 받는다. 태안에서 남쪽으로 100km 이상 떨어진 충남 보령군 주포부터 먼저 들르자는 것이다.

"주포에 궉씨가 산다고 신문에서 읽었어. 한번 가 봐야겠군."

만나고 싶어한 궉씨는 청주가 본관인 궉鴌 씨를 지칭한 것인데, 종친이 모두 300명도 안되는 희귀한 성씨였다. 인라인스케이트 선수로 유명한 궉채이鴌彩伊가 그 문중 인물이다. 두 사람이 서울에서 200km 넘는 길을 자동차로 달려 찾아간 곳은 서해안의 한적한 어촌이었다. 묻고 물어 궉씨 집을 찾은 민병갈은 집안 노인에게 동백나무 묘목 한 그루를 선물로 주며 정중한 인사를 했다.

"한국에 귀화한 미국 사람입니다. 종시조 어른이 누구신가요"
"임진왜란 때 명나라 원군으로 우리나라에 온 시時 자 영永 자 입니다. 그 이상은 잘 모릅니다."

농사를 짓는 집 주인은 뜻밖에 이방인의 내방을 받고 당황했지만 손수 참외를 깎아주는 등 친절한 손님맞이를 했다. 미숫가루를 탄 냉수의 시원함에 입맛이 당긴 민병갈은 가게 내력에 관해 이것저것 물으며 시간 가는 줄 몰랐다. 귁씨 문중의 촌로를 만난 것이 큰 자랑거리였던 그는 알 만한 사람을 만나면 하늘 천天 밑에 새 조鳥 자를 쓰는 한자를 써 보이며 "꿕 꿕" 하는 꿩 소리에서 유래되었다는 귁씨 관련 옛 이야기를 빠트리지 않았다.

그렇다고 한국의 생활문화나 풍물이 모두 민병갈의 마음에 든 것은 아니다. 기독교 집안에서 자란 때문인지 그는 이례적으로 굿이나 고사 같은 복을 빌거나 절을 하는 풍물은 반기지 않았다. 특히 번쩍거리는 칼과 작두가 등장하는 굿판에는 질색을 했다. 돼지머리도 그가 멀리하는 품목이다. 유난히 닭을 싫어했던 그는 시장 구경을 하다가도 닭 소리가 나면 발길을 돌렸다. 그가 좋아한 풍물은 소박한 민속이거나 농악, 탈춤, 민속놀이 등 주로 흥겨움을 일으키는 것들이었다.

마침내 한국인

민병갈은 어느 모로 보나 타고난 한국인이었다. 어떻게 보면 한국인을 만나기 전부터 한국인을 닮아 있었던 것 같다. 평소의 성격이나 행동에서 전형적인 한국인을 닮은 데가 많다는 것이다. 부드러운 성품이나 서둘지 않고 유유자적하는 태도 등 어딘가 한국인의 모습이 엿보였다. 좀처럼 속내를 드러내지 않는 은근함도 그렇고 다부지지 못한 성격도 비슷했다. 오키나와에서 처음 본 한국인에 호감을 갖게 된 것도 그의 심성에 내재된 한국인다운 마음에서 나오지 않았나 싶다.

한국인은 평화를 사랑하는 민족이라는 교과서 내용이 맞다면 민병갈은 한민족에 아주 가까운 사람이다. 폭력을 극도로 싫어한 그는 영화를 보다가도 총 소리가 나거나 유혈 장면이 보이면 질색을 하며 얼굴을 돌린다. 그와 함께 양식당에 가서 스테이크를 주문 할 때는 고기를 굽는 정도에 신경을 써야 한다. 덜 구워진 피 빛 쇠고기를 보면 입맛을 잃기 때문이다. 그러나 그가 싫어한 것은 전쟁이지 경쟁은 아니었다. 그는 증권가에서 명성을 날린 투자가로서 타고난 승부사 기질이 있었고, 브리지 게임에서는 당할 사람이 드물 만큼 고수였다.

생활방식뿐 아니라 사고방식에서도 민병갈은 한국인의 전통적인 모습을 많이 닮았다. 노모를 극진히 받드는 효심이나, 여러 세대가 한집에서 사는 대가족제도를 좋아한 것도 다른 서양인에게서 찾아보기 어려운 한국형 사고방식이다. 가족과 끈끈한 연대 관계를 지켰던 그는 한국인이 족보를 좋아하듯이 밀러 가家 문중의 가계家系를 중시했다. 독실한 기독교 가정에서 자랐으면서도 불교를 좋아하여 산행 때는 사찰을 들르는 버릇도 전통적인 한국인을 닮은 모습이었다.

1975년 민병갈은 마침내 법적인 한국인이 되기로 결심한다. 한국에 귀화하는 절차에서 그에게 가장 큰 걸림돌은 한국 법무당국의 승인 문제가 아니라 미국 고향에 있는 노모의 맹렬한 반대였다. 한국의 효자 이상으로 효심이 두터웠던 그는 3년을 조른 끝에 어머니의 승낙을 받고 1978년 귀화를 신청하여 이듬해 법적으로 한국인이 된다. 그때 나이는 58세. 이미 초로의 신사가 된 나이였지만 그보다 훨씬 전부터 그는 준비된 한국인이었다.

얼굴만 서양인

민병갈은 한국생활에 젖어 들기 전부터 그는 성격이나 기질이 전형적인 한국인과 매우 흡사했다. 그가 스스로 밝힌 한국인을 닮은 자신의 모습은 1979년 5월 9일자 신아일보 인터뷰기사에 잘 나타나 있다. 당시 법무부에 귀화를 신청한 상태였는데, 그는 뜻대로 안돼서 걱정스럽다는 뜻으로 '야단'이라는 말을 쓰며 다음과 같이 말했다.

> "내가 높은 코와 파란 눈을 가졌다고 미국사람으로 보지 않았으면 한다.
> 나의 마음은 한국사람과 똑 같다. 나의 의식주 생활은 모두 한국식을 따른다.
> 한복이 너무 편하고 스테이크보다 김치와 고추장이 입에 맞으며 온돌에서 자
> 야 잠이 잘 온다. 한옥의 아름다움은 세계의 어느 나라 건축도 따를 수 없다
> 고 본다. 그런데 한국말이 서툴러서 야단이다."

당사자의 말이 아니더라도 민병갈은 콧날이 서고 눈빛이 달랐을 뿐, 생활습성뿐만 아니라 평소의 몸가짐과 마음가짐에서도 어딘가 한국인과 비슷했다. 그가 평생 사랑한 자연에 대한 태도에서도 그러했다. 자연에 맞서 자연의 악조건을 극복해 나가는 서양인의 자세가 아니라 자연에 순응하며 그 섭리대로 사는 한국인의 옛 모습을 보였다. 특히 한국인다운 면모는 충효사상과 대가족 선호 등 사라져 가는 한국의 전통 사고에 깊이 젖어 있는 모습이었다. 조상을 받들고 씨족관계를 중시하는 족보 사랑도 한국인과 닮았다.

충효사상은 좀 비약이지만 민병갈은 한국을 끔찍이 사랑하여 한국말로 한국을 지칭할 때는 반드시 '우리나라'라는 표현을 썼다. 연설이나 집필 때는 물론이고 사석에서도 그러했다. 외국 학회지에 기고한 글에서 한국이 제2 조국이라는 뜻으로 '나를 키워 준 나라my foster country'라는 표현을 쓴 것도 남달

▲ 1983년 설맞이 가족사진. 양아들 송진수 내외와 두 손주 등 일가 5명이 한복 차림으로 포즈를 취하고 있다. 배경 병풍은 위창 오세창이 쓴 6체 글씨

랐던 한국 사랑을 말해 준다.

나라 경제가 어려워 '국산품 애용'이 강조되던 시절, 이를 솔선하여 지킨 사람도 민병갈이다. 미군 PX에서 품질 좋은 외제상품을 값 싸게 살 수 있었는데도 지나칠 만큼 국산품 애용을 고집했다. 그가 살던 서울의 연희동 집이나 천리포의 후박집에 가 보면 가재도구들이 국산품 아닌 것이 드물다. 호루겔 피아노, 대우 VCR, 삼성 냉장고, 린나이 가스히터 등 거의 다 20년 이상 쓴 제품들이 지금도 남아 있다. 그가 애용한 외국산이 있다면 파카21 만년필, 필립스 전기면도기, 올림푸스 카메라 정도 일 뿐이다.

한국인의 전통 사고와 닮은 모습은 대가족 선호에서도 나타난다. 평생 독신으로 산 민병갈은 혈연관계가 있는 후대가 없었지만 양아들과의 관계를 중요시했다. 특히 손주를 끔찍이 사랑하여 3대가 한 집에 사는 전통적인 한국

▲ 1963년 6월 미국에서 사는 여동생(왼족에서 두번째)이 한국에 왔을 때 민병갈은 독실한 기독교인인 어머니를 모시고 남매 동생과 함께 춘천의 농촌교회를 방문했다.

가정을 꾸려 보려는 실험도 했다. 자녀가 성년이 되면 부모를 떠나 독립해서 살기를 바라는 미국 부모들의 사고방식과는 딴판이다. 양아들 내외와 손주 등 3대가 함께 살기를 원했고, 양아들 결혼 전에는 미국에 있는 혈육과 한국 에서 함께 살기를 바랐다.

1957년 서울 독립문 근처 현저동에서 한옥생활을 본격적으로 시작한 민병 갈은 1960년 미국에서 어머니를 모셔와 미 8군 사령부에 취직시킨 다음, 이듬 해에는 중학생이던 송진수를 입양하여 3대가 함께 사는 한국식 가정을 차렸 다. 곧 이어 일본에서 살던 남동생 앨버트Albert Miller도 미국회사(제너럴 일렉 트릭) 한국 주재원으로 오게 하여 한 때는 세 모자가 서울에서 이웃으로 살았다. 그러나 이들 세 번의 시도는 모두 실험으로 끝났다. 남동생 내외가 1962년 일본으로 돌아간 데 이어 1965년 어머니가 퇴직 후 귀국했고, 최후의 보루로 남았던 양아들 송진수 마저 결혼 후 자녀가 성장하자 독립하여 가정을 차렸기 때문이다.

하나뿐인 남동생 앨버트가 아내의 나라 일본에 가서 살겠다는 말을 꺼내자 시무룩해진 민병갈은 고모 루스에게 "우리의 작은 가정이 깨지려 한다Our little family group will be broken soon"고 서글퍼했다. 어머니 마저 떠날까봐 전전긍긍하던 그는 노모가 한옥생활을 불편해 하는 것을 눈치 채고 현저동 집에서 가까운 내자동의 내자호텔에 숙소를 따로 정해 주었으나 그마저 허사였다. 한국생활에 쉽게 적응을 못하던 에드나는 70세 되던 해 5년간의 한국생활을 접고 맏아들 곁을 떠났다.

네 명의 양아들을 두었던 민병갈은 이들과의 연대감을 갖기 위한 노력도 많이 했다. 이를테면 서양의 가족 놀이로 유명한 브리지 게임을 가르친 것이다. 그 결과로 맏이 김갑순과 둘째 송진수는 게임의 달인이 되었다. 1980년대 민병갈은 목요일 저녁만 되면 어김없이 두 양아들을 데리고 장충동의 서울클럽에 나타났다. 김갑순이 이민 간 뒤에는 송진수가 말년까지 동반했다. 각별한 양아들 사랑은 그의 수목원 숙소로 쓰인 후박집의 팔작 지붕에 나타난다. 용마루 끝에 있는 네 개의 방풍널에 큼직한 한자로 쓰인 濁갈 珍진 根근 正정 등 네 글자가 그것이다. 본인 병갈, 양아들 진수, 손자 정근, 손녀 정애의 이름에서 한 글자씩 따온 것이다. 이들 3대가 함께 살고 싶었던 그는 며느리를 포함한 다섯 가족이 한복을 입고 찍은 기념사진을 대청마루에서 가장 잘 보이는 자리에 놓고 살았다.

민병갈의 가족애와 대가족 선호는 조상을 받드는 한국인의 혈연주의와도 일맥상통한다. 여느 한국인처럼 제사는 지내지 않았으나 고향을 방문할 때는 어김없이 조상들이 묻힌 가족묘소를 찾았다. 가족묘소는 납골당과 비슷하다. 그 사진을 보면 민병갈의 조부모, 부모, 고모 내외 등 6명의 이름이 새겨져 있는 비석 하나만 덩그런히 놓여있을 뿐이다. 조상과 가문에 대한 애정은 그가 수집 보관한 선조 사진들에도 나타난다. 2, 3대 위로 거슬러 올라가는 조상 사진들의 일부는 너무 바래서 얼굴을 알아볼 수 없지만 소중하게 간직했다.

민병갈은 한국인이 그러했듯이 고향을 사랑했다. 서울 연희동 집이나 천리포 숙소의 외벽에는 어김없이 그의 미국 고향 펜실베이니아를 상징하는 헥스 사인이 걸려있다. 독일계 이민 가정의 전통에서 비롯된 이 심벌 마크는 일종의 부적과 같은 것으로 민병갈의 또 다른 한국인다운 모습을 보여준다. 탄생지 펜실베이니아와 함께 그는 자신이 수목원을 가꾼 태안을 제2 고향으로 아끼고 사랑했다. 직장 등 생활 근거지는 서울이지만 마음은 항상 태안에 있었다. 그가 숨을 거둔 곳도 태안 보건의료원이고 묻힌 곳도 태안에 있는 천리포 수목원이다.

이를 테면 작은 물건 하나도 태안에서 사라고 수행비서에게 당부할 만큼 태안을 사랑했다. 1995년 초가집을 본뜬 업무용 새 건물이 완공되자 사무실 책상을 고급 목제품으로 바꾸기로 하고 민병갈은 비서와 함께 태안의 가구점을 찾았으나 그가 고른 호두나무 책상이 서울 시세보다 30% 이상 비싼 것이 마음에 걸렸다. 동행한 비서가 서울에서 사자고 강력히 권했으나 "비싸도 내 고장에서 사야 한다"며 부른 값을 다 치렀다. 식당에 가서도 메뉴판 시세를 따지는 평소의 깐깐함과는 너무나 다른 모습이었다.

갸륵한 효심과 불심

민병갈은 전통 한국인 이상으로 효심이 두터웠다. 가히 효자비 감이었다. 한국은행 고용계약서에 정기적인 어머니 문안 조건을 제시했듯이 그는 기회만 되면 고국의 노모를 찾거나 일주일이 멀다고 전화와 편지를 했다. 편지는 대 여섯 장을 넘기기가 예사였다. 그 내용을 보면 집 고양이가 아프다는 등 자질구레한 것부터 한국의 경제사정 등 거창한 내용들이 뒤섞여 있다. 때로는 노모를 즐겁게 해주려는 아들의 응석을 보이기도 했다. 해군 정보학교에서 일본어를 배울 때 보낸 편지에서 써 보인 글자를 처음 익히는 유치원생 같은 한자 글씨가 그런 것이다.

▲ 1965년 한 외국인 친구의 한옥에서 열린 파티에 참석한 민병갈의 어머니(오른쪽)와 중국인 모녀와 함께 서 있다.

15세 때 아버지를 여읜 밀러는 어머니가 가족의 생계를 위해 집을 떠나 워싱턴에서 공무원 생활을 했기 때문에 모정이 그리운 청소년 시절을 보내야 했다. 한국에 와서도 같은 마음이었던 그는 모친이 정년퇴임을 하자 소일거리로 서울에 직장까지 마련해 주고 1960년부터 5년을 함께 살았다. 당시 소공동의 한국은행에 근무하던 민병갈은 점심시간만 되면 부리나케 용산 미8군 영내로 자동차를 몰았다. 그곳에 직장이 있는 어머니와 함께 식사를 하기 위해서였다. 그런 효자 민병갈에게도 어머니 뜻을 거스른 불효 하나가 있었다. 독실한 기독교 신자인 노모의 기대를 저버리고 원불교에 입교한 것이다. 그러나 어머니가 세상을 떠난 이후의 일이다.

한국에 귀화할 때도 이를 완강히 반대하는 어머니로부터 허락이 떨어질 때까지 3년을 기다렸다. 하루 담배 세 갑을 피우는 골초였던 민병갈은 담배 냄새를 싫어하는 어머니와 함께 사는 동안에는 집안에서 철저히 금연했다. 가정부 박순덕에 따르면 1965년 모친이 영구 귀국 한 뒤부터는 집안에 담배연기가 자욱했으나 그녀가 매년 여름 정례적으로 한국에 와 있는 두 달 동안은 아예 금연기간으

▲ 어머니 추모비. 노모가 생전에 가장 좋아했던 목련 '라스프베리 펀' 한 그루를 집 앞에 심고 아침마다 문안 인사를 했다.

로 정해 한 개비도 입에 물지 않았다. 한 번은 양로원에 있는 어머니 곁을 지키는 여동생이 호주 여행을 하게 되자 9순의 어머니를 외롭게 할 수 없다며 모든 일을 제치고 미국으로 가서 2주 동안 말벗 노릇을 했다.

1996년 1월 17일 어머니 에드나가 101세로 세상을 떠나자 서둘러 미국으로 가서 장례를 치르고 돌아온 75세의 민병갈은 말을 잃은 표정이었다. 한동안 상심에 빠져있던 그는 이듬해 봄 에드나가 좋아했던 목련 '라스베리 펀' 한 그루를 천리포 숙소인 후박집 앞에 심어 놓고 그 앞에 사모思母의 팻말을 세웠다. 그리고 후박집에 머물 때면 아침마다 찾아가 "굿 모닝 맘" 하며 문안 인사를 했다. 그 애틋한 사모곡을 기억하는 수목원 직원들은 민 원장이 세상을 떠난 이듬해 봄. 이 목련 한 그루를 그의 묘역에 심어 어머니와 아들이 가까이 있도록 했다.

한국의 전통 종교인 불교에 가까이 있었던 점도 민병갈의 한국인다운 모습이다. 한국에 정착한 뒤 얼마 동안은 교회에 나가다가 등산길에 사찰을 가까이 하면서 불교 쪽으로 기울었다. 산행 중에 절을 보면 어김없이 대웅전을 찾는 버릇이 있었다고 하니 그의 마음 한 구석에는 불심佛心이 깔려 있었던 것

같다. 생전의 언행에서도 그러했다. 말끝마다 "내 전생은 한국인" "다시 태어나면 개구리가 되고 싶다" 등 불교의 윤회 사상을 비쳐 기독교인 친구들의 심기를 불편하게 했다.

어렸을 때 교회에서 올갠 연주로 용돈을 벌었던 밀러는 한국에 와서도 수목원을 차리기까지는 서울 한남동에 있는 루터교회에 자주 나갔다. 가까이 지내는 외국인 친구들은 대부분 기독교 신자였다. 가장 절친했던 친구는 선교사이자 루터교 목사인 도로우, 바틀링과 선교사 언더우드 가문의 맥을 잇는 연세대 재단이사 원일한 등으로 모두 국내 기독교계에서 알아주는 종교 지도자들이다. 이들 모두는 원불교식으로 치러진 민병갈 장례식에 참석하여 조문했다. 특히 도로우 목사는 평생 지기를 대표하여 추도사를 읽었다.

불교와의 인연은 산행이 잦았던 1950년대로 거슬러 올라간다. 등산로 요소마다 있는 절은 알맞은 쉼터였기 때문에 자주 찾게 되고 그러다 보니 자연히 불교와 친숙해졌다. 한국의 자연에 깊이 빠져 있던 민병갈에게는 아름다운 숲에 둘러싸인 사찰이 이상한 매력으로 다가왔다. 그가 평생 사업으로 일으킨 수목원도 그 시초는 사찰림에서 얻은 힌트였다. 수목원을 차린 후에도 불교 취향은 여전했다. 1975년 천리포 앞 바다에 있는 닭섬(낭새섬)을 매입한 그는 이 섬에 있던 빈집을 스님에

▲ 불교를 선호한 민병갈은 스님들과 어울리는 것을 좋아했다. 1960년대 중반 서울 근교 사찰에서.

게 절로 사용하도록 배려했다.

개구리 소리 듣는 것을 좋아했
던 민 원장이 혼자 즐기는 또 다
른 음향은 스님이 외는 독경소리
였다. 그 독경에 무슨 의미가 있
는지 알 바 없었지만 그에게는
청아한 소리 자체가 마음에 들
었다. 가정부 박순덕에 따르면
1995년 불교 TV가 생긴 뒤부터
는 심야 방송의 염불소리를 들으
며 잠을 청하는 버릇이 있었다.
그러나 불자가 될 생각이 없다가
79세가 되던 2000년에야 원불교
신자가 된다.

▲ 1999년 가을 충남 서산 원불교 교당에서 이광정 종법
사(오른쪽)를 만난 민병갈은 이듬해 정식 입교했다.

원불교에 입교하게 된 것은 가까이 지내는 안선주 교무를 통해 1999년 충
남 서산에서 이광정李光淨 원불교 종법사를 만난 것이 계기가 됐다. 이듬해 8
월 그는 안 교무의 안내를 받아 전북 익산에 있는 원불교 총부를 찾아 정식으
로 입교하고 임산林山이라는 법호를 받는다.

뒷날 민병갈은 원불교 신자가 된 것에 대해 불교보다 한국적인 색깔이 강
하고 교역자들의 담백한 인상에 이끌렸다고 술회했다. 그러나 입교는 했어도
신도 생활은 하지 않았다. 효심이 두터웠던 민병갈이 어머니의 뜻을 어기고
기독교를 멀리한 것은 체질상으로 그럴만한 이유가 있었다. 기독교에서 용납
하지 않는 동성애자였기 때문이다.

선비처럼 살고파

한국인다운 민병갈에게서 빼놓을 수 없는 모습은 시문과 풍류를 좋아하는 선비 기질이다. 독서와 글쓰기를 좋아한 것은 그가 남긴 수많은 장서와 기고문 및 서간문이 말해준다. 죽음을 앞둔 병상에서도 책을 놓지 않았던 그는 틈만 나면 해외 학회지와 국내 영자신문에 글을 실었다. 선비 기질은 따끔하게 쏘는 맛이 풍기는 글에서도 나타난다. 국내 신문을 통하여 수없이 나무란 것은 개발을 핑계로 자연을 훼손하는 행위라고 말했다.

50~60대의 민병갈이 가장 선망한 삶은 한국의 옛 선비처럼 사는 것이었다. 선비의 주업이 공부와 시문詩文이고 선비의 자세가 꼿꼿함과 지조라면 1등 선비감이다. 그에게는 체질적으로 선비 기질이 있었다. 평생토록 독서와 글쓰기를 좋아했고 나이가 들어서도 공부를 게을리 하지 않았으며 세상을 향해 쓴 소리와 바른 말을 잘했다. 게다가 화초를 가꾸는 원예인이고 피아노 연주 실력도 보통을 넘었으니 매란국죽梅蘭菊竹과 풍류를 즐기던 옛 선비를 그대로 닮았다 할 것이다. 항상 옷을 단정히 입고 집안에서 넥타이를 매는 습성은 의관을 정제하던 옛 선비와 비슷했다. 모자는 주로 겨울에만 썼다.

민병갈 생전에 그의 천리포 숙소였던 후박집은 주인의 선비적 취향을 그대로 보여주었다. 가재도구가 그렇고 집안 장식이나 생활용품도 그러했다. 마치 사대부 집안의 고명한 선비가 사는 집 같다. 옻칠이 반들거리는 침상이 놓인 안방에는 심제 이겸로의 서예와 고암 이응로의 동양화가 각각 한 폭씩 걸려있다. 응접실로 쓰이는 서재는 위창 오세창이 쓴 여섯 폭의 서도병풍을 배경으로 자주색 공단 보료가 깔리고 안석安席이 놓여있다. 서안書案과 문갑은 물론 지필묵 등 문방사우도 갖추어져 있다.

후박집에 있는 선비 용품은 단순한 장식용으로 끝나지 않았다. 주인이 즐겨 사용한 것이 대부분이다. 주말에 이곳을 방문한 사람은 가끔 민병갈의 선

▲ 1960년(경자년)에 쓴 민병갈의 서예 작품. 전문가가 보는 필력은 초급자 수준이지만 서양인으로서 이례적인 동양의 전통문화에 대한 애정과 한자 사랑이 돋보인다.

비적 풍모를 만나게 된다. 서재에서 한복을 곱게 차려 입고 책을 읽거나 글을 쓰는 모습이 그것이다. 옛 선비와 다른 점이 있다면 읽는 책이 한서가 아니고 영문서적이고 사용하는 필기도구가 지필묵이 아닌 타이프라이터나 만년필 이라는 정도 일 뿐이다. 한 때 서도를 배웠던 그는 지필묵도 사용했다. 20년 넘게 애용한 파카21 만년필은 금촉이 닳아서 세 번 바꾸었다. 타자보다 육필 을 좋아했던 민병갈은 업무용이 아닌 사신私信에서는 초록색 잉크가 나오는 만년필을 애용하였다

민 원장이 서도를 배웠다는 사실을 아는 사람은 드물다. 천리포수목원의 원장실에는 '花香鳥語總詩情화향조어총시정' 일곱 글자를 전서체篆書體로 쓴 액 자 하나가 걸려 있다. 1960년(경자년) 봄에 쓴 민병갈의 친필인데 그의 유품 중에서 뒤늦게 발견한 것이다. "꽃의 향기와 새의 지저귐이 모두 시의 정취" 라는 의미로 볼 때 그의 마음 속에는 수목원 꿈이 일찍부터 싹 트지 않았나 싶 다. 글씨가 전서체인 것은 당시 전각의 대가였던 심재 이건직의 서예 지도를 받은 때문인 것 같다. 이 액자의 낙관을 통해 민병갈의 호號가 동여東旅라는 사 실도 처음 밝혀졌다. 동쪽으로 여행 온 나그네라는 뜻인데 당사자의 처지가 함축돼 있다.

민병갈에게 가장 옛 선비다운 모습은 한문에 밝고 한자쓰기를 좋아한 것이 다. 서도인과 어울리며 한시의 매력에 빠지기도 했다. 웬만한 한자는 읽고 쓰 는 것에 막힘이 없는 그의 한문 실력은 일본어 통역장교 교육을 받을 때 집중

적으로 익힌 뒤 끊임없이 독학한 결과다. 한자 투성이였던 1950~1960년대 한국 신문에 익숙해 있던 그는 1990년대 들어 모든 신문들이 한자를 줄이고 가로쓰기로 전환하자 신문읽기가 매우 불편해졌다고 불평할 정도였다. 천리포수목원 간판도 그의 생전에는 세로로 쓰인 한자였다. 그의 명함을 보면 모든 글자가 한자와 세로쓰기로 되어있다. 전화번호도 아라비아 숫자가 아닌 한자로 쓰여 있다.

1974~1975년 민 원장이 직접 쓴 수목원 일지에도 한자가 수없이 등장한다. 그에 앞서 1963년 동아일보 '서사여화書舍餘話' 칼럼에 기고한 글을 보면 절반이 한자로 쓰여 있다. 만년에 귀가 어두웠던 그는 못 알아듣는 낱말을 한자로 써 보이면 금세 알아 차렸다. 그러나 그가 79세 되던 2000년 12월 뉴질랜드 여행 중 수양딸 안선주 교무에게 보낸 엽서를 보면 그의 필력은 크게 떨어져 있었다. 한글 실력은 유치원생 수준밖에 안 된다.

민병갈이 보인 또 하나의 선비 풍모는 음률을 즐기는 풍류객 모습이다. 풍류 기질은 수목원의 후박집과 소사나무집에 있는 두 대의 피아노가 말해 준다. 학창 때 교회에서 성가대 반주를 했던 음악 재능과 취향은 한국의 전통 음

▲ 민 원장이 해외여행 중 수양딸 안선주 교무에게 보낸 엽서들. 한글 실력은 한자능력에 못 미치는 것 같다.

악을 좋아한 데서도 나타난다. 양아들 송진수에 따르면 현저동에서 살 때는 외국인 친구들을 초청하여 국악 파티를 자주 벌였다. 때로는 사물놀이 패와 소리꾼을 불러 주흥을 돋우기도 했다. 이 모임에 단골로 참석한 사람은 1953

년부터 한국에 40년 동안 살면서 한국 전통음악을 세계에 알리는 데 공헌한 미국인 앨런 헤이먼Alan Heyman이다.

매년 12월 24일 저녁 천리포수목원에서 치러지는 민 원장의 생일 파티에는 의례 노래판이 벌어진다. 만일 크리스마스 이브와 겹치는 서양인 생일을 축하하겠다는 마음으로 크리스마스 캐럴이라도 부른다면 큰 낭패를 겪는다. 생일 주인공이 자기 차례가 되면 한국의 민요 가락을 목청껏 뽑기 때문이다. 그가 술자리에서 즐겨 부르는 노래는 "짜증을 내어서 무엇 하나"로 시작되는 태평가였다. 한국은행 간부로 국내외 정재계 인사들과 고급 요정에 자주 드나들었던 그는 자신도 모르게 풍악을 즐기는 한량 기질을 닮아갔다. 그의 풍류 재능은 시인 묵객에는 못 미쳐도 의식만은 옛 선비에 못지않았다.

펜실베이니아 민씨

민병갈閔丙渴이라는 한국 이름은 언제 지어졌는지는 당사자도 정확히 기억하지 못했다. 다만 한국은행에 취직한 1954년 이후에 작명한 것은 확실하다. 한자 이름이 문서상으로 나타난 것은 경자년(1960년)에 쓴 서예 작품의 낙관 글씨가 처음이다. 신문 지상에서는 1963년 4월 22일 동아일보 고정란 '서사여화'에 처음 등장한다. 본인의 회고에 따르면 처음에 갖고 싶었던 성姓은 아버지처럼 따랐던 유한양행 설립자 유일한柳一韓 1895~1971 의 성씨였으나 민병도閔丙燾 1916~2006 전 한국은행 총재와 의형제처럼 각별한 사이가 되면서 밀러와 발음이 비슷한 민閔씨 성을 따르게 되었다.

이름의 첫 글자도 민병도의 돌림자를 따랐다. 마지막 글자 '갈'은 자신의 미국명 '칼'을 흉내 낸 것이다. 그래서 생긴 이름이 민병갈이다. 이 같은 작명은 그에게 서예를 지도한 심재心齋 이건직李建稙의 조언에 따른 것인데, 마지막 이름자 갈漡 자는 희귀한 한자라서 명함 업자의 애를 먹였다. 워드 프로그램에도 내장이 안 돼 신문 기사에 그의 한자 이름이 잘못 표기되는 경우가 많았다. 이럴 때마다 그는 신문사측에 "남의 이름을 잘못 표기하는 것은 실례"라는 볼멘 말과 함께 "내 이름자는 남녘 병에 초두 밑에 목마를 갈자가 붙는 맑을 갈자"라는 설명을 잊지 않았다. 한국이름을 영어로 표기한 Min Byung-gal은 귀화(1979년) 전에도 영문 기고나 영어 문서에 자주 사용했다.

한옥에 살고 한국 직장에 다니며 한국 이름까지 갖게 된 민병갈에게 남은 한국화 과제는 법적으로 한국인이 돼 한국 이름을 호적에 올리는 것이었다. 그런데 한국에 귀화하기로 결심한 때는 예상보다 늦다. 어머니로부터 귀화 승낙을 받아내기까지 3년이 걸렸다는 그의 말을 감안하면 1978년 9월 법무부에 귀화 신청을 한 사실로 미루어 볼 때 귀화 결심은 1975년에 한 것 같다. 이해는 천리포의 자연농원 설계를 수목원 급으로 규모를 키우기 시작한 시기와 일치한다. 수목원 조성과 한국 귀화를 동시에 결심한 것 같다.

한국 귀화에는 당연히 어머니의 허락이 필요했다. 페리스(민병갈 애칭)의 성화에 못 이겨 1960년부터 5년간 한국에서 직장생활을 했던 에드나는 아들이 왜 한국을 좋아하게 되었는지 이해하게 되었으나 귀화까지 생각할 줄은 상상도 못했다. 1965년 귀국 후에도 몇 차례 더 한국을 방문했던 그녀는 귀화에 대한 어떤 낌새도 눈치채지 못하다가 1974년 가을에야 한국에 귀화하고 싶다는 말을 처음 듣는다. 그때는 막 시작한 수목원에 대한 애착 때문이려니 생각하고 그대로 넘어갔으나 이듬해 귀화 의사를 굳힌 편지를 받고 큰 충격을 받는다. 당시 73세였던 에드나는 얼마 안 남은 여생을 미국에 돌아온 아들과 함께 보내기를 간절히 바라고 있었다.

설마하던 귀화 문제가 표면화되자 에드나는 1976년 여름 페리스가 자기 이상으로 따르는 시누이 루스와 함께 한국을 찾았다. 아들의 귀화 의사를 단념

시키기 위한 일종의 설득 여행이었다.

"귀화하겠다고 밝힌 편지 내용을 믿어도 되니?"

"어머니 저의 간절한 소망입니다. 부디 허락해 주세요"

"네 몸에는 게르만족의 피가 흐르고 있어. 돌아가신 할아버지와 아버지가 좋아하실 것 같으냐?"

"독일인 할아버지가 미국인이 되신 것처럼 저도 한국인이 되고 싶어요"

어머니처럼 생각하는 고모도 강력히 귀화를 만류했으나 민병갈의 뜻은 흔들림이 없었다. 사랑하는 아들과 국적상으로 남남이 되는 것이 싫었던 에드나는 그로부터 2년 동안 달래거나 어르며 귀화 결심을 번복하도록 애썼지만 오히려 자신이 설득을 당하는 처지가 된다. 1978년 마지막 설득을 위해 딸과 함께 한국을 찾은 그녀는 일본에 있는 둘째 아들 앨버트를 불러들여 가족회의를 소집한다. 회의는 이미 결론이 난 상태였다. 의장 격인 에드나는 눈물을 머금고 맏아들의 귀화 요청을 승인했다.

민병갈은 어머니의 승낙이 떨어지자 곧장 한국 법무부에 귀화신청 서류를 냈다. 1978년 9월 제출한 귀화 신청이 승인되기까지는 1년도 넘게 기다려야 했다. 이듬해 11월 6일자 '법무 752'라는 일련번호가 붙은 대한민국 국적취득 허가서를 받은 민병갈은 기쁨이 앞섰지만 자신이 태어난 미국의 국적을 포기하는 섭섭함은 어쩔 수 없었다. 당시는 법적으로 이중 국적이 허용 안 되던 시절이었다. 그런데 귀화는 법무부 승인 절차로 끝나지 않았다. 민병갈이라는 이름이 호적에 오르기 위해서는 또 다른 번거로운 통과 의례가 필요했다. 주민등록을 위한 서류 작성이었다.

법무부의 승인 직후 서울 연희동 자택으로 관할 동사무소 직원과 파출소 경관이 민병갈을 찾아왔다. 서류상으로 주민등록 절차를 마무리 짓기 위해서

Pittston Native Carl F. Miller Is Korean Citizen Min Byong-gal

By MINNIE MacLELLAN
Staff Writer

A large arboretum in Chollipo, Korea on some 164 acres is fast becoming known as one of the world's finest ones with rare and complete plantings. And its owner is recognized as one of the world's leading horticulturists.

In Korea, he is known as Min Byong-gal, but in this country and particularly in Pittston where his mother and school friends reside, he's known as Carl Ferris Miller.

Back in West Pittston Public Schools, he was known as Ferris Miller and his classmates remember him as a quiet, steady, hard-working student. He was graduated in 1939 and soon after joined the US Navy. It was during his stint in Okinawa, in September 1945, that he first visited Korea as a lieutenant junior grade. In July, 1946, he returned to the States after 11 months as a US Naval officer in a censorship unit. The main job of the 225th Civil Communicatons Group, Korea was to gather intelligence information and keep the Japanese from taking assets back to Japan.

Back home, his mind kept returning to Korea and some seven months later he

CARL FERRIS MILLER

ed among the world's horticultural circles for its wide variety of trees and its free offerings of its seeds.

Pittston's native son boasts the best collection of holly in the world, with

Miller is pictured with his family and a friend in front of one of his homes in Chollipo. The home is straw covered, one of the few remaining structures so covered. His mother, Mrs. Edna Miller,

is pictured next to him and his aunt. Mrs. Ruth Kyte stands next to his mother. The woman on the extreme left is a friend.

▲ 민병갈의 한국 귀화 사실을 크게 보도한 미국 웨스트 핏츠턴의 지역신문 '윌크스 바 레코드'
1980년 3월 30일자 지면. 본인 인터뷰 기사와 함께 천리포수목원을 소개하는 글과 사진으로 지면을 채웠다.

였다. 그러나 간단한 방문조사로 끝날 일이 본관本貫을 정하는 예상 못했던 문제가 생겨 설왕설래가 시작되었다.

"본관 이라는 게 뭐지요?"

"성씨가 유래한 지역 이름 같은 것인데 호적등록에 꼭 올려야 합니다."

"그렇다면 내 고향 이름을 따서 펜실베이니아 민 씨로 합시다."

"안됩니다. 그런 본관은 있을 수 없습니다."

민병갈은 고향마저 등질 수 없다며 '펜실베이니어 민씨'를 고집했지만 받아들여지지 않았다. 그 대안으로 찾은 것이 같은 성씨를 갖게 한 민병도의 본관인 여흥麗興 민 씨다. 1980년 봄, 주민번호 211224-1037617가 붙은 주민증을 받은 민병갈은 고향의 어머니에게 법적으로 한국인이 됐음을 보고했다. 귀화를 만류하던 어머니의 반응이 궁금했으나 에드나는 의외로 아들의 소망이 이루어진 것을 반겼다.

그런데 흥미로운 것은 밀러 가문의 고향인 웨스트 핏츠턴의 지역신문이 자기 고장 출신의 미국인이 한국 국적을 취득한 사실을 자랑스레 보도한 것이다. 격일간지 윌크스바 레코트Wilkes-Barre Record는 1980년 3월 30일자 신문의 1개 면을 할애하여 한국 귀화 후 처음으로 고향을 찾은 민병갈에 관한 기사와 사진으로 채웠다. 신문은 "핏츠턴의 칼 밀러가 한국인 민병갈이 되다"라는 제하의 기사에서 민병갈을 '핏츠턴의 아들Pittston native son'이라고 불렀다.

귀화와 함께 호적까지 갖게 된 민병갈이 명실상부한 한국인이 되기 위해 마지막으로 소망한 것은 한국인의 족보에 오르는 것이었다. 그래서 한 일이 여흥민씨 종친회 방문이다. 이때 동행한 사람이 같은 종친인 민병도 당시 한국은행 총재인데, 주변사람 말에 따르면 그는 내심 민 원장이 족보에 오르는 것을 바라지 않았다. 우리나라 대표적인 명문가에 이방인이 끼는 것은 순혈주의에 어긋난다는 생각에서였다. 그러나 종친회는 흔쾌히 받아들여 민병갈 이름을 족보에 올렸다. 이에 대한 답례로 민 원장은 얼마 후 천리포수목원에서 성대한 종친회를 베풀었다. 이후부터 그는 자신의 혈통과 아무런 관계가 없는 명성황후와 민 충정공이 같은 종씨임을 은근히 자랑했다.

민병갈 귀화와 관련된 또 다른 화제 거리는 대한민국 정부 수립후 한국에 귀화한 최초의 서양인 남자로 볼 것인가 라는 점이다. 수잔 멀릭스는 1986년 영문잡지 '아리랑' 겨울호에 쓴 글에서 민병갈을 가리켜 '한국에 귀화한 유일한 서양인 남자the only male Caucasian with Korean citizenship'라고 소개했는데, 당시로서는 그가 푸른 눈을 가진 유일한 한국인이었던 것은 사실이다. 그러나 최초의 인물로 보기는 어렵다. 그보다 먼저 한국적을 취득한 서양인 남자는 서강대학 초대학장을 지낸 미국 출신 길로연吉老連 신부이기 때문이다. 민병갈보다 두 살 위로 10여 년 앞서 한국에 귀화한 그는 만년에 미국으로 돌아가 여생을 보냈으니 한국에 뼈를 묻은 민병갈에 '광복 후 최초'라는 수식어를 붙여도 좋을 듯하다.

민병갈의 한국생활 반세기

▲ 10대   ▲ 20대   ▲ 30대   ▲ 40대

▼ 1950년대 서울 을지로에 세워진 교통통제 영문 표지판 앞에 서 있는 밀러.
전차길 공사로 한달 동안 자동차 운행을 금지한다는 내용인데, 외국인을 대상으로 한
서울 시경의 고지문에 나타난 미숙한 영어가 밀러의 흥미를 끌었다.

▲ 50대　　　　　▲ 60대　　　　　▲ 70대　　　　　▲ 80대

평소에도 옷을 단정하게 입었던 민병갈은
젊어서나 나이들어서나 한복을 줄겨 입었다.

민병갈의 한국생활

민병갈은 한국인처럼 살았다. 노인접대를 좋아했는가 하면 수목원에서는 농사를 지었다. 본원에 있는 논 네 마지기는 유기농법을 쓰기 때문에 개구리와 메뚜기가 제철을 즐겼다.

▼ 젊은 날 서울 종로의 한 식당에서 베푼 노인접대.

▲ 6.25 전쟁이 나기 직전 친구와 함께 38선 경계선을 찾은 밀러

▼ 1989년 봄 모내기를 끝낸 논두렁을 둘러보고 있다.

초가를 좋아한 민 원장은 수목원에 있던
옛집을 보존하는 일에 신경을 썼다.
그가 내방객들에게 자랑했던 고옥은
너무 낡아 헐리고 그 자리에
새 집(왼쪽)이 들어섰다.

▼ 기와집은 민 원장이 좋아한 또 다른 한옥이다.
그가 애용했던 소사나무집(오른쪽)은 2000년
화재로 소실되었으나 사후에 수목원측이 옛
모습대로 복원(아래)했다.

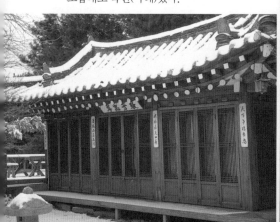

민병갈이 찍은 한국 풍속도

▌한국인 사랑

▲ 1960년 가을 한 친구의 생일잔치에 초대를 받은 자리에서 찍은 사진이다.

▼ 19550년 초 강화도의 한 포구에서 만난 두쌍의 한국 청년들과 유쾌한 한 때를 보내고 있다.

한국인을 좋아한 민 원장에게는 한국인 친구가 많았다. 사회적 신분이 높은 사람보다 보통사람을 좋아했고 처음 만나는 사람도 격의없이 대화를 나누었다. 특히 어린이를 좋아하여 그가 찍은 사진에는 천진한 아이의 모습들이 많다.

▲ 어린이를 껴안은 20대의 밀러

◀ 수목원을 찾아온 영농지도자들과 대화를 나누는 모습

▼ 1982년 한 초등학교 운동회에서 어린이들이 교사의 안내를 받고 있다.

한국생활 초기부터 자동차로 농촌여행을 즐겼던 민병갈은 농가를 지나게 되면
차를 세우고 농부들과 대화를 즐겼다. 위 사진은 1949년 경기도 안성의 한 농가
마당에서 철제 농기구를 들고 있는 모습이다.

한국의 농촌은 타향살이를 하는 젊은 밀러에게 깊은 정감을 일으켰다.
짚으로 덮혀진 초가가 정겨웠고 마당에서 일하는 농부가 친숙한 이웃 같았다.
기독교 집안에서 자랐지만 한국인의 전통 종교나 민속신앙이 더 마음에 끌렸다.

▲ 거리에서 즉석요리를 파는 불량식품도
밀러(오른쪽에서 두번째)에게는 구미를
당기는 음식이었다.

▶ 1951년 9월 경남 밀양의 한 촌락을 찾은
밀러(오른쪽)가 친구와 함께 돌장승 옆에
앉아 있다.

▲ 평생을 바쁘게 산 민병갈은 급할 것 없이 유유자적하는 한국인들의 모습이 신기했다.
곰방대를 입에 물고 나들이에 나선 촌로들(시기 장소 미상).

▲ 소가 끄는 달구지에 짐을 가득 싣고 신작로를 지나는 농부.
1968년 전남 영암.

장터 풍경은 민 원장이 가장 즐겨 카메라에
담는 한국의 풍물이다. 1956~1959년 사이에
경북 대구와 밀양, 충남 강경에서 찍은 사진
들이다.

▲ 군정청 직원으로 근무하던 칼 밀러가 1946~1948년
강원도 여행중 찍은 결혼과 장례 풍속도. ▼

▼ 지게를 진 한 농부가 진달래
장식으로 한껏 멋을 냈다.

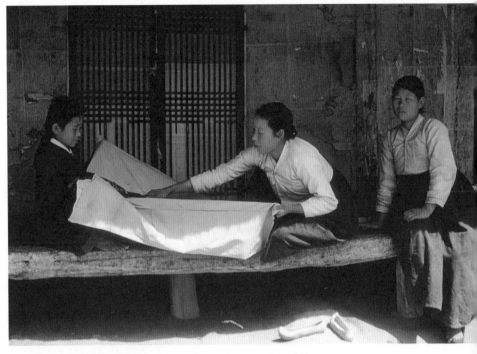

▲ 초가집 마루에서 다리미질을 하는 여인. 1948년 10월 강원도 간성

◀ 6.25전쟁의 상처. 폭격맞은 폐허에서 노는 어린이들과 불에 타서 뒤집혀 있는 승용차 잔해 뒤에 서 있는 민병갈(1953년 경기도 연천) ▼

조무연

2부

자연과 더불어

민병갈에게 일생의 화두(話頭)는 자연과 더불어 사는 것이었다. 그가 평생 추구한 자연과 함께 하는 삶은 세상과 동떨어져 자연 속에 파묻혀 사는 목가적인 삶이 아니라 자연의 실체에 접근하여 그 본질를 알고 그것을 잘 가꾸어 자연과 인간이 공생관계를 이루는 탐구의 삶이었다. 화학을 전공한 자연과학도였으나 나무와는 거리가 멀었던 그는 한국의 자연에 심취하여 뒤늦게 식물학도의 길에 들어선다. 50대에 시작한 나무공부에서 보인 집념의 학습열은 그를 지도한 식물학자와 전문가들을 놀라게 했다. 자연은 민병갈에게 학습 도장이자 함께 어울려 사는 인생의 동반자였다.

자연에 빠지다

민병갈이 가장 탐닉한 것은 한국의 자연이다. 8.15 해방군으로 한국에 첫 발을 디딘 그가 첫눈에 반한 자연은 아담한 산과 푸른 하늘이었다. 한국생활 초기의 짧은 군인 생활 중에 열심히 찾은 곳은 서울 근교의 산이다. 남산에 올라 한국의 산과 첫 대면을 한 그는 북악산을 오른데 이어 북한산의 아름다움에 빠졌다. 그리고 본격적인 산행 취미를 붙여 끝없는 자연 탐구에 들어갔다.

청년 밀러의 산행은 서울 근교 산부터 시작하여 차례로 범위를 넓혀 갔다. 제대로 된 등산로가 없고 안내 지도도 없던 시절이었지만 군인으로 한국 생활을 시작한 그에게는 길 없는 길이 크게 문제될 불편이 아니었다. 강인한 체력에 모험심이 강했고 미군의 야전 장비까지 갖추었으니 험준한 산이라고 못 오를 곳이 없었다. 다만 안내는 지리에 밝은 현지 고용인의 신세를 지지 않을 수 없었다. 1980년 한 인터뷰에서 "50년대 말까지 남한의 웬만한 산은 다 가 보았다"고 공언할 정도로 그는 한국생활 초기 10년 안팎에 한국의 큰 산을 대부분 섭렵했다.

밀러의 자연공부는 주한 미군시절에 이미 시작되었다. 의도적인 학습은 아니었으나 한국의 자연이 마음에 들어 여행과 산행을 자주 하다

보니 저절로 학습단계로 들어서게 되었다. 1960년대 중반 본격적인 나무공부에 들어가기까지 자연학습은 거의 독학이었다. 학습 교사가 있다면 등산 안내인이나 산사에서 만나는 스님 정도일 뿐이었다.

1950년대 말 밀려든 전쟁과 남벌로 황폐된 산을 보고 가슴이 아팠다. 등산을 하면서 '이 헐벗은 산에 푸른 옷을 입히면 얼마나 좋을까' 하는 생각을 했다고 1988년 그는 한 언론 인터뷰 스포츠서울 7월 29일자에서 회고했다. 자신도 모르는 사이에 자연공부에 입문해 있던 그는 서서히 수목원의 꿈을 키우고 있었다. 잦은 산행과 여행길에 얻은 지식은 RAS라는 외국인 친목단체를 통해 한국에 거주하는 외국인들에게 관광을 안내하는 수준에 이른다.

민병갈의 자연학습은 식물학자 이창복을 만난 1963년 후반부터 나무중심으로 바뀐다. 42세에 시작한 나무공부는 1989년 영국 왕립원예협회로부터 비치Veitch 메달을 받을 때까지 26년간 이어진다.

남산부터 한라산까지

민병갈이 최초로 만난 한국의 자연은 1945년 9월 8일 새벽 인천 상륙 때 함상에서 본 월미도의 숲이었다. 상륙작전의 긴박한 상황 때문에 주변 경관을 눈 여겨 볼 마음의 여유가 없었던 그는 부두에 내린 뒤에도 오로지 앞만 보고 걷는 군대식 도보행군을 했다. 그가 비로소 주변을 찬찬히 바라 본 때는 열차를 타고 서울로 이동하는 시간이었다. 스쳐가는 평화로운 들녘과 먼빛으로 보이는 야트막한 산들이 정감 있게 다가왔다.

서울에 주둔 후 회현동에 숙소를 정한 당시 밀러 중위는 가까운 남산을 찾아 처음으로 한국의 자연을 가까이서 보았다. 회현동은 일본인이 많이 살 던 곳이라서 잘 가꾸어진 일본식 정원이 많았으나 그런 조경미보다 남산의 자연미가 훨씬 마음이 들었다. 그래서 틈만 나면 서울이 한 눈에 보이는 남산에 올라 유서 깊은 고도의 전경을 조망했다. 그의 눈길은 경복궁과 창경원이 있는 고궁 숲을 지나 그 너머로 보이는 북악산과 인왕산에서 멈추었다. 그리고 저 돌산을 오르면 더 많은 자연경관의 볼거리가 있을 거라고 생각했다.

서울 주둔 얼마 후 정보장교로서 공무를 위해 조선 총독이 쓰던 미 군정장관 관저(현재의 청와대 자리)를 찾은 밀러는 관저 바로 뒤에 있는 북악산의 아담한 산세에 시선이 끌렸다. 그리고 며칠 후 주말을 이용하여 근처의 인왕산에 오른 그는 미군 경비원에 부탁하여 북악산에 오른다. 이 산은 정부 수립 이후 현재까지 청와대(전 경무대) 경호 문제로 접근이 통제되고 있지만 군정 당시에는 군정장관 공관의 경비구역이었기 때문에 미국인 밀러에게 출입 제한이 없었다. 남산 위에서 본 것과는 또 다른 매력으로 다가온 북악산은 밀러에게 남산과 인왕산에 이어 세 번 째 오른 한국의 산이자 최초로 반한 산이 되었다.

북악산에 오른 밀러는 산세나 경관이 남산에서 본 북악산의 모습과는 비교가 안 되는 또 다른 한국의 명산을 발견한다. 먼발치에 있으면서 그에게 새로운 감동을 일으킨 산은 삼각산(북한산)이었다. 민병갈은 뒷날 회고에서 북한산을 탄 첫 코스는 북악산을 넘어 평창동 감나무 골을 지나는 길이었다고 말하고 1946년 이른 봄 한 나무꾼의 안내로 북한산에 올라 굽이굽이 뻗어 있는 산등성이를 붉게 수놓은 꽃무리들의 장관에 넋을 잃었다고 회상했다. 그로부터 30년 뒤 한국 자생식물을 꿰뚫게 된 그는 "그 꽃들이 진달래라는 것을 안 때는 한참 뒤였다."고 너털웃음을 지었다.

삼각산으로 불리던 북한산은 밀러가 1947~1948년 미 군정청 직원으로 있을 때부터 1950년 6.25전쟁이 일어나기까지 한국생활 초기에 가장 많이 오른 산이다. 등반 때마다 백운대와 인수봉 등 정상 오르기를 빼놓지 않았던 그는 노년에도 북한산과 도봉산에 있는 웬만한 사찰과 유적지는 거의 다 기억했다. 수유리 빨래터 계곡을 진입로로 잡아 도봉산을 거쳐 북한산을 오른 때는 한국전쟁이 끝난 1950년대 중반이었다. 6.25전쟁 직전에 탐방한 수락산의 작은 절 석림사는 반세기가 지난 뒤에도 그의 기억 속에 남아있었다.

한국생활 초기의 산행은 북한산을 기점으로 동북으로 수락산과 소요산, 서남으로 관악산과 전등산, 그리고 남으로 관악산 등 서울의 근교 산으로 뻗었다. 얼마 후에는 거리를 멀리 잡아 동쪽으로 치악산과 오대산, 남쪽으로 계룡산과 속리산까지 산행 코스가 길어졌다. 1946년 여름에는 제대 귀국을 앞두고 산악 숙영을 하며 지리산 종주를 계획했으나 주변의 만류로 포기 했다. 1947년 재입국 즉시 지리산에 올라 원정 등반의 재미를 붙인 밀러는 이듬해 봄 처음으로 남한에서 가장 높은 한라산에 오른다. 38선 이북에 위치해 갈 수 없었던 설악산은 전쟁이 끝나고 한참 뒤인 1956년 가을에 첫 등반을 한다.

여행을 할 때나 등산에 나설 때 밀러는 대부분 혼자 떠났다. 단독 여행은 현지에서 만나는 한국인을 통해 한국어와 한국의 지리를 익히는 좋은 기회이기도 했다. 산행을 할 때는 현지 안내인을 고용하는 것이 관례였으나 깊은 산이 아니라면 군이 동행자를 찾지 않았다. 마음이 내키는 대로 발길이 닿는 대로 다니는 것이 편했기 때문이다. 때로는 나침반과 5만분의 1 작전용 지도가 안 내인보다 더 유용했다. 휴전 후 산행 때는 만일의 사태에 대비하여 자동차에 고성능 무선 통신기도 설치했다. 이 같은 철저한 준비로 산행 중 어떤 사고도 나지 않았다.

뒷날 민병갈은 청년시절 자신의 등산 차림은 전쟁터로 나가는 전사와 비슷했다고 회고했다. 장비가 거의 군용이기 때문이다. 지도 나침반 무전기는 물론, 배낭 텐트 신발이 모두 미군이 쓰는 것이다. 군정 때 사용한 차는 민간용 윌리스 지프인데 성능과 형태는 군용과 다름없었다. 이 자동차에 설치한 무선 통신기는 유사시 즉각 미군 통신망과 접속되도록 주파수가 맞추어져 일반 산악인은 꿈도 못 꾸는 첨단 장비였다.

▲ 한국생활 초기에 자동차는 밀러의 국내 여행에 없어서는 안 될 교통수단이었다. 군정청 직원 시절이던 1947년 여름 한강 광나루에서.

자동차를 좋아했던 밀러는 언제 어느 차를 샀는지 가족에 보내는 편지에서 일일이 밝혔다. 1969년에 구입한 새 차는 세드릭Cedric이다. 6.25전쟁 당시에는 수복된 서울(반도호텔 앞)에서 북한군이 버리고 간 미제 승용차 셰비Chevy 48년형 한 대를 주워다 위스키 두 병을 주고 미군 정비병에 맡겨 수리해서 사용했다고 영문잡지 '아리랑' 과의 인터뷰에서 밝혔다. 공짜 차가 생겨 의기양양해진 밀러는 한 겨울에 이 자동차를 몰고 유엔군이 점령한 평양을 가보기 위해 38선을 넘었다가 혼쭐나는 사태가 일어나기도 했다.

전쟁 중에도 자연 답사

한국의 자연을 보고 싶은 청년 밀러의 탐험심은 6.25전쟁의 살벌함도 막지 못했다. 1950년 6월 27일 서울이 함락되는 급박한 상황에서 허둥지둥 일본으로 피난을 갔던 그는 3개월 만에 부산 임시수도로 복귀하여 북진하는 유엔군을 따라 위험을 무릅쓰고 다시 서울을 찾는다. 그 해 11월 유엔군이 압록강까지 북진했다는 소식을 들은 밀러는 가슴이 뛰었다. 묘향산 등 못 가본 북한의 자연을 탐사할 절호의 기회로 생각한 것이다.

혹독한 추위가 몰아친 12월 말, 밀러는 만반의 준비를 갖추고 한 친구와 함께 위험천만한 북행길에 나섰다. 그러나 두 사람은 얼마 못 가 자동차를 되돌려야 했다. 그들은 중공군 개입으로 전황이 역전된 사실을 까맣게 모르고 유엔군의 후퇴 행렬을 거슬러 올라가고 있었다. 밀러의 오랜 여성친구 수잔 멀릭스Susan Mulnix는 그 아슬아슬한 이야기를 영문잡지 아리랑Airang 1986년 겨울호에 다음[10]과 같이 썼다.

"중공군이 내려오기 전, 밀러는 평양에 가기 위해 서울을 지나 북쪽으로 두 차례 자동차를 몰았다. 한 친구와 동행한 그는 두꺼운 방한복을 입고 맥주도 준비했다. 그러나 곳곳에서 유엔군의 후퇴 행렬에 길이 막혀 자동차는 더 이상 갈 수가 없었다. 밀러에게는 평양까지 못 간 것이 다행이었으나 당시의 유

---

[10] Miller drove all over Seoul and even tried to get to Pyongyang twice before the Chinese came down. He put his heavy coat and loaded the car with a friend and some beer and tried to go to north, but the road was constantly barred by the retreating U.N. forces. He never did get to Pyongyang but often wondered what the troops must have felt about this odd war in which they passed tourists heading north as they quietly plodded south. <The Blue Eyed Korean, Arirang Winter 1986, by Susan Purrington Mulnix>

엔군 태도에 유감이 많다. 자기네들은 말 없이 남쪽으로 느릿느릿 후퇴하면서 민간인이 북쪽으로 관광가는 것을 내버려 둔 '이상한 전쟁'에 대해 그 군인들이 반성이나 했는지 의문이라는 것이 그의 생각이다."

평양 탐방에 나섰다가 쓴 맛을 본 밀러는 1.4후퇴 직전 신병치료를 위해 일본을 거쳐 미국에 가있다가 1951년 6월부터 다시 부산 임시수도로 온다. 당시 한국은 치열한 전쟁의 소용돌이에 휘말려 나라 전체가 쑥밭이 된 상태였다. 밀러의 신상에도 간염 치료와 직장 이전 등 어수선한 일들이 잇달았으나 그는 이에 개의하지 않고 하고 싶었던 여행과 산행을 계속한다. 그 기록은 수많은 슬라이드 필름에 쓰여 있는 날짜와 탐방지가 전해 준다.

슬라이드 메모를 보면 전시 탐방지역은 부산 임시수도 시절과 서울 복귀 이후가 각각 다르다. 부산 시절은 전쟁터를 벗어난 남부지방과 동해안에 집중돼 있고 서울 직장생활 때는 전국에 걸쳐 있다. 전쟁이 한창이던 1952년 4월부터 휴전 직전인 1953년 7월 중순까지 그 코스는 네 갈래로 윤곽이 잡힌다. 1952년 4월 13일 진해 탐방으로 시작된 첫 코스는 마산, 삼천포, 한산도 등 남해안이 중심이고, 6월 10일 울산 방어진부터 시작된 2차 코스는 울진, 삼척, 묵호, 강릉, 속초를 거쳐 7월 1일 간성 건봉사乾鳳寺에 이르는 동해안 지방이다. 전시에 동부전선 최북단까지 답사가 가능했던 것은 그의 특별한 신분이 작용한 것 같다.

1952년 6월 서울 한국은행에 임시직을 얻게 된 밀러는 부산 시절과는 달리 코스 중심이 아닌 테마 중심으로 탐방지역을 고른 것 같다. 3차 전시 답사는 8월 2일 여수 오동도 탐방을 시발로 9월 6일 북한산, 10월 4일 합천 가야산, 12월 양산 영추산 등 산행이 중심이다. 1953년 2월 5일 하동 쌍계사雙磎寺부터 시작된 4차 탐험은 진주 청곡사青谷寺, 의령 수도사修道寺를 거쳐 4월 5일~7일 순천의 송광사松廣寺와 선암사仙巖寺 등 행선지가 대부분 사찰로 잡혀 있다.

1953년 7월 29일 휴전 성립 후 밀러가 최초로 오른 산은 지리산이다. 군정 때 못 이룬 종주를 시도했으나 이번에는 "무장 공비들이 우글거리는 산에 미국인이 갈 수 없다"고 경찰이 막는 바람에 노고단에 오르는 당일치기로 끝냈다고 그는 뒷날 회고했다. 지리산 종주의 꿈은 1960년대 초에야 실현했다.

6.25전쟁 중에도 자연 답사를 멈추지 않았던 밀러는 1954년 한국은행 정규직 취직을 계기로 새로운 자연 친화 생활을 모색한다. 그것은 전쟁으로 정체돼 있던 RAS 영국왕립 아세아학회를 활성화하여 회원들의 참여를 이끌어 한국의 자연과 문화를 체계 있게 공부하는 방법이었다. 이때 그가 기획한 것이 'RAS 투어'라는 주한 외국인들의 단체관광 프로그램이다.

여러 사람과 함께 하는 RAS투어를 계기로 밀러는 개인적인 산행이나 여행을 줄이는 한편 개인 승용차에 의존하던 여행 관행을 바꾸어 가급적 열차나 버스를 이용했다. 대중교통수단이 어느 정도 안정된 1955년부터 주말이면 그

▶ 6.25전쟁이 한창이던 1952년 이른 봄, 밀러(맨뒤)는 한국인 두 명을 포함한 세 친구와 경주 불국사를 찾았다. 하룻밤 묵은 여관앞에서.

의 승용차는 용산역 미군 파견대나 청량리 버스정류장 근처에 세워져 있는 날이 많았다고 그의 오랜 친구인 서정호가 증언했다.

RAS 깃발을 들고

한국의 중앙은행에서 안정된 고정 직장을 갖게 된 밀러는 얼마 후 민병갈로 이름을 바꾸고 본격적인 한국생활을 시작한다. 그 첫 작업으로 손 댄 것이 군정청 직원으로 근무할 때 자신이 주도하여 만든 영국 왕립아시아학회(RAS Royal Asiatic Society)[11] 한국지부를 본궤도에 올려놓는 일이었다. 외국인 친목단체인 이 학회는 1947년 재발족 3년 만에 6.25전쟁을 만나 활동이 중지된 상태였다.

민병갈은 RAS 한국지부 회장 자격으로 흩어진 회원들의 규합에 나섰다. 그리고 몇 차례 회합을 가진 뒤 한국의 자연과 문화를 익히는 현장 체험 프로그램으로 'RAS투어'를 정기행사로 기획했다. 처음에는 회원이 10명 안팎으로 부진하던 이 RAS투어는 시간이 흐르면서 낯선 한국에서 장기 체류하는 외국인들에게 큰 인기였다. 한국을 실감 있게 공부하는 유익한 통로였기 때문이다.

40년 가까이 이 단체관광을 이끈 민 회장도 개인적으로 얻는 소득이 많았

[11] RAS, Royal Asiatic Society. 1823년 영국의 산스크리트 학자 콜리브루크가 런던에서 창설한 아시아 연구 비영리 학술 친목단체. 한국지부(RSA-KB)는 구한말인 1900년 10월 영국 미국 독일 등 3개국인 17명이 모여 발족시켰다. 이 단체는 발족 후 9년 만에 일제의 한국 병탄으로 소멸됐다가 1947년 민병갈이 주도하여 부활됐다. 67년까지 민병갈이 회장을 맡아 한국의 자연과 문화를 답사하는 'RAS투어'와 한국을 익히는 연찬회를 정기적으로 가졌다.

▶ 1964년 3월 27일 제주도 관광에 나선 RAS 회원들이 천지연폭포 앞에서 기념 촬영을 위해 한자리에 모여 있다. 오른쪽에서 있는 남자가 안내를 맡은 민병갈.

다. 한국을 공부하는 학습동기를 부여 받았을 뿐 아니라 적지 않은 경제적 수입도 갖게 되었다. 그가 어머니에게 편지로 밝힌 수입 내역을 보면 RAS 계좌 잔고가 월급 등을 저축한 예금 구좌보다 훨씬 많았다. 이 돈은 증권 투자의 밑천이 되었고 그 투자 수익은 뒷날 천리포수목원을 육성하는 돈줄이 된다.

RAS투어의 기획과 운영을 도맡았던 민 회장은 안내까지 담당해야 했다. 1950~1970년대는 영어로 안내를 할 수 있는 훈련된 관광 가이드가 없었기 때문이다. 교통편과 숙식문제 해결도 민 회장의 몫이었다. 전세버스를 구하기 어려워 미군 트럭을 버스로 개조하고, 도서 탐사 때는 배편을 못 구해 해군 함정을 교섭하기도 했다. 그러나 무엇보다 부담이 되는 것은 외교관 등 지식수준이 높은 회원들의 눈높이에 맞추어 기획과 안내를 하자니 사전 준비를 철저히 해야 한다는 점이었다. 원래 학구파였던 민 회장은 무난히 이 일을 소화했다.

1950년대 중반의 열악한 교통 환경을 극복하고 RAS투어를 성공시킨 것은 민병갈의 타고난 비즈니스 감각에서 나온 결실이다. 전세 낼 관광버스도 없고 도로 사정이 엉망인 두 가지 문제를 동시에 해결하기 위해 그가 찾아낸 방법은 비포장도로를 잘 달리는 미군트럭을 불하 받아 버스로 개조하는 것이었다. 그의 구상은 적중하여 외국인 탑승자들은 털털거리는 트럭 버스에 올라 명승지를 돌아보는 것이 혹독한 전쟁을 치른 나라의 야전체험 관광으로 생각하고 즐거워했다. 이에 재미를 붙인 민병갈은 제주도 여행에는 미군 함정을, 불국사 탐방에는 군용열차를 교통편으로 이용했다. RAS 회원 중에는 미군 고위 장성이 몇 명 있었기 때문에 함정과 열차의 교섭에는 큰 어려움이 없었다.

RAS 한국지부 운영에 가장 많은 도움을 준 외국인은 원일한Horace G. Underwood 1917~2004 전 연세대학 재단이사였다. 2002년 봄, 민병갈이 81세로 세상을 떠나자 그는 85세의 고령을 무릅쓰고 서울에서 200km 떨어진 천리포 장례식장을 찾았다. 옛 친구의 시신이 실린 상여를 따라 장지까지 간 그는 미국 호랑가시학회지 '홀리 저널'에 RAS 활동에 관한 다음[12]과 같은 추모사를 남겼다.

___

[12] Ferris Miller was best known to me as a devoted and active member of the Korean Branch of the Royal Asiatic Society. Next to his arboretum, he devoted himself to helping foreigners know and understand Korea. He served the RAS for over 40 years as its member, councilor, president, lecturer and tour guide. He had visited every parts of the country and learned the local histories and folk tales, the material he used to enliven his talks and to add interest to the places he was taking visitors. However I did not limit himself to the RAS in his efforts to build understanding and friendship for Korea.<Remembrance from Horace G. Underwood, Holly Journal>

"칼 밀러는 헌신적이고 활동적인 RAS 회원이었다. 그는 한국에서 사는 외국인들이 한국을 알고 이해하는 데 도움을 주려고 애썼다. 40년 넘게 회장, 자문위원, 평회원, 강사, 그리고 관광안내자로 RAS를 위해 일했다. 밀러는 전국 방방곡곡을 다니며 그 지방의 향토사와 전래의 설화를 익혔다. 그가 터득한 풍부한 지식들은 그의 설명에 생기를 불어 넣었고 회원들에게 관광 현지에 대한 흥미를 일으켰다. 한국을 위한 회원간의 우정과 이해를 증진하는 일에 그가 쏟은 노력은 헤아릴 수 없이 많다."

▲ 한국 단체관광의 시초인 RAS투어는 1970년대 들어 민병갈 RAS 회장의 노력으로 외국인 참가 회원이 100명을 넘기기가 예사였다.

투어에 나설 때면 민병갈은 RAS 깃발을 단 관광버스의 맨 앞자리에 앉아 탐방지에 관한 잡다한 이야기로 승객들을 사로잡았다. 1970년대 중반부터 한국인 여성회원으로 참여했던 최문희 새마을운동본부 전 교수부장은 관광 자체보다 민병갈의 막힘 없는 안내 방송을 즐기는 회원이 더 많았다고 회고했다. 줄 담배를 피우는 그의 담배 연기가 싫어서 뒷좌석으로 피신해 있던 여성회원들도 그가 마이크를 잡으면 앞으로 다가 앉는다는 것이다.

나무공부의 원숙기에 있던 1979년 가을 울릉도 답사 때는 민병갈 입에서 이곳의 자생나무 식물 이야기가 술술 쏟아졌다. 관련식물 자료를 배포한 그는 학술적인 내용은 피하고 나무 이름에 얽힌 토종 식물의 설화로 흥미를 돋우었다고 최문회는 설명했다. 추석 무렵이던 당시 외빈을 잔뜩 맞은 울릉도 군수는 "우리 섬에 서양인들이 이렇게 여러 명이 오기는 처음"이라며 소를 잡아 잔치를 베풀며 환대했다.

1960년대 들어 RAS 회원이 100여 명으로 늘어나자 민 회장은 한국은행 집무실에 별도 공간을 만들어 놓고 외국인 여비서를 따로 고용했다. 비서는 학습 프로그램 '튼튼 영어'를 개발한 거트루드 페라Gertrude K. Ferrar 전 LATT원장이다. 현재 RAS 관리 운영을 맡고 있는 배수자 사무국장은 1967년 2월에 여비서로 들어가 RAS와 첫 인연을 맺었다. 1970년대 들어 민병갈은 천리포수목원 일에 전념하기 위해 운영을 미국인 진 코니Jean Corney와 한국여성 정애라에게 맡기고 평회원으로 남았다. 그러나 가이드 역할은 당분간 계속 맡아야 했다.

한국이 가난하던 시절 민병갈이 언론을 통해 열심히 강조한 것은 스위스처럼 잘 사는 나라가 되려면 아름다운 관광 자원을 잘 활용해야 한다는 주장이었다. 1956년 육군신문 '통일'과의 인터뷰에서 "지하자원이 부족한 한국이 잘 사는 길은 관광 진흥"이라고 강조했던 그는 RAS투어를 통해 자신의 아이디어를 시범으로 선보였다. 요즘에는 국익차원에서 보편화된 관광사업을 반세기 전에 구상하여 실천한 것이다. 1950~1960년대 영향력 있는 주한 외국인들에게 한국의 자연과 전통문화를 알리는 데 큰 기여를 한 RAS투어는 우리나라 단체관광의 효시로 평가받고 있다.

설악산 등반 추억

민병갈은 자신이 "내가 가장 좋아한 한국의 산은 설악산"이라고 여러 번 밝혔다. 6.25전쟁 전에는 북한 땅이었기 때문에 1953년 7월 휴전 성립 후 남한 땅이 된 뒤에야 등반이 가능했던 설악산은 민병갈에게 추억의 명산이다. 그가 이 산을 처음 오른 때는 1956년 가을로 추정된다. 그가 찍은 울산바위 슬라이드 사진에 적인 날짜가 그 사실을 말해준다. 그는 첫 등반에서 아름다운 자연과 산세에 반하여 1963년까지 해마다 설악산을 찾았다고 밝혔다.

1960년대 설악산은 등산로가 개설되지 않은 데다 산세가 험하여 안내인을 데리고 가도 당일치기 정상 등반이 어려웠다. 처음엔 이름도 모를 산 중턱까지 올라가는 것으로 만족해야 했다. 이듬해도 길 없는 길을 끝없이 오르다가 도중 하산하고 말았다. 이때 민병갈이 생각한 것은 산에서 숙영(宿營)하는 숙박 등반이었다. 1961년 가을 1박 2일 일정으로 마침내 대청봉에 오른 그는 정상에서 내려다보이는 설악의 장관에 넋을 잃는다. 그리고 네 번째 도전에서는 휴가철을 이용하여 설악산을 제대로 돌아보리라 마음먹는다. 그 등반 기록이 동행자가 올린 사이버 카페의 추억담에서 생생하게 나타나 있다.

1963년 7월 초. 여름휴가를 앞당긴 민병갈은 2박 3일의 설악산 종주 등반을 위해 만반의 준비를 했다. 우선 설악산을 잘 아는 산악인

▲ 자연의 품속에서 살기를 바랐던 민병갈은 틈만 나면 산을 찾아 자연과 무언의 대화를 나누었다.(1956년 5월 장소 미상)

의 안내가 필요했다. 서울산악회에서 소개한 사람은 박재곤朴載坤. 1936~ 전 대한산악연맹 이사였다. 안내를 수락한 박재곤은 신흥사 입구 캠프장에서 만나기로 하고 5만분의 1 지도를 기초로 세심한 등반 계획을 짰다. 첫날은 신흥사 입구에서 출발하여 와선대—마등령을 거쳐 오세암에서 숙영하는 코스로 잡았다. 둘째 날은 오세암을 출발하여 봉정암까지 암벽지대를 오르는 난코스로 정했다. 대청봉은 그 이튿날 새벽에 오르기로 했다. 하산 길은 오세암으로 다시 돌아와 아침밥을 지어 먹고 쌍용폭포-수렴동 계곡—영신담을 지나 백담사로 내려오는 코스로 잡았다.

약속 전날 자동차로 서울을 출발한 민병갈은 홍천을 지나 가파른 비포장 산악도로를 달려 거의 열 시간 만에 설악 마을에 도착한다. 이튿날 신흥사 입구에서 그는 미리 예약한 짐꾼 두 사람과 박재곤을 만난다. 당시 27세의 청년 산악인 박재곤은 처음 만나는 미국인이라 짧은 영어로 인사말을 건넸다가 상대방이 유창한 한국어로 응대하는 바람에 깜짝 놀랐다고 그가 소속된 '한강 포럼'의 사이버 카페에 썼다. 위에서 밝힌 등반 코스는 카페에 올린 그의 글을 참조한 것이다.

수인사를 마친 두 사람은 짐꾼과 함께 산행 길에 들어섰다. 설악의 날씨는 쾌청했으나 암벽을 타고 오세암까지 가려면 엄청 땀을 쏟아야 하는 고역이 문제였다. 오세암은 등산객에 꽤 알려진 곳인데도 제대로 된 길이 보이지 않아 덤불과 넝쿨을 헤치며 기어오르다 미끄러지는 경우가 한 두 번이 아니었다. 녹음이 우거져 있었지만 허리가 잘린 나무 등 포화에 그슬린 전쟁의 상처가 곳곳에 보여 산행의 즐거움을 떨어뜨렸다. 힘겹게 오른 오세암에는 전란에 불탄 절터만 남아 있고 낯선 침입자에 놀란 산새들의 푸드럭거림이 깊은 산속의 정적을 깼다.

오세암 주변은 공터가 있는데다가 다행히 우물이 살아있어 야영을 하기에는 안성맞춤 장소였다. 텐트를 치고 저녁을 지어먹으니 밥맛이 꿀맛이다. 야전 경험이 없는 정보장교 출신인 밀러는 이런 호강이 다 있나 싶었다. 별들이 총총한 밤하늘을 보니 18년 전 조선호텔 뜰에 군막을 치고 별빛 아래 잠이 들었던 한국의 첫 밤이 기억 속에서 떠올랐다.

이튿날 봉정암 가는 길은 더 가파랐다. 사람이 다닌 흔적조차 보이지 않는 급경사 바위산이다 보니 등반하는 재미는 쏠쏠했으나 짐꾼들의 고생이 이만저만이 아니었다. 그래도 코스는 짧아 한나절에 목적지에 도착할 수 있었다. 이곳에는 암자가 제대로 남아 한 스님이 지키고 있었다. 사람 구경이 힘들다며 일행을 반긴 스님은 산나물 무침을 내 놓아 이날 저녁식사는 절 음식을 즐기는 성찬이 됐다. 이런 좋은 날 아무리 절 경내라도 술 한 잔 안 할 수 없다. 천막 안에서 캔 맥주를 따르려는데 산 아래 멀리서 사람 살리라는 급박한 소리가 어둠의 정적을 깬다. 놀란 일행이 전등을 켜 들고 30분쯤 내려가 보니 길을 잃은 등산객 여러 명이 구조를 기다리고 있는 것이 아닌가. 이들은 서울서 약초를 캐러 온 같은 약학대학 동문들이었다. 민병갈과 박재곤은 이때의 인연으로 약사들과 오랜 친분관계를 유지했다.

사흘째는 이번 산행의 최종 목표인 대청봉 등반의 날이다. 두 사람은 예정대로 새벽 등반길에 나섰다. 그런데 중청봉을 지난 뒤 얼마 후 차마 볼 수 없는 장면을 목격한다. 유골만 남은 30여구의 시신들이 산속에 흩어져 있는 모습을 보게 된 것이다. 6.25전쟁의 희생자들로 보이는 시신 잔해들은 대청봉에 오르는 기대감을 싹 가시게 했다. 특히 심약한 민병갈은 가슴이 울렁거려 발걸음이 떨어지지 않았다. 2년 만에 오른 대청봉은 초여름의 눈부신 녹색의 향연을 펼쳤으나 계곡에 흩어져 있는 처참은 주검의 잔해들은 자연의 장관에 눈길을 보낼 겨를을 주지 않았다.

끔찍한 죽음의 현장을 우회하여 봉정암으로 내려 온 민병갈은 먹는 둥 마는 둥 아침식사를 때우고 서둘러 하산 길에 올랐다. 짐꾼들은 신흥사 쪽으로 되돌려 보낸 그는 박재곤과 함께 백담사 쪽으로 내려오던 중 소공원에서 한

대학생을 만난다. 당시 서울대학 임학과에 재학 중이던 이 식물학도는 뒷날 건국대 교수를 지낸 홍성각이다. 그는 설악산 인연을 계기로 대학 스승인 식물학자 이창복李昌福을 소개하여 민병갈의 나무 인생에 큰 영향을 준다. 이창복을 평생지기로 삼아 그를 통해 식물학에 입문하게 되고 평생 사업인 수목원을 일구게 되기 때문이다. 나중에 식물학자로 성장한 홍성각도 식물학습에 많은 도움을 주었다.

대청봉 등반 안내를 맡았던 박재곤은 카페에 올린 회고담에서 밀러의 등반 실력에 산악인으로서 놀라움을 나타냈다. 너무 산을 잘 타서 보조를 맞추느라고 애를 먹었다는 것이다. 두 사람은 홍성각과 함께 만해卍海가 머물던 백담사 승방에서 하룻밤을 더 묵은 다음, 예정에 없던 3차 산행에 들어갔다. 내설악의 절경을 보기 위해 발길을 돌려 흑선동 계곡을 타고 대승령에 오른 것이다. 대승폭포의 시원한 물줄기로 지친 몸을 씻은 일행은 장수대로 내려와 용대 삼거리까지 20리 길을 더 걸었다. 그리고 서울서 오는 버스를 타고 속초로 올라가 한 선술집에서 해단식을 가졌다. 3박 4일의 긴 여정이었다. 민병갈에게 잊을 수 없는 추억으로 남은 설악산 등반은 그가 본격적인 나무공부에 들어가는 분수령이기도 했다.

1963년 박재곤과의 설악산 등반을 끝으로 민병갈의 산행에는 큰 변화가 일어난다. 자연과 경관을 즐기는 데 그치지 않고 나무를 익히는 자연 학습에 들어간 것이다. 1968년 가을 2박 3일의 설악산 등반에서는 동행자를 안내인이나 산악인이 아닌 식물 전문가로 바꾸었다. 함께 간 사람은 홍릉 임업연구소(현 임업연구원) 연구관이던 조무연趙武衍이었다. 때마침 설악산은 단풍이 절정이었지만 민병갈이 열심히 지켜 본 것은 멀리 보이는 경치가 아니라 가까이 있는 나무였다. 대청봉에 올랐을 때는 단풍의 장관에 잠시 취했으나 하산길에서는 겨울을 준비하는 나무들의 신비한 변신을 관찰하기 바빴다.

어머니에게 보낸 민병갈의 편지에는 설악산의 아름다움을 찬탄하는 내용이 여러 번 나온다. 1968년에 쓴 편지에서는 내설악 하산 길에 인제군 원통까지 30km를 걸었다고 자랑했다. 설악산은 1970년 수목원 일에 매달린 뒤부터는 한동안 가지 못하다가 1980년 가을 종자 채집을 위해 수목원 직원들과 오랜만에 설악동을 찾았다. 그러나 혹독한 몸살로 대청봉에 오르지 못하고 여관에 혼자 남아 끙끙 앓아야 했다.

영원한 식물학도

민병갈의 자연 답사와 식물 공부는 평생에 걸친 긴 세월로 엮어져 있다. 처음에는 경관을 즐기는 자연 탐방으로 시작했으나 시간이 흐르면서 의도된 자연학습으로 바뀌었다. 학습 대상도 포괄적인 자연 일반에서 식물 쪽으로 기울고 종국에는 그의 취향대로 초본草本보다 목본木本 중심으로 좁아졌다. 산행 취미에서 비롯된 그의 자연학습은 이렇듯 자연일반→식물→나무로 이어지는 3단계 과정을 밟는다. 자연이 좋아 산에 오르고 등산을 즐기다 보니 나무를 가까이 하게 된 것이다.

자연학습 과정을 굳이 학교 교육에 비유하면 초등·중학·고등학교를 거쳐 대학·대학원까지 5단계로 나뉜다. 초·중 과정은 산행과 여행을 통해 한국의 자연을 익히는 단계며, 고등학교 과정은 학습 방향을 나무 중심으로 바꾼 기간이다. 1963년 설악산 등반은 중학교 졸업여행이었던 셈이다. 1964년에 시작된 3기 학습은 유능한 교사의 개인 지도를 받는 일종의 과외공부였다. 4기 대학 과정의 출발점은 천리포수목원을 본격적으로 개발하기 시작한 1974년이 해당된다.

민병갈은 1978년 미국 호랑가시학회지에 기고한 글에서 "15년 전만

해도 나는 소나무와 전나무를 구별 못했다"고 밝혔다. 그의 말대로라면 1963년까지 나무에 대한 지식이 없다가 42세에 들어서야 나무를 알게 된 셈이다. 실제로 그는 산행과 여행을 통해 상식선에서 한국의 자연을 익히다가 1960년대 중반부터 제대로 학습교사를 둔 나무공부에 들어간다. 수목원을 차리기 전부터 그의 학습 과목은 이미 나무쪽으로 기울고 있었다.

민병갈에게 처음으로 나무를 가르친 선생님은 산사의 스님들이다. 불교를 좋아했던 그는 산행 길에 사찰을 발견하면 지나치는 법이 없었다. 대웅전을 찾아 얼마간의 시주를 하고 스님과 잠시 어울리는 것이 관례였다. 그러다 보면 나무나 사찰 내력 등 이것저것 묻게 돼 예기치 않은 현장 학습을 하게 된다. 이 때 얻은 식물 지식은 단편적인 것에 불과했으나 나무에 대한 지식이 백지상태였던 그에게는 얻는 것이 많았다.

미친듯이 나무공부

군정 종료 후 일시 귀국했다가 미국 기관에 취직돼 다시 서울에 온 밀러는 한국을 더 익혀야겠다는 생각으로 적당한 교재를 찾기 시작한다. 처음에는 미국문화원USIS 도서실이 성에 차지 않아 일본 책이 많은 소공동의 국립도서관을 자주 이용했다. 어쩌다가 고서방에서 영문 서적을 발견하기도 했지만 풍물 소개에 그치는 내용이 많아 별로 도움이 못되었다. 일본 서적은 너무 전문적이라서 초급생에게는 이해가 어려웠다. 그래서 초등학교 과정은 수박 겉핥는 식으로 끝났다.

초등과정은 1945년 가을 남산에 올라 북악산과 인왕산을 보는 상견례로 시작된다. 이듬해 봄 북한산 등 서울 근교의 산에서 맛들인 산행 취미는 제대 귀국으로 8개월 만에 중단됐다가 1947년 재입국으로 다시 이어진다. 재출발한 초등 학습은 1950년 전쟁 발발 직전까지 3년 동안 더 계속된다. 군정청 등 미국기관에 근무하면서 틈틈이 한 자연학습은 취미 삼아 하는 여행과 산행을 통해 지명이나 익히는 수준이었다.

중학교 과정 자연학습은 한국전쟁이 끝난 다음 해인 1954년부터 1963년 말 식물학자 이창복을 만날 때가지 10년 동안 계속된다. 이 기간 동안 밀러는 단독 산행과 단체관광 RAS투어를 통해 자력으로 한국의 자연을 익힌다. 그러나 실질적으로 도움이 된 것은 RAS투어가 아니라 혼자서 하는 자연탐사였다. 상식적인 관광안내를 위한 자연학습은 그의 왕성한 지식 욕구를 채워주지 못했다. 좀더 구체적이고 전문화된 지식을 갖고 싶었던 그는 1960년대 중반부터 개인교사를 둔 독자적인 자연학습에 들어갔다.

2기 자연학습은 대부분 여행과 산행을 통해 지식을 얻는 독학이었다. 큰 산을 오를 때는 안내인이 임시교사 노릇을 했으나 나무 이름이나 익히는 정도일 뿐 학습에 도움이 못되었다. 실제로 그에게 필요한 가이드는 교재와 학습

교사였다. 참고할 만한 책자나 자료를 찾았으나 한글로 쓰인 등산 안내 책자도 좀처럼 눈에 띄지 않았다. 마땅한 교재를 못 찾아 애를 태우던 밀러에게 자연스레 다가온 교사가 바로 산행 길에 만나는 스님들이었다. 스님들로부터 얻은 나무 지식은 민병갈의 자연학습이 나무 중심으로 바뀌는 계기가 된다.

자연학습 초기에 특히 흥미를 일으킨 것은 나무에 붙는 토속적인 향명鄕名이었다. 산딸나무, 머귀나무, 층층나무, 다정큼나무 등 순수 한국어 이름들은 호기심 많은 밀러에게 또 다른 학습 동기로 작용했다. 그러나 스님이나 안내인의 가르침은 일시적이고 초보 수준이라서 좀 더 전문적인 교사가 필요했다. 그 다리를 놓아 준 중계자가 1963년 설악산에서 만난 홍성각이다. 그를 통해 저명한 식물학자 이창복李昌福 교수를 안 것은 큰 행운이었다. 어깨너머로 배우던 자연학습은 당대 최고의 스승을 만나면서 나무를 집중적으로 공부하는 3단계 학습과정에 들어가게 된다. 이때는 자연을 즐기는 것으로 만족하던 칼 밀러가 식물학도 민병갈로 바뀌는 시점이다.

1964년부터 시작된 3기 학습은 비교적 전문화된 학습과정으로 민병갈의 자연 공부에서 고등학교 과정에 해당된다. 비록 불혹의 나이 43세에 시작한 만학이었지만 학습열은 젊은 식물 학도를 능가했다. 단순한 가이드에 그쳤던 산행 동반자가 식물 전문가로 바뀐 것도 이 때였다. 1968년 가을 2박 3일의 설악산 등반 때는 홍릉임업시험장의 연구관으로 있던 조무연이 안내를 맡았다. 나무에 눈을 뜨기 시작한 3기 학습은 단순히 자연 경관을 즐기던 2기와 큰 차이를 보였다.

민병갈의 학습열은 1970~1971년 이태 동안 천리포 소유지에 집을 짓고 나무를 심고 나서 또 다른 도약을 보인다. 농원 구상을 접고 수목원 급으로 바꾸는 심경변화 과정에서 일기 시작한 학습열은 1973년 수목원 조성 결심이 굳어지면서 무섭게 달아오른다. 1970년부터 10년 동안 측근으로 일한 노일승에 따르면 1974년에 보인 식물학도 민병갈의 모습은 공부에 신들린 사람

▲ 민 원장의 학습열을 상징하는 다섯 권의 낡은 식물도감들. (사진 좌) 손 때가 많이 묻고 책 묶음이 풀리는 등 재사용이 어려울 만큼 해어졌다. 이들 중 가장 많이 탐독한 도감은 이장복 저 『대한식물도감』과 이영로 저 『Flora of Korea』 등 두 권이다. (사진 우)

같았다. 아침 밥상을 받아 놓고도 책에 정신이 빠져 가정부로부터 음식이 식는다고 채근 받기 일쑤였다는 것이다. 이때가 그의 자연학습 4기의 출발점이다.

학부과정에 해당되는 4기 전반부의 학습과목은 외국산 나무도 포함되었으나 주류는 한국 자생종이었다. 서울대 교수 이창복이 주도한 국내수종 학습은 은사시나무로 유명한 현신규玄信圭 1911~1986, 고려대 교수 이덕봉, 이화여대 교수 이영로 등 국내 정상급 식물학자들이 도왔다. 실무 지도는 조무연을 중심으로 나무할아버지로 유명한 김이만, 편백 전문가 남효온 등이 맡았다. 학자나 전문가 모두 내로라 하는 인물들이다. 1974년에는 국내 식물학계를 대표하는 한국식물분류학회에 가입하여 국내 학계와 연대관계를 맺고 새로운 학습통로로 활용했다.

민병갈이 얼마나 공부에 열심히 매달렸는지는 그가 탐독한 다섯 권의 두툼한 식물도감의 형체가 말해준다. 이들 책들은 너무 많이 사용하여 재사용이 불가능할 정도로 낡고 해지고 손 때로 얼룩졌다. 천리포수목원 측은 모범적인 학습 자세의 본보기로 한 때 이 책들을 민 원장이 쓰던 책상 위에 전시물로 놓아두기도 했다. 이들 중 가장 너덜너덜한 책은 민 원장의 은사 격인 이창복이 편찬한 『대한식물도감』이다. 2001년 4월 이창복은 이 책을 화장실에 갈 때도 가져가서 읽었다며 자신의 저서에 대한 자랑을 겸해 이런 일화를 들려주었다.

"나는 수많은 제자들을 가르쳤지만 민병갈처럼 열심히 공부하는 제자는 처음 보았다. 내 도감을 거의 외우다시피 탐독했다. 시도 때도 없이 질문 전화를 해 와서 한 때는 내 연구실에 걸려오는 전화의 절반 이상을 차지했다. 60대에 들어서도 그의 학습 진도나 이해의 속도는 젊은 학생들 못지않았다. 그에게서 가장 놀라운 것은 까다로운 라틴어 학명을 수천 개 기억하며 우리나라 자생 나무들의 토속 이름까지 줄줄이 외우는 기억력이다."

민병갈이 처음으로 읽은 정태현鄭台鉉 저 1962년판 『한국식물도감』도 많이 낡았다. 이 책과 함께 열심히 읽은 책으로 일본 식물학자 나카이 타노시케中井猛之進 1881~1952가 1930년대에 저술한 『조선삼림식물편』 영인본 몇 권이 있던 것으로 알려졌으나 수목원에 남아 있지 않다. 영국에서 발행된 『와이만 정원백과』Wyman's Gardening Encyclopedia 라는 두툼한 식물 사전도 넝마처럼 해졌다. 이영로 『원색』 Flora of Korea 와 산림청 임업시험장이 낸 『한국수목도감』 등 나머지 두 권의 책은 비교적 온전한 모습으로 남아 있으나 표지 훼손이 심하다.

한국에서 50년 우정을 나눈 미국인 목사 도로우가 장례식에서 읽은 추모사에 따르면 수천종 식물의 이름과 라틴어 학명을 기억한다는 이창복의 말은 조금도 과장이 아니다. 민병갈의 향학열은 나이가 들어서도 변함이 없었다. LG그룹 사보 『느티나무』 1997년 7월호를 보면 "20여년 전 네델란드 여행 중 그곳의 한 식물학자로부터 한국의 왕팽나무를 좋아한다는 말을 듣고 그 나무를 모르는 내가 부끄러웠다"고 자괴하는 말이 나온다.

민병갈의 나무공부는 어느 정도 뿌리가 잡힌 뒤 이론과 실제 두 갈래로 진행되고 그 지도교사도 사제간인 이창복과 조무연이 각각 따로 맡는다. 국내 정상급 식물학자이거나 수목 전문가로 평가받는 두 사람은 뒤에 천리포수목원 조성에도 결정적인 도움을 준다. 민병갈은 두 살 위인 이창복을 스승으로 깍듯이 대했고 이창복도 만학 제자의 비범한 학습능력을 알아보고 자신의 지식을 아낌없이 전수했다. 제자(서울대학 임학과)들이 야생식물 탐사에 나설 때는 동행하도록 배려했다.

한국에서는 안 된다

국내외 식물을 아우르는 4기 학습에 들어간 민병갈의 나이는 53세로 학습 적령기를 훨씬 넘어 있었지만 그는 기본적으로 나이를 염두에 두는 학습 체질이 아니었다. 50고개에 학위도 없는 대학 과정에 도전한 그는 1979년 수목원의 비영리법인 인가와 한국국적 취득을 계기로 나무공부 방향을 국내 자생종에서 해외수종으로 서서히 돌린다. 그리고 자신이 발견한 완도호랑가시나무가 1982년 미국 학회로부터 공인을 받은 뒤부터는 학습과목을 외국 수종으로 단일화하여 집중 학습에 들어간다.

61세에 시작한 5기 학습은 민병갈의 나무공부에서 대학원 과정으로 1989년 2월 영국 왕립 원예협회Royal Horticulture Society로부터 비치Veich 메달을 받을 때까지 7년간 이어진다. 이 기간의 중심 학습과목은 외국 수종이다. 외국나무 공부는 1970년대 중반에 시작했으나 본격적인 학습에 들어간 때는 1980년대 초반이다. 학습동기는 1972년 미국에서 들여와 심은 40여 그루가 대부분, 고사한 낭패에서 비롯되었다. 애써 들여온 나무들이 한국의 풍토에 적응을 못하고 죽는 것이 가슴 아팠던 민병갈은 서서히 해외수종 학습에 관심을 갖게 된다.

외국인으로서 국제감각이 타고 났던 민병갈은 일찍부터 수목원의 국제화를 꿈꾸었으나 그럴 만한 지식도 없었고 전문가도 찾기 어려웠다. 그의 주변에는 이창복과 조무열 말고도 현신규, 이덕봉을 비롯하여 김이만, 임종국 등 당대 최고의 식물학자와 원예전문가들이 가까이 있었지만 외래종 분야에서는 큰 도움이 되지 못했다. 해결책은 스스로 공부하는 길 밖에 없었다. 그러나 그의 학구열을 채워주기에는 학습자료나 전문가 등 주변 환경이 너무 빈약했다.

나무공부가 원숙기에 들어선 1970년대 중반에 천리포수목원을 본격 개발하기 시작한 민병갈은 외국산 나무를 대량 들여오면서 국내 식물학계의 자문에 한계를 느끼고 있었다. 외국나무에 관해서는 연구 실적이나 학술자료가 모두 취약하다고 생각한 것이다. 1970년부터 10년간 민병갈과 한 집에서 살다시피 한 노일승은 "국내에서는 안 되겠다"고 혼자 내 뱉는 말을 수없이 들었다고 회고했다.

민병갈은 눈길을 점점 해외 쪽으로 돌렸다. 1973년 개인 자격으로 미국 호랑가시학회에 가입한 그는 이를 발판으로 1975년 영국원예협회, 1977년 국제수목학회, 1979년 세계 목련학회 등 해외 유명 학회에 잇달아 가입했다. 이들 학회 가입은 해외수종 학습에 필요한 전문서적 입수와 유능한 학습교사 접촉 등 두 가지 문제를 동시에 해결해 주었다. 학회의 정기 간행물을 통해 학술 및 출판정보에 접하게 되고 학회 모임을 통해 세계에서 내로라하는 학자나 전문가들의 자문을 얻을 수 있었기 때문이다. 민병갈은 외국 학회지의 출판 정보에 촉각을 세우고 마음에 드는 신간이 눈에 띄면 빠짐없이 사들이는 한편, 회원들과 끊임없이 교류하며 지도교사로 활용했다.

민병갈의 섭외력은 세계적인 식물학자와 원예 전문가들의 개인지도를 받을 만큼 뛰어났다. 거물급 대학 교수, 육종학자, 수목원 설계자 등이 직접 또는 간접 경로로 식물재배 기술과 학술정보를 아낌없이 제공했다. 천리포수목원까지 찾아와 직접 지도한 인물만 든다면 영국의 '힐리어 가든' 설립자 해럴드 힐리어 경卿 부자, 스웨덴의 육종학자 니첼리우스 토르, 벨기에 원예 전문가 드벨더 부부, 하버드대학 교수 후슈잉, 미국 국립수목원의 아시아식물 담당자 배리 잉거 등 모두 국제적인 명망을 갖는 인물들이다. 민병갈은 이에 보답하여 초인적인 학습 노력으로 해외 학회지에 연구 결과를 발표하고 세계 원예식물학계의 거물들과 학술 토론을 벌이는 수준에 이른다.

민 원장이 남긴 기록, 보고서, 서간문을 보면 해외 교류에 얼마나 열성을 쏟았는지 생생하게 드러나 있다. 가장 많은 서찰을 교환한 외국학자는 후슈잉胡秀英 1908~?과 니첼리우스 토르Nitzelius Tor 1914~1999다. 폴란드의 식물분류학자 브로비츠K. Brovicz와도 자주 편지를 교환했다. 원예 전문가로는 미국호

▲ 1970년대 말 수목원의 핵심 일꾼들. 직원 노일승 모자와 나무 전문가 박상윤 사이로 민 원장 왼쪽에 서 있는 중국 여성은 특별 초빙한 세계적인 약용식물학자 휴 슈잉 박사.

랑가시학회 회장 바바라 테일러 Babara Taylor, 영국의 수목원 설계가 존 힐리어John G. Hillier, 원예 평론가 존 갤러거John Gallagher 등이 있다. 일본인 전문가와도 왕래가 많았던 것으로 알려졌으나 기록상으로는 식물학자 요시모토Yoshimoto, 붓꽃Iris 전문가 카모kamo 등 몇 사람의 이름만 보인다. 1977년 2월 어머니에게 보낸 편지에는 일본 큐슈와 아마미오시마에서 자생식물 탐사를 할 때

식물학자 야마모토Yamamoto와 타바다Tabada가 각각 동행했다고 쓰여 있다.

민병갈이 정식으로 자문을 구한 최초의 해외 전문가는 중국출신 여성식물학자 후슈잉胡秀英 1908~?이다. 아시아 식물의 대가이자 약용 식물 부문에서 세

계적 권위자로 알려진 그녀는 하바드대학 퇴임 후 대만과 홍콩을 오가며 연구 활동을 계속하던 중 1976년 가을 천리포를 방문한다. 그를 초청한 것은 1974~1975년에 도입한 외래종 씨앗이나 묘목들이 제대로 싹이 안 트거나 고사하는 사태가 잇따랐기 때문이었다. 당시 68세이던 후 박사는 추석 명절을 전후로 사흘 동안 수목원에 머물며 외래종 나무들을 키우는 방법을 자상하게

가르쳐 주었다고 수목원 직원이던 노일 승이 전했다. 민 원장과 후 박사의 관계는 그 후 20여 년간 지속된다.

민병갈을 가르친 또 한 사람의 세계적 원예학자로 영국의 명문 수목원 '힐리어 가든'을 설립한 해럴드 힐리어Sir Harold Hillier 1905~1985를 빼놓을 수 없다. 1975년 영국 왕립원예협회 총회에서 밀러를 알게 된 그는 이듬해 식물학자인 아들과 함께 천리포수목원을 방문하여 수목원의 발전을 도왔다. 유럽에서 수목원 설계 전문가로 활동하는 아들 존 힐리어는 아버지가 세상을 떠난 뒤에도 몇 차례 한국에 와서 자문을 해 주거나 해외 식물탐사 동반자로 민병갈과 가까이 지냈다.

▲ 1981년 천리포를 찾은 영국 원예계의 거물 해럴드 힐리어(오른 쪽)와 민 원장. 명문 '힐리어 가든'을 설립하여 귀족 칭호를 받은 힐리어 경은 천리포수목원의 국제화에 큰 도움을 주었다.

해럴드 경과 함께 유럽 원예계의 거물로 통하는 벨기에의 드벨더Robert de Belder 1921~1995 부부도 민병갈에게 호감을 갖고 원예 지도를 아끼지 않았다. 150년 전통을 자랑하는 '신비의 장원' 칼름트호우트Kalmthout 수목원의 소유주인 드벨더는 남아공 다이아몬드 광산을 가진 거부답지 않게 천리포수목원의 한옥에서 묵으며 부인과 함께 한옥의 정취를 즐겼다. 1976년 가을 첫 방문

에 이어 한차례 더 한국을 찾은 그는 민 원장의 양아들 송진수가 자신의 수목원에서 장기 기술연수를 받도록 배려했다. 민병갈은 어머니에게 "벨기에의 다이아몬드 거상이 유고슬라비아 출신의 부인이 좋아하는 한국의 값진 고가구를 잔뜩 사갔다"고 편지했다.

▲민 원장을 지도한 스웨덴의 육종학자 니첼리우스 토르 교수.

스웨덴의 세계적 육종학자 니첼리우스 토르 Nitzelius Tor 1914~1999도 민병갈의 나무공부를 지도한 해외 석학에 들어간다. 1980년대 초 영국 원예학회에서 알게 된 그는 1987년 한국을 방문하여 73세 노령을 무릅쓰고 민 원장과 울릉도 자생식물을 탐사했다. 이후 전화와 편지를 통해 끊임없이 천리포수목원의 국제화를 도왔다. 미국 식물학자 배리 잉거Barry R. Yinger는 1976년부터 2년 동안 천리포수목원에서 연구 활동을 한 인연으로 민 원장을 성심껏 도왔다. 미국 국립수목원의 아시아식물 과장을 지낸 그는 여러 차례 천리포를 방문하여 학습 선배인 민 원장에게 학문적으로 신세 갚음을 했다.

1976년부터 국내 자생식물를 탐사를 시작한 민 원장은 이듬해 외국 학술조사팀에 참여할 생각을 한다. 1977년 가을 하바드대학의 아놀드수목원 조사팀이 일본 자생식물 탐험을 한다는 정보를 얻은 그는 이 수목원의 원장직을 맡았던 후슈잉을 통해 한국식물 공동탐사를 교섭한다. 한국식물 지식이 취약했던 하버드대학 측은 당연히 환영했다. 딕 위버Dick Weaver 교수가 이끄는 5명의 탐사반은 10월 1일부터 2주 동안 민 원장과 함께 강원도와 남부해안의 야생나무들을 돌아본다. 동행한 스테픈 스펜버그Stephen A. Sponberg가 작성한 보고서에 따르면 탐사 코스는 설악산-계방산-용문산을 거쳐 천리포 주변식물을 돌아 본 후 남쪽으로 선암사-조계산(수천)-무등산(목포) 일대로 이어진다. 일행은 이에 앞서 일본 큐슈열도와 미야지마 섬을 탐사했다.

현장 학습의 재미

민병갈이 공부하는 재미를 가장
진하게 느낀 것은 책장을 넘기는
탁상 학습이 아니라 산악 등반이
나 답사 여행을 통한 현장 학습이
었다. 1950년대 산행의 즐거움에
빠졌던 그는 1960년대 들어 공부
과목이 나무로 압축되고. 나무 학
습이 어느 정도 궤도에 오르자 서
서히 현장 학습에 무게를 두기 시
작한다. 전문가나 전문서에 의존

▲ 민 원장의 나무공부는 현장 학습이 중심이다. 수목
원을 찾으면 사무실에 있기보다 직접 삽을 들고 나
무들을 돌보는 경우가 더 많았다.

하지 않고 연구와 실습을 병행하는 실용학습 방향으로 가닥을 잡은 것이다.

식물학도 초년병 시절 현장 학습에 도움을 준 사람은 이창복 서울대 교수
와 그의 제자인 조무연 홍릉 임업시험장 연구관이었다. 1968년 가을 조무연
과 설악산 자생식물 탐사를 시초로 현장 학습에 재미를 붙인 그는 이창복의
배려로 서울대학 임학과 학생들의 학술조사 여행에 자주 끼게 되었다. 학생
들도 아버지 벌 되는 이방인이 학습 친구가 되는 것이 즐거워 기꺼이 학습 친
구가 되어주었다. 1970년대 초 강원도 화천저수지(파로호)로 왕느릅나무 군
락지 탐사를 잊지 못하는 민병갈은 "소주, 사이다, 오징어를 잔뜩 사 가서 학
생들의 호의에 답했다"고 회고했다. 이 같은 행태를 가리켜 경향신문 1981년
7월 11일자는 "대학생들과 어울리기 좋아하는 괴짜"라고 민병갈을 평했다.

민병갈에게 식물학도로서 잊을 수 없는 체험은 1970년대 중반 서울대 식물
탐사팀을 따라가 전남 무등산 야영장에서 실거리나무를 발견하는 과정을 지
켜 본 것이다. 이때 그는 학계에 보고 안된 신종 식물을 발견하는 기쁨을 처

음 알게 되었다. 1975년 국내 난대성 자생식물이 많은 완도지방을 학생들과 탐사하여 현장 지리를 익힌 그는 이듬해 수목원 자체의 탐사팀을 만들어 완도 등 남해안 일대 야생식물 탐사에 나선다.

천리포수목원 기록을 보면 민 원장은 1976년 1월 6일 김군소 등 직원 네 명과 함께 첫 탐사 길에 올랐다. 변산반도를 시작으로 내장산을 거쳐 내륙을 지나 완도까지 이르는 9일간의 일정이었다. 탐사의 기본 목적은 남부 지방에서 자라는 아열대성 나무들이 중부 해안에 위치한 천리포에서도 싹이 트고 제대로 자랄 수 있는지 알아보는 것으로 실증적인 탐사 결과를

▲ 민 원장은 식물도감을 거의 외우다시피 전문 서적을 탐독했지만 현장 학습도 소홀히 하지 않았다.

얻는 것이 중요했다. 다섯 사람은 추위에 떨며 고생했지만 이렇다 할 보고서를 낼만 한 결과를 얻지 못했다. 그러나 민 원장은 시작이 중요하다며 다음 탐사에는 좋은 결과를 얻자고 직원들을 위로했다.

첫 탐사 이후 민 원장은 일 년에 두 차례 직원들과 함께 종자채집 여행에 나섰다. 탐사 시기는 꽃 피는 봄철과 열매가 영근 늦가을 등 연간 2회로 잡았다. 봄철의 씨앗 채집은 상식적으로 납득이 안 되지만 그럴 만 한 이유가 있었다. 가을의 씨앗 채집에 앞서 봄에 핀 꽃 모양을 미리 보고 마음에 드는 나무를 고르기 위한 일종의 준비 작업이다. 이 같은 씨앗 채취 방법은 아주 번거롭고 비능률적이었지만 민 원장은 직원들을 달래며 자기 스타일을 지켰다.

식물 탐험에 재미를 붙인 민병갈은 그 체험담을 고국의 어머니에게 편지로 소상하게 보고했다. 특히 1979년 1월 9일자 편지를 보면 남해안 탐사 기록[13]이 생생하다. 4박 5일의 짧은 일정에 특별한 수확이 없었는데도 시시콜콜한 설명들이 많다.

"예정대로 식물 탐험을 위해 남상돈, 노일승, 김군소 등 세 명과 1월 2일 천리포를 떠나 7일까지 남해안 일대를 돌았어요. 첫 이틀간은 외딴 섬 보길도에서 보냈습니다. 이 섬에 가려면 육지와 다리로 연결된 또 다른 섬 완도에서 배를 타고 네 시간 가야 해요. 많은 호랑가시나무를 보고 씨앗을 채취하는 등 유쾌하고 유익한 시간을 보냈습니다. 보길도는 인구가 8천 명이나 되는데도 자동차 길도 없고 여관과 식당도 없었어요. 우리는 다행히 전남대학 임업시험장에서 숙소를 구할 수 있었지요. 섬에 있는 험한 산을 오르며 탐험을 하고 나서

13 Since I had planned to use this period to plant explore, on the 2nd Mr.Nam, Ilsungi (Ajumoni's son), Kunso(one of our employees) and myself left Chollipo for points south. From the 2nd until the 7th we wondered around the southeast corner of Korea collecting plants. Spent two days going to a remote island (Bogildo)—took four hours by boat from Wando—another island connected with the mainland by a bridge. Lots of fun and very worthwhile. Found many interesting hollies and collected many seeds and seedings. On the island there are 8,000 people but no vehicular roads, no inns, no restauant. We were lucky to find accommodation at Cunnam University Forestry Training Centre. Hiked over a rugged mountain to the south coast of the island, we took still another boat to a small offshore island (Yegakdo) to see a special holly tree. Mr. Nam had caught cold, so wasn't with us. Ilsungi and Kunso were tired, so I prided myself on having more stamina than any of them even though I'm 30 years older. Didn't take a bath for a week nor change my clothes. Came back to Seoul the day before yesterday. Mr. Nam was too tired to do all the driving, so I alternated with him. We dumped Ilsungi and Kunso at Chonan to take the bus, and all our plants, directly to Chollipo. Got back to Seoul around 7 AM. Today I'm just getting over the travel. You'd be surprised at the tan I got—out in the sun every day. Never had to wear a coat the whole trip. So far we are having an amazing winter—hardly a frost yet—wasn't below freezing the whole trip. <Miller's letter on Jan. 9th, 1979>

별난 호랑가시 하나를 보기 위해 다시 배를 타고 또 다른 외딴 섬 예각도에 갔습니다. 남상돈은 감기에 걸려 못가고 노일승과 김군소도 피로에 지쳐 있었습니다. 그들보다 나이가 30살이나 더 많은데도 끄떡없는 내 체력이 자랑스럽더군요. 나는 일주일 동안 샤워를 못하고 옷도 못 갈아입은 상태에서 어제 서울로 돌아왔습니다. 운전을 맡았던 남상돈은 너무 지쳐 있어서 내가 대신 했지요. 노일승과 남상돈은 상경 중 천안에서 버스를 태워 채집된 식물과 함께 천리포로 가게 했지요. 서울에 오니 오후 7시였어요. 내가 얼마나 햇빛에 그슬렸는지 어머니가 보면 놀라실 거예요. 탐사기간 내내 영하의 추위가 없어서 외투를 입지 않았거든요. 우리는 지금 얼지 않는 겨울을 즐기고 있어요."

미국 모턴수목원The Morton Arboretum(일리노이주)의 연구원으로 있는 김군소는 천리포수목원에서 일하던 당시 식물탐사와 종자채집에 열성이던 민 원장의 모습을 잊지 못한다. 1980년 가을 태백산맥 탐사 때 일이다. 오대산 채집을 끝내고 마지막 목적지인 설악산에 도착했을 때 민 원장은 심한 몸살로 산에 갈 수 없는 상황이었다. 할 수 없이 그를 여관에 남겨두고 탐사에 나선 직원들이 저녁나절 돌아와 보니 이불을 뒤집어 쓴 채 오대산에서 채취한 씨앗들을 열심히 정리하고 있었다. 이태 전 남해안 탐사 중 완도호랑가시나무를 발견했던 그는 피로에 지쳐 돌아온 직원들에게 "야단날 일 없나?"라는 말부터 꺼냈다. 새로운 식물을 발견하지 못했느냐는 뜻으로 '야단'이란 표현은 그가 자주 쓰는 한국말이다.

천리포수목원의 정기적인 식물탐사는 두 가지 목적을 갖는다. 한국 자생목의 표본조사와 그 나무의 씨앗 채취가 그것이다. 표본조사의 경우, 운이 좋으면 학계에 보고 안된 신종이나 미기록종 식물을 발견하는 성과도 따른다. 채집된 씨앗은 다시 수목원에서 배양하여 키우는 자체 연구─증식용과 외국 수종을 들여오기 위한 해외 교환용 등 두 갈래로 쓰였다. 야생식물 탐사와 종자

채집은 국내에 머물지 않고 1977년부터 해외로 뻗었다. 즐겨 찾은 곳은 자신이 좋아하는 호랑가시류가 많이 자생하는 일본의 큐슈 지방이었다. 해외 탐사에는 현지 식물학자나 외국 친구가 동행했다.

첫 원정 탐사는 1977년 연초 일본 큐슈에 있는 아마미오시마奄美大島를 찾아 이곳에서 야생하는 호랑가시나무 무리를 관찰하는 일이었다. 4박 5일의 짧은 여정이었지만 민병갈은 어머니에게 보낸 편지에서 "평생 잊을 수 없는 탐험"이었다고 썼다. 편지 내용은 마치 즐거운 소풍을 다녀온 유치원생의 일기 같다. 1월 28일 아침 김포공항을 출발하여 후쿠오카에 도착한 그는 카고시마에서 한 번 더 비행기를 갈아타고 아마미오시마 공항에 도착하여 여장을 푼다. 탐사 예정일인 이튿날 잠을 깨니 비바람이 호텔 창을 두드린다. 낙담한 그에게 용기를 북돋은 사람은 안내를 약속한 현지 산림 공무원이었다. 이방인에게 자기 고장의 아름다운 자연을 보여주고 싶었던지 그는 날씨에 관계없이 산행을 강행했다. 민병갈의 편지에는 눈 덮인 유안다케 산에 올라 이 섬의 희귀 자생종인 포네안타*Ilex poneantha Koidz*라는 호랑가시나무를 관찰한 기록이 생생하다.

호랑가시나무류*Ilex*를 좋아했던 민병갈이 일본 탐사여행 중 가장 보고 싶었던 나무는 디모르포필라*Ilex dimorphophylla Koidz*라는 일본 호랑가시나무였다. 1977년 1월 첫 원정탐사 귀로에 후쿠오카 공항 근처의 야산에서 이 나무를 잠시 탐사한 그는 같은 해 5월 12일 아마미오시마 섬에서 이 희귀종이 잘 보존된 군락지를 관찰하는 기쁨을 누린다. 어머니에게 보낸 6월 1일자 편지[14]를 보면 1차 탐험 때와 마찬가지로 일본 식물학자의 안내를 받아 씨앗까지 받아 온다.

"5월 12~17일 일본 탐사여행은 매우 성공적이었어요. 새로운 희귀식물도 가져왔구요. 저는 마침내 디모르포필라 군락지를 탐험했지요. 정글로 덮인 유한다케 산을 오르기가 쉽지 않았지만 이 식물을 보고 싶었기 때문에 강행군을 했습니다. 요시모토 부인이란 분이 고맙게도 화분에 담은 호랑가시 한 그루를 주어서 플라스틱 백에 넣어 작년 어머니와 함께 묵었던 후쿠오카 호텔로 가져와 서늘한 욕조에 보관했다가 가져왔어요. 그날 저녁에는 큐슈대학에 있는 친구가 저의 방을 찾아왔더군요. 일본에 있는 친구들이 친절하게 대해주어 다음 채집여행을 위해 든든합니다. 제가 모은 식물들은 최소한의 검역절차를 거쳐 모두 천리포로 가져왔습니다."

그러나 어렵사리 채취한 디모르포필라 씨앗은 한국에서 발아에 성공하여 묘목으로 자란 뒤 오래 살지 못했다. 수목원 일지를 보면 1977년 5월 22일 파종 후 싹을 틔워 5년 동안 탈 없이 자라다가 1982년 9월 29일 고사한 것으로 적혀있다. 이에 상심한 민병갈은 씨앗을 다시 구해 한국 풍토에 적응시키는 실험을 성사시킨다. 이 호랑가시나무는 일본 남부 류큐제도의 자생종으로 한때는 희귀종으로 분류됐으나 이제는 '오끼나와 홀리Okinawan holly' 라는 이름으로 전 세계로 퍼져 흔한 나무가 되었다. 한국에서는 애기호랑가시라는 애칭으로 사랑받고 있다.

식물탐사에 열을 올렸던 민병갈은 실험 실습도 게을리 하지 않았다. 그 핵

14 My latest to Japan, May 12~17th was very succesful and I brought back some rare new plants. I finally saw Ilex dimarphophyla growing in the wild. It wasn't easy as we had to climb a mountain named Yuhandake throuth jungle conditions. But I want to see these plants, so that kept me going. A Mrs.Yoshimoto kindly gave me a potted Ilex which I put in a plastic, bag and carried around with me. When I got back to Fukuoka the same hotel we stayed last year, mother put the pot in the bathtub to keep it cool. My friend from Kyushu University came to the room that evening and I took the pot out of the bathtub and put it on the desk in my room. Everyone was very kind to me in Japan and I now have several good conducts for future collecting. I got all the plants through quarantine here with a minimum of difficulty and they are all at Chullipo.<Miller's letter to his mother on June, 1st 1977>

심은 자생지를 벗어난 외래종 씨앗을 싹틔워 적응력을 키우는 온실 작업이다. 이 같은 실습에는 원종原種과 다른 새로운 식물 종種을 선발하는 유전공학적 연구도 포함된다. 식물학에서는 씨앗 배양 중 새로운 종을 얻는 작업을 선발選拔 selection이라고 부른다. 육종 기술특허를 가진 산림과학도로서 산림청장을 두 번 역임한 이보식은 공직을 떠나 천리포수목원 원장 직을 맡은 뒤 민 원장의 숨은 실험 실습 성과를 자세히 살피고 나서 '1급 육종학자 수준' 이라고 과찬했다.

완도에서 보물을 캐다

천리포수목원에서 식물탐사를 시작한 지 2년째 되는 1978년 3월 말 민병갈 원장은 예년처럼 직원들과 함께 봄철 식물탐사 여행에 올랐다. 이번에는 변산반도를 거치지 않고 내장산에서 하루 묵으며 굴거리나무 군락지를 돌아본 후 전남 진도를 거쳐 완도 지방의 자생식물을 탐사하는 코스를 잡았다. 네 명의 동행자 중에는 수목원에서 연수중인 미국인 식물학도 배리 잉거와 민 원장이 총애하는 수목원 직원 김군소와 남상돈 등이 끼었다. 다음 이야기는 미국 모턴 수목원의 큐레이터로 있는 김군소의 회고에 따른 것이다.

탐사 사흘 때 완도의 어시장 근처에 있는 단골 여관에 여장을 푼 일행은 배를 빌려 신지도부터 찾았다. 완도는 어디를 가나 자생식물이 많이 자라는 곳이지만 민병갈은 숲의 보존이 잘된 도서지방을 좋아했다. 신지도를 탐험한 이튿날 민병갈은 여관주인의 조언에 따라 불목국민학교 교정에서 자라는 완도 자생목들을 돌아 본 후 점심 식사를 마치고 정도리의 해안 숲 탐사에 나섰다. 완도읍에서 서남쪽으로 4km 정도 떨어진 이 숲은 유명한 구계등九階燈 갯

▲ 1978년 가을 민병갈이 완도 탐사중 발견하여 'Ilex x wandoensis C. F. Miller' 로 명명한 완도호랑가시나무. 민 원장이 평생의 자랑으로 여기는 이 나무는 겨울철에 열매가 빨갛게 익어 해외에서 관상수로 인기가 높다.

돌 해변을 끼고 있기 때문에 해변 정취를 더해 준다. 해안을 따라 긴 숲을 이루며 자라는 각종 자생목들은 방풍림 역할도 한다. 구계등이란 이름은 파도에 밀려 표면에 나타난 자갈밭이 아홉 개의 계단(등)을 이룬다 하여 붙여졌다고 전한다.

일행이 한참 나무들을 관찰하며 사진을 찍고 메모를 하는 중에 한 나무를 유심히 지켜보던 민 원장이 갑자기 탄성을 지르며 근처에 있는 김군소를 불렀다.

"군소. 이리 와 봐. 이상한 놈이 하나 있어. 내가 전연 모르는 놈이야."

갑자기 눈빛이 달라진 민 원장은 남상돈에게 자동차로 가서 식물도감을 가져오도록 재촉했다. 국내 학계에 보고돼 등록된 식물인지 아닌지 알아보기 위해서다. 도감의 호랑가시나무 편을 아무리 뒤져 봐도 자신 앞에 서 있는 모양을 가진 나무가 없다. 식물학도들은 이럴 경우 대개 미기록종인지 그 여부부터 확인한다. 서울에 있는 이창복 교수에게 확인하고 싶었으나 전화가 없으니 확인할 길이 없다. 호랑가시라면 전 세계 품종을 손바닥 보듯이 꿰뚫고 있던 그는 일단 '새로운 발견'으로 단정하고 흥분을 감추지 못한다. 신종new species 발견은 식물학자에게 평생에 한번 있을까 말까 한 행운이자 영광이다.

귀로에 완도 우체국에 들러 이창복과 이영로 등 원로 식물분류학자와 통화를 한 민병갈은 희색이 만면했다. 미기록종도 아니며 자신들도 모르는 특이한 호랑가시라는 이야기를 들었기 때문이다. 이날 탐사에 참여한 배리 잉거 Barry R. Yinger는 저명한 식물학자로 성장한 뒷날 미국 호랑가시학회지에 기고한 민병갈 추모의 글에서 "민 원장은 식물을 관찰하고 식별하는 감식안이 탁월했다"고 회고했다.

이런 기쁜 날에는 샴페인을 터트리지 않을 수 없다. 우체국에서 통화를 끝낸 일행 네 명은 곧장 숙소 근처에 있는 포구의 선술집으로 차를 몰았다. 직원들 사이에 구두쇠로 통하는 민 원장은 이날만은 값비싼 다금바리 생선회를 시켰다. 별이 빛나는 해안 정취와 밤바다의 파도 소리는 더욱 주흥을 돋았다. 밤이 깊은 줄 모르고 통음을 한 이들이 대취하여 숙소를 찾았을 때는 여관 문이 굳게 잠겨 한바탕 문을 두드려 주인을 깨워야 했다고 김군소는 회고했다.

민병갈이 정도리에서 발견한 호랑가시는 학계에 보고 안된 교잡종交雜種이었다. 완도 일부지역에서 감탕나무Ilex integra와 호랑가시나무Ilex cornuta 사이에 자연 교접으로 생겨난 품종으로 학계에서 인정하는 신종은 아니더라도 식물학도에게는 대단한 발견으로 치부할 만 했다. 서둘러 서울로 올라온 민병갈은 이창복과 채집해 온 식물을 재검토 한 후 세계식물학계의 공인 신청 작업에 들어갔다. 우선 식물 표본을 미국 국립수목원의 표본실에 보내 검증을 의뢰하고 미국 호랑가시학회에 채집 결과를 보고 했다. 이 학회는 범 세계적인 단체이기 때문에 세계 호랑가시 족보에 오르기 위해서는 반드시 통과해야 할 관문이었다. 민병갈은 보고서에서 식물의 라틴어 학명을 '완도호랑가시Ilex x wandoensis'로 지었다.

완도호랑가시가 민병갈이 찾아낸 식물이라는 사실이 공인 받기까지는 발견 후 4년을 더 기다려야 했다. 1982년에야 미국호랑가시학회가 학회지 '홀리 저널Holly Journal'에 주기적으로 발표하는 호랑가시 목록에 올랐기 때문이다. 학회는 발견자의 이름을 붙이는 국제 식물작명규약[15]에 따라 식물 학명을 *Ilex x wandoensis* C. F. Miller로 등재했다. 이어 세계 호랑가시도감Hollies, the Genus Ilex에도 같은 이름으로 올라 완도호랑가시는 국제적으로 민병갈의 영문이름이 붙는 공식적인 이름을 갖게 되었다. 그러나 세계 식물학계의 공인 절차는 이것으로 끝나지 않고 또 다른 관문이 기다리고 있었다.

완도호랑가시나무 연구를 주제로 박사학위 논문을 준비 중인 천리포수목원의 최창호 식물팀장은 2011년 봄 "완도호랑가시나무*Ilex x wandoensis*는 민 원장이 작고한 후인 2004년에야 세계 식물학계에서 인정하는 공식 명칭이 되었다"고 밝혔다. 식물학계의 인준을 받으려면 해당 연구 논문을 국제 학술지에 발표해야 하는데, 아마추어 식물학도인 민병갈은 이 통과 의례를 무시했기 때문에 완도호랑가시는 식물도감에만 명목상으로 올라 있었다는 것이다. 그러다가 전북대학 김무열 교수가 민병갈의 조사 자료를 기초로 학술 논문을

[15] 국제식물명명 규약 : 1964년 영국 에든버러에서 열린 국제식물학회에서 채택한 신종 식물에 대한 이름 짓기 원칙. 속명(屬名)과 종명(種名)이 붙는 라틴어 학명 뒤에 발견자의 이름을 붙이도록 돼 있다. 종명은 흔히 발견된 지명이나 식물의 특징 등을 붙이며 학명은 이태릭체로 표기해야 하는 규칙이 있다. 발견자 이름은 일반 로마자 글꼴을 사용하며 제보자가 있으면 함께 붙이기도 한다. 완도호랑가시나무 학명 *Ilex x wandoensis*에서 x는 교잡종이라는 뜻으로 정체 글꼴을 사용한다.

발표하여 2004년 1월 19일 학계의 공인을 받게 되었다. 새 이름은 논문 발표자의 이름이 추가된 *Ilex x wandoensis* Miller & Kim으로 바뀌었다.

완도호랑가시는 발견 당시까지만 해도 전 세계에서 완도에서만 볼 수 있었던 희귀종이었다. 민병갈은 천리포수목원의 인덱스 세미넘 잉여종자 목록 발행을 통해 그 씨앗을 전 세계에 퍼트려 지금은 외국 수목원에서는 거의 다 볼 수 있는 수종이 되었다. 이 한국 토종식물은 한때 유럽 나무경매장에서 최고의 인기를 누렸다고 한다. 이 한국 토종은 전세계 수목원의 씨앗 배양 과정에서 400여종의 변종varieties이 나왔다고 한다. 그런데 민병갈은 1980년 5월 23일자 영자신문 '코리아 타임스' 칼럼에서 발견 장소를 완도의 서세포리 라고 밝히고 있으나 탐사에 동행했던 김군소에 따르면 정도리 해안 숲이 맞는 것 같다.

4기 학습기간 중인 1978년 봄 완도호랑가시를 발견한 민병갈은 이듬해부터 학습 과정을 한 단계 더 높인다. 이번에는 외국나무를 집중적으로 공부할 차례라고 생각한 것이다. 그렇지 않아도 1970년대 들여온 외국 수종들이 생육환경의 차이로 대부분 말라 죽는 사태가 일어나 낙심하던 차였다. 무엇보다 시급한 것은 원예 선진국의 식물재배기술 연마였다. 1982년 완도호랑가시가 미국 호랑가시학회의 공식 기록에 오르자 민병갈은 학습 무대를 해외로 넓히며 외국 수종을 집중적으로 공부하는 5기 학습에 들어갔다. 그 결과로 나타난 것이 1989년에 받은 비치 메달이다.

세계의 식물학자와 원예인이 선망하는 비치 메달은 민병갈에게 대학원 졸업장과 다름 없었다. 이를 계기로 5단계로 진행된 민병갈의 평생 학습은 일단 멈춘다. 24세 때인 1945년 가을 남산에 올라 자연과의 상견례로 시작돼 44년간 계속된 자연공부는 졸업장도 학위도 없는 긴 탐구의 세월이었다. 그때 나이는 68세. 교수를 해도 정년을 넘긴 나이였다. 그러나 그가 멈춘 학습은 남의 지도를 받거나 책장을 넘기는 일이었을 뿐이다. 이후에도 육종 실험과 해외 견학 등 혼자하는 현장 학습은 계속되었다.

자연친화의 삶

민병갈은 평생을 바쁘게 살았지만 그의 행동 양식에는 하나의 큰 줄기를 이루는 맥락이 있다. 자연과 더불어 사는 것이다. 자연과의 어울림은 그의 일생을 관류한 삶의 지표이자 궤도이기도 했다. 그가 걸어온 길은 모두 자연으로 통했다. 직장생활이나 사회활동은 물론이고 개인적인 학습, 친교, 취미 생활도 자연과 더불어 사는 것과 연결되어 있거나 그 지표에 도달하기 위한 통로였다. 그가 가까이하는 자연이란 쾌적함을 얻기 위한 수단이 아니라 함께 사는 동반자였다.

돈 많은 미국인으로 한국의 삶을 즐길 방법이 많았으나 민병갈이 선택한 길은 자연을 가꾸며 한국인으로 사는 것이었다. 직장생활은 자연과 함께 살기 위한 하나의 방편이었다. 그가 죽을 때까지 지킨 주간 일정은 월요일 아침부터 금요일 오전까지 서울에 머물며 증권회사에서 일하고 금요일 오후가 되면 200km 떨어진 천리포에 가서 월요일 새벽까지 자연 속에 파묻히는 것이었다. 어떻게 보면 주말 농장을 운영하는 도시 직장인과 다를 것이 없으나 그가 수목원에서 보내는 주말은 취미나 휴식을 즐기는 시간이 아니라 일상적인 일과의 연장선이었다. 다

만 하는 일의 성격이 달라졌을 뿐이다.

　자연과 함께 살려는 민병갈의 마음과 자세는 일반 자연애호가와 많은 차이가 있다. 자연을 즐기는 것에 끝나지 않고 과학적으로 그 본질에 접근하는 식물학도의 길을 걸은 것이다. 달리 말하면 육림가도 되고 산림학도가 되는 고등 농민의 모습을 보였다. 자연의 원시적인 모습을 사랑했으나 그곳에 묻혀 유유자적하는 탈속인의 모습을 보이거나 열심히 나무만 가꾸는 독림가의 길을 걷지 않았다. 귀거래사를 부른 도연명처럼 자연 속에 은둔하지 않았고 버몬트 숲을 지킨 헬렌 니어링처럼 자연 속의 조화로운 삶을 실천하지도 않았다.

　민병갈의 나무 철학은 1999년 6월 18일 서울 여의도 영산아트 홀에서 한미 우호상을 받고 나서 밝힌 짧은 수상 소감에 함축돼 있다. 짧은 인사말에서 그는 "나는 나무와 함께 하는 시간이 가장 행복하다. 나무는 항상 하늘을 우러러 솟으며 생명력이 넘친다. 모든 사람이 나무와 같은 삶을 살았으면 한다"고 말했다.

자연은 자연 그대로

펜실베이니아의 광산촌에서 태어난 민병갈은 어려서부터 자연을 접촉할 기회가 많았다. 그러나 어려운 집안 사정에 고학을 해야 할 형편이어서 특별히 자연을 즐길 기회는 많지 않았다. 더구나 식물에는 관심을 가질 겨를이 없었고 흥미도 보이지 않았다. 다만 천성이 착하고 순하다 보니 때 묻지 않은 자연이 그의 심성에 맞았을 뿐이다. 대학에서 화학을 전공한 그에게 자연에 눈을 뜨게 한 것은 한국의 아름다운 자연이었다. 그의 눈에는 산천초목은 물론이고 흙과 물, 새와 곤충 등 어느 하나도 마음에 들지 않는 것이 없었다. 그 애정이 커가는 속도는 매우 느렸지만 시간이 흐를수록 깊이 있게 마음속으로 스몄다.

민병갈이 평생 추구한 자연 친화의 삶은 산행 취미에서 비롯된 것이다. 고국의 산에서 느낄수 없던 정감을 한국의 산에서 느낀 그는 주한 미군시절부터 군정청 직원으로 있을 때까지 3년 동안 전국의 산을 오르느라고 그가 애용한 야전 군화를 여러 번 바꾸어야 했다. 군정이 끝난 뒤에도 한국의 자연과 가까이 있기 위해 귀국을 미루었던 그는 6.25전쟁 전까지 떠돌이 직장생활을 하면서도 산행과 여행을 멈추지 않았다. 한국은행에서 고정 직장을 갖고 나서 50대에 들어 필생의 사업으로 시작한 수목원 사업은 자연과 더불어 사는 마지막 포석이었다.

자연 지상주의자 이었던 민병갈이 가장 싫어한 말은 '개발' 이라는 용어였다. 개발에는 필연적으로 자연 훼손이 따르기 때문이다. 인간의 편의를 위해 자연에 손을 대서는 안된다는 신념에 차 있던 그에게 개발의 명분이 설 수 있는 곳은 황폐된 지역뿐이었다. 천리포수목원을 가꾼 것에 대해 그는 "헐벗은 민둥산에 푸른 옷을 입혀 자연을 황폐로부터 회복시킨 것" 이라고 여러 번 강조했다. 이와 관련하여 그는 전남 완도수목원에 대해서 유감이 많다. 천혜의

자연경관지대를 중장비로 밀어내 시설물을 짓고 나무를 심는 바람에 아까운 자연을 망쳤다는 것이다. 1991년 완도수목원이 생긴 이후 그는 종자 채집을 위해 즐겨 찾았던 완도에서 발길을 끊었다.

나무를 보기 좋게 다듬는 것도 자연 훼손이라고 생각했다. 옛 사대부 집안의 꾸밈없는 정원을 사랑했던 민병갈은 전지가위로 나무의 모양을 내는 일본식 정원을 싫어했다. 특히 그는 분재 가꾸기를 나무에 대한 가학 행위로 보고 아주 못마땅해 했다. 정원사들이 온갖 형상을 연출하는 유럽의 귀족집 정원이나 미국 대저택의 정원도 그의 눈에는 아름답게 보이지 않았다. 그가 외국 학회지에 쓴 글에는 한국 정원의 소박한 아름다움을 칭찬한 내용이 많다. 돈 많은 외국인이면서도 그가 평생 동안 골프를 치지 않은 것은 단 한 가지 이유에서다. 멀쩡한 자연을 중장비로 뭉그러트려 인공 동산을 만든 골프장이 싫었기 때문이다.

민병갈은 한국의 자연을 사랑했을 뿐 아니라 그것을 지키기 위해 그 나름의 노력을 했다. 각종 기고나 언론 인터뷰를 통해 그가 강조한 말은 자연보호와 나무 사랑이었다. 그가 1960년대에 가장 자주 한 말은 "한국은 세계에서 가장 아름다운 자연을 가졌으면서도 그것을 제대로 지키지 못하고 있다"는 개탄이었다. 한국의 토종나무들에 각별한 애정을 보였던 그는 1987년 서울신문 11월 11일자과의 인터뷰에서 "개발도상국을 뛰어넘은 한국이 나무 사랑에서는 후진국을 면하지 못하고 있다"고 꼬집었다. 생활수준이 높아진 1990년대에 들어선 "한국인의 나무 사랑에 문제가 있다. 자기의 정원을 가꾸기 위해 희귀한 야생나무를 캐다 심는 것을 곤란하다."고 조경이나 집안의 자연미를 위해 야생목을 옮겨 심는 뒤틀린 자연 사랑을 개탄했다.

민병갈의 자연보호 주장은 30대 초반부터 나타난다. 1956년 육군본부 특전감실에서 발행하는 군사신문 '통일'(58호)과의 인터뷰에서 그는 "한국인은 공덕심이 부족하다"며 자연을 함부로 훼손하고 있다고 개탄했다. 그로부터 24년 뒤인 1980년의 회견 기사를 보면 한국은 전쟁의 폐허를 딛고 기적 같은 경제 회생을 했지만 자연보호에선 오히려 뒷걸음을 친 것을 아쉬워했다. 개발과 위락이라는 이름으로 수많은 산들이 동강나고 광활한 녹지가 파헤쳐진 것이 그에게는 가슴 아픈 일이었다.

수목원이라는 인공적인 자연 동산을 가꾸면서도 민병갈은 자연에 인간의 손길이 가는 것을 최대한 억제했다. 그의 생전에는 수목원 안에 잔디밭이나 꽃길이 없었다. 통행로를 만들었지만 나무 보호를 위한 이동 구간일 뿐이었다. 산길을 닦다가도 나무에 상처를 주게 되면 작업을 중지시키거나 임도林道 설계를 아예 백지화 했다. 수목원 초창기에 있었던 그 사례의 흔적 하나가 까맣게 잊혀 있다가 40여년 만에 발견돼 민 원장의 투철한 나무 사랑이 알려지게 되었다.

2010년 수목원 재단이사장을 맡은 식물학자 이은복은 새 임무 수행을 위한 수목원 경내 답사 중에 종합원으로 불리는 비공개 지역에서 민 원장 지시로 만든 산길 하나가 중도에서 끊어진 흔적을 발견하고 의아해 했다. 주변의 식생 상태를 찬찬히 살핀 그는 산길의 작업진행 방향에 참회나무 숲이 있음을 보고서야 길이 끊어진 이유를 알게 된다. 산길 개설을 지켜보던 민 원장이 길을 내기로 한 곳에서 참회나무들이 무리로 자라는 것을 발견하고 이들을 보존하기위해 작업을 중단시킨 것이다. 몇 그루의 토종나무를 다치게 할 수 없어 자신이 구상한 작업 계획을 폐기한 의중을 읽은 신임 이사장은 설립자의 극진한 나무 사랑을 다시 한번 되새겼다고 술회했다.

자연, 탐닉보다 탐구

　민병갈은 자연을 벗 삼아 사는 사람답지 않게 평생을 분망하게 살았다. 자연을 관조하는 은자隱者의 모습은 그에게서 찾아 볼 수 없다. 끊임없는 학습으로 자연의 실체에 접근했고 자연의 이치가 무엇인지 탐구했다. 자연의 아름다움에 취해 시심詩心에 젖는 체질이 아니었던 그는 나무가 병들면 그 아픔을 함께 하며 치료 방법부터 찾았다. 병든 나무는 잘라내 숲의 경관을 살리는 일반 자연애호가와는 판이한 모습이었다.

　민병갈은 한가하게 자연을 즐길 겨를이 없었다. 직장이 수목원과 증권사 등 두 곳인 데다가 관여하는 단체도 많고 이곳저곳에 일을 벌여놓는 성미다 보니 바쁠 수밖에 없었다. 수목원 일만 해도 나무와 인력 관리, 종자채집과 파종실험 등 내부 업무에 그치지 않고 외국 식물기관 접촉 등 해외관련 업무가 줄을 이었다. 서울에 있는 동안은 직장 업무를 떠나서 각종 모임에 참석해야 하는 등 잡다한 일들이 많았다. 그가 얼마나 바쁘게 살았는지는 1978년 6월 18일 어머니에게서 보낸 편지[16]에 잘 나타나 있다.

　　"어느 때보다 더 바쁘게 지냅니다. 천리포수목원 일도 많은데다가 서울에
　　선 답장을 보내야 할 편지가 너무 많아요. 한국 식물에 대한 문의가 전 세계

에서 쇄도하여 정신이 없군요. 오늘 밤엔 활동을 막 시작한 한국호랑가시학회 관계자 일곱 사람과 식사 약속이 돼 있습니다. 지난주에는 우리 집에서 한국 두루미보존회 회원 26명이 모였지요. 어제는 한국식물 분류학회 회장으로 있는 이영로박사를 만나 점심을 먹으며 학술서적 간행문제를 협의했구요. 분류학회와 우리 수목원이 공동 참여하는 출판위원회에서 나는 기획책임자로 일해야 할 입장이지요. 이렇게 할 일이 많으니 낮이나 밤이나 눈 코 뜰 새 없이 바쁘군요. 그렇지만 어머니. 나는 이 일들이 너무 좋아요."

사람을 많이 만나는 민병갈의 모습은 그의 호칭에서도 나타난다. 서울 직장에서는 고문으로 불리고 수목원에서는 원장으로 통한다. 그리고 각종 모임에서는 '회장'으로 호칭되는 경우가 많았다. RAS지부, 브리지협회, 호랑가시학회 등 그가 만든 모임의 회장직을 맡고 있기 때문이다. 회원가입 단체 말고도 많은 곳에서 민병갈이 와 주기를 바랐다. 한국에 귀화한 첫 서양인 남자, 세계적 수목원을 일군 이방인, 증권가의 큰손이자 투자 귀재 등 유명세는 수목원이나 증권회사 사무실에서 가만히 있지 못하게 했다. 한 때는 언론의 인터뷰 요청과 만나고 싶어 하는 사람이 너무 많아 비서가 교통정리에 바쁠 정도였다.

16 I am busier now than I have ever been. There is so much to do at Choullipo and there is so much correspondence in Seoul—I'm getting letters from all over the world asking about Korean plants—I never get caught up. Tonight I'm having 7 for dinner at our house—we are starting a Holly Society here in Korea. Last week I had 26 at the house-we had a meeting of the Korean Council for Crane Preservation. Yesterday I had Dr. Lee Yongno—President of the Korea Plant Taxonary Society—for lunch. We are going to start a scholarly publication on plants-sponsored jointly by Chollipo Arboretum and the Society. I'll be the chief architect of it and serve on the Publication Comittee. So much going on—morning, noon, and night—I get dizzy sometimes trying to keep up with it all. But it is fun, Mom! <Letter to his mother Jan 18th, 1978>

바쁜 생활 속에서도 민
병갈은 자연과 더불어 사
는 삶의 지표에 충실했다.
수목원을 벗어나서도 연
희동 집에서는 온실에서
살다시피 했으며 명동 사
무실에 나와 있을 때는 점
심시간을 이용하여 가까
운 은행회관의 녹지 공간
을 찾아 나무들과 함께 있
는 시간을 가졌다. 마음

▲ 민 원장은 시골길을 지나가다 눈에 띄는 나무를 보면 차를 세우고
관찰하기에 여념이 없었다.

이 내킬 때는 사무실에서 1km쯤 떨어진 필동의 한옥마을로 걸어가 장터국수
를 맛 본 뒤 남산과 어우러진 고택의 정취에 젖었다. 인사동의 한옥식당 '영
빈관' 을 찾는 날은 고물가게에 들러 민속품을 구경하는 재미에 빠졌다. 그가
즐겨 입는 자켓에 호랑가시나무 문양이 많은 것도 자연과 가까이 있으려는
취향을 말해준다.

빠듯한 일정에 쫓기면서도 민병갈은 자연을 즐길 수 있는 시간을 찾기에
바빴다. 1977년 2월 1일 일본 후쿠오카 공항에서 비행기를 기다리는 짧은 시
간에 근처의 자생식물을 탐사한 것이 그런 예에 속한다. 큐슈열도에서 식물
탐사를 끝내고 귀국을 위해 공항 호텔에 투숙한 그는 이른 아침 여장을 꾸려
호텔을 나온 뒤 일본인 식물학자와 함께 그의 차를 타고 20km 밖의 한 야산
을 찾아 희귀종 호랑가시나무 숲을 돌아본 뒤 부리나케 비행기에 오른다. 어
머니에게 편지로 알린 그날의 귀국 상황을 다음과 같다.

"아침 7시 호텔을 나와 오후 1시 이륙하는 비행기를 타기까지 5시간 안팎에 15마일 밖의 야산에서 식물탐사를 하고 비행기를 놓칠세라 후쿠오카 공항으로 냅다 달렸지요. 피곤에 지쳐 비행기 안에서 곯아떨어진 후 깨어보니 김포공항에 도착해 있더군요. 입국심사대의 세관원은 첫 가방에 젖은 옷과 나뭇가지들이 들어있는 것을 보더니 나머지 가방을 열어보지도 않고 통과시켜 주었어요."

편지에 따르면 이때 민병갈이 탐사한 호랑가시나무는 그가 평소에 보고 싶었던 디모르포필라*Ilex dimorphophylla Koidz*라는 큐슈열도 자생종이다. 일본 남부 도서지방의 식물탐사를 마치고 김포행 여객기 탑승을 위해 1월 31일 늦은 시간에 후쿠오카 공항에 도착한 그는 나흘간의 강행군 끝이라서 피로에 지쳐 있었으나 공항근처에서 서식하는 희귀종을 그대로 지나칠 수 없었다.

편지 내용이 설명해주듯이 민병갈의 바쁜 생활은 국내에만 그치지 않았다. 식물 외교에도 열성이었던 그는 해외에서도 정력적인 섭외 활동을 벌여 굵직한 식물관련 국제행사를 유치하는 성과를 올렸다. 국제 목련학회Magnolia Society International 1997년도 총회를 천리포수목원에서 개최토록 한 데이어 1998년에는 국제수목학회International Dendrology Society와 미국호랑가시학회Holly Society of America의 연차총회가 봄과 가을에 각각 서울에서 열리도록 했다. 이들 행사에는 영국의 해롤드 힐리어 경卿 등 세계 정상급 식물학자와 수목 대가들이 참석했으나 홍보를 제대로 안한 때문인지 국내 언론은 관심을 보이지 않았다.

개구리가 좋아

민병갈의 자연 사랑은 생태계 사랑으로 이어진다. 나무 중에서 호랑가시나무를 제일 좋아했던 그가 생태계에서 가장 사랑한 동물은 개구리였다. 투박하고 멍청해 보이는 개구리의 인상은 소박함을 선호하는 그의 취향과 일맥상통한다. 남다른 개구리 사랑은 천리포수목원 본원의 논 네 마지기를 지키고 있는 큼직한 개구리 석상 하나가 말해 준다. 본원의 요지에 자리잡은 이 논은 농약을 안 쓰고 유기농법으로 농사를 짓기 때문에 개구리들의 놀이터나 다름없다. 그의 무덤도 커다란 개구리 상 하나가 지키고 있다.

유기성

▲ 수목원의 논두렁을 지키는 개구리 석상. 민 원장은 투박하고 욕심 없는 개구리를 유달리 좋아했다.

개구리를 얼마나 좋아했는지 비가 많이 온 초여름 수목원에서 묵는 날이면 민병갈은 개구리 합창을 듣기 위해 한밤중에 집을 나와 논두렁을 배회할 정도였다. 언젠가 그는 개구리 인상에 대해 뻐끔거리는 눈이나 둔중한 걸음, 유사시 재빠르게 움직이는 모습이 어떻게 보면 전형적인 한국인의 인상과 비슷하다고 말한 적이 있다.

1990년대 어느 초여름 주말을 수목원에서 보낸 민병갈은 월요일 이른 아침 서울로 떠날 채비를 하는 중 젊은 직원 임운채로부터 특별한 선물을 한 개 받았다. 개구리 울음 소리를 녹음한 테이프였다.

"원장님을 위해 밤새 논두렁에서 녹음한 거예요. 서울 가시는 길에 자동차 안에서 들으세요."

민 원장은 그 성의를 고맙게 생각하며 흡족한 마음으로 자동차 안에서 녹음테이프를 들었다. 그러나 논가에서 듣는 생음에 못 미치는 것은 어쩔 수 없었다. 이렇듯 개구리를 좋아한 취향은 곧 생태계 사랑으로 이어진다. 수목원 직원들이 낚시대나 새총을 들고 다니는 것을 보면 질색을 했던 그는 수목원의 오솔길을 지나는 중에 어쩌다가 거미줄이라도 스쳐가게 되면 남의 사유지라도 침범한 듯이 놀라서 비껴갔다.

개구리를 유난스레 좋아했으면서도 개구리를 잡아먹는 오리도 사랑했다. 철새들의 낙원이 된 수목원의 연못에 큰 뺨 검둥오리가 찾아와 새끼를 치면 직원들에 접근 금지령을 내렸다. 어쩌다가 어미가 새끼들을 데리고 연못가에 있는 논으로 나들이를 하게 되면 집무실 창가에 서서 망원경으로 오리가족의 귀여운 모습을 관찰하느라고 시간 가는 줄 몰랐다. 그 망원경은 민 원장이 세상을 떠난 뒤에도 수년간 원장실의 창가에 놓여 있었다. 수목원 직원들이 추모의 뜻으로 원래 있던 자리에 남겨 둔 것이다. 한번은 수목원에 관람객을 받아들였다가 오리들이 모두 날아 가버린 사건이 있었다. 놀란 오리들이 다시 제 보금자리로 돌아오기까지 상당한 시일이 걸렸다.

민 원장이 숙소로 쓰던 후박집의 추녀에는 새 장 하나가 매달려 있었다. 작은 새들이 둥지를 틀던 보금자리였으나 주인이 세상을 떠난 후 모이 줄 사람이 없어 폐가로 남아 있다가 퇴출되고 말았다. 1970~1980년대 코리아 타임스의 인기 칼럼 'Thoughts of Time'의 단골 필자였던 민병갈은 자생목 사랑과 생태계 보존을 강조하는 글을 자주 썼다. 1980년 5월 23일자 칼럼[17]에서는 완도 지방의 야생 호랑가시나무를 훼손한 현장을 고발하고 형식적인 자연보호 운동을 매섭게 비판했다.

"지난주 희귀한 호랑가시나무가 자라는 전남 완도로 식물탐사여행을 했다. 우리가 야생 호랑가시나무를 발견했던 이 섬의 서세포리에서 그 보다 굵은 호랑가시나무들이 무참하게 도벌된 현장을 목격했다. 알아보니 나무껍질로 아교풀을 만들어 이를 나뭇가지에 발라 놓으면 새들을 잡을 수 있기 때문에 마을 아이들이 방학동안 이 같은 장난을 저질렀다는 것이다. 잘려진 호랑가시나무는 껍질이 벗겨진 채 땔감으로 가져가는 사람도 없이 버려져 있었다. 이는 나무와 새를 동시에 죽이는 이중의 파괴적인 장난이다."

민 원장에 관련된 신문·잡지 기사를 모은 천리포수목원의 스크랩 북을 보면 그의 자연 사랑은 식물에 그치지 않고 자연의 동물 세계. 즉, 생태계 전반에 걸쳐 있다. 월간 '환경운동' 1979년 7월호 인터뷰에서 "우리 집에 둥지를 틀던 제비가 3년 전부터 오지 않는다"고 아쉬워했던 그는 1982년 또 다른 인터뷰에서 그 해 봄 천리포수목원에서 꾀꼬리 소리를 세 번 밖에 못 들었다고 자못 가슴 아파 했다. 어머니에게 보낸 1979년 6월 7일자 편지에서 임진강 비무장지대로 두루미 탐조여행을 한 즐거움을 적어 보낸 그는 얼마 후 한국 두루미보존협회 회원이 되었다.

민병갈의 별난 취향 중의 하나는 뱀을 싫어하면서도 그 보존에 신경을 쓴 것이다. 영자신문 코리아타임스 칼럼 1980년 날짜 미상에 쓴 글을 보면 "천

17 Last weekend the trip was to Wando to investigate rare holly growing there. Near the village of Sosepori we found our hollies in the wild but we also found senseless destruction of many of the larger ones. The bark of some Ilex(holly) species can be made into a paste which, when placed on branches of other trees, traps birds if they alight on them. We were told village children were busily engaged in this 'sport' during the winter vacation. The cut trees were not even hauled off for firewood, just tossed aside after the bark has been stripped. A doubly destructive pastime, for both the forest and the precious bird population were being decimated.<'Thoughts of Time', Korea Times, May 23th, 1980, by Carl Miller.>

리포수목원 경내에 뱀골이라는 곳이 있는데 이곳에서 뱀을 찾아보기 힘들다"고 개탄한 말이 나온다. 그에게는 개인적으로 좋아하는 개구리를 잡아먹는 뱀이 밉기는 하지만 생태계를 이루는 하나의 생명체로 존중 받아야 할 대상이었다. 1977년 5월 일본 아마미오시마를 찾아 호랑가시나무 자생지를 탐사했던 민병갈이 미국의 가족에게 보낸 편지에는 뱀에 관련된 다음과 같은 체험담이 나온다.

"이번 여로에서 가장 언짢은 일은 일본에서 '하부'로 불리는 독사를 본 것이다. 인구 8만 명의 아마미오시마에서 80만 마리가 서식하는 하부는 섬의 어디서나 볼 수 있다. 섬의 중심 마을인 나제에는 하부센터가 있는데, 이곳에서는 구경거리로 하부와 몽구스 고양이과 포유동물 간의 싸움이 벌어진다. 참으로 혐오스런 장면이다. 나는 하부가 몽구스에 물려 죽는 모습을 보고 가슴이 아팠다. 귀로에 후쿠오카 호텔 투숙 중 채취해온 야생 호랑가시 속에 아기뱀이 있는 것을 발견하고 내가 며칠 동안 데리고 다닌 사실에 놀랐으나 일행인 일본인 야마모토가 변기 속에 넣고 물을 틀어 흘려 내보냈다. 다른 적당한 곳에 풀어주지 못한 것이 아쉽다."

민 원장의 생전에는 천리포수목원에서 나무의 천적인 송충이도 잡지 못했다. 송충이를 사랑해서가 아니라 송충이를 먹고 사는 새들을 위해서였다. 생태계의 먹이사슬 구조를 건드리지 않겠다는 그의 생각은 그럴 듯 했으나 일선에서 나무를 돌보아야 할 수목원 직원들에게는 독선으로 밖에 보이지 않았다. 그런데 희한한 것은 민 원장이 살아있는 동안에는 수목원에서 병충해가 거의 없었다는 사실이다. 풍해나 냉해 등 자연재해는 있었으나 벌레에 먹혀 나무가 죽었다는 기록은 보이지 않는다.

빛나는 성적표

공부벌레이자 만년 식물학도인 민병갈이 갖고 있는 학위라고는 1944년 미국 버크넬 대학(펜실베이니아) 화학과를 졸업하면서 받은 학사증 하나 밖에 없다. 해군 정보학교를 나온 졸업장이 있으나 통역장교가 되기 위한 수료증일 뿐이다. 말년에 국내 대학으로부터 받은 두 개의 명예박사 학위가 있지만 정식 학위가 아니므로 내세울 것이 못 된다. 2000년 5월과 8월 원광대학과 한서대학으로부터 명예 농학박사와 이학박사 학위를 받았다. 그가 식물공부에 쏟은 정열 및 기간과 그 연구의 깊이와 실적은 박사학위를 받고도 남는다는 것이 주변 전문가들의 평가다.

민병갈은 산림인과 원예인으로서, 그리고 향토인으로서 국내외에서 여러 개의 상패를 받았다. 임종을 한달 앞둔 2002년 3월 14일 청와대에서 김대중 대통령으로부터 받은 금탑산업훈장은 산림인 최고의 영예였다. 비슷한 시기에 미국 프리덤 재단US Freedom Foundation 측이 '평화와 자유, 그리고 민주주의 실현에 헌신' 한 공로 메달을 주기로 결정했으나 수상자가 세상을 떠나는 바람에 여동생 준 맥데이드가 4월 27일 필라델피아로 가서 대신 받았다. 그 전에는 한미우호상(1999년)과 자랑스런 충남인상(1997년)을 받았다. 그가 국내에서 누린 가장 큰 영광은 사망 3년 뒤인 2005년 4월 7일 국립수목원 안에 있는 숲의 명예전당에 부조浮彫로 조각된 동판 초상이 헌정된 것이다.

그러나 민병갈이 생전에 가장 자랑스럽게 생각한 상훈은 금탑산업훈장이나 명예 박사학위가 아니었다. 그가 평생의 영광으로 여기며 받은 상패는 1989년 영국 왕립원예협회Royal Horticulture Society로부터 받은 비치 메달Veich Memorial Medal이다. 이 해 2월 28일 영국 런던에서 열린 왕립원예협회 연차 총회에 참석하여 아시아에서는 처음으로 메달을 받은 그는 너무 기뻐서 눈물을 흘렸다고 동행했던 측근 이규현이 전했다. 1885년 영국 왕실에서 창시한 비치 메달은 원예학계의 노벨상으로 통한다. 2011년도 수상자는 영국 식물학자 부자키Stefan T. Buczacki에 이어 인도 식물학자 프라난 KC Pradhan 교수가 선정되었다. 그런데 이 상패의 진가를 몰랐던 국내 언론들은 한국인 민병갈의 수상 사실을 전연 보도하지 않았다.

대한민국 정부는 나무 사랑에 헌신한 생전의 노고를 기리는 뜻으로 민병갈에게 두 개의 큰 선물을 했다. 하나는 세상을 떠나기 직전에 수여한 금탑산업훈장이고 또 하나는 작고 3년 뒤 국가적 기념물 '숲의 명예 전당'에 헌정한 동판 초상이다. 임종 한달전 정부의 갑작스런 서훈 결정은 그의 침중한 병세를 고려하여 당시 천리포수목원 이사로 있던 문국현 '생명의 숲' 대표가 관계기관에 교섭한 결과로 알려졌다. 작고 후 명예의 전당에 오른 것은 당시 조연환 산림청장이 적극적으로 추진한 결실이라는 후문이다.

두 상훈 모두 가문의 영광으로 삼을 만한 명예였지만 산업 발전 공로자에 주어지는 금탑산업훈장은 그가 추구한 목표나 생전의 행적으로 볼 때 어울리지 않는 상훈이었다. 그가 평생 매달린 일은 목재 생산을 위한 조림이나 육림이 아니라 나무를 연구하고 이를 보호 육성하며 식물 전문가를 키우는 교육 문화 사업이었기 때문이다. 한국민에게 나무 사랑을 전파하고 한국의 토종식물을 세계에 알린 학술외교 업적도 도외시되었다.

2002년 3월초 극도로 병약해 있던 민병갈은 김대중 대통령이 직접 수여하는 금탑산업훈장을 받는다는 통보를 받았다. 몸을 가눌 수 없을 만큼 쇠약해 있던 민 원장은 휠체어에 의지하여 청와대 귀빈실을 찾았다. 김 대통령으로부터 훈장을 받을 때는 간신히 일어나야 할 만큼 병이 침중했다. 훈장을 목에 걸어준 김 대통령이 천리포수목원을 차린 노고를 치하하자 그는 가느다란 목소리로 "내가 좋아서 했을 뿐"이라는 한 마디만 했다고 측근으로 시상식에 참석했던 연세대 교수 인요한이 전했다.

민병갈에게 문화훈장 아닌 산업훈장이 주어진 것은 가시적 성과나 형식논

▶ 민 원장은 사망하기 한달 전인 2002년 3월 14일 병약한 몸을 이끌고 청와대를 찾아 김대중 대통령으로부터 금탑산업훈장을 받았다.

리에 치우친 우리나라 상훈 행정의 경직성을 보여주는 한 단면이다. 실제로 민 원장이 기여한 분야는 산업보다 교육과 학술 부문에 더 많다. 특히 그가 한국의 식물을 세계 식물학계에 소개한 식물외교 부문이 간과된 것은 아쉬운 일이다. 원로 식물학자 이창복은 한국 식물이 세계 식물지도에 편입된 것은 전적으로 민병갈의 공로라고 평가한 적이 있다. 김용식 영남대 교수는 국내 식물학계에 처음으로 재배종Cultiva 개념을 인식시킨 학문적 선구자라고 말했다. 김무열 전남대 교수도 "우리 식물학계에 학문적 시각을 넓혀준 은인"이라는 말로 활발한 해외교류 노력을 높이 평가했다.

천리포수목원의 옛 본부건물 입구에 고정물로 부착된 두 개의 영문 인증패도 민 원장에게 빛나는 성적표에 들어간다. 둘 다 2000년 같은 해에 외국 학회로부터 받은 동판 기념물로 수목원의 위상에 관한 일종의 명예훈장이다. 하나는 국제 수목학회IDS, International Dendology Society가 '세계의 아름다운 수목원Arberitum Distinguished for Merit'으로 지정한다는 내용이고, 다른 하나는 미국호랑가시학회가 공식 회원기관Official Holly Arboritum으로 인정한다는 표찰이다. 그해 4월 16일 천리포수목원을 찾은 로렌스 뱅크스 IDS회장으로부터 상패를 받은 민 원장은 "아시아 지역에서 처음 주어지는 명예라서 자랑스럽다."고 즐거워했다.

국제적 명망을 갖는 두 인증패는 그가 천리포에 나무를 심기 시작한지 30년 만에, 그리고 수목원을 결심한지 27년 만에 얻은 영광이었다. 이는 민 원장이 줄기차게 추구한 세계화 전략의 산물이다. 수종의 국제화는 개인 취향이기도 하지만 어쩔 수 없는 선택이기도 했다. 그리고 국내 원예인으로서는 민 원장 밖에는 할 수 없는 일이었다. 지식과 열정 외에도 그에게는 일반 한국 원예인이나 식물학도가 따를 수 없는 외국어 실력과 국제 섭외력과 자금 능력이 있었기 때문이다.

그러나 민병갈의 생애를 빛내는 성적표는 따로 있다. 칼 밀러 라는 그의 이름이 꼬리표처럼 붙는 세 나무—즉, 인터넷 망을 타고 전세계 식물애호가들에 검색되는 완도호랑가시나무(*Ilex* x *Wandoensis* C. F. Miller)와 라스프베리 펀(*Magnolia* x *loebneri* 'Rasberry Fun'), 그리고 아예 그의 이름으로 불리는 떡갈나무(*Quercus dentate* 'Carl Ferris Miller')가 그것이다. 완도

◀ 1989년 10월 런던에서 비치 메달을 받은 민 원장이 수상직후 영국 왕립 원예협회(RHS) 회장(왼쪽)으로부터 축하 인사를 받고 있다.

호랑가시는 학명 규칙에 따라 발견자의 이름이 붙은 것이고, 그가 배양한 라스프베리 펀은 교배종Hybrids이라서 이름이 붙지 않지만 그 품종 설명에는 항상 민병갈 이름이 따라 다닌다. 3형제 중 막내 격인 떡갈나무는 영국 식물학자가 변종시킨 한국의 토종이다.

▲ 민병갈 본명 Carl Ferris Miller라는 이름으로 전세계 나무시장에서 유통되는 한국 토종의 떡갈나무

'칼 페리스 밀러'로 불리는 떡갈나무는 민병갈과 아무런 인연이 없는 나무지만 그를 좋아하는 영국의 육종학자 알렌 쿰브스Allen J. Coombes가 2002년 민 원장이 세상을 떠나자 그를 추모하는 마음으로 배양(선발)자 권한으로 명명한 것이다. 천리포수목원의 최창호 식물팀장은 이 나무에 대해 "한국의 원종보다 잎 끝이 약간 둥근 변종"이라고 설명하고 원종 씨앗은 영국 식물학자 존 힐리어J. Hilllier가 한국에서 채집하여 쿰부스에게 선물한 것이라고 밝혔다. 이 떡갈나무는 민병갈의 나무 사랑을 기리는 기념 식물로 길이 남게 되었다.

구글 등 인터넷 검색창에Carl Ferris Miller를 입력하면 민병갈 개인에 관한 내용은 드물고 세계의 종묘상nurseries 들이 올린 식물 목록으로 수없이 뜬다. 그 중 하나를 클릭하면 해당 종묘상이 팔려고 내놓은 떡갈나무에 대한 설명이 사진과 함께 나타난다. 종묘상 사이트에 소개된 나무의 특성을 보면 큰 키로 자라지 않아 정원목으로 적당하다며 물 오른 이파리가 예쁘지만 시들어 쭈그러진 모습도 귀엽다는 것이다. '미스킴 라이락'과 함께 세계인의 사랑을 받는 한국의 토종식물이 또 하나 생긴 셈이다. 민병갈이 발견한 완도호랑가시나무도 전 세계에서 400여 종의 변종varieties이 나온 것으로 알려졌다. 민병갈은 살아서나 죽어서나 한국의 토종나무를 세계에 알리는 데 기여했다.

이동협

3부

맨땅에 세운 나무천국

민병갈의 나무인생에서 가장 빛나는 업적이자 기념비적인 작품은 천리포수목원이다. 천리 포의 헐벗은 야산에 나무를 심기 시작한지 30년 만인 2000년 4월 국제수목학회로부터 '세 계의 아름다운 수목원' 칭호를 받았다. 개인의 힘으로 당대에 이만한 명문 수목원을 키운 경 우는 일찍이 유례가 없었다. 이 같은 성공은 민병갈 개인이 쏟은 혼신의 노력과 막대한 자금 이 뒷받침됐지만 우연히 산 땅이 천혜의 수목원 입지가 되는 행운까지 따랐다. 민 원장이 보 인 광인에 가까운 나무 사랑과 지칠 줄 모르는 연구 노력은 하나의 전설로 남아 있다.

운명이 인도한 천리포

민병갈이 천리포와 인연을 맺게 된 것은 극히 우연이다. 천리포는 태안반도에서도 가장 구석진 곳으로 서울에서 직장생활을 하는 외국인 칼 밀러에게는 갈 일이 없는 곳이었다. 굳이 있다면 바다를 좋아하는 그가 수영을 즐기기 위해 천리포에 인접해 있는 만리포 해수욕장을 찾을 일 밖에 없었다. 그러나 거리가 너무 먼데다가 가는 길이 험난하고 복잡했다. 인근 대천 해수욕장은 길도 잘 뚫렸을 뿐 아니라 마음대로 이용할 수 있는 미군 휴양 시설이 있었다. 그래서 1950년대부터 그가 자주 이용한 여름 휴가처는 대천 해수욕장이었다.

민병갈이 만리포 해수욕장을 처음 찾은 때는 한국은행에 취직한 뒤인 1950년대 중반이었다. 이곳에는 공짜로 휴가를 즐길 수 있는 직장 상사의 별장이 있어서 편리했다. 그런데 한 번 가보니 어딘가 마음에 끌리는 데가 있었다. 해수욕장보다는 주변 정취가 더 그를 사로잡았다. 썰렁한 해변과 한적한 갯마을은 대천 해수욕장에서 느낄 수 없는 편안함이 그를 감쌌다. 그래서 휴가철만 되면 서울에서 자동차로 6~7시간 걸리는 이곳을 즐겨 찾았다. 당시 천안~만리포는 비포장도로였다.

만리포에는 산이 있지만 구릉지 같은 야산에 불과했고 그나마 대부

분 민둥산이었다. 그러나 옹기종기 모여 있는 초가집과 마을민의 소박한 인심이 푸근함으로 다가왔다. 1961년 여름. 만리포를 다시 찾은 당시 칼 밀러에게 이번에는 그곳에서 10리도 안 떨어진 천리포가 운명처럼 다가온다. 한 농부가 그곳에 있는 자신의 땅을 사 달라고 조른 것이다. 이때 마지못해 야산 4,500평을 산 것은 민병갈에게 큰 행운이었다. 그러나 이 땅이 빛을 보기까지는 9년을 더 기다려야 했다.

이 잊혀진 땅에 아담한 농원을 꿈꾸며 첫 삽질을 한 때는 1970년 봄이었다. 전기도 전화도 없고 물도 부족한 두메산골에 많은 나무를 심자니 많은 고난이 따를 수밖에 없었다. 갯바람도 세고 토질도 척박했다. 민병갈은 이 모든 악조건을 하나하나 타개해 나갔다. 그런 노력을 하늘이 도왔는지 그가 사들인 천리포 땅은 전국을 다 뒤져도 찾기 어려운 천혜의 수목원 자리였다.

천리포와의 인연

부산 임시수도 시절부터 한국의 바다 정취와 친해 있던 민병갈에게 새로운 그리움으로 떠오른 곳은 광복 직후 미 군함을 타고 인천으로 항진할 때 처음 본 서해 바다였다. 그래서 휴전 후 즐겨 찾은 곳이 충남 보령군의 대천 해수욕장이다. 1950~1960년대 대천 해수욕장은 서울에서 가는 열차편이 편리한 데다가 모래가 곱고 경관이 좋아서 서울 사람들에게 가장 인기 있는 여름 휴양지였다.

대천 해수욕장의 단골이던 민병갈이 1950년대 말에 여름 휴양지를 만리포 해수욕장으로 바꾼 것은 그의 한국은행 동료들이 이곳을 자주 찾았기 때문이다. 주한 미군의 선후배 관계로 오랜 친분을 나눈 더스틴Frederic Dustin의 회고에 따르면 그가 자주 이용하던 만리포 숙소는 당시 한국은행 부총재이던 장기영(전 한국일보 사주)의 별장과 이화장이라는 여관이었다. 제주 미로공원 설립자인 더스틴은 자연을 좋아하는 취미도 비슷하여 미군 선배 밀러를 따라 만리포 해수욕장을 자주 찾았다.

더스틴이 기억하는 해수욕객 밀러는 시도 때도 없이 바다 속에 들어가는 수영 애호가였다. 그러나 한국어를 잘하고 초가집을 좋아했기 때문에 틈만 나면 숙소 근처의 마을에 들어가 주민들과 어울렸다. 당시 만리포는 한적한 해변 마을이라서 여름철이면 이곳 단골인 민병갈을 모르는 사람이 드물었다. 농촌 풍경을 좋아한 그가 어떤 행동을 보였을지 알 만하다. 그에게 자기 땅을 사 달라고 열심히 조른 사람도 산책길에 알게 된 마을사람이었다. 천리포수목원 초창기 직원으로 일했던 마을민 박재길의 증언에 따르면 그 땅 주인은 정만홍이라는 홀아비 농부였다.

민병갈이 생판 모르는 천리포 땅을 사게 된 인연은 1962년 여름으로 거슬러 올라간다. 박재길의 증언과 신문 잡지에 실린 민병갈 인터뷰 기사 등을 종

▲ 1960년대의 천리포. 민병갈은 이 황량한 해안을 일구어 1만여 종의 식물이 자라는 자연동산을 꾸며 놓았다.

합해보면 땅을 처음 살 때의 정황이 흥미롭다. 당시 밀러가 마지못해 땅을 사게 된 것은 과년한 딸의 혼수비용을 걱정하는 한 농부의 딱한 사정 때문이었다. 평당 500환에 계약한 4,500평(1.5ha)의 땅 값은 자기 월급의 반도 안 되는 헐값이라고 생각한 그는 결혼 축의금조로 웃돈까지 얹어주었다. 이 같은 내용은 1979년 5월 10일자 신아일보의 인터뷰기사와 영문잡지 '아리랑' 2002년 여름호에 실린 페라Gertrude Ferra 회고담에 자세히 나온다.

당시 만리포 해수욕장에 함께 간 직장동료는 한국은행 조사부차장이던 신병현이고 두 사람이 묵은 숙소는 백상白想 별장이었다. 백상은 한국은행 부총재이던 장기영의 호號를 뜻한다. 당시 한국은행 입사 8년 차를 맞은 민병갈은 한국생활이 뿌리를 잡은 때였으나 천리포에 소유지를 둘 생각이 없었다. 여전히 독신이던 그의 마음을 움직인 것은 홀아비 농부의 진한 딸 사랑이었다. 엄마를 잃은 딸을 시집 보내는 아버지의 마음이 오죽할까 싶어 인심 쓰는 셈치고 산 땅이 그의 인생을 바꿀 줄은 꿈에도 몰랐다.

문제는 그 다음이었다. 돈 많은 외국인이 웃돈을 주고 땅을 샀다는 소문이 퍼져 자기 땅도 사 달라고 조르는 땅 주인들이 늘어난 것이다. 당시 천리포 야산들은 거의 민둥산에다 개간할 여건도 못돼 애물단지와 다름없었다. 이미 산 땅이 좀 좁다고 생각하던 민병갈은 박재길을 통해 이들의 청을 몇 차례 들어주다 보니 1966년 말엔 소유지가 1만 9천 평으로 늘어났다. 그리고 3년 후에는 그 만한 면적이 또 늘어 소유지가 4만평에 이르게 됐다. 초기에 매입한 땅(소원면 의항리 1구 352-33) 12,000평에는 낡은 초가 한 채와 논 네 마지기(8백평)가 딸려 그가 좋아하던 농촌 정취를 살리는 데 안성맞춤이었다. 당시 자연탐험에 여념이 없던 민병갈은 이 땅이 언젠가는 자신이 꿈꾸는 전원생활에 좋은 터전이 될 거라는 막연한 기대만 있을 뿐이었다.

　만리포에서 북쪽으로 근접해 있는 천리포는 널따란 해수욕장을 끼고 있는 만리포와 달리 황량하기만 했다. 전기도 전화도 들어오지 않았다. 민병갈이 사들인 야산은 토질이 척박하여 개간해 봐야 소용없는 불모의 땅이었다. 동네 개구장이나 갈매기들의 놀이터였을 뿐이다. 이런 후미진 곳이 같은 위도에 있는 다른 지역과는 달리 다양한 식물들이 서식할 수 있는 자연환경을 갖고 있다는 사실은 누구도 몰랐다. 민병갈 자신도 수목원을 염두에 두지 않았기 때문에 자연조건 같은 것은 아예 생각지도 않았다.

　현재 19만평에 이르는 천리포수목원은 25년 동안 150차례 토지거래를 통해 조금씩 사들인 것을 합친 것이다. 거래 중개는 현지 주민이던 수목원 직원 박재길이 맡았다. 매물이 나오는 대로, 자금이 마련되는 대로 땅을 사 모으다 보니 수목원이 7개 구역으로 나눠져 동선 연결이 잘 되고 있다. 그러나 분산된 땅은 관리에 어려움이 있으나 유사한 나무들끼리 한 곳에 모아 침엽수원 목련원 암석원 등으로 구역별 특화가 가능해진 장점도 따랐다. 이래저래 천리포 땅은 수목원 자리로 점지돼 있었다.

　처음 산 야산은 해안을 낀 절벽 위에 있었기 때문에 전망 좋은 별장지로는 안성맞춤이었다. 바다가 한눈에 들어오는 해안 별장과 널따란 숲이 있는 장원…. 한국 정착을 마음속에 두고 있던 이방인은 꿈에 부풀어 있었다. 세상의 온갖 나무들이 자라는 정원을 꾸미면 어떨까? 초가집과 기와집을 짓고 그 옆에 커다란 연못을 파서 연꽃을 가득 채우면 어떨까? 첫 삽질에 나선 민병갈의 머릿속에는 온갖 그림이 떠올랐다. 그러나 집을 짓고 나무를 심는 동안 그의 그림은 본래의 모습에서 점점 멀어져 갔다.

1973년 말 민병갈이 확정한 천리포 설계는 '개인용 장원'이 아닌 '공공용 公共用 수목원'이었다. 자신과 주변 몇 사람만이 아닌 좀 더 많은 사람들을 위한 자연공간을 꾸미기로 작정한 것이다. 당시 그의 자연 공부는 자연 일반에서 나무 중심으로 학습 대상을 바꾼 지 10년이 되는 원숙기에 들어 있었다. 1978년 미국 호랑가시학회지에 기고한 글[18]에서 그는 천리포 소유지를 수목원 부지로 바꾼 배경을 대략 다음과 같이 설명했다.

"1973년 나는 수목원을 개발하기로 결심했다. 이런 결심을 하게 된 동기는 한국의 어디에도 수목원이 없었기 때문이며, 또한 수목원 개발 및 조성이 나를 키워준 나라(my foster country) 한국에게 가치 있는 일로 남을 것이라 생각했기 때문이다. 당시 한국은 너무 가난하여 한국인들에겐 살아가는 것 외

[18] I had some rather unprepossessing land to play with. As I tried to clothe the barren spots in the landscape, my interest in Korean flora leapt and by 1973, the decision had been made to develop an arboretum (Chollipo). The motivation really came when I discovered that there were no arboreta worthy of the name anywhere in Korea, and that my formulating and developing an arboretum might be a worthy endeavor to my foster country. Whether mine (Chollipo) will ever be worthy is for the future to decide. Koreans have suffered poverty for so long—the last hundred years of the Yi dynasty which ended in 1910, the Japanese occupation, the Korean war of the 1950s, etc., that they were left with no choice but to simply try to stay alive. Interest in ornamental plants, or their collection, was a luxury that no one could afford. <An Asian Horticultural Renaissancec. the Holly Society Journal ,Winter 1990, by Ferris Miller>

에는 다른 선택의 여지가 없었다. 아름다운 화초나 여러 식물에 대한 관심은 감당할 수 없는 사치였다. 나의 수목원이 정말로 가치 있는 곳이 될지는 미래가 결정할 문제다."

수목원 쪽으로 기운 민병갈의 심경 변화는 1972년 식목 철부터 나타난다. 국내산 묘목을 심은 전년과는 달리 다량의 해외 수종을 들여와 심는 한편, 영국과 미국 수목원에 관한 책자를 무더기로 발주한 것이 그것이다. 또한 4만여 평이던 천리포 소유지가 6만평으로 갑자기 늘어난 것도 같은 맥락이다. 수목원 부지 확장은 1975년에 절정에 이르러 이해 말에는 총 면적이 15만평으로 늘었다. 1978년 부지 규모가 18만평에 이르자 민병갈은 부지 확장을 멈추고 재단법인 설립 준비에 들어가 이듬해 정식 인가를 받는다. 1979년은 그가 한국에 귀화한 해 이기도 하다.

관솔불을 밝히고

매입 후 8년간 방치되었던 천리포 땅에 처음으로 나무가 심어진 때는 1970년 봄이다. 그때까지 전국의 명산대찰을 여행하는 재미에 푹 빠져 있던 민병갈의 뇌리에 천리포가 다시 떠오르게 된 것은 오랜 자연탐사 여행을 통해 얻어진 나무에 대한 관심 때문이었다. 이제는 나무를 키우며 나무속에서 살아볼까 하는 막연한 농심農心이 잊혀진 땅을 생각나게 한 것이다. 이왕이면 땅이 더 넓어져야겠다는 생각에서 땅을 추가로 매입했다. 조금씩 사들인 땅이 모두 4만여 평에 이르자 비로소 첫 삽질을 한다.

당시 민병갈이 구상한 기본 설계는 '농원이 있는 해안별장'이었다. 우선 기거할 집부터 지어야 했다. 20년 넘게 한옥생활이 체질화 돼 있던 그는 천리포의 숙소와 사무실도 한옥으로 꾸밀 생각을 했다. 서울 독립문 근처(현저동)의 한옥에 살면서 무악재 도로 공사로 헐리는 기와집들을 보고 아깝다는 생각에서 이들을 천리포로 옮겨 갈 궁리부터 했다. 그런데 문제는 분해된 기와집 자재들을 실어 나를 방법이었다. 당시 만리포~천리포 사이는 차도가 없어 자재 트럭이 들어 올 수 없었다.

해당화가 만발한 화창한 봄날, 조개 캐는 아낙네만 보이던 천리포 해안은 희한한 볼거리로 마을 구경꾼들이 진을 쳤다. 헐린 한옥의 낡은 자재를 실은 트럭 한 대가 썰물을 이용하여 조심조심 바닷가로 들어선 것이다. 천리포 해안은 차량이 드나들 수 있을 만큼 단단한 것으로 알려졌는데, 그 단단함을 처음 시험해본 차량은 민병갈이 특별 교섭한 미군트럭이었다. 이 트럭은 그 후 한 차례 더 천리포 개펄을 통과하는 볼거리를 제공했다. 트럭은 당시 미군 공병대장 로저스 대령이 제공한 것으로 몇 해 후 그가 해안 절벽에 지어 준 양옥 위성류 집은 요새처럼 튼튼하다.

서울의 도시계획 철거지에서 실어온 한옥 자재들은 마구잡이로 가져온 것이기 때문에 기와와 대들보, 그리고 석가래를 제외하고는 쓸 만한 것이 별로 없었다. 서울서 데려온 한옥전문가 김신철은 현지에서 목공을 고용하여 기둥이나 문짝 등을 새로 짜 맞추다 보니 다섯 채 분의 헐린 자재로 개축한 집은 세 채로 줄었다. 그나마 한 집은 방 한 개만 딸린 발전실로 용도가 바뀌었다. 제대로 지은 두 채 중 민병갈이 거처할 집이 '해송나무 집'으로, 사무실로 활용할 그 옆의 또 한 채가 '소사나무 집'으로 이름 지어진 것은 한참 뒤의 일이다.

민 원장이 찍은 사진에 따르면 가장 먼저 지은 해송집이 상량된 날은 1970년 6월 21일이다. 서울에서 자재를 실어온 지 두 달 쯤 지난 시점이다. 슬라이드 필름으로 남은 사진 중에는 상량문이 쓰인 마룻대를 대들보 위에 걸어 놓

▲ 천리포에 처음 지어진 해송집의 상량 모습.
　상량문에 1970년 6월 21일로 쓰인 것으로 보아 일부 나무는 한옥 이축 전에 심은 것 같다.

고 무사 건축을 비는 고사를 지내는 장면도 있다. 사진으로 보아서는 기둥은
거의 다 새 목재를 쓴 것 같다. 이때 지은 세 채의 한옥은 수목원 초창기의 베
이스캠프로 지금도 남아 있다. 정자亭子로 불리던 소사나무집은 1997년 화재
로 소실돼 빈자리로 남아 있다가 2007년 재건축되었다.

　그런데 이축 공사가 끝날 즈음 작은 문제 하나가 일어나 민병갈의 심기를
건드렸다. 목수들이 공사를 끝내는 기념으로 천리포 앞바다에 있는 대뱅이
섬에 가서 이곳에서 자생하는 나무들을 캐다 기와집 주변에 심은 것이다. 목
수들의 뜻은 나무를 좋아하는 집 주인에 대한 성의 표시였지만 나무를 사랑
하는 민 원장에게는 받아들일 수 없는 선물이었다. 목수들이 캐다 심은 동백
나무 등 10여 그루는 모두 해안지방에서 서식하는 귀중한 자생식물이기 때문
이다.

자신이 현장에 없는 사이에 이 같은 일이 벌어진 것을 나중에 알게 된 민 원장은 어이가 없었다. 그가 1990년 미국호랑학회지에 소개한 '대뱅이섬 사건'[19]이 흥미롭다. 이 글에서 그는 자연보호론자로서 야생식물 훼손에 큰 충격을 받았다며 목수들에게 더 이상 캐다 심지 말라고 타일렀다고 썼다. 그리고 이왕에 캐온 나무이니 잘 보호하도록 당부했다는 것이다.

인부들이 야생목을 캐온 대뱅이 섬은 천리포에서 뱃길로 한 시간쯤 걸리는 무인도인데, 이곳은 동백나무 등 상록 활엽수의 군락지로 알려졌다. 민병갈의 회고에 따르면 화를 낼 일은 따로 있었다. 몇 해 후 야생식물을 탐사하기 위해 대뱅이 섬을 가보니 이곳에 군락하던 상록 활엽수나무들이 무참히 잘려나가 씨가 마른 상태였기 때문이다. 알아본 결과 연근해로 출어한 어부들이 고기잡이가 시원치 않을 때는 귀로에 배를 무인도에 대놓고 상록수들을 깡그리 잘라 배에 가득 싣고 돌아와서 꽃가게 상인들에 판다는 것이다. 이렇게 팔

[19] When we first started planting at Chollipo the crew busy building the first three houses took off a day from work and boated to a nearby island named Taebaengi, dug up many broad-leaved evergreen plants, including C. japonica, from the wild and planted them at Chollipo. This was done to surprise me as I was in Seoul the day of the excursion. When I came down to Chollipo they proudly showed off their plantings. I should have been thankful, I suppose, but since I am a rather strict environmentalist, I was appalled at this rape of wild growing plants. I suppressed my anger but explained I wanted no more gathering of plants from the wild and to give those plants tender loving care to make sure they survived. The sequel to this story is that most of the plants did survive even though Taebaengi is a very rocky, uninhabited island and the plants had to be hacked out of the soil. On subsequent trips to Taebaengi (about an hour by boat from the Arboretum) I noticed fewer and fewer of the valuable broad leaved evergreen species there. I was told that fishermen returning from trips further out to sea would stop at Taebaengi and other islands in the area on days when the catch was poor and fill up their boats with plants. Eventually all the valuable plants were gone. I have since changed my castigation of our work crew for their illegal gathering and have come to realize that we actually saved plants that otherwise would have been lost, since the trees taken by the fishermen were for sale to the nursery trade and the flower merchants were interested in evergreen sprays for bouquets and not live plants. <Chollipo Arboretum, the Holly Society Journal, Winter 1990, by Carl F. Miller>

린 상록수 가지들은 각종 축하용 꽃다발이나 화환에 일회용으로 쓰인 다음 버려진다는 것을 알게 된 민병갈은 기가 막혔다.

천리포로 옮겨 심은 대뱅이섬의 나무들은 수목원 초창기의 기념식수로 남아 본원(밀러원)의 해송집 맞은편에서 지금도 이상 없이 자라고 있다. 결과적으로 대뱅이 섬에서 나무를 캐 온 인부들은 야생나무들을 보호한 파수꾼이 된 셈이다.

본격적인 식목(식물식재)은 대뱅이섬의 자생목을 이식한 이듬해(1971년) 봄에 시작된다. 이때 처음 심은 나무들은 민병갈의 오랜 친구 조무연(당시 임업시험장 연구관)이 주선하여 홍릉 임업시험장으로부터 기증받은 한국 자생종 묘목 20여 종 100여 그루였다. 그 중에는 대추나무, 배나무, 개살구 등 유실수 40여 그루가 포함돼 있다. 이들 나무가 실려 왔을 때 천리포 해안에서는 서울서 온 트럭 한 대가 썰물시간을 이용하여 조심조심 바닷길을 열어가는 진풍경이 또 한 번 벌어졌다.

조무연은 식목을 돕기 위해 묘목 운반차와 함께 왔다. 이때 그는 당대 최고의 나무 전문가였던 김이만金二萬을 데려왔다. 두 사람은 인부를 지휘하여 이축한 한옥 주변과 야산에 가져온 나무를 심었다. 당시 민병갈은 식목에 관한 지식이 없었기 때문에 모든 나무심기는 조무연의 자문에 따랐다. 김이만은 그 후에도 몇 차례 천리포에 내려와 21살 아래인 민병갈에게 나무 심는 방법을 자세히 가르쳐 주었다. 1971년 10월 어머니에게 보낸 편지[20]는 매우 목가적이다.

"천리포 농원에 들어가는 비용이 너무 많아서 나는 주식시장에서 돈을 벌어야 해요. 그렇지만 나의 금년 계획을 마무리하기위해서는 비용을 줄일 생각은 없습니다. 곧 미국 팅클스 묘목 재배장에서 많은 나무들이 들어와 심어질 예정입니다. 전속 정원사 한사람을 두었는데, 내년 봄이면 아름다운 동산이 꾸며져 어머니가 오셔서 이를 보시면 미국에 돌아가고 싶지 않을 겁니다. 지난주에는 맑은 공기 아래 국화와 과꽃이 만발했지요. 다음 주에는 내년 봄을 위해 많은 튜립을 심을 거예요. 그리고 산딸나무와 함께 한국에서는 이국적인 나무들을 대량 식재할 계획입니다."

임업시험장이 기증한 나무로 1차 식수를 끝낸 민병갈은 이듬해부터 국내산 묘목을 계속 사들였다. 그가 쓴 식목 일지를 보면 1972~73년에 전북임업시험장에서 물푸레나무 쥐똥나무 마가목 등 6종 50그루, 충북한림농원에서 모감주 낙상홍 계수나무 등 8종 33그루, 대전 만수원에서 산목련(함박꽃나무) 고부시목련 등 8종 31그루를 구입한 것으로 적혀있다. 편지에서 밝힌 정원사관 나무전문가 박상윤을 말한다.

방풍림과 인공 연못

수목원 개발 초기 천리포의 주변 환경은 매우 열악했다. 전화는 물론 전기

20 I spent so much on Chollipo that I have to do well in the stock market to cover the costs. However I won't need any more expenses down there as my plan for this year is completed. I am expecting a lot of trees to arrive soon, however, from Tingle's Nursery in Pittsvill, Maryland, so they will have to be planted. I have a full time gardener now at Chollipo, so by next spring we should have a really gorgeous estate. When you see Chollipo you won't want to go back to the States. Last week it was particulary beatiful. Chrysanthemums and asters were blooming in profusion and the air was so clean. I'm planning to plant a lot of tulips this next week for next spring. Also Planing a lot of dogwood and many other exotic trees for Korea, at least. <Miller's letter to his mother, Oct.14th, 1971>

도 들어오지 않아 날이 저물녘엔 어떤 작업도 할 수 없었다. 동력이 없으니 용수가 부족해도 양수기를 돌릴 수 없어 발전기로 해결해야 했다. 만리포에서 들어오는 자동차 길마저 없어 차량으로 묘목을 실어 나르기가 어려웠다. 민병갈은 미국 호랑가시학회지(1990년 겨울호)에 기고한 글[21]에서 딱한 사정을 다음과 같이 설명했다.

> "1973년까지 나는 수목원을 차릴 생각을 하지 않았다. 이 해부터 많은 나무를 들여와 땅이 모자랄 지경이었다. 우리는 계속 토지를 사들여 소유지가 160에이커(18만 평)로 늘어났다. 당시 천리포는 고립되고 낙후된 지역이라서 땅 값이 매우 저렴했다. 전기와 전화가 안 들어 왔을 뿐더러 마을에 들어가는 차도가 없었다. 그래서 할 수 없이 썰물 때를 기다려 바닷가로 자동차를 운행하다 보니 차가 모래밭에 처박히는 일이 생기기도 했다."

1979년 5월 10일자 신아일보에 실린 민병갈 회견 기사를 보면 처음으로 나무를 심을 당시의 천리포 땅은 잡목조차 듬성듬성한 민둥산이었다. 그는 남벌과 풍해로 황량해진 야산을 바라보며 이곳에 푸른 옷을 입히는 일이야 말로 그가 해야 할 첫 사업이라는 생각을 하게 됐다고 술회했다. 그러나 이런 다짐을 실현시키기에는 천리포의 식목 여건이 너무 열악했다. 당장에 봉착한 어려운 문제는 두 가지였다. 그 첫째는 나무를 심기로 한 땅이 바닷바람을 정

[21] The idea of an arboretum did not jell until 1973, but from that year until the present the collection has grown rapidly. We quickly ran out of land, and additional purchases were made so that we now own about 160 acres. Land was cheap in those days, as Chollipo was an isolated and primitive spot: no electricity, no communications, and no road into the village. We had to drive along the beach at low tide. and would often get vehicles stuck in the sand. <Chollipo Arboretum, the Holly Society Journal, Winter 1990, by Carl F. Miller >

▲ 수목원 조성 초기 바다 쪽에서 본 해안쪽 본원 모습. 나무 한 그루 없던 언덕은 방풍림 조성으로 이제는 집이 보이지 않을 만큼 울창한 곰솔 숲을 이루고 있다..

면으로 받는 풍해 지역이고, 두 번째는 강수량이 적어 나무를 심는 데 필요한 지하수가 넉넉지 않다는 점이었다.

민병갈이 고심 끝에 찾아낸 두 해결책은 방풍림을 심고 큰 웅덩이를 파는 것이었다. 비용과 시간이 많이 소요되는 인공 연못 조성은 뒤로 미루고 방풍 림부터 먼저 심기로 한 그는 이창복 교수의 조언을 받아 수종을 곰솔(해송)로 정했다. 만리포 해안에는 원래 곰솔이 많이 자생하고 있었으나 대부분 땔감 으로 잘려나가 천리포 소유지 해안에는 몇 그루만 남아있었다. 이를 애석하 게 여긴 민 원장은 사라진 곰솔 숲을 살림 겸 2년에 걸쳐 집중적으로 방풍림 을 조성한다.

임업시험장에서 받은 국내 자생종은 평지에 심었기 때문에 식목에 큰 어려 움이 없었으니 해안 절벽을 따라 곰솔을 심는 일에는 많은 고초가 따랐다. 급 경사를 이룬 돌무더기 땅을 파기도 힘들었거니와, 심은 나무에 물을 주는 일 도 골칫거리였다. 전기가 들어오지 않아 급수용 모터를 돌릴 동력이 없다 보니 우물이나 개천에서 물을 퍼서 물지게로 날라야 했다. 인부들이 물지게를 지고 가파른 비탈길을 오르내리는 시간이 너무 걸려 몇 십 그루를 심다 보면 날이 저물기 예사였다. 이렇게 2년 동안 어렵사리 심은 곰솔들은 뒷날 울창한 숲을 이루어 수목원의 희귀식물을 해풍으로부터 보호하는 파수꾼 노릇을 했다. 곰솔은 큰 키에 비해 몸통이 가늘어 세찬 바람에도 쓰러지지 않는 탄력으로 바람막이를 잘 해 주었다.

더 큰 문제는 용수난이었다. 천리포수목원의 조사에 따르면 만리포 일대의 연간 강수량은 1,000mm를 밑돌 만큼 적다. 게다가 큰 나무들은 적고 모래 땅이 많아 비가 내려도 땅속에 물이 괼 여지가 없었다. 애써 수맥을 찾아 우물을 파 보아야 기대한 만큼 물이 나오지 않았다. 발전기와 양수기를 돌려 봐야 한 시간도 안돼 지하수가 바닥나기 일쑤였다. 현장 일을 도왔던 박재길은 "방앗간의 발동기를 동원하여 관정을 수없이 박았으나 물이 안 나와 고심 끝에 삽과 괭이로 웅덩이를 파기로 했다"고 회고했다.

용수난 해결책은 간이 저수지를 만드는 길밖에 없었다. 많은 인력과 큰 비용이 드는 저수지 조성은 1976년부터 1978년까지 연차적으로 진행되었다. 습지를 삽과 괭이로 파서 지게와 리어카로 흙을 나르는 원시적인 작업이었다. 현재 천리포수목원의 명물로 남아 있는 큰 연못은 초창기 나무를 심을 때 파낸 우물과 웅덩이를 합치는 일로 시작됐다. 주변의 농지를 파서 확장한 것이 2,000여 평의 현재 규모다. 이곳에서 50여 미터 떨어진 200평 규모의 작은 연못은 1979년에 조성한 것이다. 당시 현장 책임을 맡았던 박재길은 민 원장이 고용 조건을 따지는 미국인의 모습을 보여 인부들에게 좋지 않은 인상을 심었다고 말했다. 개인이나 팀 별로 작업 할당량을 주고 그 일을 마쳐야 임금을 지급했다는 것이다. 나무를 심을 경우 그날 목표량을 못 채우고 날이 어두워지면 관솔불을 들고 작업을 독려하는 극성도 보였다.

두 인공 연못은 조성 후 20여 년의 세월이 흐르면서 수생식물의 온상이 되고 생태계의 낙원으로 탈바꿈했다. 특히 2천여 평의 큰 연못은 흰뺨검둥오리, 청호반새, 해오라기 등 물새가 자주 찾아와 뜻하지 않은 자연의 경관을 선사했다. 민 원장은 연못 주변에 명품나무들을 심어 운치를 더하게 했다. 가지가 아래로 뻗는 닛사와 '십자가 꽃' 이 피는 꽃산딸나무Cornus florida 'Plena', 물속에 뿌리를 내리는 낙우송, 그리고 아릿한 향기가 나는 머귀나무 등이 이곳의 명물이다. 수련으로 덮인 작은 연못은 낙우송과 벚나무 그늘아래 고즈넉한 분위기를 자아낸다. 두 연못은 나무를 심기 위한 수원지의 소임을 다 하고 내방객의 휴식 공간으로 역할이 바뀌었다.

알고 보니 천혜의 땅

바닷가 임야는 땅으로 쳐주지도 않던 시절, 해안 정취는 감흥의 대상이 안되던 시절. 천리포라는 지명은 태안반도 지도에도 존재하지 않았다. 소원면 의항리라는 행정구역 이름만 나올 뿐이었다. 백사장 길이가 1,000미터도 안되어도 천리포라는 이름을 갖게 된 것은 바로 옆에 붙어 있는 만리포 해수욕장의 유명세 때문이다. 주민은 50가구 정도. 이렇듯 한적한 갯마을에 딸린 야산이니 거들떠 볼 사람은 아무도 없었다. 민병갈의 행운은 바로 이런 야산을 헐값에 잡은 것이다. 더구나 이곳이 천혜의 경관지대로 뒷날 해안국립공원에 편입될 줄은 꿈에도 몰랐다. 그러나 더 큰 행운은 땅 주인들에게 인심 쓰는 셈 치고 산 야산들이 수목원을 차리기에는 최고의 명당자리였다는 점이다.

천리포수목원의 중심 좌표는 북위 36도 46분 동경 126도 08분 지점이다. 미국 농무부가 설정한 기후 대역帶城으로 보면 제 7구역zone에 해당되는 이곳이 천혜의 수목원 입지라는 사실이 알려진 때는 수목원이 생긴지 한참 뒤였다.

◀ 1970년 초겨울의 천리포. 민 원장이 그 해 봄 처음으로 심은 나무들이 잘 자라고 있는지 돌아보고 있다. 맞은 편 섬은 나중에 수목원에 편입된 닭섬(낭새섬)

초창기부터 자문에 응했던 이창복 교수도 나무를 심기 시작한지 5년쯤 지나서야 이 같은 사실을 알게 된다. 몇 년 동안 나무들의 성장 상태를 지켜본 그는 천리포의 자연환경이 난대성 식물부터 아한대성 식물들까지 다양한 식물이 자랄 수 있는 특이한 풍토라는 사실을 발견하고 놀란다. 민병갈이 미국 학회지에 보고한 천리포의 자연조건은 대략 다음과 같다.

"태안반도 모서리에 위치한 천리포는 굴곡이 심한 해안지방에 흔이 나타나는 따뜻한 해양성 기후를 갖고 있다. 겨울 날씨는 영하 10도 이하로 내려가는 경우가 드물다. 우리 수목원 기록상으로는 1976년 12월 26일 영하 14.5가 최저였다. 여름 최고기온도 좀처럼 30도를 넘지 않으며 무더위 기간도 매우 짧다. 이처럼 춥지 않은 겨울과 서늘한 여름은 식물의 다양화에 큰 도움을 준다. 특히 따뜻한 가을이 긴 것은 결실을 풍성하게 한다. 천리포 앞바다의 조수 간만의 차이는 10m로 세계 최고 수준이다. 주변 산의 최고 높이는 122m밖에 안 돼 수목원 산으로는 적당한 고도지만 일부 지역은 경사가 심해 식재 관리에 어려움이 있다. 겨울에는 바람이 심하여 나무들이 피해를 입기도 한다. 연간 강수량이 1,000mm를 넘지 않는 것과 염분이 섞인 바다안개가 많은 것도 식물 성장에 불리한 조건이다."

위 내용은 미국 국립수목원 1993~1994년 연감에 실린 티모디 혼Timothy Hohn 보고서와 거의 일치한다. 보고서에는 천리포의 자연조건이 미국의 푸제 사운드Puget Sound 지역과 비슷하고 지형과 토질 및 기후가 수목원을 차리기엔 최적의 장소라고 진단했다. 그 실례로 무덥지 않고 습도 높은 여름과 춥지 않고 건조한 겨울을 들었다. 서북태평양 연안의 기후 장점을 고루 갖추었으나 강수량이 적은 것이 단점이라고 지적했다.

나무란 따뜻한 곳에 자라는 것과 추운 곳에서 자라는 것이 각각 다르게 마련인데 천리포에서는 그런 경계가 별로 없다. 이를테면 변산반도 이북에서는 생장이 어려운 것으로 알려진 동백나무, 후박나무, 멀구슬나무가 그보다 훨씬 더 북쪽에 있는 천리포에서는 거뜬히 자란다. 남부지방에서만 자생하는 감탕나무와 무환자나무도 이곳에서 냉해 없이 겨울을 보낸다. 그런가 하면 러시아 등 추운 지방에 많이 분포된 자작나무들이 따뜻한 천리포 기후에 잘 적응한다. 전문가들은 이 같은 현상에 대해 천리포의 특수한 자연환경 때문이라고 분석한다.

같은 위도의 다른 내륙에서는 보기 어려운 식물들이 천리포에서 잘 자라는 것은 이곳이 바다에 인접한 해양성 온난지대이기 때문이라는 분석이 우세하다. 해풍을 적당이 조절하는 리아스식 해안과 바닷가의 높은 습도도 다양한 나무들을 자라게 하는 좋은 자연조건이라는 것이다. 특히 수목원 자리는 지형상으로 일조량이 많고 겨울에는 동·북쪽 내륙의 차가운 공기를 차단하는 야산을 끼고 있어서 천혜의 조건을 더해 주고 있다.

천리포의 특별한 자연조건은 이곳에서 자라는 자생식물들의 다양성에서도 나타난다. 수목원 학술 팀이 1980년 천리포 일대의 식물분포 조사 결과를 보면 다른 곳과 비교가 되지 않을 만큼 종류가 많다. 높이가 100m 안팎인 야산인데도 고산성 식물이 채집되기도 했다. 그래서 민병갈은 해외 학회지에 "우리는 또 다른 천연 수목원을 이웃에 두고 있다"고 자랑했다.

천리포의 특별한 자연조건은 이곳을 벗어나면 제 모양을 못 내는 한 나무가 말해 준다. 삼색참죽나무라는 키다리 별종이다. 계절이 바뀔 때마다 나무잎과 몸통의 색깔이 변하는 이 교목은 모양도 잘 생겼지만 다른 곳에서는 보기 어려운 변색종이라서 내방객들에게 인기가 높다. 그래서 많은 수목원 후원회 회원들이 묘목을 분양받아 심지만 수목원에서 볼 수 있는 모양대로 색깔의 변화가 일어나지 않는다. 호주에서 들여온 이 외래종이 천리포 등 일부 해안지대에서만 제 모습을 보이는 이유를 전문가들도 아직 캐내지 못하고 있다.

천리포 일대의 자연조건이 수목원을 가꾸는 데 모두 만족스러운 것은 아니었다. 민병갈이 지적했듯이 해풍이 심하고 강수량이 적은 것은 옥의 티처럼 거슬렀다. 여기에 토질까지 척박하여 문제가 잇달았다. 그는 1978년 미국 호랑가시학회지에 기고한 글에서 "30cm만 파도 염분이 섞인 석회질 흙이 나왔다"고 한탄했다. 영국의 저명한 수목평론가 존 갤러거John Gallagher는 천리포 일대를 돌아 본 후 1998년 천리포수목원의 주종목인 목련의 자연조건에 관한 다음과 같은 요지의 보고서[22]를 국제목련학회The Magnolia Society International 학회지에 기고했다.

"천리포수목원의 토질은 돌가루와 점토가 섞인 모래 땅부터 비옥한 토양까지 다양하다. 그러나 옥토는 적은 편이고 일부 지역은 배수가 잘 안돼서 문제가 되고 있다. 이 두 가지 문제는 많이 개선됐다. 물을 저장하기 위해 연못을 파던 자리에서 양질의 토탄층을 발견하기도 했다. 수목원의 기후조건은 해안을 낀 탓으로 내륙 쪽으로 몇 km 떨어진 곳과는 달리 매우 양호하다. 미국 농무부가 정한 기후대역의 8구역에 해당되는 식물들이 잘 자라며 9구역대의 식물들도 문제가 없다. 서리는 11월 말부터 3월 말까지 내린다. 우기는 한여름에 오기 때문에 뜨거운 열기를 적당히 식혀주고 햇볕이 많은 가을의 건조함은 겨울을 맞는 목련들의 내한성을 키워준다. 갑작스레 찾아오는 봄은 따뜻한 바람을 데려와 목련 꽃들의 냉해를 막아준다."

22 Chollipo itself is a fishing and farming village with a population of 700~800, about 300 of whom live on the seaward side of the hills in the area where the arboretum is situated. The soil varies from pure sand through decomposed granite and hard clay to good loam, the last being in fairly short supply, while poor drainage presents a problem in some areas. Much progress has been made in improving both soil and drainage. Good peat was found in one area where a pond was being dug for water storage. Areas only a few kilometers inland from the arboretum have a considerably harsher climate, but that at Chollipo is moderated by its location beside the sea. Most plants listed as hardy in Zone 8 according to the USDA hardiness scale do well and in favorable pockets some plants rated as Zone 9 thrive. The first frost of autumn comes around the end of November and the last around the end of March. Because the rainy season comes at the hottest time of the year the cloud coverage and the proximity of the sea keep the summer temperatures well below what might be expected. The long sunny, comparatively dry autumn ensures that the magnolias harden off before winter sets in. Spring arrives abruptly with a shift in the prevailing winds from northwest to southwest, so there are no late or unexpected frosts to damage the magnolia flowers.<written by John Gallagher, The Magnolia Society International 1998>

줄기찬 세계화 전략

민병갈의 생애에서 가장 빛나는 금자탑은 천리포수목원이다. 그는 수목원을 위해서 태어난 사람처럼 보인다. 이곳에는 그의 정신과 육신이 그대로 배어있다. 나무 하나 하나를 존엄한 생명체로 본 그의 철학이 담겨 있고 그가 쏟은 엄청난 분량의 땀이 잠겨 있다. 세상 사람들이 놀라와 하는 것은 이 세계적인 수목원이 50대의 한 이방인이 뒤늦게 나무공부에 입문하여 당대에 이루어 놓았다는 사실이다.

천리포수목원은 어떤 목표를 세우고 계획을 짜서 시작한 조성물이 아니다. 사전에 입지조사를 한 적도 없다. 우연히 땅을 사서 개인 농원으로 꾸미다 보니 수목원으로 커지고 내친 김에 해외로 내닫다 보니 국제적 명망을 누리게 된 것이다. 우연이라고 보기에는 그 성장 경로가 정해진 궤도를 달리듯 너무 정연하다. 마치 잘 짜여진 장기 개발계획을 세우고 시작한 사업처럼 단계별로 한 걸음씩 올라서는 성장 과정을 보인다. 하늘의 도움과 개인 노력의 합작품 같다.

1970년 천리포에 처음으로 나무를 심을 때만 해도 민병갈은 수목원 조성을 마음속에 두지 않았다. 경관 좋은 해변에 집을 짓고 집 주변에

나무를 심어 자연과 함께 사는 전원생활을 꿈꾸었다. 늘그막에 자연의 풍취에 젖어 살려는 일종의 노후 대책이었다. 1971년 천리포수목원이라는 간판을 달 당시에도 농원 꿈은 변함이 없었다. 당시는 수목원 관련 법규도 없었기 때문에 학교법인 관련법에 준해 민병갈은 이사장에 취임했지만 법적인 절차를 밟은 것은 아니다. 천리포수목원이 법적으로 출발한 해는 법인 인가를 받은 1979년이다.

심은 나무가 늘어나고 나무에 대한 학습량이 많아지면서 민병갈의 구상은 개인용 농원에서 공공용 수목원으로 기운다. 자신 혼자만 즐길 것이 아니라 더 많은 사람에게 자연과 어울리는 즐거움을 주고 나무 자체에도 도움이 되는 방향을 찾게 된 것이다. 천리포에 나무를 심기 시작한지 3년째인 1973년 그는 마침내 전 재산을 들여 명실상부한 수목원을 조성하기로 결심한다.

수목원 구상

수목원이 아니더라도 민병갈의 마음속에는 오래 전부터 '잘 보호된 아름다운 숲' 이 싹트고 있었다. 산행이 잦았던 1950년대 말 30대 밀러는 전쟁과 남벌로 황폐된 산을 보고 가슴이 아팠다. 1988년 7월 스포츠 서울 인터뷰에서 그는 산행을 즐기던 젊은시절을 회고하며 "민둥산에 푸른 옷을 입히고 싶었다" 고 말한 적이 있다. 이 같은 생각에 잠겨있던 청년 등산객 밀러의 시선을 끈 것은 헐벗은 산속에서 보석처럼 빛나는 사찰 주변의 숲이었다. 아무리 헐벗은 산이라도 절이 있으면 그 주변에는 숲이 우거져 있는 사실이 신기했다.

'절이 있는 곳에 숲이 있다' 는 공식은 막연히 산림녹화 방안을 생각하던 밀러에게 중대한 암시로 떠올랐다. 그것은 스님들이 사찰림을 지켰듯이 널따란 땅에 많은 나무를 심고 보호하면 건사한 녹지대를 가꿀 수 있겠다는 생각이었다. 사찰림이 잘 본존된 것은 산사의 스님들의 공로라고 생각했던 그는 자신도 숲을 보호 육성하는 나무의 파수꾼 노릇을 하면 아름다운 정원을 꾸밀 수 있다는 생각을 품게 된 것이다. 이와 관련하여 민병갈은 미국 동백학회American Camellia Society 1997년 연감에 기고한 글[23]에서 한국의 사찰림과 스님들의 관계를 다음과 같이 썼다.

▲ 1976년 가을 두 외국인 식물학자와 경기도 용문사에 있는 노거수(은행나무)를 찾은 민 원장(가운데).

"1950년대 내가 즐거웠던 시절은 한국의 산에 오르면서 사찰을 방문하는 것이었다. 왜냐하면 한국의 절은 수세기 동안 세속에서 벗어나 깊은 산속에 있었기 때문이다. 이들은 주변 임야의 보호에 힘써 한국 사찰들은 대부분 잘 보존된 산림에 둘러싸여 있다. 스님들은 대개 나무지식이 풍부해 나에게 나무에 대한 호기심을 불러 일으켰다."

1972년 말, 온갖 어려움을 딛고 천리포 해안의 야산에 개인 장원의 터전을 닦은 민병갈은 새로 지은 한옥에 입주하여 27년 전 자신이 한국에 처음 올 때 지난 서해를 바라보며 끝없는 사념에 잠겼다. 노후를 즐기자고 너른 땅에 개인 장원을 꾸미는 자신이 한심했지만 그동안 열성을 다한 자연 공부가 아까웠다. 좀 더 공부하여 그 지식을 활용할 실습장을 만들고 좀 더 많은 사람이 와서 배울 수 있는 영구 자연공간을 꾸미고 싶은 생각이 간절했다.

민병갈의 마음을 움직인 또 다른 자극제는 북한 평양에 교육용 수목원이 있다는 사실이었다. 1999년 6월 18일 한미우호상을 받은 그는 인사말에서 1970년대초 영국에서 발행된 세계 수목원 관련 책을 보다가 평양에 수목원이 있다는 사실을 알게 되었다며 "남한에도 괜찮은 수목원이 하나 있어야겠다"는 생각을 했다고 밝혔다. 이 말은 월간 '환경운동' 1996년 7월호 인터뷰 기사와 한국일보 1999년 11월 20일자에 실린 문국현과의 대담 기사에도 나온다.

23 In the 50's my favorite pastime was to climb Korean mountains to visit Buddhist temples. Because they had been banned from the cities for centuries, most Buddhist temples are located in remote areas usually quite high in the mountains and surrounded by the best forests remaining in the country as the temples owned the forests and protected them. The monks were usually quite knowledgeable about the local flora and aroused in me an interest in the vegetation. < Chollipo Arboretum, American Camellia Society 1997 yearbook, by Carl Miller>

1978년 미국 호랑가시학회지에 기고한 글에서는 "수목원을 조성한 것은 나를 키워준 나라를 위해 가치 있는 시도(worthy endeavor)였다"고 회고했다.

수목원 설립과 관련하여 민병갈은 좀 특별한 생각을 갖고 있었다. 1983년 서울신문 인터뷰에서 "수목원을 차리면서 한국의 자연을 보호해야겠다는 생각을 하게 됐다"고 말한 것을 보면 그는 수목원을 자연보호 운동의 전진기지로 삼으려 한 것 같다. 더욱 특별한 발상은 수목원을 나무들의 피난처haven로 생각한 것이다. 1990년 미국 호랑가시학회지 겨울호에 실린 그의 기고[24]를 보면 천리포수목원의 설립 목적과 배경이 구체적으로 나타나 있다.

"천리포수목원은 세계의 식물들에게 안전한 피난처를 제공하는 것 말고도 두 가지 중요한 목적사업을 시행하고 있다. 첫째는 대학, 지역 산림연구기관, 식물애호가들을 포함한 수목원 주변의 학교와 공공기관에 잉여 식물을 기증하는 것이다. 1978년 봄 한국 육군사관학교에 200여 종의 나무를 기증한 것이 그 사례다. 이는 세계의 희귀한 관상수들이 한국에 전파되는 통로를 마련해주는 또 다른 의미를 갖는다. 둘째는 식물원을 포함한 상급 식물연구기관들

---

[24] In addition to the objective of providing safe haven for many plants of the world, Chollipo has already begun to serve two other important purposes. First, surplus plants are being donated to schools and public institutions in the Chollipo area, as well as to universities and provincial forestry research institutes and interested individuals, In the spring of 1978. over 200 trees—all different—were donated to the Korean Military Academy, Korea's West Point. This takes on added significance from the fact that so very few of the temperate world's great ornamentals had found their way into Korea before Chollipo. Second, although publicity about Chollipo has been discouraged. higher educational institutions with botany or plant science courses are sending their students in ever-increasing numbers to study the plant collection. Even the Korea Highway Corporation sent their landscaping personnel for two days of observation in the summer of 1978. The educational aspect should become even more important as the collection of plants expands and matures.

로부터 교육생을 받아 이들에게 식물수집에 관한 전문지식을 갖도록 위탁교육을 하는 것이다. 1978년 여름 이틀간의 수목원 식물탐사에는 한국도로공사 조경요원이 참여했다. 천리포수목원에 대한 인식은 아직 미흡하지만 우리에게 교육의 기능은 식물수집 이상으로 중요하다."

민 원장이 해외 학회에 공식적으로 발표한 이 글을 근거로 정리한다면 천리포수목원의 설립 목적은 나무들의 피난처 제공, 수종의 확대와 보급, 수목 전문가 교육 등 세 가지로 압축된다. 실제로 민 원장은 수목원 초창기부터 공익 부문에 적극적인 관심을 보였다. 1973년 외국산 묘목을 처음 들여왔을 때 상당 부분을 서산군내 각급 학교들에 나누어 주었다. 서울 태능에 있던 육군 사관학교에 이어 용산의 미8군 사령부 영내에 조경용 묘목을 기증했다. 통일로 주변과 판문점 남측 경비구역에도 천리포수목원이 기증한 나무들이 자라고 있다. 지방으로 식물탐사를 나설 때는 외국산 묘목을 싣고 가서 학교와 농가들에게 심어보라고 나누어 주었다.

세계의 나무를 천리포에 심다

1974년부터 본격적인 수목원 조성에 들어간 민병갈은 출발선에서부터 원예 선진국형 수목원을 모델로 삼았다. 그가 가장 본받으려 한 대상은 영국의 수목원들이었다. 실제로 세계의 명문 수목원은 영국에 집결돼 있다. 그가 일차로 접촉한 대상은 영국 왕립원예협회(RHS Royal Horticulture Society)였다. 1975년 RHS 회원이 된 그는 이 협회를 통해 영국 힐리어 가든 등 전세계 명문 수목원들과 교류의 폭을 넓힌다. 이어 연차적으로 외국 나무를 들여온다.

식물학습을 하면서 "국내서는 안 되겠다"고 수없이 뇌까린 민병갈의 마음은 수목원 운영에서도 마찬가지였다. 살아남을 길은 국제화라고 생각한 것이다. 기본적으로 서양인의 의식구조를 갖고 있던 그는 수목원 초창기부터 끝없이 세계로 뻗어갈 궁리를 했다.

수목원의 국제화 전략은 민병갈 자신의 국제화 학습 방향과 일치한다. 우선 해외 유명 수목원과 양묘장 접촉부터 시작했다. 수목원을 어떻게 꾸미고 어떤 나무를 심어야 할지 배우기 위해서였다. 그가 처음 자문을 청한 곳은 영국의 위슬리 가든이고 나무를 들여온 곳은 미국의 팅클 양묘장이었다. 1973년 미국 호랑가시학회를 가입한 그는 1975년 영국 왕립원예협회RHS 가입을 계기로 활짝 열린 해외교류 통로를 갖는다. 전세계 원예계를 아우르는 영국 왕립원예협회RHS는 천리포수목원의 국제화 통로였다. 이 범세계적인 기구를 통해 영국의 위슬리 가든과 힐리어 가든을 협력기관으로 끌어들인 민 원장은 뒤 이어 미국의 호랑가시학회와 롱우드 가든을 단골 파트너로 삼는다. 이 모두 타고난 국제 섭외력의 결실이었다.

외국 수목원과의 제휴는 외래종 묘목과 종자를 공급받고 선진 원예기술을 전수받은 통로로 매우 유용했다. 외국 나무에 관한 학술정보와 기술자료 수집에도 도움이 됐다. 민 원장은 이를 잘 활용하여 수목원 직원들의 해외연수 기회도 마련했다. 해외 수목원과의 교류가 확대되면서 수목원은 세계의 온갖 나무들로 채워지기 시작했다.

천리포수목원 기록을 보면 수목원 조성을 결심하기 전부터 외국산 묘목을 들여 왔다. 1972년 미국 팅글Tingle's 양묘장과 거래를 튼 민병갈은 이곳에서 봄·가을 두 차례 묘목을 들여왔다. 첫 도입 수종은 유럽호랑가시, 옥서, 보리수 등 18종 39그루였다. 그 해 가을에는 꽃산딸, 줄사철, 풍년화, 아이비 등 10종 28그루를 심었다. 그러나 가을에 심은 나무는 산딸나무 두 그루만 살아남았다.

민병갈은 수목원 결심을 하기 전부터 세계의 온갖 나무들을 천리포에 심

▶ 1979년 봄 식목 현장에서 민 원장이 직원들과 함께 서 있다. 당시 직원이던 배리 잉거(민 원장 오른쪽)는 나중에 미국의 저명한 식물학자로 성장했다.

을 궁리를 한 것 같다. 수목원 출범 직전인 1973년에도 외래종 도입 규모를 키우고 도입선도 다변화 했다. 이때는 수입경로를 통한 문서 발주보다 해외 출장을 통한 현지 발주에 더 많은 비중을 두었다. 그가 묘목 수입을 위해 처음으로 해외에 나간 해는 1973년이다. 이때 그는 미국 오레곤주의 고슬러스 Gossler's 양묘장과 영국 콘웰의 트레시더Treseder's 양묘장을 찾아가 다량의 묘목과 씨앗을 주문한다. 이 때만 해도 그는 수목원을 국제적 규모로 키울 생각이 없었다. 다만 한국에서 못 보는 나무를 키우고 싶었을 뿐이다.

1974년 4기 자연학습에 들어간 민병갈은 보유 식물을 다양화하는 다품종 전략을 세우고 영국과 미국 등 10개국의 수목원 및 양묘장과 제휴관계를 맺어 자문을 구하고 묘목과 씨앗을 요청한다. 첫 제휴는 영국의 제믹슨 식물원 Kelly Jamicson Valley Garden과 폭스 힐Fox Hill 양묘장이었다. 곧 이어 미국의 팅글 양묘장과 맥링거Maclinger's 양묘장과 선이 닿았다. 이들로부터 들여온 나무는 거의 묘목이었으나 비용과 운반 문제로 점차 씨앗으로 대체해 나갔다.

수목원 초창기부터 민 원장은 국산 자생종에 만족하지 않았다. 해외식물 정보에 촉각을 세우고 도입품종을 물색하기에 바빴다. 수목원 초창기에 일했던 노일승의 말에 따르면 그가 가장 열심히 참고한 해외자료는 영국 RHS왕립원예협회서 발행하는 정기 간행물의 식물분양 정보였다. 한국의 기후풍토에 맞는 7~8 기후 구역대區域帶 Zone에서 자라는 식물 목록을 발견하면 무조건 주문부터 했다는 것이다. 외국산 씨앗의 도입은 1974~1979년에 가장 많았다. 그러나 1972~1974년에 들어온 유럽 북미산 묘목과 종자들은 대부분 실패로 끝났다.

민병갈은 모든 수단과 통로를 동원하여 외국산 수종을 늘려 갔다. 묘목은 값이 비싸고 운송 중 손상될 우려가 많아 대부분 씨앗으로 들여와 온실에서 싹을 틔웠다. 여기엔 다국간 종자교환 프로그램인 인덱스 세미넘Index Seminum이 큰 몫을 했다. 수목원 기록을 보면 1972년부터 1982년까지 11년 동안 들여온 외래종 식물은 11,600여 종에 이른다. 이보식 전 산림청장은 천리포수목원이 1970년대에 들여온 외래종 씨앗 종류는 같은 기간에 국립 산림과학원이 수입한 500종의 20배가 넘는 수치라고 밝혔다. 이 같은 물량주의는 많은 문제점을 낳았다. 실제로 인덱스 세미넘을 통해 종자교류를 시작한 1977년까지 살아남은 수입종은 모두 3,800 종에 불과했다. 3분의 2가 실패작인 셈이다.

세계의 나무들을 천리포에 모아 두려는 민병갈의 야심은 정치적인 장벽까지 뛰어 넘었다. 1980년 한국과 국교가 없던 중공中共으로부터 감태나무(류) *Lindera rubronervia* 등 중국 자생식물 20여 종의 씨앗을 들여온 것이다. 외형상으로는 미국을 경유한 간접 수입이었지만 밀수와 다름없었다. 민 원장도 이에 관해 언급을 피했기 때문에 중공산 씨앗 문제는 지금도 수수께끼로 남아 있다. 문제의 씨앗을 파종했던 한 측근은 미국 CIA요원과의 친분을 이용하여 비정상 루트를 통하여 도입했을 것이라고 추측한다. 군사정권의 서슬이 퍼

렇던 1980년대 초반에는 북한산 씨앗을 들여와 정보당국의 조사를 받기도 했다. 영국인 학자 한 사람이 북한 방문 길에 가져온 백두산 자생종인 것으로 알려졌으나 이 나무는 어디에 심었는지 기록이 없다.

민병갈이 묘목이나 씨앗으로 해외식물을 들여오는 방법은 매우 특이하고 다양했다. 가장 일반적인 방법은 털레타이프나 팩시밀리를 통한 문서 주문이고 1978년부터는 인덱스 세미넘을 통한 종자교류 방식을 도입했다. 그러나 이 같은 방식으로는 마음에 드는 나무를 구하기 어려워 외국의 식물원과 양묘장을 찾아가 직접 주문을 하거나 묘목 경매장에 뛰어들어 골라잡는 방법을 썼다. 때로는 외국인 탐사대에 끼어 종자채집을 해 오거나 해외 식물연구소나 육종학자가 개발한 변종을 기증받기도 했다.

브리지 게임을 즐겼던 민병갈은 나무 경매도 게임을 하듯 즐겼다. 1년에 두 차례 열리는 미국 펜실베이니아의 호랑가시 경매HSA auctions는 런던 경매장과 함께 그의 단골 거래처였는데, 미국 고향에 있는 노모를 방문할 때는 호랑가시 경매의 개장일과 맞추어 떠났다. 그리고 한바탕 경매 전쟁을 치른 후에 전리품을 안고 돌아와 수목원 직원들에게 경매에서 이긴 무용담을 자랑스레 들려주었다. 호랑가시 경매에서 그와 자주 겨루는 경쟁자는 틴 겔티Tin Kelty라는 나무광이었다. 식물학자이기도 한 그는 민 원장이 중태라는 소식을 듣고 2002년 4월 서둘러 한국에 와서 태안까지 찾아갔다. 경매 때마다 자신을 연패시킨 상대에게 유감이 많던 그는 임종을 앞 둔 라이벌의 초췌한 모습에 가슴이 아팠다. 수목원의 감탕나무집에서 하루를 묵은 그는 서울로 돌아가는 자동차 안에서 민병갈의 부음을 들었다고 호랑가시학회지에 썼다.

수목원의 국제화를 위해서는 국제 감각을 갖춘 고급 전문 인력이 필요했다. 해외교류는 영어를 모국어로 쓰며 식물 선진국과의 언어 소통이 원활한 민병갈에게 문제될 것이 없었다. 식물 지식이 빈약했던 그로서는 무엇보다 외국 나무 전문가의 자문이 필요했으나 국내에서는 적당한 인물을 찾기 어려웠다. 모든 자료와 해외 정보망을 통해 물색한 끝에 처음으로 찾아낸 전문가는 하버드대학 교수직을 은퇴한 대만의 세계적인 여성식물학자 후슈잉胡秀英 박사였다.

천리포수목원의 국제화는 후 박사의 자문과 겔트 박사와의 경쟁 등을 거치면서 진전이 빨라졌다. 이와 함께 1978년에 시작한 국가 간 종자 교환 프로그램(인덱스 세미넘) 참여도 국제화를 촉진하는 계기를 마련했다. 이 같은 노력으로 천리포수목원의 보유 수종은 1980년에 국내 최대규모인 7천종으로 늘어난다. 이 중 70%는 외래종으로 국립수목원에서도 찾아 보기 어려운 나무들이 많게 되었다. 특히 목련과 호랑가시의 수집 규모는 아시아 최고를 넘어 세계적인 수준이었다. 2009년 산림청 조사 기록에 따르면 보유수종은 국내 31개 수목원 가운데 가장 많은 9,730종이다.

끝없는 시행 착오

나무에 관한 지식이 취약하던 1970년대 민병갈은 외국산 나무를 들여오면서 큰 시행착오를 겪는다. 개별 나무에 대한 지식이 없이 한국 풍토에 적응할 만한 품종으로 보이면 무조건 수입한 것이 화근이었다. 외래종 도입 초기에 수종 선택을 할 때 그가 주로 참고하는 자료는 미국 농무부가 정한 기후대역에 따른 식물분포도였다. 이 분포도에 따르면 한반도 식물은 8구역대Zone 8에 속한다.

첫 번째 착오는 1972년에 기록한 수목원 일지에 생생하게 나타나 있다. 민 원장이 미국 팅글 묘목재배소에 출장 가서 사온 묘목들은 대부분 죽은 것으로 기록돼 있다. 그가 직접 기록한 일지를 보면 죽었다(Dead)는 표시된 외래

▲ 민 원장이 기록한 1971년 10월 12일자 외국산 묘목 도입 명세. 미국 팅글 종묘장에서 도입한 이들 나무는 한국의 기후풍토에 적응 못하고 대부분 고사했다.

종 목록이 수없이 나타난다.

일지에 나타난 외국산 묘목들의 사망 기록은 1970년대 중반에 집중돼 있다. 수목원 초창기에 보인 민병갈의 실수 연발은 주변사람들을 어이없게 했다. 그는 미국 호랑가시학회지에 기고한 글에서 "애써 외국에서 들여온 보리수나무*Eleagnus umbellata* 묘목이 한국 전역에서 자라는 자생종 임을 알고 매우 황당했다"고 회고했다. 그의 오랜 친구인 미국인 프레데릭 더스틴도 비슷한 실패담을 들려주었다. 뉴질랜드에서 묘목을 대량 수입하여 심어놓고 보니 한국 자생종이더라는 것이다.

민병갈이 초기에 이 같은 실수를 한 것은 식물에 대해 너무 모른 탓도 있지만 지나치게 서두른 것도 한 원인이다. 그에게는 자문을 구할 만한 식물학자나 전문가가 여럿이 있었으나 그들에게 생소한 외국산 나무에서는 큰 도움이 못되었다. 식목일을 며칠 앞둔 1992년 봄, 71세의 민병갈은 그의 집무실에서 가진 대담에서 20년 전의 실패담을 이렇게 털어 놓았다.

"1972년에 심은 미국산 나무들은 거의 실패작으로 끝났다. 이듬해 영국에서 들어온 묘목도 천리포 자연조건에 적응을 못하고 대부분 죽었다. 한국의 자연에 익숙한 산딸나무마저 그 해 겨울을 못 넘겼다. 온실로 옮겼으면 살았을지도 모르는데, 내가 무지한 탓이었다. 아까운 나무들을 죽인 것이 가슴 아프다. 한국과 비슷한 8구역대의 위도에서 자라는 난대성 식물이라면 그냥 심어도 싹이 트고 자라는 줄 알았는데 그게 아니었다. 온실에서도 2~3년간 적응훈련을 해야 하는 8구역대 나무가 많다는 것은 나중에야 알았다."

민병갈은 1999년 11월 한국일보가 마련한 문국현(당시 '생명이 숲 운동' 대표)과의 대담에서 20여 년 동안 도입한 외래종이 1만 5천여 종에 이르나 그 생존율은 절반 이하였다고 밝혔다. 2011년 현재 천리포수목원에서 자라고 있는 식물은 초본을 포함하여 1만 2,500종이며 그 중 60%가 외래종이다.

같은 구역대 식물이라도 한국과 거리가 먼 유럽이나 북미지역 나무들이 적응력이 떨어지는 사실을 안 민 원장은 1970년대 후반부터 일본, 대만, 뉴질랜드 등 아시아 대양주로 돌려 거래처를 다변화했으나 생존율이 약간 높아졌을 뿐이다. 외래종 씨앗들이 싹만 트고 잇달아 고사하는 것에 놀란 민병갈은 국내 식물학자와 원예문가들에게 자문을 구했으나 제대로 해결해 주는 사람이 없었다. 다만 한국 풍토에 안 맞는다는 말만 들었을 뿐이다. 국내 학자들에 대한 불신은 이때부터 싹텄다. 해결책은 스스로 공부하는 길 밖에 없다고 판단했다고 그는 뒷날 술회했다. 이 시기는 그가 집중적으로 외국 식물 서적을 탐독하기 시작한 시점과 일치한다.

외국산 나무를 늘려가는 과정에서 실패를 거듭하자 민병갈은 외국 식물서적을 탐독하는 한편, 해외 전문가를 초빙하여 한국풍토에 낯선 외국나무를 키우는 일에 온갖 정성을 쏟았다. 온실을 확충하여 적응력을 키우는 한편, 종묘장을 새로 지어 외국산과 국내산을 교접하여 새 품종을 얻는 연구를 계속

▶ 외국 씨앗을 파종한 수
목원 온실 내부. 민 원장
은 이 같은 실험에서 새
로운 품종을 선발하는
성과를 올렸다.

했다. 이 과정에서 얻은 수확 중의 하나가 그가 자랑하는 변종 목련 '라스프
베리 펀Raspberry Fun이다.

　민병갈의 시행착오는 사실상 목련에서 시작됐다. 거듭된 실패 끝에 그는
1975년 일본과 대만에서 들여 온 목련들이 제대로 자라는 것을 보고 유럽이
나 북미산 나무들은 적응 훈련이 필요하다는 것을 알게 된다. 이를 위해 1976
년부터 온실을 짓기 시작한 그는 외래종의 교배실험을 통해 새로운 품종을
개발할 궁리를 한다.

　1978년 온실을 8개로 늘린 천리포수목원은 수입종의 적응 훈련 기간을 길
게 잡았다. 그 후 11개로 늘어난 온실 중 8호 온실은 수목원에서 추위에 약한
난대성 외국식물의 훈련장으로 통한다. 민병갈은 묘목으로 들여 온 것도 1~3
년간 온실에서 키운 다음 묘목장으로 옮겨 심어 뿌리가 잡힐 때까지 또 한 차
례 적응 기간을 갖도록 했다. 이렇게 세심한 배려로 키운 묘목들은 야외로 정
식定植 되는 마지막 절차를 밟게 되는데, 어떤 나무는 2년 이상 버티다가 죽기
도 했다. 수목원 기록에 따르면 천리포 기상관측 이래 가장 추웠던 1976년 12

월 26일(영하 14.5도)을 못 넘긴 외국산 나무들이 많았다.

서울에 직장이 있던 민병갈은 서대문구 연희동 집에도 온실을 꾸며 놓고 희귀한 외래종을 직접 관리했다. 그의 곁에서 40여 년간 집안일을 돌본 가정부 박순덕에 따르면 퇴근하자마자 온실을 찾는 것이 민병갈의 또 다른 일과였다. 나무를 돌보는 그의 자세는 자식을 키우는 것과 다름없었다. 이제는 충분히 살 수 있다는 확신이 선 다음에 천리포로 옮겨진 나무도 온실 안에서 또한 차례 적응훈련을 하도록 했다.

간판 수종으로 승부

수목원이 어느 정도 궤도에 오르면서 민 원장이 가장 적극적으로 나선 분야는 외국수종을 집중적으로 수집하는 국제화 전략이었다. 그 결과로 수목원이 보유한 1만 여종의 나무 중 외국산이 60%를 넘게 되었다. 수종 규모에서는 1970년대에 이미 국내 최대였다. 면적으로 볼 때 국립 광릉수목원 600만 평의 30분의 1에 불과하지만 보유 수종에서는 광릉수목원 2,800종의 배가 넘는다. 이 같은 격차는 광릉수목원이 국내 자생종 중심으로 나무를 키운 데 비해 천리포수목원은 외래종을 집중적으로 수집했기 때문이다.

마구잡이 물량주의에서 쓴 맛을 본 민병갈은 품종 선택에 신중을 기하면서 어떻게 하면 외국산 나무를 많이 키울 수 있을지 그 방법을 찾기에 골몰했다. 1982년 그가 고심 끝에 선택한 방향은 특정 식물을 집중적으로 수집하여 특징 있는 수목원을 키우는 특화 작전이었다. 작전은 적중하여 천리포수목원은 시작한지 30년도 안 돼 목련, 호랑가시, 동백 등 3개 수종의 수집 규모에서 세계 랭킹에 오르게 된다. 천리포수목원이 세계적 명성을 갖게 된 것은 이들 세

수종을 집중적으로 수집한 노력의 결실이다. 목련, 호랑가시 등 소수 특화된 수종의 수집 규모가 세계 정상급 수준이기 때문이다.

미국 호랑가시학회[25] 회장을 지낸 바바라 테일러는 학회지 '홀리 저널'에서 "특정 부문이긴 하지만 수목원을 차린 지 30년도 안 돼 세계적 수준으로 키운 것은 유례없는 일"이라고 소개했다. 이 같은 천리포수목원의 위상은 당연히 민병갈 개인의 능력과 노력에서 비롯된 것이지만 그의 소수 수종의 특화 전략도 무시할 수 없다. 외국 식물학자나 원예인이 천리포수목원 설명에 '세계적(one of the great collections of the world)'이라는 수식어를 붙일 때 항상 따라다니는 말은 목련과 호랑가시 등 두 수종이다. 즉 두 종류의 수집규모가 세계적 수준이라는 뜻인데, 이는 민병갈의 개인적인 취향과 최고를 추구하는 승부욕에서 나온 것이다.

민병갈은 취향대로 호랑가시류를 천리포수목원의 간판 수종으로 키우려 했으나 기후조건이 안 맞아 목련이 그 자리를 대신하게 됐다. 현재 수목원에서 자라는 호랑가시는 350종인데, 이 만한 종류를 보유한 수목원은 세계적으로 흔치 않은 것으로 알려져 있다. 1973년 아시아에서는 처음으로 범세계적 기구인 미국 호랑가시학회에 가입한 천리포수목원은 2000년 7월에는 공인 호랑가시 수목원Official Holly Arboretum 인증패를 받는다. 이에 앞서 민병갈은 1997년도 HAS 연차총회를 서울에서 유치하는 섭외력을 보였다.

천리포수목원의 대표 수종인 목련류는 수목원 초창기부터 수집한 민병갈의 또 다른 기호식물이다. 수집의 시초는 대전 만수원에서 구입한 국내종 묘

---

[25] 미국 호랑가시학회: Holly Society of America : 호랑가시를 많이 키우는 미국 수목원 중심의 비영리 학술단체. 20개 공식 회원 수목원으로 운영되고 있으며 이중 미국이외의 회원은 한국의 천리포수목원과 프랑스 벨지움 수목원이 각각 1개 씩이다. 1926년 미국 기업 실리카 샌드가 크리스마스때 고객들에게 호랑가시를 발송한 데서 유래돼 동호회가 급속히 늘어 크리스마스 상징물로 굳어지게 됐다.

▲ 꽃이 만개한 천리포수목원의 목련원. 민 원장이 수집한 목련은 세계 최대 규모로 알려져 있다.

목을 심은 1972년 봄으로 거슬러 올라간다. 이듬해에는 미국 팅글 양묘장에서 큰별목련*Magnolia x loebneri*과 별목련*Magnolia stellata*을 구입한 데 이어 고슬러스Gossler's (오레곤주) 식물재배소에서 33종을 들여왔다. 그런데 외국에서 애써 들여온 목련 중 상당수가 한국풍토에 적응을 못하고 죽는 일이 잇달자 1974년에 도입선을 바꾸어 영국의 트레서더Treseder's 묘목장에서 다량의 목련을 수입했으나 결과는 비슷했다.

뒤늦게 목련 공부에 빠진 민병갈은 목련류가 호랑가시류보다 한국의 기후풍토에 더 잘 적응한다는 사실을 알고 1979년 국제목련학회MSI, The Magnolia Society International에 가입하여 집중적인 목련 수집에 들어갔다. 목련의 수집 규모는 한 때 450종(개체)에 이르렀으나 그 중 40여 종이 천리포 풍토에 적응을 못해 멸실됐다. 1998년 민병갈은 국제 목련학회The Magnolia Society International에 수목원이 보유한 총 416 개체의 목련 목록을 보고했는데, 이는 당시 세계의 수목원과 식물원을 통틀어 가장 많은 숫자였다. 일반적으로 목련은 봄에 피는 꽃으로 인식되고 있으나 천리포수목원에서는 거의 사시사철 목련을 볼 수 있다. 이를테면 가을에 꽃이 피는 태산목은 초겨울까지 연보라 빛 꽃잎을 보여준다.

외래종을 중심으로 펼친 목련류Magnolia 호랑가시류Ilex 동백류Camellia 등 3대 수종의 특화 전략은 큰 성공을 거두어 천리포수목원의 국제적 위상을 높이는 데 결정적인 역할을 한다. 민병갈은 이에 그치지 않고 그의 오랜 한국 사랑을 기념하는 뜻에서 한국 국화인 무궁화 수집에 정성을 쏟는다. 그는 1997년 특별 채용한 무궁화전문가 김건호(식물학 박사)의 도움을 받아 본격적으로 무궁화원 조성에 들어갔다. 천리포수목원의 새로운 명물로 등장한 무궁화원은 만년을 맞은 민병갈이 마지막으로 쏟은 노력의 결정체이기도 하다. 생태교육관 앞에 자리 잡은 무궁화원에는 2010년 현재 250여종의 무궁화가 자라고 있다.

아시아의 큰 별

　　민병갈이 한국의 식물학계와 원예계에 남긴
큰 업적은 한국의 토종 나무를 세계에 알리고 세계의 나무를 한국에 전
파시킨 것이다. 해외 식물학계에 한국 식물의 가치를 재인식시켰다는
견해는 1980~1990년대 원로학자 이창복을 비롯한 여러 식물학자들의
입에서 나온 말이다. 한반도 식물 태반은 일제 식물학자 나카이 교수
의 작명(作名) 리스트에 올라 외국 식물학계에서 오랫동안 일본 식물 그
룹에 끼어있었다는 것이다.

　민병갈은 기본적으로 식물자원 세계 공유주의자였다. 아무리 귀중
한 토종식물이라도 고유한 천연자원이라는 이유로 한 나라가 독점해
서는 안 된다는 것이 그의 지론이다. 귀중한 식물일수록 더 많이 세계
에 알리고 전파하여 멸종을 막아야 한다는 생각으로 그는 한국의 나무
들을 세계 속에 심는 일에 선도적인 역할 했다. 그 통로 역할을 한 것이
인덱스 세미넘Index Seminum으로 불리는 국가간 종자교환 프로그램이다.
그러나 국내 일부 자생식물 보호론자들은 귀중한 토종식물의 유출이
라며 이를 곱게 보지 않았다.

　식물자원의 세계화 노력의 전진기지였던 천리포수목원의 설립은 민

원장에게 필연이었다. 또한 그가 해야 할 일이었다. 광적인 나무 사랑, 지독한 학습열, 끝없는 성취욕에 수천 개의 식물 학명을 외우는 기억력을 갖춘 그가 운영하는 천리포수목원은 범작凡作으로 끝날 수 없었다. 신생 천리포수목원이 세계의 명문 수목원과 대등한 교류를 할 수 있었던 것도 설립자 개인의 능력과 입지가 작용한 결과였다.

　오늘의 천리포수목원은 민병갈이 있었기 때문에 가능했다. 49세에 나무공부에 뛰어든 그는 책장이 닳도록 식물도감을 읽었다. 그를 가르친 사람은 국내 정상급 식물학자나 나무 전문가들이었다. 해외에서는 저명한 대학 교수와 수목 대가들이 학습을 도왔다. 막대한 재력에 영어를 모국어로 쓰며 전통 있는 외국 학회가 학습 무대인 그에게는 해외 섭외에 막힐 것이 없었다. 이 같은 여건과 노력으로 천리포의 척박한 야산 18만 평은 나무를 심기 시작한지 30년 만에 아시아의 명문 수목원으로 떠오른다.

한국나무 세계에 심다

외국산 나무를 들여오는 방법은 무역 거래를 통한 수입이 일반화 돼 있지만 민병갈은 이와 함께 다른 특별한 통로를 이용하여 외국 수종을 늘려갔다. '인덱스 세미넘'[26]이라는 국제적인 식물자원 공유 시스템을 활용한 것이다. 17세기 영국에서 시작돼 300년 전통을 갖는 이 시스템은 각국의 대학 연구소나 수목원 등 식물기관이 참여하여 회원끼리 잉여 종자를 무상으로 나누어 갖는 범세계적인 네트워크를 갖고 있다. 일종의 물물교환 체계로 1992년 국가간 식물다양성 협약이 발효됨에 따라 식물자원 보존을 위한 주요 매체로 각광을 받고 있다.

민병갈은 국내 기관으로는 처음으로 1977년 천리포수목원을 인덱스 세미넘 회원(발행 기관)에 가입시켰다. 인덱스 세미넘은 '잉여종자 목록' 이란 의미로 나눠줄 수 있는 여분의 씨앗이 어떤 것이 있는지 밝히는 일종의 물물교환 제안서와 같은 것으로 돈을 안 들이고 희귀한 외국 식물의 씨앗을 구할 수 있을 뿐더러 식물에 대한 정보와 연구를 공유할 수 있는 유용한 통로였다. 천리포수목원은 이 프로그램을 통해 한국의 자생식물을 세계에 알리고 외국산 종자를 대량으로 들여와 국내에 보급하는 데 적잖은 공헌을 했다. 1995년까지 교류한 상대는 36개국 140개 기관이었다.

1974년부터 많은 씨앗과 묘목을 수입하고도 경험과 정보의 부족으로 큰 실

---

[26] Index Seminum : 식물관련 연구소나 단체들이 회원간 종자교환을 위해 발행하는 잉여종자 목록. 각 기관이 보유한 여분의 씨앗들을 밝혀 필요한 만큼 나눠 쓰자는 일종의 물물교환 제안서. 1683년 영국의 첼시가든과 화란의 레이덴 대학 식물원이 종자교환을 시작한 데서 비롯됐다. 종자 목록은 1901년 첼시 가든이 처음 발행한 후 각국의 대학 연구소와 유명 식물원의 호응이 잇달아 2000년에는 참여기관이 37개국 368개소로 늘어났다. 회원기관은 종자 값을 주고 받거나 종자를 상용화해서는 안되며 식물자원 보존이나 연구용으로만 써야 할 의무를 갖는다.

패를 겪은 민 원장이 그 대안으로 선택한 것이 회원기관끼리 종자를 교환하는 인덱스 세미넘 발행이다. 이 프로그램을 이용하려면 외국기관에 나눠 줄 수 있는 잉여종자가 충분히 확보돼 있어야 한다. 호혜 원칙에 따라 다른 나라 씨앗을 받으려면 줄 수 있는 최소한의 분량을 갖고 있어야 하기 때문이다. 1975년 시작한 자생식물 탐사에서 민 원장이 종자채집의 비중을 늘인 것은 인덱스세미넘에 등재할 잉여종자를 늘리기 위한 수단이었다. 국내산 종자 확보는 주로

▲ 천리포수목원에서 발행한 2012년도 인덱스 세미넘(무상 제공가능한 잉여 종자 목록) 표지

야외채집에 의존했으나 수목원이 보유한 나무들을 통해 이루어지기도 했다 .

　인덱스 세미넘을 발행하기 시작한 1977년부터 천리포수목원이 외국에서 받은 씨앗은 6천여 종에 이른다. 그러나 내보낸 국내 자생종은 100여 종에 불과하다. 도입 품종이 이렇게 많은 것은 한국의 기후와 풍토 조건만 고려하여 선택의 폭을 무조건 넓혔기 때문이다. 품종을 선정할 때는 희귀종과 관상수를 우선으로 했다. 그러나 이들 도입종 중 한국의 자연환경에 적응하여 살아남은 것은 3분의 1도 안 된다. 외국 수종에 관한 경험부족으로 발아 관리를 제대로 못한 원인도 있었다.

　내보내는 국내산 씨앗 품목에서는 한국 고유의 자생종에 비중을 많이 두었다. 품종은 많지 않았지만 인덱스 발행 초기는 한국 식물에 대한 인식이 부족한 때였기 때문에 외국 식물 연구기관이나 수목원에서 큰 인기를 끌었다. 한때는 한국의 자생종 나무가 유럽 종묘시장에서 최고의 성가를 올려 민 원장은 한국 식물이 세계 곳곳에 퍼져 나가는 것이 즐겁기만 했다. 그러나 이처럼 한국의 토종 식물이 해외에서 인기를 끄는 현상이 국내 자생식물 보호론자들

에 비판의 빌미가 될 줄은 꿈에도 몰랐다. 자생식물은 자생지에 남아 보호받아야 한다는 논리는 그에게 이해할 수 없는 식물 국수주의였다.

민병갈이 파종에 성공하여 키운 외국산 묘목들은 수목원용으로 끝나지 않았다. 수목원 기록을 보면 증식된 외래종 나무를 가장 먼저 보급한 곳은 수목원과 가까운 서산군의 각급 학교들이다. 서울 태릉에 있던 육군사관학교에도 보냈다. 교육용 말고도 일반 농가용으로 보급한 것도 있다. 민 원장이 종자채집을 하러 지방에 갈 때는 외래종 묘목을 싣고 가서 현지 농민들에게 나누어주는 것이 관례였다. 현재 남부지방 농가의 큰 소득원이 되고 있는 양다래(키위)는 천리포수목원이 뉴질랜드에서 씨앗을 들여와 국내 최초로 시험재배에 성공한 것이다. 이 유실수가 천리포에서 잘 자라는 것을 본 한 영농인이 씨앗을 대량으로 수입하여 보급한 것으로 알려졌다. .

천리포수목원의 잉여종자 교환은 1990년대 들어서 국내 식물자원의 해외 유출을 조장한다는 시비에 휘말렸다. 국내 자생식물 보호단체를 주축으로 이같은 문제가 제기되자 수목원 측은 외국에 내보낸 국내 수종의 종자는 이미 해외에서 유통되는 품종이기 때문에 자원 유출이 아니라고 맞섰다. 그 대가로 다량의 외국 수종을 들여와 국내에 보급시킨 사실을 들어 인덱스 세미넘의 효율성을 강조했으나 쉽게 먹히지 않았다. 글로벌 시대의 기본 질서인 국가 간 호혜의 원칙을 외면해서는 식물 후진국으로 밀려날 수밖에 없다는 민병갈의 논리가 힘을 얻기까지는 오랜 세월이 필요했다.

천리포수목원 기록을 보면 인덱스 세미넘을 통해 종자를 들여온 곳은 식물 선진국이 많은 유럽과 북 아메리카에 집중되어 있다. 아시아와 대양주에서는 일본, 대만, 호주, 뉴질랜드 정도에 그쳤으나 한국과 기후 조건이 비슷하여 들여오는 종자의 가짓수가 더 많고 생존율도 유럽이나 북미산보다 높았다. 돈을 들이지 않고 해외 수종을 늘려가는 종자교환 사업은 천리포수목원이 국내 최다 수종을 보유하는 수목원으로 성장하는 견인 역할을 했다.

민병갈의 토종식물 국제화 주장은 실제로 미국, 영국, 캐나다 등 식물자원 활용 선진국의 논리와 일치한다. 이들과 맞서는 나라가 인도네시아, 캄보디아, 베트남 등 산림자원이 풍부한 동남아 국가들이다. 1992년 리우 정상회의에서 '리우 협약'이라고 불리는 생물다양성 협약이 채택된 이

▲ 수목원 직원들이 인덴스 세미넘에 올려 해외로 보낼 씨앗들을 정리하고 있다. 1989년 가을.

래 식물자원의 이용권을 둘러싼 국가 간의 줄다리기는 30여 년간 계속되다가 2010년 10월 '나고야 의정서' 합의로 일단락되었다. 각국의 유전자원 접근을 자유롭게 하되 그 이익을 공유하기로 한 의정서는 식물자원의 활용에 관한 국제법 차원의 기본 규율로 자리매김 했다. 식물자원 활용에서 비교적 선진국에 해당되는 한국은 나고야 의정서의 수혜국으로 알려졌다.

민 원장이 오랫동안 공들인 국가 간 잉여종자 교류사업은 서서히 후원 세력을 얻게 된다. 다른 국내 식물기관에서 잇달아 인덱스 세미넘을 발행했기 때문이다. 대구 수목원, 전주 수목원, 제주 여미지식물원이 참여한 데 이어 국립수목원, 서울대학 관악수목원, 포천 평강식물원 등 국내 대표적인 수목원과 식물원이 뒤 따라 이제는 인덱스 세미넘 참여가 보편화되었다.

종자유출 구설수

1980년대 중반 들어 미국의 유명 수목원들이 한국의 자생식물 탐사가 잇따르자 국내에서 천리포수목원의 종자교환 노력을 곱지 않은 시선으로 바라보는 시각이 돋기 시작했다. 귀중한 토종식물을 해외에 내보내 국익을 침해하고 있다는 논리였다. 실제로 국내에서만 자생하는 원종原種식물이 외국에서 신품종으로 개량돼 국제 화훼시장에서 인기를 끄는 경우가 많았다. 대표적인 식물이 네델란드 구근 연구소에서 히트시킨 한국 산나리 교배종이다. 이에 대해 일부 자생식물 보호론자들은 한국 토종식물이 해외 시장에서 독점적인 특허상품으로 팔린다고 분개한다. 그러나 원예식물 전문가에 따르면 원종을 증식하여 새 이름으로 상품화했기 때문에 문제 삼을 수 없다고 말한다. 육종 기술이 떨어지는 우리가 반성해야 한다는 것이다.

민병갈에게 쏟아진 또 다른 비난의 화살은 외국 식물학자들의 한국 자생종 채집을 도왔다는 것이다. 그 시초는 1977년 가을 미국 하바드대학 부설 아놀드식물원 조사팀을 안내한 것이다. 조사팀이 어떤 식물을 채집해갔는지 알 수 없지만 미국 탐사팀의 유치는 뒤늦게 국내 자생식물 보호론자들에게 논란의 대상이 되었다. 그 발단은 1984년에 시작된 미국 식물학계의 대규모 한국 식물 탐사를 도운 것이다. 미국 국립수목원을 비롯하여 홀덴수목원, 롱우드가든, 모리스수목원 등 미국의 쟁쟁한 수목원이 참여한 이 합동 탐사는 1989년까지 세 차례 대규모로 진행되었다. 천리포수목원도 끼었으나 민 원장 혼자 부분적으로 참여하는 명목상의 제휴였다.

미국 합동탐사단의 단장은 공교롭게도 1979~1980년 천리포수목원에서 연수를 받은 배리 잉거였다. 귀국 후 저명한 식물학자로 성장하여 미국 국립수목원의 아시아식물 과장이 된 그는 미국 4개 수목원 합동 탐사단을 이끌고 와서 한반도 자생식물을 샅샅이 뒤져 갔으니 국내 자생식물 보호론자들에게 미

▲ 1990년 천리포수목원을 찾은 영·미 수목학계의 명사들. 왼쪽 두번째부터 영국 왕립원예협회 간사 존 갤러거, 미국 모리스수목원 원장 폴 마이어, 한사람 건너 미국 홀든수목원 원장 피터 부린스턴, 민 원장.

움의 대상이 될 만 했다. 더구나 남해안 토종 식물인 홍도 비비추에 자신의 이름을 따서 '잉거 비비추Hosta yingerii' 라는 이름으로 학계에 등록을 한 장본인이라서 미운 털이 박힐 수밖에 없었다. 국내에서 흑산 비비추로 불리는 이 토종식물은 그가 천리포수목원에서 연구 활동 중 채집해 간 것으로 알려졌다.

민병갈은 말년에 들어 우리나라 자생식물의 해외 유출은 주도했다는 구실로 호된 여론재판을 받는다. 가장 아픈 채찍은 1999년 10월 한 공영 TV가 방영한 '꽃의 전쟁' 이라는 특집 프로그램이었다. 1980년대 중반에 있었던 미국 합동조사팀의 한반도 자생식물 탐사를 가리켜 '세계 최대의 식물자원 침해 사례' 라고 꼬집은 방송 내용은 이 탐사에 부분적으로 참여한 민병갈을 난처하게 했다. 방송사는 또 국내 토종나무 일부가 해외에서 유통되고 있는 실례를 들어 천리포수목원의 인덱스 세미넘도 도마에 올렸다.

방송사 측에 취재 협조까지 해준 민 원장은 수목원 직원으로부터 전날 밤 일요 특집으로 방영된 방송 내용을 보고받고 기가 막혔다. 출근을 위해 서울로 떠나는 월요일의 이른 아침이었다. 곧장 증권사 사무실에 출근한 그는 일할 맛이 나지 않았다. 증권 시세 단말기를 보고 있었지만 애꿎은 담배만 연신

피워 댈 뿐 재떨이를 두번 갈 때까지 어떤 주문도 내지 않았다. 점심시간까지
는 철저히 금연을 하는 것을 잘 아는 여비서 윤혜정은 마음이 조마조마했다.
화를 삭이던 민 원장은 여비서가 계속 자신의 눈치를 보는 것이 마음에 걸렸
던지 표정을 고치며 엉뚱한 질문을 했다.

　　"미스 윤. 미스 킴 라이락을 알아?"
　　"모르겠는데요. 원장님의 옛날 애인인가요?"
　　"미국 사람은 거의 다 알아. 한국 자생종 수수꽃다리에 붙여진 영어 이름
　　이지"
　　"그게 왜 미스 킴이 됐나요?"
　　"씨앗을 채집해간 미국인이 한국에서 일 할때 데리고 있던 여비서의 이름
　　을 붙인 거야. 꽃이 예쁘고 향기가 일품이지. 그런 예쁜 식물 하나를 발견
　　하면 미스 윤이라고 이름 붙여 주지."

　　민병갈이 뜬금없이 미스 킴 라이락[27] 이야기를 꺼낸 데는 그럴 만한 이유가
있었다. 군정 때 한 미국인이 북한산 등반 중 백운대에서 채취한 씨앗 몇 알
을 미국으로 가져가 싹 틔운 이래 전세계에 퍼진 한국 토종식물의 이름이기
때문이다. 미스킴 라이락은 꽃만 아름다운 것이 아니라 향기도 좋아 미국 라
이락 시장의 30%를 차지하는 것으로 알려졌다. 이름만 들어도 한국을 연상
시키는 이 라이락은 한국의 국가 브랜드를 세계인에 심는 역할을 한 것도 부

[27] 미스킴 라이락 : 한국 자생종 수수꽃다리의 영어 이름. 털개회나무라고도 한다. 1947년 11월 미국인 미더
(E. M. Meader)가 북한산의 백운대 등반 중 채집한 씨앗 12개를 미국으로 가져가 화훼 육종회사에 맡
겨 배양한 것을 시초로 미국 전역에 보급되었다. '미스 킴'은 씨앗 채집자인 미더가 한국인 여비서에게
쓰던 호칭을 식물 애칭에 활용한 것으로 전해진다. 미스킴 라이락은 1954년 뉴헴프셔 농업 실험장에서
첫 선을 보인 뒤 세계적인 인기 화훼상품이 되었다.

인할 수 없는 사실이다. 감정을 누그러트린 민병갈은 "미스 킴 라일락이 수수꽃다리라는 이름으로 백운대 꼭대기에서 계속 찬바람 만 맞고 있어야 좋겠느냐"라는 말을 끝으로 더 이상 거론하지 않았다.

그러나 한번 입은 마음의 상처는 쉽게 아물지 않았다. 그 다음 주말에도 어김없이 천리포에 내려온 민병갈은 원장실에 잠깐 얼굴을 비쳤을 뿐 주말 내내 후박집 숙소에 칩거해 있거나 숙소 뒷산을 배회했다. 일요일 오후 수목원에서 스카이라인으로 불리는 뒷산 봉오리에 오른 그는 '큰 밭' 끝자락에 있는 리얏골로 발길을 돌렸다. 일반에 공개를 안 하는 이곳은 단풍나무 등 활엽수가 많아 단풍철이면 가을 정취가 그윽한 곳이다. 자신의 전용석과 다름없는 벤치에 앉은 그는 자신의 늙은 모습처럼 남루해진 나목들 사이로 어지러이 날리는 낙엽들을 바라보며 깊은 사념에 잠겼다.

- 내가 평생 사랑한 나라가 나를 점점 슬프게 하는구나.
- 내가 무슨 잘못을 했지? 나무 사랑이 지나쳤나?
- 내보낸 것보다 몇 배 많은 외래종을 들여와 보급한 사실은 왜 외면하지?
- 토종 나무라고 원산지에만 있어야 한다는 논리가 통하는 나라라면 내가 구태어 이 나라에 계속 머물 필요가 있을까.
- 아니지. 자식 같은 나무들을 버리고 떠날 수야 없지. 나를 욕한 TV프로는 소수 의견일 뿐이야.

이 같은 자문자답은 물론 넘겨짚은 말이지만 당시 민 원장 곁을 지켰던 식물부장 송기훈이 전하는 모습은 그의 상심이 어떠했는지 짐작하게 한다. 송부장은 방송사에 엄중 항의했음을 밝히고 위로했으나 78세 노인의 뒤틀린 심사는 좀처럼 풀리지 않았다. 한국 다음으로 선호하는 뉴질랜드로 이주하고 싶다는 말까지 했다는 것이다.

민 원장의 심기를 건드린 TV프로그램은 자생식물 보호라는 국익 차원에서 접근한 내용이었으나 식물자원 내셔널리즘에 치우쳤다는 평판을 면하기 어려운 내용이었다. 당시 한국자생식물보존협회 공동회장이던 이창복은 '우물 안 개구리 같은 발상'이라며 국내 자생목들이 세계에 널리 알려지는 것은 식물학자로서 환영할 만 한 일이라고 말했다. 다만 외국 원예업자들이 우리 토종 식물을 개량하여 독점적인 이익을 챙기는 것은 생각해 볼 문제라고 밝힌 그는 "식물자원의 국제화가 대세인 이제는 외국산 식물을 이용하려면 육종기술의 선진화가 시급하다"고 말했다.

2002~2004년 산림청장을 지낸 조연환은 "공영방송이 종자유출을 문제 삼은 것은 당시의 사회적 분위기와 연관이 깊다"고 설명했다. IMF사태로 상처 입은 국민감정을 달래기 위해 민족자존 차원에서 나온 프로그램이라는 것이다. 2012년 1월 천리포수목원 원장에 취임한 그는 토종식물보다 몇 배 많은 외국산 종자를 들여온 민 원장의 공로를 평가하고 종자교환은 설립자가 추구한 국제화의 한 축으로 이해한다고 말했다. 문제의 방송기획과 관련하여 경기도 용인에 있는 한 저명한 식물원의 원장은 담당 PD로부터 "때리는 것을 좋아하는 시청자의 생리에 따른 것"이라는 어처구니없는 말을 들었다고 전했다.

인덱스 세미넘 발행을 통한 종자교환 시비는 참여 기관의 확산과 함께 정부 측의 유권해석으로 일단락되었다. 정부의 최고 통치자인 대통령이 민병갈에게 산림인 최고 훈장인 금탑산업훈장을 수여하고 주무 기관인 산림청이 '숲의 명예전당'에 그의 공적비를 세웠기 때문에 더 이상 논란의 여지가 없게 되었다. 명예 전당 헌정을 위한 공적 심사를 맡았던 경북대학 교수 홍성천은 민병갈이 남긴 업적 중의 하나로 인덱스 세미넘을 통해 국외 식물 유전자원을 적극적으로 확보한 사실을 들었다.

원칙적으로 식물자원 개방주의자였던 민병갈은 토종식물 보호주의에 공감하지 않았다. 귀한 식물일수록 국내에만 가둬 놓지 말고 해외에 널리 보급하여 그 가치를 알게 해야 한다는 지론이 강했다. 한 예로 그는 한국에서만 자라는 미선나무*Abeliophyiium distichum*를 들었다. 세계에서 1속屬 genus 1종種 species 뿐인 이 희귀종은 영국의 큐Kew Botanic Garden 식물원[28]을 통해 세계적 식물이 되었다고 말했다. 또 하나의 예는 일본의 남부 도서지방이 고향인 디모르포필라*Ilex dimorphophylla*라는 호랑가시나무다. 한 때는 큐슈 등 동북아시아의 해안에서만 볼 수 있었던 이 희귀종은 이제 '오키나와 홀리' 라는 이름으로 지구촌의 귀염둥이가 됐다. 민병갈은 1977년 1월 말 큐슈 열도의 아마미오시마로 희귀 야생종을 탐사하러 갔을 때 악천후를 불구하고 종자채집을 도와준 사람은 현지 산림공무원과 식물 전문가였다고 회고했다.

큰 자취 남긴 학술 외교

민병갈은 식물학자는 아니지만 한국식물에 관련된 학술외교 부문에서 큰 자취를 남겼다. 지구상에 존재하는 목본木本 식물에서 한국의 토종 나무들이 차지하는 비중을 높이는 데 크게 기여했다는 것이다. 원로 식물학자 이창복 교수는 1995년 "한국 식물이 세계 식물지도에 편입된 것은 전적으로 민 원장의 공로"라고 말한 적이 있다. 이는 학술논문 발표나 연구 활동을 통한 결과

28 Royal Botanic Garden, Kew : 영국 왕실이 1759년에 설립한 세계 최고 권위를 자랑하는 식물원. 120ha 넓이에 보유수종 25,000종. 표본수는 600만점에 이르며 연구 과학자 250명을 포함한 550명의 직원이 상근한다. 3년제 부설 원예학교가 있다. 연구중심으로 운영되며 전세계 식물을 망라한 식물목록 Index Kewensis 은 식물학의 교본으로 통한다.

가 아니라 해외의 영향력 있는 식물학자나 원예 전문가들과의 개인적인 친분을 통해 한국 식물의 가치를 재인식시켰다는 의미다.

민 원장의 학술 외교 통로는 주로 국제수목학회, 영국 왕립원예협회, 미국 호랑가시학회 등 세계의 정상급 식물학자나 원예인들이 참여하는 학술단체였다. 이들을 포함하여 국제목련학회와 세계동백학회 등 5개 단체에 가입한 민병갈은 연차 총회에 거의 빠짐없이 참석하여 학술정보를 교환하고 회원들과의 연대관계를 유지하며 세계 식물 분포도에서 한반도식물 대역帶域이 독자적으로 존재하고 있음을 새롭게 인식시켰다. 그 때까지 외국학자들은 한반도를 미국 농무부가 획정한 제 8~9 구역대區域帶zone의 하나로 보거나 일본이 편입된 극동아시아의 한 부분으로 분류하고 있었다는 것이 민 원장의 설명이다.

국내 언론 인터뷰에서 한국은 세계에서 몇째 안가는 다양한 식물을 보유한 나라임을 여러 차례 강조했던 민병갈은 해외에서도 한국 식물 홍보에 열을 올렸다. 학회지에 한국 식물에 관한 보고서를 내는가 하면, 학회 모임에 나가 참석자들에게 한국 토종식물(나무)에 관한 설명을 자주 했다. 해외학회 활동에 자주 수행했던 비서 이규현에 따르면 민 원장은 언제나 참석자들의 집중적인 질문을 받았다. 동양권에서 수목원을 운영하는 유일한 회원이었던 그는 아시아 식물에 관심이 많은 서양 식물학자나 원예인에게 많은 궁금증을 일으켰다. 질문을 받을 때마다 민 원장은 한국의 아름다운 자연과 희귀한 자생목을 설명하고 직접 와서 보라고 권했다.

민병갈은 해외학회지에 많은 보고서와 연구 기록을 남겼다. 그 중 하나가 한국 자생식물의 탐사와 연구 상황에 대한 보고서다. 물론 깊이 있는 연구가 아니고 자료를 정리한 것이지만 해외학회 입장에서는 한국의 자연과 식물을 알 수 있는 귀중한 자료였다. 1978년 10월 17~22일 미국 노스팔머스(매서추셋주)에서 개최한 미국 호랑가시학회 창립 55주년 기념 세미나에서 민병갈은

'아시아 원예학의 르네상스'라는 주제로 한국 식물 연구에 관한 장문의 연구 보고서를 발표했다. 보고서에는 외국인의 한국 식물 탐사 기록과 한국 식물 학계의 동향을 소개한 다음[29]과 같은 내용이 있다.

"서양의 식물학자들은 항해술 발달로 18세기 후반부터 전 세계를 돌아다 니며 새로운 식물을 채집하고 연구했다. 그러나 한국은 이들에게 탐사 여행 의 소득이 훨씬 많아 보이는 중국 같은 큰 나라에 밀려 철저히 외면당했다. (중략) 1913년에는 한국 최초의 식물분류학자 정태현은 1970년 90세가 넘 을 때까지 식물연구에 일생을 바쳤다. 그러나 세상의 무관심 때문에 그가 발 견한 여러 식물들이 소개되지 못했고 그 종자가 번식되지도 못했다. (중략) 1906년 한국에 온 프랑스인 J. 타케 신부는 제주도에서 채집하여 유럽에 보낸 제주도 왕벚꽃은 여러 종자와 교배되어 세계적 품종으로 개량되었다. 1917년

---

[29] Plant exploration by Western botanists has been only spotty at best, Korea having been bypasscd for what were considered more rewarding regions, with China being the favorite target in Eastern Asia. The flora of Korea was left largely to Japanese and Korean botanists and their work has been done almost entirely in this century. The greatest single contribution to the study of Korean flora was made by the Japanese taxonomic botanist, Dr. T. Nakai, who worked in Korea from 1902 until 1942. In 1913, he was joined by his protegé, the first and foremost Korean taxonomist. Dr. Chong Taehyon, who continued to work until his death at the age of 90 in 1970. As a result of comparative neglect many of the plants discovered during the Japanese colonial period and post-liberation period have apparently never been introduced into cultivation. A few notable non-Japanese exceptions include the German Admiral Schlippenbach, who, while surveying the eastern coast of Korea in 1854 in a warship, collected and sent back to Europe about 50 specimens of Korean plants, Rhododendron schlippenbachii being one of them. Two French Catholic priests, U. Faurie and J. Tnquet, collected extensively in 1906 and1907. Rev. Taquet was stationed in Korea. primarily on Cheju Island (or Quelpart) and collected up until 1922. Rev. Faurie is remembered with Rhododendron faurei, and Taquet with Tilia taquetii, among others. The great E. H. Wilson, in his last trip to the Far East, collected in Korea in 1917 and 1918, one of his discoveries being Cotoneaster willsonii from Ullung Island, the only Cotoneaster in coastal eastern Asia.

▲ 천리포수목원을 방문한 국제수목학회 회원들. 1998년 4월 24~29일 한국에서 총회 행사를 가진 이들 중에는 국제수목학회 회장 로렌스 뱅크스, 국제목련학회장 존 스미스, 영국 왕립원예협회 간사 존 갤러거 등 저명한 원예학계 인사들이 끼어 있다.

　　영국의 저명한 식물학자 E. H. 윌슨은 우연히 울릉도에 상륙했다가 그의 대

　　표적인 발견 중의 하나인 섬개야광나무를 채집하여 세계에 알렸다.”

　　외국학자들의 한국 식물탐사 기록까지 설명하여 관심을 유도했던 민병갈의 학술외교 노력은 그의 만년에 서서히 빛을 보기 시작했다. 그 실증적인 예는 외국 나무시장에서 인기가 높아진 한국산 나무들의 위상이다. 이 같은 현상은 국제 식물학계와 원예계 인사들이 민 원장을 통해 얻은 한국의 식물에 관한 지식을 세계에 전파시키는 중간 역할을 한 결과라고 보아도 좋을 것이다. 민병갈, 이영로 등 별세 이후 국제수목학회International Dedology Society의 유일한 한국 회원인 영남대 교수 김용식은 “IDS 회원은 세계의 식물학계와 원예계에서 막강한 영향력을 행사한다” 며 민 원장의 학술외교 노력을 높이

평가했다.

민병갈의 학술외교 역량은 굵직한 해외식물학회 총회 유치에서도 나타난다. 1994년 4월 24~29일 열린 국제수목학회 10차 총회의 한국 개최를 이끈 그는 같은 해 미국 호랑가시학회 총회와 1997년도 세계 목련학회 총회까지 유치했다. 이 같은 성과는 영어를 모국어로 쓰며 지칠줄 모르는 학구열과 막힐 곳 없는 해외 섭외력을 가진 민병갈이 아니고서는 국내 누구도 할 수 없는 일이었다. 여기에는 각종 해외 학회와의 긴밀한 연대와 막대한 자금 동원 능력도 큰 뒷받침이 되었다.

한국의 작은 토종식물 하나도 민 원장에게는 소중한 외교 대상이다. 1981년 공산국가 폴란드에서 우표를 통해 널리 소개된 분꽃나무*Viburnum carlesii*가 그것이다. 친구인 폴란드의 저명한 식물학자 브로비츠가 정부 요청으로 우표 도안에 넣을 예쁜 식물을 물색 중임을 알게된 그는 한국의 분꽃나무를 강력히 추천했다. 이 같은 사실은 한국일보와 코리아타임스 보도를 통해 알려지게 되었다. 두 신문의 보도에 따르면 문제의 우표를 본 식물학자 이영로는 "분꽃나무가 18세기 영국학자에 의해 유럽으로 소개된 이래 동양의 아름다운 관상수로 세계 원예계에서 인기를 끌었으나 원산지인 국내에서는 대접을 못 받고 멸종 위기에 있다"고 애석해 했다.

수목원의 명품 나무들

민병갈이 어렸을 적부터 좋아한 나무는 크리스마스 장식으로 많이 쓰이는 호랑가시나무였다. 추위를 많이 타는 그는 조금만 추워도 호랑가시 문양이 수놓아진 스웨터를 입고 향수를 달랬다. 식물학에서 감탕나무과科로 분류하는 이 상록 활엽수는 동북아시아를 중심으로 전세계에 400여 품종이 분포돼 있는 것으로 알려져 있다. 천리포수목원에서는 그 중 300여 종을 볼 수 있다. 꽃은 볼품이 없으나 짙푸른 나무 잎과 붉은 열매에 취한 민 원장은 가을만 되면 감탕나무 숲 속에서 살다시피 했다고 식물부장 송기훈은 설명했다.

천리포수목원의 또 다른 간판 수종은 학명 앞에 매그놀리아Magnolia라는 명칭이 붙는 목련류다. 이 꽃나무 역시 집중적인 수집 노력으로 보유 수종은 400여 종에 이른다. 국제목련학회는 이를 세계 최고 수준으로 평가한다. 목련이라면 4월의 꽃으로 알려져 있지만 천리포수목에서는 계절의 개념이 없다. 그 품종은 3월에 꽃망울을 터트리는 비온디Magnolia biondii부터 초겨울에 꽃이 피는 태산목까지 다양하다. 민 원장은 이들 목련 중에서 화산처럼 붉게 타오르는 형상을 학명에 반영한 벌칸 목련Magnolia x 'Vulcan'과 자신이 배양하여 선발한 분홍색의 교배종 라스프베리 펀Magnola x loebneri 'Raspberry Fun'을 특히 좋아했다.

천리포수목원에는 세계 식물학계에서 민병갈의 작품으로 인정받는 두 개의 명품나무가 있다. 우리나라 토종식물 완도호랑가시와 외국산 변종 목련 '라스프베리 펀' 이다. 1978년 발견하여 전 세계에 퍼트린 완도호랑가시는 민 원장의 나무인생을 대변한다. 파종실험 중에 얻은 라스프베리 펀도 민병갈 이름과 함께 세계 목련 도감에 올라 있다. 두 나무는 수목원의 2대 수종인 아일렉스와 매그놀리아를 각각 대표하는 수종으로 민병갈의 40년 나무 인생에서 기념비적인 작품으로 평가된다.

'라스프베리 펀' 은 외국산 씨앗 하나를 배양하는 과정에서 얻은 행운의 소득이다. 1970년대 들어 수없이 들여온 외국 품종들이 한국풍토에 적응을 못하고 죽는 것이 가슴 아팠던 그는 온실과 묘포장을 강화하여 외국 수종의 종자를 싹 틔워 한국풍토에 적응시키는 실험 연구에 몰두했다. 그 실험 중의 하나로 1978년 국제목련학회로부터 받은 레오나드 메셀Magnolia x loebneri 'Leonard

최수진

Messel'이라는 목련 씨앗을 파종하여 얻은 성과가 '라스베리 펀' 이다. 식물학에서는 이런 작업을 선발選拔 selection이라고 부른다. 이 변종목련도 완도 호랑가시처럼 까다로운 인증 절차를 거쳐 1994년판 세계 변종목련Magnolia Hybrids 목록에 올라 선발자 이름(민병갈)과 함께 *Magnolia x loebneri* 'Raspberry Fun' 이라는 학명을 갖게 되었다.

파종 후 6년만인 1991년에 첫 꽃망울을 터뜨린 이 변종은 모수母樹보다 꽃잎 수가 2~3개 더 많고 분홍색 꽃잎은 가장자리에서 안으로 깊어갈수록 짙은 색깔을 보여 독특한 색감을 일으킨다. 민병갈은 어머니가 가장 좋아했던 이 꽃 나무를 자신의 수목원 숙소인 후박집 근처에 심고 사모思母의 기념패를 세웠다. 기념식수로 심어진 또 한 그루는 민 원장의 묘소를 지키고 있다. 그가 세상을 떠난 뒤 수목원 직원들이 추모의 정표로 심은 것이다.

천리포수목원에는 유전공학적으로 육종된 세계적으로 희귀한 목련종이 있다. 스웨덴의 세계적 육종학자 니첼리우스 토르가 중국 자생 함박꽃류와 일본목련을 교배 육성하여 선발한 요테보리시스*Magnolia x gotoburgensis (Magnolia* *obovata x Magnolia wilsonii*)라는 목련이다. 민 원장은 오랜 친구인 토르 교수가 1980년대 중반 자신이 교배하여 얻은 실생實生 3개체 중 하나를 선물한 것이라고 설명했다. 관계 문헌에 따르면 나머지 두 개는 토르 교수의 개인 정원과 스웨덴과 덴마크의 접경 해안 카테가트Kattegatt에 심어졌다. 1980년대 초 영국에서 만난 이래 끊임없이 민 원장의 수목원 조성을 도운 그는 1989년 한국에 왔을 때 오랜 우정의 정표로 자신의 기념비적인 연구 결실을 선물했다. 천리포수목원 식물부장 정문영은 "전 세계에 세 그루밖에 없는 이 교배 목련을 관리하는 일에 온갖 정성을 쏟고 있다"고 설명하고 이를 증식시켜 국내 수목원에 보급할 계획이라고 밝혔다.

1970~1980년대 민병갈이 거처하던 소사나무집 앞에는 특별한 사연을 가진 회화나무 한 그루가 자라고 있다. 그가 다니던 한국은행 본점의 구내에서 자라던 나무에서 작은 곁줄기 하나를 떼어다 심은 것이다. 집안에 심으면 고명한 선비가 나온다는 속설에 따라 옛 사대부의 집 뜰에 많이 심어졌던 이 나무는 서양에서도 학자나무scholar tree라는 애칭으로 사랑을 받는다. 퇴직기념으로 이 나무를 숙소 옆에 심어 둔 민병갈은 나무가 크게 자라자 그 옆에 벤치 하나를 가져다 놓고 그늘 아래 앉아 독서를 하며 정들었던 한국은행 시절의 추억에 잠기곤 했다.

정문영 식물부장는 수목원의 명품 나무의 하나로 국내 남부지방에서 키위 재배 바람을 일으킨 양다래 한 구루를 꼽는다. 지금은 사라진 수목원 본원의 초가집(농기구 보관소) 앞에서 40여년 자란 이 넝쿨나무는 국내 원조元祖 나무로 대접받는 기념물이다. 1974년 뉴질랜드 묘목상 덩컨 앤 데이비스Duncan & Davis에서 6그루를 들여왔을 때만 해도 한국풍토에 적응하여 2년 만에 달콤한 열매를 맺으리라고는 아무도 믿지 않았다. 그러나 이 나무가 천리포에서 잘 자라는 것에 주목한 한 영농인이 1980년부터 전남 해남군에 대량 보급하여 현재는 남부지방 농가의 중요한 소득원이 되고 있다. 한 때 천리포수목원은 양다래를 보러 온 농협의 단체 견학단으로 붐비기도 했다. 국내에서 재배된 키위 열매는 딴 뒤 얼마간 숙성시켜야 제 맛이 난다고 한다.

양다래에 이어 새로운 고소득 과실수로 떠오르고 있는 블루베리도 천리포수목원에서는 일찍부터 자라던 외래종이다. 1970년대 말에 들여온 이 나무는 가을이 되면 자주색의 영롱한 열매를 가득 매달아 연못가의 정취를 더해주었다. 그러나 이 열매들이 다 익기 전에 새들의 먹이가 되는 것이 안타까웠던 민 원장은 그물 덮개를 씌워 결실을 도왔다. 한 곳에 집단 식재되어 민 원장의 각별한 보살핌을 받았던 블루베리들이 보호자가 세상을 떠나던 해 꽃을 안 피워 수목원 직원들은 꽃의 정령이 슬퍼한 때문이라고 생각했다. 민 원장이 어머니를 그리워하는 마음으로 후박집 앞에 심었던 라스프베리 편도 그해 꽃을 피우지 않았다.

계절 따라 잎과 몸통 색깔이 변하여 '카멜리온'으로 불리는 삼색참죽나무 Toona sinensis 'Flamingo'는 천리포에서만 제 모습을 볼 수 있는 나무다. 다른 곳에 심으면 색깔이 변하는 조화를 부리지 않기 때문이다. 1977년 뉴질랜드의 덩컨 앤 데이비스Duncan & Davis 종묘장에서 도입한 이 나무는 봄에 짙은 분홍색으로 나온 새순이 연 노랑으로 바뀌는 초여름이 아름답다. 그리고 한 여름에는 나무 전체가 초록 옷을 입는다. 많은 수목원 후원회원들이 묘목을 분양 받아 심었지만 다른 지역에서는 제 색깔을 내지 않아 실망했다.

수목원 직원들이 지목하는 또 다른 명품 나무는 붉은 열매를 수없이 매다는 피라칸사Pyracantha 'Mohave'라는 중국자생 품종이다. 수목원의 소사나무 집 근처에서 무성하게 자라는 이 나무는 가을철이면 콩알만한 열매들이 나무 전체를 붉은 색으로 덮어버린다. 한번은 해안 초계를 하던 산림청의 헬리콥터가 이들 붉은 열매 무리를 보고 숲속에 불이 난 것으로 착각하여 신고하는 바람에 태안 소방서에서 확인 전화를 해 오는 사태가 일어나기도 했다.

물 속에서 자라는 낙우송Taxodium distichum도 별종 나무에 들어간다. 북 아

메리카가 원산지인 이 거목
은 수목원의 큰 연못과 작은
연못 주변에 10여 그루가 자
라고 있다. 나무 모양도 기품
이 있어 보이지만 숨을 쉬기
위해 땅 위로 솟는 뿌리들의
형상이 이색적이다. 나무 주
변에 종유석을 세워 놓은 것
같다. 낙우송과 비슷하게 생
긴 메타세쿼이아*Metasequoia
glyptostroboides*도 내방객의 시선
을 끄는 나무에 들어간다. 정
부장이 추천하는 명품 나무는
이밖에 직원들이 완도 앞 주도
에서 캐다 심어 민 원장의 노
여움을 산 후박나무, 가을에
꽃이 피는 가을벚나무, 염주

▲ 소나무를 휘어감은 거대한 등나무. 민 원장은 한자 용어 갈
등(葛藤)의 의미를 실험해보기 위해 1970년대 중반 등나무
와 칡나무를 함께 심었다. 등나무집 옆에 처음 심었던 '갈
등나무'는 2000년 태풍으로 쓰러졌다.

알로 쓰이는 열매가 주렁주렁 매달리는 무환자나무 등이 있다.

명품 나무는 못되지만 천리포수목원에는 특별한 사연을 가진 거대한 덩쿨
나무가 한 그루 있다. 본원 뒷산에서 수십년간 뒤엉킨 모습으로 하늘로 솟아
오른 등나무가 그것이다. 한문에 밝았던 민 원장이 '갈등'葛藤이라는 한자말의
어원에 착안하여 실제로 갈등이 일어나는지 알아보기 위하여 1970년대에 칡
나무와 함께 심은 것이다. 이제는 칡넝쿨은 보이지 않지만 서로 잡아먹을 듯이
옆 줄기를 휘어잡고 자란 모습은 보는 이에게 갈등의 의미를 실감하게 한다.

영원한 미완성

수목원이 어느 정도 자리를 잡은 1990년대 초부터 민병갈은 못다 이룬 마지막 과제에 도전한다. 수목원 간판을 달면서 마음먹었던 교육과 연구의 기능 강화라는 매우 거창한 목표였다. 그 핵심은 수목원을 국내 식물학도의 연구 도장으로 꾸미고 그에 걸맞는 자료와 시설을 갖추는 작업으로 식물도서관과 식물표본실 설립을 장기목표로 삼았다. 모두 사설 수목원의 힘으로는 감당하기 어려운 일이었으나 그 첫 사업으로 시작한 것이 자원식물연구소 설립이다.

1970년대 말부터 민병갈은 "국내 최고 식물도서관과 식물표본실을 만들겠다"고 입버릇처럼 말했다. 장기적으로 영국의 큐 식물원 부설 3년제 원예대학School of Horticulture 같은 세계적 식물대학을 세우겠다는 것이었다. 식물대학을 떠나서 도서관이나 표본실부터 큰돈이 들어가는 과제였지만 누구의 도움도 없이 이 두 가지 일을 추진했다. 노일승의 회고에 따르면 1970년대 중동中東 특수로 호황을 누린 증권시장에서 큰돈을 벌게 되자 식물도서 3만 권 수집을 1차 목표로 해외 출판사와 연구기관에 전문서적과 논문집을 대량 주문했다. 그러나 1979년 박정희 대통령이 사망하는 10.26사태로 주식 값이 폭락하는 바람에 큰 손해를 보게 되자 식물도서관 꿈은 일단 접어야 했다.

그러나 도서 수집은 죽을 때가지 멈추지 않았다. 그가 30여 년간 수집한 식물·원예학 서적들은 그 가치나 분량으로 볼 때 국내 어느 대학도 따라 올 수 없는 수준인 것으로 알려졌다. 전문가들은 식물학도들의 참고 열람실을 차리기에는 충분한 규모로 보고 있다. 도서 수집광이었던 그가 모은 책들은 대부분 이화여자대학에 기증되었으나 식물 원예 관련 책들은 천리포수목원 창고에서 햇빛 볼 날만 기다리고 있다. 그러나 식물 표본을 계통적으로 분류하여 전시 보관하는 식물표본실은 꿈으로 끝났다. 돈 문제를 떠나서 고급 인력과

▶ 천리포수목원 정기 연수교육 2기 수료식. 2001년 6월 22일 민 원장은 중환자의 몸으로 수료식에 나와 10명에게 수료증을 주고 격려의 말을 했다.

최창호

전용 시설이 갖추어진 연구소 없이는 감당하기 어려운 목표였다.

많은 어려움 속에서도 민 원장은 수목원의 교육기능을 강화하려는 노력을 멈추지 않았다. 1970년대 중반부터 자체 연수 프로그램을 마련하여 외부 식물학도들의 현장 학습을 도왔다. 부정기적으로 실시하던 이 프로그램은 2000년부터 매년 식물학 전공 대학원생이나 졸업생을 10명씩 뽑아 1년간 교육을 시키는 정규과정으로 한 단계 올라섰다. 그러나 민 원장은 이듬해 1기 졸업식만 보는 것을 마지막으로 세상을 떠났다. 그의 생전에 천리포수목원에서 1년 이상 연수를 받은 수료생은 150명을 웃돈다.

민 원장은 1975년 자신의 한국은행 고문실로 찾아와 수목원 실습생으로 일할 수 있게 해 달라고 조르던 한 제대 군인을 잊지 못했다. 전북대 임학과에 재학 중 입대한 김용식이라는 식물학도였다. 그를 수목원의 첫 연수생으로 기억하는 민 원장은 "놓치고 싶지 않은 인재였으나 학업을 막을 수 없어 1년만 있게 했다"며 애석해 했다. 복학 후 서울대 대학원에 진학하여 영남대 교수가 된 김용식은 "국내 대학 도서관에서는 볼 수 없는 외국의 전문서적들을 탐독 할 수 있는 기회였다"고 천리포 시절을 회고했다.

식물대학 설립을 꿈꾸던 민 원장은 1998년 5월 수목원 부설기관으로 자원식물연구소를 개설했다. 교육팀은 그 전부터 수목원 기구로 운영했다. 그러나 애써 설립한 연구소는 명맥만 유지하다가 민 원장 별세 후 자취를 감추고 교육팀도 연수생들이 현장 실습과 단체 견학을 안내하는 초보적인 기능에 머물고 있다. 2001년 6월 22일 병약한 몸으로 정규 교육생 1기 졸업식에 참석한 민 원장은 쇠잔한 모습이었으나 평소의 염원이던 교육사업의 첫 결실에 감회가 깊은 표정이었다.

민 원장은 공익과 교육 등 설립 목적에 충실하겠다며 수목원의 비공개 원칙을 고수했다. 그러나 속내는 나무들이 사람들의 손을 타는 것을 피하려는 의도였다. 그러나 이 같은 운영방식은 사설 수목원이 감당하기 어려운 모험이었다. 최대의 문제는 운영난에 봉착하게 된 것이다. 민 원장의 어려움을 감지한 일부 기업가가 지원을 제안했지만 대가를 전제로 했기 때문에 받아들일 수 없었다. 1990년대부터는 산림청의 지원이 큰 도움이 되었다. 민 원장 사후에는 충남 도청과 태안 군청에서 적잖은 도움을 주고 있다.

수목원을 '나무들만의 세상'으로 꾸미고 싶었던 민병갈은 수목원이 널리알려지는 것을 극력 꺼렸다. 사람들이 많이 찾아오면 나무들에 손상을 입힌다는 이유에서였다. 그래서 그의 생전에는 일반인들이 수목원을 구경할 수없었다. 다만 학생들의 견학이나 식물학도의 연구와 실습을 위해서는 기꺼이문을 열었으나 한 식물교사가 씨앗을 받기 위해 나무를 꺾어 간 다음부터는한동안 견학도 허락하지 않았다. 그가 즐겨 입에 담은 말은 "나무는 생산자, 동물은 소비자, 인간은 파괴자"였다.

그러나 수목원 불개방 원칙은 민병갈의 말년에 흔들리기 시작했다. 1998년 IMF사태(외환위기)로 자금난에 봉착하게 되자 후원회를 결성하여 회원에게만 입장을 허용하는 부분적인 개방에 들어간 것이다. 산림청의 자금지원과 유한킴벌리 등 기업체의 보조 및 후원회원의 성금이 잇따랐지만 연간 15억

원이 넘는 운영비를 감당하기 어려웠다. 이에 따라 수목원 측은 2009년 3월부터 굳게 잠갔던 30년 빗장을 풀고 완전 유료 개방으로 돌아섰다. 민병갈 사후 7년 만의 큰 변화였다.

민병갈이 없는 천리포수목원에서는 전면 개방에 따른 큰 변화가 일고 있다. 목본 중심의 수목원에 초본 식물이 조경용으로 대량 심어지고 대대적인 손님맞이 공사가 이루어 진 것이다. 통행로를 정비하고 곳곳에 전망대와 휴게시설을 마련했다. 이 같은 조치로 수목원 경영난과 나무들의 과밀현상이 숨통을 트고 경관이 좋아졌지만 설립자의 정신이 퇴색된 아쉬움은 어쩔 수 없이 남게 되었다. 일반 공개는 더 많은 사람들이 수목원을 관람하는 기회를 마련했으나 '나무들의 천국' 을 꿈 꾼 민병갈의 염원과는 크게 멀어진 것이 사실이다.

민병갈이 세운 천리포수목원에 대한 평가는 그가 미국 학회지에 발표한 말 그대로 미래가 할 일이다. 분명한 것은 그가 혼신을 다해 키운 수목원은 자기 당대를 위한 사업이 아니라는 점이다. 2001년 4월, 종합잡지 '월간조선' 에 그에 관한 이야기를 쓰기 위해 만난 자리에서 그는 "수목원은 100년이 걸려도 못 다 이룰 영원한 미완성 사업" 이라고 말과 함께 다음과 같은 말을 했다.

"내가 좋으라고 수목원을 차린 것이 아니다. 적어도 2, 3백년을 내다보고 시작했다. 한국 속담에 주목을 말 할 때 '살아 천년 죽어 천년' 이라는 말이 있지 않은가. 나는 외국에서 가져온 씨앗에서 얻은 어린 목련 한 그루가 꽃을 피우기까지 26년을 기다린 적이 있다. 아무리 공을 들여도 나무의 나이테는 일년에 한 개 이상 생기지 않는다. 수목원도 마찬가지다. 천리포수목원은 내가 제2 조국으로 삼은 한국에서 길이 남는 나의 선물이 되기를 바란다."

민 원장은 수목원 설립 취지에 대해 교육 연구용임을 여러 차례 밝혔지만 많은 사람들은 그 말을 대외용으로만 받아들였다. 그가 생전에 밝힌 가장 진심에 가까운 말은 세상을 떠나기 한 달 전 청와대에서 금탑산업훈장을 받는 자리에서 김대중 대통령의 질문에 답한 "내가 좋아서"가 아닐까 싶다. 민 원장의 그런 마음은 그가 좋아하여 후박집 대청에 걸어두었던 다음과 같은 현판 글씨가 말해 준다.

"임께서 내 마음 모르신들 어떠하며, 벗들이 내 세정 안 돌보면 어떠하리,
깊은 산 향 풀도 제 스스로 꽃 다웁고, 삼경 밤 뜬 달도 제멋대로 밝삽그늘
하물며, 군자가 도덕사업 하여 갈 제 세상의 알고 모름 그 무슨 상관이랴"

'텅 빈 마음 꽉 찬 마음'이라는 제명 아래 율촌 신혜정이 새긴 이 현판의 글은 원불교 법전에 나오는 말이다. 천리포에 내려오면 후박집에 묵는 민 원장은 밤낮으로 마주치는 이 글에서 마음의 평화를 얻었다. 수목원이야말로 그에게는 세상이 알아주건 말건 묵묵히 자신의 깊은 뜻을 펴 나가는 도덕 사업이었다. 평생의 정열과 모든 재산을 쏟아 수목원을 키운 민병갈은 모든 사람이 이를 공유하도록 남겨 놓고 홀홀히 이승을 떠났다. 생전에 "한국에 오래 살면서 큰일을 하나 하고 싶었다"고 언론에 밝힌 그의 말은 세상을 떠난 뒤에야 실증적으로 나타나게 되었다.

▌세계 나무들의 전시장 천리포수목원

김영균

천리포수목원은 계절따라 자연의 다양한 변화를 연출한다. 봄에는 주력 수종인 목련이 18만 평 경내의 요소요소에서 온갖 자태를 뽐낸다. 태산목 등 초겨울에 꽃망울을 터트리는 목련도 있다. 일반인의 출입이 제한된 종합원 정상에는 수많은 봄꽃들이 숲속의 비경을 펼친다. 여름과 가을에는 호랑가시나무와 동백들이 눈부신 초록잎와 붉은 열매들로 연출하는 자연의 파노라마를 볼 수 있다.

겨울에도 천리포수목원은 썰렁하지
않다. 전세계에서 수집된 호랑가시
나무와 동백나무의 붉은 열매들이 눈
속에서 영롱하게 빛나기 때문이다.

▲ 천리포수목원에는 네 마지의 논이 있다. 민 원장의 특별지시로 농약이나 비료를
  사용하지 않는 유기농법을 쓰고 있다. 모내기도 농기계를 쓰지 않고 손으로 했다.

최수진

▲ 수목원 조성 초기에 방풍림으로 심은 곰솔(해송)들은 그 소임을 다하고 이제는 해안
경관지대로 탈바꿈했다.

사진 : 이동협

사진작가가 담은 천리포수목의 4계

방송인이자 사진작가인 이동협은 2004년부터 6년에 걸쳐 천리포수목원을
101차례 방문하여 한 이방인이 만리타향에 일군 자연의 비경을 카메라에 담았다.
조경학을 공부한 그는 『정원 소요-천리포수목원의 사계』라는 책을 통해
국내에서는 처음으로 세계화 개념이 도입된 민병갈식 정원의 아름다움을
생생한 사진으로 보여주었다.

▼ 피라칸사

▲ 니사

▲ 후박나무

▶ 낙상홍

천리포수목원의 명품나무, 진품나무 1

민병갈의 나무일생을 대변하는 세 나무가 있다. 그가 발견하거나 선발하여
명명한 완도호랑가시나무와 변종 목련 '라스프베리 펀', 그리고 영국 식물학자가
추모의 정으로 이름붙인 떡갈나무 '칼 페리스 밀러' 등이다.
이들은 식물분류학상의 연대가 없으나 세계의 식물학계나 원예식물계에서는
민병갈을 기념하는 나무로 인식한다.

요명론

▲ *Ilex* x *Wandoensis* 'Carl F. Miller'　　　▼ *Masgnolia* x *leobneri* 'Raspberry Fun'

▲ *Quercus dentata* 'Carl Ferris Miller'

세계가 알아주는 '3대 수종'

▶ 목련 Magnolia - 400여 품종
▶ 호랑가시나무 Ilex - 350여 품종
▶ 동백 Camellia - 300여 품종

▲ 목련

다양한 빛깔과 탐스러운 봉오리를 자랑하는 목련.
수집 품종은 세계 최대 규모로 알려져 있다.

천리포수목원에서 자라는 호랑가시나무는
350종에 이른다. 동백(오른쪽)도 비슷한 규모다.

▼ 동백

▼ 호랑가시나무

최창호

철따라 나무 잎 색깔이 변하는 삼색참죽나무.
천리포를 벗어나면 제색깔을 내지 않아 전문
가들도 의아해 한다.

겨울에 매달린 붉은 동백열매들은
흰 눈과 대조를 이룬다.

수많은 붉은 열매를 매달아 겨울에도
장관을 이루는 피라칸사

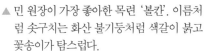

▲ 한여름 짙푸른 색깔로 사랑받는 후박나무.

여름

▲ 민 원장이 가장 좋아한 목련 '볼칸'. 이름처럼 솟구치는 화산 불기둥처럼 색갈이 붉고 꽃송이가 탐스럽다.

연못가의 명물 낙우송은 겨울이
더 아름답다. 나무 주변에는
기근(아래)이 종유석처럼 돋는다.

천리포수목원에는 무궁화를 제4 주력 수종으로 키우고 있다. 무궁화를 좋아한 민 원장은 전문가를 영입하여 한국 국화를 연구 배양하도록 특별히 배려했다. 희귀토종 미선나무는 정부 위탁으로 보호 육성하는 품종이다.

김건호

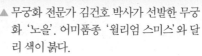
김건호

▲ 무궁화 전문가 김건호 박사가 선발한 무궁화 '노을'. 어미품종 '윌리엄 스미스'와 달리 색이 붉다.

◀ 우리나라 대표적인 무궁화 '화랑'

전세계에서 1속 1종뿐인 미선나무. 천리포수목원은 2001년 환경부로부터 '멸종위기식물 서식지외 보존기관'으로 지정받고 한라수목원과 함께 한국에서만 자생하는 미선나무의 보존 연구에 각별한 신경을 쓰고 있다.

천리포수목원의 명품 한옥

한옥을 좋아한 민 원장은 기와집 보존에도 힘썼다. 도시계획이나 댐 공사로 헐리는 한옥이 있으면 폐기 자재를 사들여 수목원 경내에 재건축했다. 사용 목적이 아니라 보존 차원이었다.

▲ 수목원 초창기 민 원장의 숙소로 사용한 소사나무 집.

▲ 수목원 설립 당시 사무실로 사용한 해송집(위 오른쪽). 민 원장은 이 집을 베이스캠프로 삼아 수목원 설립을 진두지휘했다. 배롱나무집(위 왼쪽)은 한옥보존 차원에서 서울서 헐리는 집을 옮겨지은 것이고, 목련집(아래쪽)은 어머니를 모시기 위해 가장 고급스럽게 지은 대가집형 기와집이다. ▼

이규현

민 원장이 천리포 숙소로 사용한 후박집. 생애의 마지막 20년을 이 집에서 머물며 수목원을 키웠다. 2002년 4월 12일 장례식 날. 민 원장을 실은 꽃상여는 잠시 후박집 뜰에 머물러 노제를 가졌다. 정들었던 옛집을 떠나는 고인의 영혼을 위로하는 전통의식이었다.

천산진

▲ 2011년 제막된 민병갈 동상을 배경으로 깊은 정적에 잠겨 있는 본원.

이규현

보통 사람이기를 바랐던 민병갈은 아주 특별한 삶을 살았다. 그의 80평생에서 전성시대는 보통사람보다 20~30년 늦은 70대에 나타난다. 그는 40~50대에도 매사에 지칠 줄 모르는 열정을 보였지만 만년 식물학도로서 지독한 공부벌레였던 그가 인생의 절정기를 누린 시기는 환갑을 넘긴 60~70대였다. 세상을 떠나기 나흘 전까지 정상 출근할 만큼 업무에 충실하고 일을 사랑했다. 인간 민병갈의 매력은 목표에 정진하는 불굴의 기상이 아니라 모험과 학습에 빠져 사는 만년 청년 정신이다. 평일에는 서울에서 돈 벌고 주말에는 천리포에서 나무를 심는 그의 일상생활은 현실과 이상을 넘나드는 방랑자의 모습이었다.

다재다능 탐구형

식목일이 공휴일이던 시절, 4월 5일이 가까워
지면 천리포수목원장 민병갈은 언론의 인터뷰 대상에서 항상 1순위였
다. 인터뷰 때마다 기자들이 묻는 질문에는 항상 두 가지가 따라 붙었
다. 그 첫째는 "왜 결혼을 않고 평생을 독신으로 사는가"이고 둘째는
"수목원에 들어간 큰 돈을 어떻게 벌었는가"로 모아진다. 실제로 많은
사람들이 궁금해 하는 이런 질문이 나올 때 마다 그는 예외 없이 비슷
한 답변을 한다. 독신 문제에서는 "나무와 결혼했다"로 응대하고 돈에
관해서는 "저축한 돈과 투자 이익금이다"라고 얼버무린다. 증권가에
서 '큰 손'으로 알려진 그가 부자인 것이 이상할 게 없었으나 평생 독
신은 많은 궁금증을 일으켰다.

독신 문제에 오랫동안 침묵하던 민병갈은 72세 때인 1993년 처음으
로 주변사람들에게 공개적으로 "나는 여자보다 남자를 좋아한다"는
말로 자신이 동성애자임을 암시했다. 수목원 직원들에게도 스스럼없
이 자신을 드러냈다. 한국인 정서에는 안 맞을지 모르나 숨길 것도 아
니라며 "동성애도 아름다운 인간관계의 하나로 보아야 한다"는 말로
일부 한국인의 인식이 잘못돼 있음을 조심스럽게 지적했다. 그리고 그

▲ 2011년 7월 천리포수목원의 밀러가든에
세워진 민병갈 흉상

최수진

이상 자신을 변호하지 않았다. 그의 동성애는 많은 한국인들에게 거부감을 일으켜 한국생활을 하는 데 가장 큰 걸림돌이 되기도 했다.

민병갈의 재능은 지나칠 만큼 다방면에 걸쳐 있다. 비상한 기억력은 외국어의 달인이 되게 했을 뿐 아니라 늦깎기 식물공부에서 놀라운 학습 성과를 올리는 바탕이 되었다. 젊은이를 무색하게 하는 탐구심과 무슨 일이든 한번 시작하면 끝장을 봐야 하는 근성은 30여 년 만에 세계적인 수목원을 일구는 밑거름이 되었다. 글을 잘 쓰는 문재文才가 남달랐는가 하면, 연회장에서는 수준급 피아노 실력으로 좌중을 압도하는 풍류객의 면모도 있었다. 뛰어난 친화력과 섭외력은 국내외 석학이나 원예인들과의 폭넓은 교류가 설명해 준다.

그러나 민병갈은 자신의 머리를 과신하지 않았다. 끊임없이 메모하고 기록을 남겼다. 특히 편지쓰기를 좋아하여 업무상의 통신문을 포함하면 하루 평균 10통 이상의 편지를 썼다. 그가 받는 우편물은 보낸 편지의 몇 배였다.

글 사랑한 공부벌레

한국인으로서 민병갈에게 가장
돋보이는 인간적인 모습은 책을 사
랑하고 글쓰기를 좋아하는 선비 풍
모다. 만년 식물학도였던 그는 공부
를 잘하는 기본 요건을 거의 다 갖
추고 있었다. 명석한 두뇌와 뛰어난
기억력, 그리고 끊임없이 노력하는
탐구심이 그것이다. 여기에 독서와
글쓰기 취미가 있었고 기록정신까

▲ 민 원장은 80대에 들어서도 책과 서류속에 살았다.

지 갖추었으니 명문 수목원 설립자나 유능한 펀드 매니저로 끝나기에는 아까
운 인물이었다. 한국은행에서 영문 간행물 교열을 맡았던 그는 문법은 물론,
단어 하나 선택에도 세심한 주의를 기울이는 '글쟁이'이기도 했다.

글쓰기를 좋아한 민병갈의 모습은 그가 남긴 수많은 기고문과 편지에서 나
타난다. 그가 가장 열성을 보인 글쓰기는 해외 학회지에 한국 자생식물을 소
개하고 자신의 연구 결과를 발표하는 보고서 작성이었다. 외국인의 한국식
물 탐사 기록과 한국 식물학계의 연구 실태를 소상하게 알린 글도 있다. 그가
가장 많이 기고한 해외 학회지는 미국 호랑가시학회에서 계간지로 발행하는
'홀리 소사이어티 저널' Holly Society Journal이다. 국내 기고는 주로 영자 신문을
활용했다. 자주 기고한 '코리아 타임스'의 Thoughts of Time은 지식인들에
많이 읽히는 칼럼이었다.

한국어가 유창하고 한글도 곧 잘 썼던 민병갈은 국내 신문에 기고도 몇 차
례 했다. 1963년 동아일보 칼럼 '서사여화書舍餘話'에 실린 글은 매서운 시각
과 투박한 한국어가 큰 화제였다. 그의 기고에는 한자와 한문식 표현이 절반

을 차지한다. 한국어로 쓴 첫 칼럼(4월 22일자)은 철자법과 띄어쓰기만 고치고 원문을 그대로 전재한다는 편집자의 주석과 함께 다음과 같이 시작된다.

"저로 하여금 이 나라에 관한 의견을 표시할 기회를 준 동아일보에서 준 것을 기쁘게 생각합니다. 외국인이지만 거진 한국의 신 환경에 순응된 눈입니다. 제 한국말이 몹시 부족하며 외국어로 쓰는 것이 체면 없는 것이 아니라 위험성도 있습니다. 제가 실수를 해도 오해하지 마세요."

국내 신문에 실린 민병갈의 글을 읽어보면 톡 쏘는 맛이 있으나 너무 직설적이라서 오해를 일으킬 소지가 많았다. 그 첫 사례는 1963년 4월 동아일보에 "국비로 해외유학을 돕는 것은 외화 낭비"라고 썼다가 경향신문과 대학생들부터 호된 비판을 받은 것이다. 얼마 후에는 같은 칼럼에서 기독교 개신교계의 심기를 건드려 끝내는 필진에서 빠지게 된다. 일종의 필화筆禍 사건이었다. 문제를 일으킨 글은 교회 건물을 귀물鬼物이라고 표현한 5월 5일자 '서사여화' 칼럼으로 그 내용은 다음과 같다.

"미의 관점에서 종교를 하나 고르려고 하면 나는 불교를 선택합니다. 기독교가 물질의 시설(예배당, 성당)에 너무 흥미를 끌지 않는 것이니까 그 안에 무엇이 있는지 호기심이 조금도 안 나옵니다. 한편 불교의 사찰은 원래 소극적인지라 장소도 대개 격리되어 있고 취미를 기초로 정한 것이며, 건축물도 주위와 잘 어울리고 실로 자연미와 인조미가 상호 조화되어 있습니다. 그 이상으로 또한 사찰의 승려들이 주위에 있는 수목과 꽃(가끔 희귀함)을 보호하니까 손님에게 유쾌하게 즐거움을 주며 나에게는 절들은 이 세속의 불결을 피하고 정적靜寂하게 수양을 할 수 있는 소小 오아시스입니다.
반면 기독교는 한국에서 전국민의 비율로 보아 소수인의 종교임에도 활개를 칩니다. 예배당 또는 성당을 지을 적에 가장 돌출한 장소를 선택하고 눈에 불쾌한 건물을 건축합니다. 통상 그 건물에는 미가 완전히 없습니다. 어떤 때 예배당의 꼴이 얼마나 추해 보이고 개자색芥子色 혹은 다른 보기 나쁜 빛으로 건물을 칠하여 자연미도 전혀 없어요. 좋은 건축이란 무엇입니까. 사람에 따라 다른 줄 나도 압니다. 교인들이 만족하면 그것으로 충분하지만 나하고 남는 90%의 한국인들은 적어도 그 당堂의 외면을 가끔 보게 됩니다. 내가 근역槿域에서 본 예배당과 성당 중에서 마음에 맞는 집이 셋 밖에 없어요. 셋 다 성공회 집인데, 둘은 강화도(온수리 하고 강화읍)에 있고 하나는 서울에 있는 성공회 성당입니다. 나머지는 호의적으로 말하면 대개 건축법상 귀물鬼物입니다.

나는 기독교 신자도 아니고 불교 신자도 아니니까 이 문제를 객관적으로 봅니다. 그렇기 때문에 종교의 내용을 가지고 의견을 말하는 것은 아닙니다. 순수한 아취미雅趣美의 관점에서만 보아 외관상 건축물이 그렇게 흉한데 내 어찌 그 안에 내포된 교리에 흥미를 기울일 수 있겠습니까."(이 글은 원문대로 임. 철자법과 띄어쓰기만 몇 군데 고쳤음. 편집자 주)

온통 한자로 쓰인 이 글이 말썽을 일으키자 민병갈은 더 이상 우리말 기고를 하지 않고 영문으로만 썼다. 그러나 영문 기고도 순탄하지 않았다. 1983년 초에는 코리아타임스의 고정 칼럼 'Thoughts of Time'에서 군사정부를 나무라는 글을 써서 또 한 차례 곤경을 치렀다. 제2 제철소 부지를 광양만으로 결정한 것에 대해 "법을 지켜야 할 정부가 해안국립공원에 거대한 공해유발 공장을 짓도록 허가한 것은 큰 잘못"이라고 지적한 것이 문제됐기 때문이다. 미국식 언론자유 사고에 젖어있던 그는 군사정권의 서슬 퍼런 언론정책을 이해하지 못했다.

민병갈의 학습열은 식물공부에서 나타났듯이 공부벌레 이상이었다. 그가 수학한 해군 정보학교 동창회보에 실린 동료장교의 회고담을 보면 전시의 진중에서도 그의 학습열은 예외가 아니었다. 오끼나와 미군 기지에서 함께 근무했던 돈 노드Don Knode는 동창회보 '통역자' interpreter 2003년 3월 15일자에 쓴 글에서 밀러 중위는 외국어 실력이 뛰어난 통역장교였다고 회고하고 그의 학습열에 관련된 다음과 같은 일화[30]를 소개했다. 밀러가 한국에 파송되기 수일 전의 일이다.

"태평양 전쟁이 끝나자 오끼나와 기지에 주둔해 있던 한 무리의 미군 정보 장교들은 항복한 일본군의 지하 진지 탐색 길에 나섰다. 우리는 땅 속에 5층으로 파놓은 일본군 동굴을 각자 흩어져 본 다음 오후 4시에 입구에서 다시 만나기로 했다. 그런데 약속 시간에 밀러 중위 한 사람만 나타나지 않아 크게 당황했다. 놀란 우리는 다시 동굴에 들어가 수색을 한 끝에 동굴 맨 밑바닥 층에서 어깨에 걸린 전등을 켜고 일본군의 교범을 읽느라고 정신이 팔려있는 밀러를 발견했다."

도서 수집가였던 민병갈은 독서광으로도 소문나 있다. 속독과 다독을 동시에 하는 편이다. 한국생활 초기에는 한국관련 서적을 많이 읽었다. 서울 인사동의 고서방주인 이겸로의 회고에 따르면 군정 때인 1947년부터 한국관련 영

---

[30] One day a group of intelligence officers went to explore a five-story cave. It was agreed that we would take different paths into the cave but meet back at the entrance at 4:00 o'clock. Everyone showed up at the designated time except Ferris. We feared the worst and formed parties to search the cave thoroughly. We found Ferris on the bottom floor, with a flashlight set on his shoulder, studying a Japanese manual, entirely oblivious of time and place.<'The Interpreter', The US Navy Japanese/Oriental Language School Archival Project, March 15, 2003, by Don Knode>

문책자가 생기면 무조건 민병갈 몫이었다. 1980년대 측근으로 일한 김군소는 천리포에 내려오는 민 원장 승용차에는 책이 담긴 가방이 항상 두 개가 실려 있었다고 회고했다. 식물관련 전문서적 말고 즐겨 읽는 책은 여행기와 전기 등 논픽션이 많았다. 동성애자 위인전도 자주 읽는 도서 목록이다. 병석에서도 독서에 빠졌던 그가 마지막으로 읽은 책은 서간문체로 엮은 1940년대의 중국 기행문이었다.

투철한 기록정신

민병갈의 남긴 수목원 초창기의 기록들은 식물학도로서 보인 진지하고 성실한 학습 자세를 실증적으로 보여 준다. 1972년부터 쓰기 시작한 일지에는 그의 투철한 기록정신이 그대로 드러나 있다. 첫 2년 동안은 직접 일지를 작성하여 수목원 직원들에게 시범을 보였다. 한글, 영어, 한자 등으로 적힌 초창기 일지를 보면 새로 심은 나무들의 생장 기록이 꼼꼼하게 적혀 있다. 종자로 들여 온 경우는 씨앗의 파종 발아 일자와 그 싹이 묘목으로 자라 정식定植될 때까지 과정을 육아 일기 쓰듯 적었다. 나무를 심은 날은 상세한 식재 도면을 직접 그려 넣었고 병든 나무에는 병력病歷까지 적었다.

천리포의 기상개황 기록도 매우 꼼꼼하다. 본인이 직접 쓴 것은 아니지만 직원을 훈련시킨 흔적이 역력하다. 기상일지를 보면 수목원이 출범하기 직전인 1972년 이후 30년간의 날씨 흐름이 일목요연하다. 태안반도의 1970~1990년대 날씨 변화를 알려면 기상청 자료보다 천리포수목원일지가 더 정확할 것 같다. 민 원장이 미국 목련학회지에 보고한 천리포 자연조건을 보면 "겨울 날씨는 영하 10도 이하로 내려가는 경우가 드물다. 우리 수목원 기록상으로는

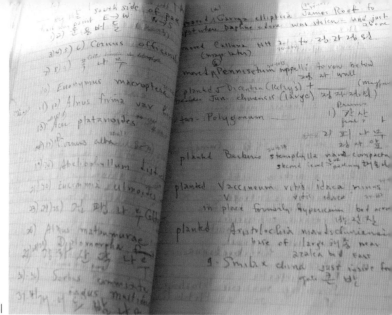

▶ 민병갈의 친필 일지

1976년 12월 26일 영하 14.5가 최저였다. 연간 강수량도 1,000mm 를 넘는 해가 드물다"고 쓰여 있다. 그러나 이 같은 기상일지 작성의 전통은 민 원장이 세상을 떠난 뒤 수목원에서 사라지고 말았다.

민 원장은 수천여 종의 식물이름을 라틴어 학명까지 외울 만큼 비상한 기억력을 가졌으면서도 자신의 머리를 과신하지 않았다. 끊임없이 메모하고 기록했다. 그리고 그 모든 것을 정리하여 보관했다. 한마디로 메모광이자 기록광 이었고 수집광이었다. 그가 특히 보관에 신경 쓴 부분은 외국 식물학자나 연구기관과 교류한 원에 관련 학술정보였다. 대부분 우편물이나 팩시밀리를 통해 들어 온 것으로 식물의 생장과정을 관찰한 내용 등 기록이 소상하다. 정리하는 방법도 종류별 또는 발신지 별로 분류하는 등 매우 치밀했다.

민병갈의 기록정신은 그가 남긴 수 많은 편지에서도 나타난다. 어머니에게 보낸 편지는 일기장이나 보고서처럼 자세하다. 해외여행 중에 보낸 편지나 식물탐사 여행에 관한 글은 기행문 같다. 특히 1950년 7월 4일 일본에서 보낸 6.25전쟁 탈출기는 일선 기자가 현장을 취재한 보도기사처럼 생동감이 넘친다. 등화 관제로 불을 끈 어둠속에서 피난 짐을 싸 놓고 미국대사관에서 차량

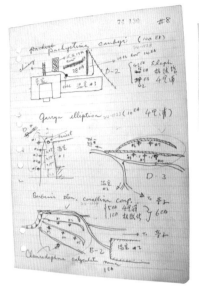
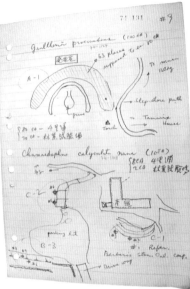

▲ 민병갈 원장이 직접 기록한 1974년 1월 30~31일자 이틀분 수목원 일지. 무슨 나무를 어디에 심었는지 표시하는 성세한 도면까지 그렸다. 세밀한 도면 스케치 능력과 함께 웬만한 명칭은 한자로 표기하는 한문 실력도 돋보인다.

이 오기를 기다리는 숨막히는 미국인 숙소의 상황 묘사는 기록문학으로도 손색이 없다. 그 절체절명의 순간 라디오방송에서 흘러온 음악은 스테판 포스터 곡이었다고 썼다.

어머니 에드나도 아들 못지않게 밀러에게 많은 편지를 보냈다. 특별한 내용은 없고 잡다한 집안사정과 주변사람들의 이야기들이지만 아들을 생각하는 모정이 넘친다. 어머니보다 더 많은 편지를 보낸 친족은 집안에서 어머니 대역을 했던 고모 루스Ruth Kyte였다. 민병갈은 죽을 때까지 자신이 받은 모든 편지들을 간수했고 어머니 역시 아들에게서 받은 편지를 보관했다가 1996년 사망하기 앞서 딸에게 유품으로 남겼다.

민병갈의 기록을 보면 매우 치밀하고 세밀하다. 작은 거래를 할 때도 계약서나 영수증에 있는 문구를 철저히 챙겼다. 1953년 5월 부산 피난시절에 작성된 자동차 매매계약서를 보면 약식 거래가 통하던 전시 중인 데도 40만 환

▶ 민병갈의 편지

짜리 구형(48년형 6기통 시보레) 한 대를 팔면서 위약금 청구 등 까다로운 조건이 나열돼 있다. 그는 젊은 날부터 자신이 살아온 내력이 담긴 글과 사진도 소중하게 간수했다. 특히 슬라이드로 된 영상물이 많다. 이들을 포함하여 신문과 잡지에 실린 기고나 자신에 관련된 기사는 빼놓지 않고 모아 두었다. 그가 받은 우편물은 엽서 한 장도 버리지 않았다.

　민 원장의 투철한 기록정신은 그가 남긴 수천장의 슬라이드 필름에도 나타난다. 디지털 카메라가 없던 시절, 그는 기록 영상을 보존하기 위해 슬라이드로 사진을 찍는 방법을 선택했다. 그 내용을 보면 1970년까지 한국생활 초창기에는 한국의 풍물들이 주류를 이루고 그 이후 것은 대부분 나무에 관련된 영상들이다. 풍물 사진은 거리 풍경과 시장 모습, 그리고 민속에 관련된 내용이 태반이다. 필름마다 적혀있는 간략한 메모들에도 꼼꼼한 기록정신이 배어 있다.

외국어의 달인

민병갈의 학습 능력 중에서 가장 돋보이는 부분은 외국어 재능이다. 그는 모국어인 영어를 포함하여 한국어, 일본어, 독일어, 러시아어, 이태리어 6개 국어를 하는 외국어의 달인이다. 영문 잡지 '아리랑' 1997년 봄호에 미 여행작가 안 로리Ann Lowey가 쓴 인터뷰 기사를 보면 그는 학창시절에 독일어, 러시아어, 이태리어 등 3개 외국어를 하고 있었다. 독일계 이민 후손인 그에게 독일어는 제2 외국어와 다름없이 능숙했다. 러시아어와 이태리어도 의사소통이 가능했던 그가 네 번째 도전한 외국어는 서양말과 기본적으로 언어구조가 다른 일본어였다.

1943년 버크넬 대학(펜실바니아주)을 졸업한 칼 밀러는 그 해 9월 스프링필드(콜로라도주)에 있는 콜로라도 대학원 부설 해군 정보학교의 일본어과 정에 입학하여 또 한 번 공부벌레가 된다. 2년 동안 일본어만 사용해야 하는 특수 교육을 받으면서 그가 어머니에게 보낸 편지를 보면 마치 문자를 처음 익히는 유치원생 같은 어리광이 나타난다. 그림 그리듯이 한자를 써 놓고는 글짜 하나하나에 가나かな와 영어 발음기호로 토를 달았다. 그리고 "어머니도 한번 배워보시라"고 권했다.

정보학교의 일본어 학습경쟁은 매우 치열했다. "학업성적이 일정 수준에 못 미치면 졸업 후 유럽 전선에 배치되는 규칙이 있었다"고 회고한 민병갈은 보병전이 치열한 독일군과의 전쟁에 끼는 것이 두려워 생도들은 기를 쓰고 공부했다고 설명했다. 일본군과 싸우는 태평양전선이 더 안전하다고 생각하는 생도들이 많았다는 것이다. 군인 체질이 아니었던 그가 군사 교육기관에 발을 들여 놓게 된 것은 전시의 징병에 걸리지 않으려는 편법이기도 했다. 그러나 본인은 자신의 장기인 외국어 능력을 배양하려는 학구열이 더 많이 작용했다고 밝혔다.

민병갈의 뛰어난 외국어 능력은 비상한 기억력이 뒷받침 된 것이다. 60대에도 수천 종의 식물이름을 줄줄이 외워서 주변사람들을 놀라게 했다. 그의 오랜 친구인 메이나드 도로우M. Dorrow(루터교 목사)는 민병갈 영결식 조사에서 "수천 종에 달하는 식물들의 한국어 및 영어 이름은 물론, 라틴어 학명까지 거의 다 기억했다"고 회고했다. 뛰어난 기억력은 증권투자에서도 한 몫 했다. 웬만한 상장회사의 종목코드번호는 그의 머릿속에 다 들어 있었다.

한국에 정착한 뒤부터는 애써 배운 외국어가 오랫동안 쓰지 않아 뇌리에서 사라지는 것이 아쉬웠다. 1995년 로마에서 열린 국제수목학회 연차 총회 참석을 앞두고 74세의 민병갈은 출국 두 달 전부터 학창 때 배운 이태리어를 복습하는 열성을 보였다. 유럽 여행에 동행했던 수행비서 이규현은 영어가 통하는 로마의 면세점에서도 더듬거리면서 일부러 이태리어로 쇼핑하는 모습을 보고 감탄했다고 술회했다.

민병갈의 유창한 한국어는 거의 독학으로 익힌 것이다. 그가 한국에서 보낸 세월은 반세기가 넘지만 한국어를 배우기 위해 어학원에 간 적은 한 번도 없다. 1950년 초에 서울대학 영문과 학생이던 민병규閔丙奎로부터 개인교수를 받은 적이 있으나 대개는 어깨 너머로 익혔다. 그에게 한국어를 훈련시킨 최초의 교사들은 주로 산행 길에 만나는 등산객이나 스님들이었다. 1954년 한국은행에 들어간 다음부터는 직장 동료였던 최병우1925~1975 전 코리아타임스 편집국장의 신세를 많이 졌다. 영어가 유창했던 최병우가 열심히 한글을 가르치고 어휘력을 키워 준 곳은 술 자리였다.

한국어를 잘 한 민병갈도 한글 표기 능력은 크게 떨어졌다. 정식으로 문법교육을 안 받은 때문인 것 같다. 해외여행 중 수양 딸 안선주 교무에게 보낸 엽서를 보면 맞춤법이나 띄어쓰기가 엉망이다. 한국어를 배우면서 느낀 고충에 대해 민병갈은 "형용사와 부사 그리고 어감의 차이를 터득하기가 가장 어려웠다"고 밝혔다.

일본어 다음으로 한국어를 익힌 민병갈은 두 나라 말에 공통적으로 쓰이는 한자에 특별한 관심을 보였다. 일본어 학습에서 이미 한자에 익숙해져 있던 그는 한국어를 공부하는 과정에서 표의문자의 묘미를 새롭게 터득한 것이다. 한자 실력은 그가 기록한 수목원 일지에서 잘 나타난다. 일지에는 한글, 영어, 라틴어, 한자 등 4개 문자가 등장하는데, 한국어로 써야 할 경우에는 가능한 한 한자를 썼다. 이를테면 직원들에게 알려야 할 일이 있으면 '注意事項주의사항으로 메모를 남겼다. 자신도 모르는 사이에 한자어로 약술하는 편리함을 터득한 것이다. 한국의 웬만한 식자층을 능가하는 한자 실력은 일지를 읽어야 하는 수목원 직원들에게 불편을 주기도 했지만 그의 눈에는 한자의 편리성을 모르는 젊은 세대가 이상하게 보였다.

한자투성이인 1950~1970년대 한국 신문을 읽으면서 옥편을 뒤지는 버릇이 생겼던 민병갈은 내친 김에 한자의 본류인 중국어를 배우고 싶은 생각이 들었다. 그래서 이 외국어의 귀재가 마지막으로 도전한 외국어가 중국어였다. 가정부 박순덕에 따르면 70대의 민병갈은 중국어를 배우겠다고 새벽 5시 30분만 되면 어김없이 일어나 녹화 테이프로 중국어 강좌를 시청했다. 그녀는 "청력이 많이 떨어졌던 할아버지가 녹화기의 볼륨을 높이고 고성으로 따라 외우는 바람에 잠을 설치는 날이 많았다"고 회고했다.

일본어 학습을 통해 한자를 많이 알게 된 민병갈은 이를 바탕으로 중국어를 3년간 익혔으나 거의 활용을 못했다. 대만과 홍콩 여행 때 십여 차례 쓰였을 뿐이다. 잘 돌아가지 않는 혀를 굴리며 중국어 발음 연습을 하던 그가 뱉은 말은 "잘하던 일본어마저 이제 다 까먹었다"는 한탄이었다.

돈벌이의 고수

민병갈은 다재다능한 인물로 소문나 있지만 그에게서 빼 놓을 수 없는 재능은 돈을 잘 버는 능력이다. 재능이 많은 사람은 돈과 인연이 멀다는 상식은 그에게 해당되지 않는다. 가히 천부적 재능이라고 할 만큼 돈을 잘 벌고 굴렸다. 만일 그에게 뛰어난 이런 능력이 없었다면 오늘의 천리포수목원은 없을 것이다. 수목원이란 수익 창출이 안 되는 상태에서 계속 돈을 쏟아 부어야 하는 사업이기 때문이다. 30여 년간 수목원에 들어간 돈은 땅 값을 제쳐두더라도 2000년대 연간 운영비가 20억 원 임을 감안하면 500억 원이 넘는다. 그 돈의 대부분은 알려진 대로 증권투자 수익금이다.

증권투자에는 당연히 종자돈이 필요하다. 그러나 민병갈에게는 종자돈이 넉넉하지 않았다. 가난한 자동차 정비공의 아들로 태어나 홀어머니 밑에서 자라며 고학으로 대학을 나온 처지이니 따로 밑천을 마련할 돈 줄이 있을 리 없다. 그는 증권투자 초기 자금에 대해 "미군 초급장교와 주한 외국기관 직원으로 일하면서 받은 봉급을 쪼개서 모은 저축이 전부였다"고 밝혔다. 그가 해군 장교시절 가족에게 보낸 편지를 보면 4, 5주에 한번 꼴로 200~300달러씩 부치고 그 돈은 고모인 루스Aunt Ruth 1897~1986가 받아 은행에 예금했다. 루스가 보낸 편지에는 예금과 이자 내역이 자세히 적혀있다.

민병갈은 한국에 처음 왔을 때부터 재산과 인연이 많았다. 해방직후 점령군의 정보장교로서 그가 맡은 첫 임무는 쫓겨 가는 일본인들이 한국내 재산을 못 가져가게 감시하는 일이었다. 미군 군정청에서는 일본인 재산을 관리하는 사법부 직원으로 일했다. 그 후 그가 근무한 주한 외국 직장은 AID, USOM, UNCKAK 등 경제와 밀접한 기관들이었다. 마지막으로 근무한 한국은행도 이에 포함된다. 이처럼 돈과 관련된 일을 많이 하다 보니 돈벌이의 달인이 됐는지 모른다. 그러나 부동산에는 손을 대지 않았다. 스스로 밝히기를 땅과 나무는 사기만 했지 판 적은 없다고 했다.

민병갈의 증권투자 경력은 1956년 개장한 우리나라 증권시장 역사와 함께 시작된다. 당시 한국은행 고문이던 그는 한국증권거래소 설립에 깊이 관여한 것으로 알려졌으나 본인은 이를 밝히지 않았다. 다만 1950년대 황금주로 통했던 대한중석에 투자하여 큰 이익을 낸 사실은 인정했다. 유한양행 설립자 유일한과 각별한 사이였던 그는 유한양행 주식을 액면가로 배정받아 적잖은 이득을 낸 사실도 시인했다. 해동화재의 경우 한 때는 사주보다 지분이 많았다고 한다. 그러나 1962년 증권파동 때 큰 손해를 본 것으로 알려졌다. 본인은 1979년 한 인터뷰에서 "파산을 겨우 면했다"고 밝혔다.

1966년 어머니에게 보낸 편지에서 "한국은 돈이 잘 벌리는 기회의 나라"라고 쓴 것을 보면 증권파동 후에도 계속 투자 재미를 본 것 같다. 1969년 기록에 따르면 주당 520원에 사들인 유한양행 주식이 석 달 만에 830원으로 올라 60% 투자수익을 올렸다. 1970년 6월 어머니에게 보낸 편지에서 밝힌 보유주식은 대한중석 2만주(당시 시세 4만 달러), 유한양행 2만 1천주였다. 이 밖에 많은 다른 주식과 8만 달러어치의 부동산을 소유하고 있다고 밝혔다. 이들을 종합하면 재산 규모가 20만 달러나 돼 당시 국내 경제상황으로 보면 대단한 재력이다.

재산관리도 매우 치밀했다. 예금통장을 수십 개 만들어 계좌 별로 입출금을 철저히 관리했다. 어머니와 남동생의 소액투자는 수시로 본인에게 입출금 내역을 통보했다. 그토록 세심했던 그도 격변기를 맞아 몇 차례 호된 시련을 겪는다. 1962년 증권파동에 이어 1979년 10월 박정희 대통령 시해 때도 주가폭락으로 큰 낭패를 당해 수목원 직원들의 월급을 깎는 사태가 일어났다. 1997년 외환위기(IMF사태) 때도 비슷한 상황이 벌어져 수목원을 서울대학교에 기증하는 문제를 검토하기도 했다.

민병갈은 자신의 돈만 투자한 것이 아니라 남의 돈도 맡아서 투자해주고

커미션을 받았다. 이른바 펀드 매니저인 셈인데 돈을 맡긴 투자자들은 대부분 외국인이었다. 그의 투자관리 능력은 해외에서도 인정받아 홍콩의 한 경제주간지Far Eastern Economic Review는 "아시아에서 가장 유능한 증권브로커의 한 사람"이라고 소개했다. 미국 월 스트리트의 전설적인 투자가로 알려진 영국인 존 템플턴도 개인 돈을 맡긴 것으로 알려졌다. 그가 얼마나 증권을 잘 굴렸는지는 세브란스병원 국제의료센터 소장으로 있는 미국인 인요한John Linton이 전하는 다음과 같은 예화에서도 잘 알 수 있다.

전남 순천에서 선교활동을 하던 인요한의 아버지 인휴Linton Hue 목사는 1963년 전 재산을 정리한 1만 달러를 민병갈에게 맡기고 목사로는 6남매를 교육시키기 어렵다며 자녀들의 학비 조달을 부탁했다. 민병갈은 이 돈을 증권에 투자하여 그 이익금으로 여섯 자녀가 대학을 졸업할 때까지 등록금을 대주고 인휴 목사가 작고한 뒤인 1985년에는 원금 조로 2억 원을 유족에게 돌려주었다. 증권 전문가는 어림잡아 22년 동안 30배 이상 수익을 올린 것으로 추산한다.

유기성

▲ 수목원에 보관된 1970년대 서류철. 날고 해진 종이마다 민 원장의 손때가 묻어 있다.

주식거래의 기본 전략은 장기투자였다. 일반 투자가들은 목표 이익이 어느 정도 달성되면 해당 주식을 팔고 다른 유망 종목을 물색하는 전략을 쓰지만 민병갈은 항상 느긋한 자세로 투자했다. 측근에 따르면 20년간 보유한 종목도 있다. 그러나 가망 없다 싶으면 큰 손해가 나도 미련 없이 팔아 치웠다. 주가가 오를 때 팔고 내릴 때 사는 전략도 일반 투자자와 다른 점이다. 외국 기자와의 인터뷰에서 "한국인들은 투자를 이상하게 한다"고 말할 정도로 그의 투자 방식은 관행과 정석에서 벗어난 경우가 많았다. 민병갈의 노련한 투자 기법은 한때 증권가에서 화제였다. 자기가 좋아하는 주식이 떨어지는 날을 기다렸다가 일정 수준까지 내려가면 다량으로 사들인다는 것이다. 1990년대 초반 한국이동통신(SKT)을 액면분할 이전 기준으로 4만 원대부터 꾸준히 사 모아 500만 원이 될 때까지 10년간 보유한 것으로 알려졌다. 투자 종목의 선정에서도 그 나름의 방식이 있었다. 차트나 재무제표를 보고 일단 점을 찍으면 비서를 시켜 회사가 얼마나 튼튼한지 직접 가 보게 하기도 했다. 1970년대 중반에는 서민들이 라면을 많이 먹을 것을 보고 라면회사 주식을 매집하여 10여년 뒤에 큰 수익을 올리기도 했다. 그렇다고 장기투자만 한 것도 아니다. 브리지 게임의 달인이었던 민병갈은 기회 포착을 잘하고 승부기질이 강하여 치고 빠지는 단타 매매도 잘했다고 한 측근이 전했다. 그러나 이런 단기 승부는 시장 상황이 변동성이 강한 경우에만 예외적으로 할 뿐이었다.

증권투자 초기의 종자돈은 저축이 대부분이고 일본에서 직장생활을 하던 남동생 앨버트가 일부 보탰다. 1950년대 말부터는 왕립 아아시아학회RAS의 단체관광 사업에서 들어오는 수익금이 큰 비중을 차지했다. 'RAS투어'로 불리는 이 프로그램은 돈 많은 외국인들이 회원인 데다가 도시락 사업까지 곁들여 수입이 짭짤했다. 30년 넘게 주방 일을 맡았던 박순덕과 김주옥은 양식에 한식을 가미한 도시락 음식에 칭찬이 많았다고 자랑했다.

민병갈은 돈을 잘 벌 뿐 아니라 돈을 아끼는 데서도 프로급이다. 버는 기술이 9단이라면 아끼는 기술은 10단 수준이었다. 부자가 대개 그렇듯이 그의 절약 습관은 철두철미하다. 말년까지 타고 다니던 승용차 대우 브로암은 출고된 지 12년이나 돼서 폐차 직전이었다. 비서 이규현에 따르면 그 전에 소유했던 대우 듀크는 13년 동안 사용했고 국산 승용차를 사기 전에 타던 일제 닛산은 차령車齡이 20년이 돼서야 폐차했다. 시효가 지난 달력도 함부로 떼어 버리지 않았다. 달이 바뀔 때마다 낱장으로 모아 두었다가 잘라서 이면지로 활용했다. 이규현은 "구두를 한 번 사면 밑창과 굽을 여러 차례 갈아가며 신었다"
며 외출복이 너무 낡아 새 양복 한 벌을 선물한 적이 있다고 회고했다.

자신을 위해 쓰는 돈은 엄청 아꼈던 민병갈도 나무나 수목원을 위해서라
면 조금도 아끼지 않았다. 런던이나 펜실베이니아의 나무 경매시장의 단골이
었던 그는 마음에 드는 나무를 보면 최고가를 불러 기어이 손에 넣고 말았다.
한번은 그와 함께 서울 인사동의 한 식당에서 1인당 8천 원짜리 한식을 먹고
나오던 길에 500만 원을 호가하는 묘석 한 쌍을 사는 것을 보고 놀란 적이 있
다. 고물상 주인과 안면이 있던 그는 한 푼도 깎지 않고 부른 값대로 수표를
끊어주며 천리포수목원으로 배달을 주문했다.

언론 인터뷰 때마다 민병갈을 성가시게 하는 질문은 부자가 된 내력을 묻
는 것이었다. 그런 질문을 하는 기자들은 "증권투자로 큰 돈을 벌었다"는 대
답을 기대하지만 그런 답변은 좀처럼 나오지 않았다. 그의 한결같은 답변은
부양가족이 딸리지 않은 독신자로서 큰 돈을 쓸 일이 없는데다가 지출을 최
소화하고 열심히 저축했음을 강조하는 것으로 끝냈다. 그래도 기자가 물러서
지 않으면 얼마간의 투자 이익이 있었음을 시인할 뿐이었다. 개인의 재산관
련 질문이 나올 때 마다 민병갈은 외국기자들이 좀처럼 안 하는 질문을 국세
청 직원처럼 한다고 당혹스러워했다.

폭넓은 사교활동

친화력과 유머 감각을 겸비했던 민병갈의 주변에는 한국인들이 많았다. 사교 범위는 무명의 시정인부터 고관 현직까지 각계각층이지만 대략 세 그룹으로 나눠진다. 첫 번째 그룹은 한국은행 고문과 투자 전문가로 사귄 금융·재계 인사들이고, 둘째 그룹은 수목 애호가로 사귄 식물학자와 원예계 인사들이다. 그러나 정작 가까이 지낸 사람들은 예술가, 학자, 군인, 소상인, 스님, 농부 등 보통사람들로 이루어진 제3그룹이었다.

사람 사귀는 것을 좋아하고 여행을 즐기며 이곳저곳에 일을 벌여 놓다 보니 아는 사람이 많을 수밖에 없었다. RAS지부, 브리지협회 등 여러 사교모임을 이끌던 민병갈은 원장이나 고문 등 직함을 떠나 단체장을 뜻하는 '회장'으로 불리는 경우가 많았다. 영향력 있는 미국인 출신, 관록있는 금융인, 명망높은 수목원장 등 독보적인 입지는 그를 수목원이나 증권회사 사무실에서 가만히 있지 못하게 했다. 50~60대 시절에는 만나고 싶어 하는 사람이 너무 많아 비서가 교통정리에 바쁠 정도였다.

수목원과 증권사 등 업무상으로 만나거나 RAS 등 사교클럽에서 알게 된 지인들은 대부분 상류층이나 지식층이었지만 개인적으로 가까이 지내는 사람들은 서민층이 많았다. 특히 한국의 전통문화에 가까이 있는 사람들을 좋아

했다. 동양화가, 서예인, 대목수, 고서방주인, 고물상주인 등이 그들이다. 농부 친구들도 많았다. 천리포, 변산, 구례, 함안, 완도, 보은, 양양 등 전국에 퍼져 있는 이들은 모두 식물탐사 중에 알았거나 산행 안내자로 사귄 시골사람들이다. 여성친구들은 그가 40여 년 동안 관여한 브리지클럽의 회원들이 많았다.

사교 범위는 범세계적이라고 해도 과언이 아니다. 해외 5개 식물학회 회원으로 사귄 친구들 중에는 세계적인 식물학자와 원예인들이 다수 끼어있다. 민 원장의 나무공부에 개인교사 역할도 한 이들은 나무 식재에 관한 자문을 해주고 끊임없이 학술정보를 제공하여 천리포수목원이 세계적인 위상을 갖는 데 큰 도움을 주었다.

돈 많은 호남아였던 민병갈에게도 젊어서부터 많은 여성들이 따랐다. 그러나 우정 이상으로 발전한 경우는 없다. 대학시절 선후배관계로 알게 된 한 미국 여성과는 죽을 때까지 평생 우정을 나누었다. 그녀와 나눈 절절한 우정의 편지는 수백 통에 이른다.

민병갈과 여인들

돈 많은 홀아비이자 미남이
었던 젊은 날의 민병갈에게
는 많은 여인들이 따랐다. 친
절하고 예의 바른 자세와 뮤
지컬과 고미술을 좋아하는 섬
세한 감각도 호감을 일으켰
다. 훤칠한 키에 수려한 용모

▲ 1963년에 개봉한 극 영화 '나는 속았다' 의 두 장면. 촬영 당시 41세이던 민병갈은 여간첩의 유혹에 넘어가 군사기밀을 빼돌리는 미군 장교로 출연했다. 톱스타 문정숙이 주연하여 화제를 뿌렸으나 흥행에는 성공하지 못했다.

등 귀족적인 외형뿐만 아니라 유머 감
각도 풍부하여 여성들이 좋아할 조건
을 두루 갖춘 남자였다. 요정의 회식
모임에서 주흥이 도도해 지면 즉흥 피
아노 연주나 흥겨운 가창 실력을 보여
기생까지 사로잡았다. 그러나 동성애
자였기 때문에 어떤 요조숙녀도 그에
게 연심을 일으키지 못했다.

　민병갈은 국산 영화에 주연급으로 출
연하여 인기 절정의 여배우와 공연한 적이 있다. 1963년 6월 개봉된 '나는 속
았다' 에서 여간첩으로 나온 문정숙과 사랑에 빠진 미군 장교로 출연한 것이
다. 1950년 세상을 떠들썩하게 했던 '여간첩 김수임 사건' 을 각색한 이 영화
는 정보담당 요직에 있는 한 미군 장교가 미모의 북한 여간첩의 꼬임에 넘어
가 중요한 군사기밀을 빼돌리다 발각돼 군법회의에 회부된다는 내용이다. 문
제의 미군 장교로 출연한 민병갈은 영화를 촬영하는 과정에서 상대역으로 나
온 여섯 살 아래의 문정숙과 각별한 사이였던 것으로 전해지고 있으나 두 사

람의 관계는 그 이상으로 발전하지는 않았다.

전쟁영화 '피아골'로 명성이 높았던 이감천이 감독한 '나는 속았다'는 문정숙 말고도 신영균, 이예춘, 조미령 등 유명 배우들이 출연했으나 홍행에는 성공하지 못했다. 민병갈은 만년에 이 추억 어린 영화의 필름을 다시 보고싶어 영화박물관까지 뒤졌으나 몇 장의 스틸과 포스터만 보는 것으로 만족해야 했다. 2000년 봄 유럽 여행에서 돌아온 그는 외유 중에 문정숙이 세상을 떠났다는 소식을 듣고 문상을 못한 것이 아쉽다며 잠시 추억에 잠긴 모습이었다.

요정에서 음률을 즐기는 풍류객 민병갈도 연기력만은 낙제점이었던 같다. 북한 여간첩의 유혹에 넘어가는 미군 장교 배역이라면 여자의 유혹에 약한 모습을 보여야 할 터인데 나무토막처럼 움직여 감독과 촬영진을 애먹였다. 특히 베드 신에 취약했다. 문제의 영화 스틸을 보면 뭇 남성들이 선망하는 한국 최고의 여배우를 껴안은 자세가 너무 무덤덤

▲ 꽃미남 칼 밀러는 젊은 한국여성들에 인기가 높았으나 우정 이상으로 발전하지 않았다. 1952년 여름 부산 해운대에서.

하고 어색하다. 동성애 기질이 좋은 영화 소재와 황금 배역을 못 살린 것 같다. 가정부 박순덕에 따르면 문정숙으로부터 여러 번 전화를 받았으나 언제나 시큰둥한 반응이었다.

동성애자 민병갈에게도 평생을 통해 끈끈한 관계를 유지한 여성친구가 한 명 있다. 고향 피츠턴에 사는 대학 동창생 캐서린Katherine P. Freund이다. 같은 버크넬 대학에서 영문학을 공부한 그녀는 고등학교 교사 생활을 하면서 한 살 위인 밀러와 각별한 친분관계를 유지했다. 그러나 밀러가 한국에 정착하면서 장기간 연락이 끊긴 상태였다. 두 사람의 관계는 1978년 1월 캐서린이

▲ 1990년 5월 오랜 여성친구 캐서린 프로이드의 70세 생일에 맞추어 미국 고향을 방문한 민 원장은 한국의 전통가구를 한 개 선물했다. 독신녀 캐서린은 이 장롱을 거실에 놓고 평생 그리움의 정표로 삼았다.

먼저 편지를 띄우면서 다시 이어졌다. 그녀가 결혼을 안 한 것은 학창 때부터 호감을 갖고 있던 밀러에 대한 그리움 때문이라고 주변사람들은 보지만 밀러의 여동생 준은 이를 부인한다. 그러나 캐서린이 밀러의 노모를 어머니로 따르며 온갖 시중을 들어 준 것은 확실하다. 한국식으로 말하면 며느리 노릇을 한 것이다.

학창시절부터 밀러에게 호감을 갖고 있던 캐서린의 마음은 노년에 들어서도 변함이 없었다. 그녀에게는 밀러가 고향을 찾는 날이 가장 즐거웠다. 어김없이 예쁜 꽃과 선물을 들고 자신을 찾아오기 때문이다. 밀러가 그 이상의 마음을 주지 않는 것을 잘 아는 그녀는 밀러에게 쏟고 싶은 마음을 가까이 사는 그의 어머니에게로 돌렸다. 양로원에 있는 노모 에드나는 주로 밀러의 여동생이 돌보았지만 캐서린도

▲ 여성친구 캐서린이 민 원장의 어머니 에드나를 추모하여 심은 목련나무에 세운 비석

자주 찾아 문안했다. 에드나가 세상을 떠난 이듬해(1997년) 허전한 마음으로

한국을 방문한 캐서린은 천리포수목원의 경관지대인 스카이라인에 예쁜 목련 한 그루를 심고 에드나를 그리는 간절한 마음을 비명에 새겼다.

56세에 다시 이어진 옛 보이 프렌드에게 쏟는 캐서린의 정성은 20대에 못지않았다. 학창시절 문학소녀였던 그는 가끔 시를 써서 밀러에게 그리운 마음을 전했다. 1980년 에드나가 아들에게 보낸 편지를 보면 "캐서린이 너의 한국 귀화를 걱정하고 있다"는 짤막한 말이 나온다. 캐서린은 밀러의 국적이 달라지면 자신과 영원히 멀어지는 것이 아닌가 걱정을 한 것 같다. 민병갈은 귀화 얼마 후 어머니 방한 길에 캐서린을 초청했다. 한국에 처음 와서 창덕궁 비원과 천리포수목원, 그리고 경주 불국사까지 돌아 본 그녀는 한국에 귀화하고 싶어한 페리스의 마음을 이해했다. 민병갈 곁에서 꿈같은 2주간을 보낸 캐서린은 귀국 후에 한국을 사랑하는 팬이 되었다.

1980년부터 민병갈은 어머니의 한국방문 초청 때마다 캐서린도 함께 오도록 비행기표 예약을 했다. 1985년 에드나가 90세의 고령으로 한국에 올 때는 캐서린이 유일한 동반자였다. 에드나와 함께 여러 번 한국에 왔던 그녀는 1996년 에드나가 사망한 뒤에도 초청을 받았다. 1987년 크리스마스를 앞두고 보낸 캐서린의 편지[31]를 보면 민병갈을 좋아하는 65세 노처녀의 마음이 어떠했는지 잘 드러나 있다.

[31] Dear Ferris ; I'm just taking a moment to send two things—(1) the enclosed copy of your birthday poem which I hope you have heard in the tape which I sent with the Christmas box and (2) my thanks for the three beautiful calendars which arrived recently. I'm thrice blest! You can be sure the calendars will hang in prominent places in my home as reminders of you and Korea (as if I needed reminding). I wish that I knew if you will be in Seoul or Chullipo for Christmas Eve birthday. I'll take my chances and dial one or the other or both. Please tell me all is well with all of you, especially you. <Katherine's letter, Dec 18, 1987>

"페리스. 지금 나는 당신에게 두 가지를 전하려고 해요. 하나는 당신의 생일을 축하하여 쓴 시의 복사본입니다. 녹음된 시는 지난번 크리스마스 선물에 끼워 보낸 테이프를 통해 들었기 바래요. 또 하나는 당신이 아름다운 세 개의 캘린더를 보내준 데 대한 감사의 말입니다. 선물을 받고 너무 행복했어요. 달력들은 우리 집에서 가장 잘 보이는 곳에 걸어두고 당신과 한국을 생각하며 내가 갖고 싶었던 기념물처럼 바라보리라고 믿어도 돼요. 당신의 생일인 이번 크리스마스 이브에는 서울이나 천리포에 계시겠지요. 그날 전화나 무어든 할거예요. 모든 주변사람들이 잘 지내고 특별히 당신의 건강을 간절히 소망합니다." 〈1987년 12월 18일〉

2001년 초 민병갈이 암 진단을 받았다는 소식을 들은 캐서린의 충격은 컸다. 어머니처럼 모셨던 에드나가 세상을 떠난 뒤 6년만의 일이었다. 페리스마저 세상을 뜰지 모른다는 생각에 어찌 할 바를 모른 그녀는 일주일이 멀다 하고 전화를 하거나 위문 카드를 보내며 투병을 격려했다. 병세가 극도로 악화된 2002년 봄에 보낸 카드에 쓰인 단편적인 글들은 구구절절 애처럽다. "의료기술이 앞서 있는 미국에 와서 치료를 받으라" "의사의 지시를 철저히 따르라" "지금도 담배를 피운다면 제발 끊어라" 등이 그런 말이다. 민병갈이 세상을 떠나기 사흘 전에 받은 카드에는 "음식을 먹을 수 없다는데 내가 입에 떠 넣어주는 것으로 생각하고 어떻게든 먹어라"라는 표현이 나온다.

2010년 10월 노환으로 입원 중인 88세의 캐서린은 필자에게 편지를 보냈다. 가벼운 뇌허혈증腦虛血症이라며 치료가 끝나는 대로 페리스에 관한 글을 써 주겠다고 했지만 그 말을 지키지 못했다. 당시 87세의 밀러 여동생 준은 밀러와 캐서린의 관계에 대해 동향인이자 대학 선후배로서 가까웠을 뿐 특별한 로맨스는 없다고 말했다. 캐서린과도 친한 그녀는 밀러에 대해 자랑스런 오빠wonderful brother이자 아주 좋은 친구many many good friend였다고 편지에서 썼다.

민병갈과 평생 우정을 나눈 미국인 여성 친구는 한국에도 한 사람 있었다. 1960년대 초 RAS왕립아시아학회 담당 여비서로 인연을 맺은 거트루드 페라[32] Gertrude K. Ferrar 라는 이방인이다. 그녀는 캐서린처럼 연심을 보이지는 않았지만 한국에서 40여년을 살면서 네 살 위인 민병갈을 친오빠 이상으로 따랐다. 민병갈과 비슷하게 한국사랑에 빠졌던 그녀는 '튼튼 영어'라는 학습 프로그램을 개발하여 국내 영어교육의 새 바람을 일으켰다. 한국은행 사무실에서 3년 동안 RAS 일을 도와 준 뒤 1966년 외국인 최초 어학연구소인 'LATT 어학원'을 설립, 공무

▲ 민 원장에게 바른 말을 많이 한 언어학자 거트루드 페라.

원과 기업체 임직원들의 영어능력 테스트 및 교육을 주관하는 명문 학원으로 키웠다. 활달한 성미로 직언을 잘 해 심약한 민병갈을 쩔쩔매게 했으나 우정과 사랑이 담긴 바른 말이었다. 2002년 봄 민병갈의 장례식장에서 눈물을 감추지 못하던 페라는 충격이 컸는지 그 해를 못 넘기고 11월 10일 서울대학병원에서 77세로 타계했다.

32 Gertrude K. Ferrar 1925~2002 : '튼튼영어'연상력 완성 프로그램 창시자. 미국 Hunter College와 Columbia 대학원을 졸업 후 미국 학생들에게 영어를 가르치다 1960년대 초에 한국에 왔다. 1966년 영어학원 LATT(Language Arts Testing & Training) 설립후 한국인을 위한 영어교육에 전념하여 수십권의 영어교재를 집필했다. 특히 조기 영어교육에 관심을 쏟아 어린이 학습 관련 교재가 많다. 이화여대 고려대 등 대학과 연구소 정부기관 등 여러 곳에 출강, 영어학습 방법을 지도했다. 유니북스 '튼튼영어' 편집고문으로 일하다 한국에서 생애를 마감했다.

식물학계·재계 인맥

젊은 날의 민병갈에게는 외국인 친구도 많았지만 세월이 흐를수록 한국인 친구들이 더 많아졌다. 한국어가 유창했던 그는 한국인 직장에 다니게 되니 한국인 친구가 많아질 수밖에 없었다. 영문잡지 '아리랑'에 실린 수잔 멀릭스의 인터뷰 기사에는 1982년 자신의 상황을 설명한 다음과 같은 민병갈의 말[33]이 나온다.

> "나는 갈수록 한국인이 되어갔다. 내 친구도 내 직장동료도 모두 한국인이고 내가 사는 곳도 한국 동네다. 실제로 그렇게 살기란 쉽지 않은 것은 사실이다. 한국에 사는 미국인들은 미 8군의 휴양소나 식료품점을 이용할 수 있었지만 나에겐 그런 혜택이 없었다. 그래도 나는 이렇게 자문했다. '내가 이 나라를 사랑하는데 굳이 동떨어져서 살려고 애쓸 필요가 있겠는가' 라고"

절친했던 한국인 친구는 40~50대에 가장 많았다. 부문별로 대표적 인물을 든다면 식물계에 식물학자 이창복과 수목 전문가 조무연, 원예식물계에 광주 홍안과 원장 홍성규와 국제식물원장 김운초, 경제계에 한국은행 총재를 역임한 신병현과 민병도, 그리고 예술계에 화가 이응로, 서예가 이건직, 서양화가 배융이 있다. 언론계에서는 코리아타임스 편집국장 최병우와 AFP통신 서울 지국장 민병규와 가까웠고 여성으로는 서지학자 김호순과 공예가 정애라와

33 "I became more and more Koreanized. My friends were all Koreans, I worked with Koreans and I was in Korean community. In a way it was a hardship. I didn't have any privileges. All other Americans who were living in Korea, practically, had APO, commissary...but I said, 'I love this country. Why should I try to set myself apart?'"

교분이 두터웠다. 이들 중 이창복, 민병도, 조무연, 홍성규는 재단법인 천리포 수목원의 이사로 위촉할 만큼 가까웠다.

민병갈이 청년시절부터 가까이 지낸 친구들 중에는 한국은행 출신이 많다. 29세 때 임시직으로 한국은행 직원이 된 그가 각별한 친분을 나눈 사람들은 대부분 조사부에서 함께 일한 선후배들이다. 선배로는 장기영, 신병현이 있고 같은 또래로는 최병우, 김정렴이 있다. 이 밖에도 민병도, 송인상 등과 친했다. 대부분 한 시대를 주름잡았던 인물들이다. 신병현申秉鉉과 민병도는 한국은행 총재를 지냈고 한국일보를 설립한 장기영과 재무부장관을 지낸 송인상은 한국은행 부총재를 역임했다. 김정렴金正廉은 박정희 대통령의 비서실장을 했다. 이밖에 가까웠던 한국은행 직원으로는 명지대 대학원장 박동섭, 한일은행장 윤승두 등이 있다.

민병도와 최병우는 형제처럼 가까이 지낸 각별한 사이였다. 민병도는 성과 이름 돌림자가 같은 민병갈이라는 이름을 갖게 한 장본인이다. 절친했던 최병우崔秉宇는 술좌석에서 한국말을 가르친 개인교사 노릇도 했다. 두 사람이 술에 취해 골목길을 나서게 되면 최병우가 '한국에서 사는 재미' 를 느껴보라며 이상한 제의를 했다. 그것은 함께 노상 방뇨를 하자는 주문이었다. 장기영을 따라 한국일보사에 가서 코리아타임스를 일으키고 언론인 단체 '관훈클럽' 의 산파 역할을 한 그는 1958년 8월 중국과 대만간의 금문도 분쟁이 일어났을 때 현장취재를 하다가 순직했다.

민병갈이 나무공부를 시작하면서 스승과 친구로서 가장 가깝게 지낸 사람은 이창복 서울대 교수와 조무연 임업시험장 연구관이다. 사제관계인 두 사람은 민병갈의 나무 인생에서 빼 놓을 수 없는 인물로 수목원 창건에 결정적인 도움을 주었다. 특히 이창복은 육종학자 현신규玄愼圭 1911~1986, 식물분류학자 이덕봉李德鳳 1898~?과 이영로李永魯 1920~2008 등 국내 간판급 식물학자들과 교유하는 중간 역할도 했다. 국내 자생목의 보호 육성에 큰 자취를 남긴 조무연은 나무 할아버지 김이만, 장성 조림왕 임종국 등 당대의 수목 대가와 친교를 맺고 지도를 받는 기회를 마련해 주었다.

민병갈이 만년까지 잊지 못하는 두 한국인 친구는 그의 생전에 작고한 최병우와 조무연이었다. 한국은행 입사때부터 한국생활의 틀을 잡아준 최병우의 신세를 잊지 못하던 그는 미망인을 도우며 못다 한 우정을 이었다. 1988년 7월 조무연이 작고했을 때는 빈소를 찾아 20년 전 고인과 함께 한 설악산 식물탐험을 회고하며 눈물을 지었다고 산림청장을 지낸 이보식이 회고했다. 1989년 '주간 매경' 인터뷰에서는 한국생활 중 가장 인상에 남는 인물로 신병현 전 한국은행 총재를 꼽았다.

민병갈이 가장 좋아하고 높이 평가한 산림 전문가는 김이만金二萬[34]이다. 수목원 초창기인 1971년 천리포에 내려와 국내 자생목을 심고 키우는 방법을 시범으로 보여 준 이래 수시로 자문에 응했다. 장성 축령산에 거대한 편백나무 숲을 일군 임종국林種國 1915~1987도 민병갈이 본받으려 한 모범 독림가였다. 이창복과 학문적인 라이벌 관계에 있던 이화여대의 교수 이영로 역시 많은 가르침을 준 원로 식물학자에 들어간다. 그는 2002년 4월 민병갈의 부음을 듣고 태안보건의료원에 차려진 빈소를 찾아와 고인이 탐독하던 자신의 저서 원색식물도감 증보판을 헌정했다.

한국식물분류학회 회원이었던 민병갈은 현신규, 이덕봉, 이창복, 이영로 등 원로급을 빼고도 국내 식물학계에 지인이 많았다. 곽병화(고려대), 임경빈(서울대), 홍석각(건국대), 이은복(한서대), 김용식(영남대), 김무열(전북대),

[34] 金二萬(1901~1985) : 전설적인 나무할아버지. 18세때 총독부산하 임업시험소 용원으로 들어가 한라산부터 백두산까지 전국 산을 누비며 국내 야생식물의 표본 수집과 종자시험에 일생을 보냈다. 금강산만 16차례 올랐다. 6.25전쟁으로 1,200종의 수집자료가 모두 멸실되자 휴전 후부터 20여 년간 표본 수집을 계속하여 홍릉 임업시험장의 기틀을 잡았다. 정년 후에도 고문으로 계속 일했다. 1965년 3.1문화상, 1975년 5.16민족상. 국립수목원 '숲의 명예전당' 에 그는 6인 중의 한사람이다.

김상태(성신여대) 교수 등이다. 한서대학 부총장을 지낸 이은복李殷複은 민병갈과의 오랜 교분으로 천리포수목원 이사로 있다가 2010년 문국현에 이어 천리포수목원의 재단 이사장에 취임했다. 홍성각은 식물학 접근의 길을 열어주었고 김용식, 김무열, 김상태는 민 원장이 키운 인재와 다름없다. 식물학자는 아니지만 목련 수집가였던 경희대 총장 조영식과도 각별한 사이였다.

나무를 키우는 일에 실질적인 도움을 많이 준 사람들은 식물학자보다 수목 전문가들에 많았다. 그 대표적인 인물이 조무연과 김이만이지만 카이스카 나무에 정통한 전남 함안의 김효권, 사설 식물원을 운영한 김운초, 1975년 모과나무 200여 그루를 선물한 농원주인 이효영, 창경원 식물과장 곽동순 등도 많은 도움을 준 전문가들이다. 이들 중 김효권은 독학으로 전문가 경지에 오른 나무광으로 실무지도를 할 때 엄격한 선배 자세를 보여 '민병갈을 혼내 준 유일한 한국인' 이라는 평판을 듣기도 했다. 그는 1980년대 국제 로도덴드론(진

▲ 1995년 9월 6일 저녁 옛 조선호텔 '웨스틴 조선' 에서 열린 '민병갈선생 한국생활 50주년 축하모임'. 칼 밀러 중위가 한국에 상륙한 미 24군단 선발대 장교로 서울에 들어와서 조선호텔 마당에 군막을 치고 한국에서의 첫 밤을 보낸 날을 기념하는 자리였다. 이 모임에는 민병갈의 친구 50여 명이 초대손님으로 참석했다.

달래)Rhododendron 학회의 유일한 한국인 회원이었다. 야생화 전문가 김태정도 가까이 지낸 식물계 지인에 들어간다.

민병갈에게는 국내 대표적인 형제 기업가인 정주영, 정인영과도 특별한 인연이 있다. 광복 직후 미군 정보부대 부대장으로 있던 그가 고용한 한국인 몇 사람 중에는 영어를 잘하는 정인영鄭仁永 1920~2006이 끼어 있었다. 일제 때 일본에 유학하여 영어를 전공했던 정인영은 친형 정주영을 민병갈에게 소개하여 세 사람은 뚝섬(왕십리 한강변)으로 물놀이를 갈 만큼 친한 사이가 되었다. 민병갈의 회고에 따르면 해방 다음 해 여름에 미군 지프로 정주영의 이삿짐을 날라 주기도 했다. 뒷날 현대그룹의 총수가 된 정주영과의 관계는 오래가지 않았으나 한라그룹을 창업한 정인영과는 말년까지 우정이 이어졌다.

1999년 6월, 거동이 불편했던 정인영은 휠체어에 의지하여 서울의 특급호텔 인터콘티넨탈의 중국식당 '에메랄드 시'에 나타났다. 오랜 친구 민병갈을 만나기 위해서였다. 정인영을 수행했던 당시 한라중공업 부사장 장승익에 따르면 팔순의 두 노인은 식탁에서 정담을 나누느라고 시간가는 줄 몰랐다. 한동안 끊어졌던 두 옛 친구의 만남은 다시 이어졌으나 민병갈의 발병으로 오래가지 못했다. 정인영과 함께 밀러 부대에 취직한 이래 반세기 넘게 우정을 지킨 또 다른 친구로는 조흥은행 직원이던 서정호가 있다.

재계와 정계에도 지인이 많았다. 유한양행을 창업한 유일한은 양아버지처럼 깍듯이 받든 큰 어른이었다. 유일한의 여동생을 고모라고 부를 만큼 유씨 집안과 가까이 지냈던 민병갈은 1971년 3월 어머니에게 보낸 편지에서 "내가 가장 존경하는 한국인 한 분이 해외여행 중 사망했다"며 귀국 즉시 묘소를 참배했다고 썼다. 재계 친구로는 태평양그룹의 서성환 회장이 천리포수목원 이사로 위촉할 만큼 가까웠다. 정계 관계에서는 한국은행에서 인연을 맺은 남덕우南悳祐 총리를 비롯하여 황성수 국회부의장, 박종규 청와대 경호실장, 김용환 재무부장관, 이훈구 농림부장관 등이 지인에 들어간다.

한국은행 장기 근속에 증권투자를 오래하여 금융계에 친구가 많다. 증권업 협회 회장을 지낸 김규면과 교류가 많았고, 미래에셋 부회장을 역임한 유성 규는 1970년대 민병갈의 측근으로 일하며 투자 기법을 익혔다. 심원택 신탁 은행장, 이태호 수출입은행장, 이남직 외환은행 전무도 금융계 친구에 들어 간다.

예술인들이 좋아

민병갈의 한국인 교우관계는 식물 학계뿐만 아니라 일반 학술·예술계 도 아우른다. 정확한 기록은 없지만 그가 받은 수많은 편지, 엽서, 연하장 등이 폭넓은 교우를 말해 준다. 학계 친구로는 국사학자 이병도, 중앙대 백 철, 고려대 김준곤, 연세대 김동욱 등이 있다. 여성학자로는 이화여대 도서 관장을 지낸 김호순과 노옥순 등이 가까웠다. 일반 지식인으로는 사상계 사 장 장준하, 소설가 선우휘, 의사 김정근 등과 친분이 두터웠다. 이들 중 백철 과 선우휘는 제주 미로공원 원장 더스틴과 함께 만든 코리아클럽의 단골로 1950~1960년대에 가까이 지냈다.

한국 서화에 관심이 많았던 민병갈은 가까운 지인들에 화가와 서예인들이 많았다. 청전靑田 이상범, 고암 이응로, 운보雲甫 김기창, 박수근 등 당대의 화 가들과 친분이 두터웠으나 청전을 제외하고는 사귈 당시에는 대부분 무명화 가였다. 6.25전쟁 후 어렵게 지내던 동양화가 김기창·박래현 부부와 서양화 가 박수근에게는 그림을 사주어 생계를 돕기도 했다. 미군부대에서 알게 된 박수근의 그림도 몇 점 샀으나 이를 챙기지 않다가 그의 그림이 국내 최고가 를 호가한다는 것을 알았을 때는 이미 집안에서 사라진 뒤였다. 2001년 1월

운보 김기창이 세상을 떠나자 "운보가 우향雨鄕을 따라 갔구나"며 애통해 했다. 우향은 운보보다 먼저 세상을 떠난 그의 부인이자 동양화가인 박래현을 말한다. 서양화가 배융도 가까이 지내던 예술인이다.

민병갈이 잘 간수한 그림은 각별한 사이였던 고암 이응로의 작품이다. 고암과의 인연은 1950년대 말 현저동 한옥에서 열린 김장파티에서 맺어졌다. 김장철이 되면 외국인 친구들을 자택으로 불러 김장파티를 열었던 민병갈은 부대 행사로 동양화 전시회를 열었는데, 이때 초대작가 중의 한 사람이 이응로였다. 그 후에도 여러 번 도움을 받은 이 가난한 화가는 신세 갚음으로 충남 수덕사 근처에서 부인이 운영하는 수덕여관에 초대하여 술상을 차려 놓고 초가집의 정취를 즐겼다.

두 사람의 우정은 고암이 프랑스로 떠난 뒤 중단되었다. 그러다가 1967년 난 데 없이 고암이 독일에서 활동을 하던 작곡가 윤이상과 함께 동東 베를린 간첩단사건에 휘말려 한국으로 잡혀와 사형선고를 받는 사태가 일어났다. 이때 민병갈은 잘 아는 프랑스 대사를 통해 구명운동을 벌인 것으로 알려졌다. 고암이 옥고를 치른 끝에 풀려 나오자 민병갈은 자기 집에 머물게 하는 등 물심양면으로 도움을 주었다. 군사정부로부터 자유로운 미국인 입장에 있던 그는 가회동 자택에서 개인전을 열어주기도 했다. 고암이 프랑스로 돌아갈 때 여비까지 보태 준 답례로 받은 그림 20여 점은 가장 소중하게 간직한 소장품에 들어간다.

군정청에 근무할 때부터 인사동의 고서점을 자주 드나들었던 민병갈은 통문관 주인 이겸로를 알게 됐고, 그를 통해 1954년 서예가 심재 이건직李建稙을 소개 받아 오랜 친교를 나누었다. 심재와는 서도를 지도받는 사제관계로 발전했다. 서도에 재미를 붙인 밀러는 일본과 대만으로 여행을 할 때는 그곳의 최고급 지필묵을 사다 가난한 스승에게 선물했다. 전각의 대가이기도 했던 심재心齋가 답례로 준 몇 점의 서예 작품은 고암의 그림과 함께 민병갈의 애장품이다. 심재와 고암이 먼저 세상을 떠나자 민병갈은 두 친구의 작품을 침소의 머리맡에 두고 지난 날의 우정을 되새겼다.

여배우 문정숙의 상대역으로 영화에 출연했던 민병갈은 영화계에도 지인이 많았다. 그 대표적인 인물은 부부 배우로 유명했던 신성일과 엄앵란이다. 두 사람은 함께 연희동 집으로 문안 인사를 하러 올 정도로 가까웠다. 영화계 인사는 아니지만 의상 디자이너 앙드레 김과도 친한 사이였다. 이처럼 사회 각계각층에 두터운 인맥을 갖고 있던 민병갈이었지만 1980년대 후반부터는 수목원 일과 해외 섭외활동에 바빠 브리지 모임을 제외하고는 국내 사교활동을 거의 하지 않고 간헐적으로 마음에 맞는 보통사람들과 어울렸다.

민병갈에게는 한국에 첫발을 디딘지 며칠 뒤부터 죽기 직전까지 우정을 나눈 한국인 친구 한 사람이 있다. 서울 낙원동에서 개인사업을 하던 동갑내기 서정호徐正虎다. 1945년 9월 밀러 부대에 고용돼 인연을 맺은 이래 2002년 4월 초 민병갈이 서울생활을 마감하기까지 57년을 변함없이 가까운 친구로 왕래했다. 밀러 부대를 나온 후 조흥은행 등 직장을 떠돌면서도 친분관계를 유지한 그는 천리포에서 열린 민병갈 영결식을 찾아 고별의 헌화를 했다. 장례가 끝난 뒤 그는 "페리스를 통해 미군 PX에서 양주를 사먹는 재미가 쏠쏠했다"며 오랜 친구의 타계를 슬퍼했다.

오래 사귄 또 다른 보통사람 친구로 서울 인사동의 고서방 '통문관' 을 설립한 이겸로李謙魯 1909~2006를 빼놓을 수 없다. 인사동에서 '산기山氣 선생' 으로 통했던 그는 1947년 군정시절부터 단골손님으로 알게 된 12세 연하의 밀러를 친구로 대했다. 1990년대 초에는 민병갈에게 서예를 가르친 서예가 이건직과 함께 천리포수목원을 찾아 오랜 회포를 나누었다. 구순에도 통문관에 출근하여 노익장을 보인 그는 민병갈보다 4년 늦게 97세로 타계했다.

천리포에도 노인 친구가 몇 명 있다. 그 중 한 사람은 민병갈의 상여를 이끄는 모가비로 나섰던 김상곤 노인이다. 수목원 정문 앞에 사는 그는 집에서 닭을 키우지 말아달라는 생뚱맞은 주문을 해온 민 원장과 한바탕 다툰 뒤 친해졌다고 회고했다. 민병갈이 오랜 친분관계를 유지한 사람은 한국의 전통문화 종사자들이 많다. 기와집 전문가 김신철, 사진작가 안승일, 민예점 주인 민병구, 한약종상 김구봉, 야생화 매니어 김태정 등이 그들이다.

절친했던 한국 여성친구로는 이화여대 도서관장을 지낸 김호순과 노옥순이 있다. 두 여성학자와의 오랜 친분관계는 민병갈의 장서 5천여 권을 이화여대 도서관에 기증하는 계기가 되었다. 브리지 게임 친구로는 김태숙, 정애라, 알리스 킴 등이 있고 배수자, 최문희 등은 왕립아시아학회RAS 모임을 통해 가까웠다. 만년에는 마음에 드는 목련 그림(서양화) 한 폭을 산 것이 인연이 되어 그 그림을 그린 고교 미술교사 송경희를 딸처럼 사랑했다. 민순혜 등 대전 수요음악회 여성 회원들과도 가까웠다.

우정의 다리를 놓다

민병갈이 즐겨 하는 일 중의 하나는 사교 모임을 만드는 일이었다. 그 대표적인 것이 군정시절에 재 창건한 영국 왕립아시아학회RAS. Royal Asiatic Society 한국지부KB. Korea Branch라는 주한 외국인 친목단체다. 이 단체는 원래 구한말에 결성되었으나 일제 강점으로 소멸된 상태였다. 1947년 군정청에서 미국 공무원으로 일하던 민병갈은 이 같은 사실을 발견하고 한국에 관한 지식이 취약했던 장기체류 외국인들을 위해 재발족을 서둘렀다.

RAS—KB로 불리는 이 유서 깊은 학회는 애써 만들었으나 개점 휴업상태였다. 회장을 맡은 민병갈이 군정 종료 후 귀국해야 하는 등 곡절이 잇달았기 때문이다. 1949년 세 번째 한국을 찾아 활성화를 모색하던 중 1년도 안 돼

6.25전쟁이 터져 다시 휴면기에 들어갔다. 제대로 활동에 들어간 때는 휴전이 성립되고 민병갈이 한국은행에 취직한 다음 해인 1954년이었다. 고정 직장으로 한국생활이 안정되자 가장 먼저 손을 쓴 것은 RAS—KB를 한국연구 학회로 활성화 시키는 일이었다.

민병갈은 우선 흩어진 회원들을 규합하고 신규 회원 영입에 나섰다. 한국전쟁기간 미군을 포함하여 외국인들이 물밀듯이 밀려오던 때라서 회원 확보 여건은 충분했다. 특히 각국에서 온 외교관, 상사원, 선교사들은 한국에 대한 이해가 절실했기 때문에 RAS

▲ 1952년 경주 첨성대를 찾은 민병갈(왼쪽에서 두 번째)과 그 친구들. 한국어를 가르친 민병규가 오른쪽에 있다.

—KB는 좋은 학습통로가 아닐 수 없었다. 이때 민병갈이 한국학습 연찬회와 함께 새로 기획한 프로그램이 전국의 명산대찰을 탐방하는 'RAS투어' 라는 단체관광 사업이다.

민 회장의 노력으로 신규 회원들이 크게 늘었다. 대사 등 각국 외교관과 선교사들은 물론이고 유엔군 장교들까지 들어와 회원이 100명을 훌쩍 넘었다. 강연회와 연찬회는 항상 만원이었고 RAS투어에 나설 때는 가족까지 참가하여 열차를 전세 낼 정도였다. 민 회장은 내친 김에 문호를 넓혀 영어를 잘하는 한국인 지식층 회원을 받아들여 외국인과 친교를 맺게 했다. RAS—KB는 한국인과 외국인 간의 우정의 다리 역할을 하며 현재까지 존속되고 있다. 그러나 1970년대 초 민병갈이 손을 뗀 다음부터는 영향력이 크게 떨어진 것은 사실이다.

민병갈이 만든 또 다른 장수 친목단체는 1953년에 창설한 한국 브리지클럽이다. 설립자가 세상을 떠난 지 10년이 되는 지금도 동호인들은 매주 목요일 저녁이면 서울 장충동의 서울클럽에서 친선 게임을 갖는다. 외국인이 반을 차지하던 회원은 시간이 흐르면서 한국인 비중이 늘었다. 한국에 브리지 게임을 보급한 원조로 인정받는 민병갈은 세상을 떠나기 얼마 전까지 양아들과 함께 게임장에 나타났다. 국제 대회에서 여러 차례 수상 경력이 있는 그는 주변사람에게 브리지 게임을 배워보라고 적극 권장했다. 브리지를 선전할 때는 으레 이런 말을 했다.

"브리지 게임은 최고의 두뇌 훈련이다. 인내심, 도전정신, 기획력을 키워준다. 중국의 지도자 등소평은 브리지를 통해 자기 제어와 장기 비전을 체득했다. 결코 돈을 걸지 않으니 건전 오락이며 혼자 하는 법이 없으니 협동심도 키워준다. 바람기로 유명한 배우 오마 샤리프는 여자보다 브리지를 더 좋아한다고 공언했다. 게임의 달인으로 소문난 그는 품위 있는 게이머로 명망이 높다"

민병갈의 사교성은 1950~1960년대 활발한 모임을 가졌던 지식인 중심의 코리아클럽을 만든 데서도 나타난다. 클럽 결성에는 제주도 미로공원을 설립한 미국인 더스틴Frederic H. Dustin 1930~이 많이 도왔다. 코리아클럽은 사보이 호텔 근처에 있던 서양식 카페 '라 플룸la plume' 에서 월례 모임을 가졌다. 더스틴의 회고에 따르면 문학평론가 백철, 소설가 선우휘, 언론인 최병우 등이 나왔고, 외국인으로는 한국음악에 관심이 많았던 제임스 웨이드, 어문학자 프레드 루카브, 최병우 미망인과 결혼한 애드 와그너, A. 스킬리어 등이 단골이었다. 더스틴은 이 클럽의 인연으로 선우휘 중편소설 『불꽃』을 영어로 번역했다. 한 때 모임이 활발했던 클럽은 초창기의 한국인 회원이 잇달아 타계하고 외국인 회원마저 귀국하여 10년을 조금 넘기고 소멸되었다.

동호인 모임으로 1978년 1월 민병갈이 발족시킨 한국 호랑가시학회도 한국인과 외국인의 친선을 도왔다. 한때는 회원이 37명에 이르렀으나 민병갈이 바빠지면서 오래 가지 못했다. 고려대교수 곽병하, 서울대교수 임경빈, 창경원 식물과장 곽동순, 원예인 김운초 등이 초기 회원이고 외국인으로는 미로공원 설립자 프레데릭 더스틴, 선교사 폴 바트링, 미국여성 거트루드 페라 등이 회원이다. 이밖에 민병갈은 개인자격으로 한국 식물분류학회와 한국 두루미보존협회에 가입하여 한국의 자연과 관련된 학자들과도 교유관계가 깊었다.

그러나 민병갈의 인간관계는 노년에 들어 매우 고독했다. 70대에 들어서는 사람들을 만나는 횟수가 눈에 띄게 줄었다. 측근에 따르면 목요일 저녁마다 갖는 서울클럽의 브리지게임 모임에 나가는 것이 유일한 사교활동이었다. 자신이 공들여 키운 아시아학회RAS 모임에도 잘 나가지 않았다. 가정부 박순덕에 따르면 퇴근 후 집에 돌아와서는 온실에 있거나 독서에 빠져 있는 시간이 많았다. 가끔 혼자 술도 마셨다. 말년에 들어 이처럼 대인관계가 소원해진 가장 큰 원인은 대화 소통이 어려울 정도로 청력이 떨어진 때문이었다.

노년을 외롭게 한 또 다른 이유는 가까웠던 친구나 측근들이 차례로 세상을 떠난 것이다. 친구를 잃은 가장 큰 슬픔은 절친했던 최병우가 1958년 종군 기자로 대만 금문도 해역 취재 중 순직한 때였다. 아버지처럼 따르던 유일한 이 1978년 세상을 떠난 뒤 형제처럼 지낸 조무연과 신병현이 1988년과 1999년에 각각 타계한 것도 큰 충격이었다. 그러나 무엇보다 민병갈을 슬프게 한 것은 혈육처럼 대했던 양아들이 대부분 그의 곁을 떠난 것이다. 노년까지 교류한 재일동포 윤응수는 "나는 자식 농사에서는 실패한 농사꾼"이라고 한탄하는 말을 들었다고 회고했다. 그러나 그의 곁을 떠난 한 양아들의 측근에 따르면 '너무 까다로운 양아버지의 이미지'가 멀어진 이유였다.

고집과 광기

민병갈은 좋아하는 일이라면 미친 듯이 그 일에 몰입하는 광인 기질이 있다. 학창 때는 외국어 학습과 피아노 연주에 미쳐 있었고 한국에 와서는 자연답사와 나무공부에 빠졌다. 나무공부에서 지독한 학습열을 보였듯이 나무를 위하는 자세에서도 특유의 광기를 보였다. 나무를 존엄한 생명체로 보는가 하면 때로는 사람보다 더 소중하게 생각했다. 이 같은 병적인 나무사랑은 인간관계를 해치는 요인으로 작용했으나 그는 죽을 때까지 자기 생각을 꺾지 않았다.

법적으로 한국인이 된 것도 그 시초는 한국에 미쳐버린 것이다. 1945년 9월 한국 생활을 시작하며 한국의 자연에 심취한 민병갈은 "1950년대 중반까지 남한의 웬만한 산은 다 올랐다"고 공언할 정도로 10년 동안 등산에 미쳐있었다. 뒤이어 한국의 자생목 공부에 뛰어든 그는 무서운 집념으로 나무공부에 매달려 전세계 6천여 종의 나무를 머리 속에 꿰었다. 천리포수목원이 세계적 위상을 누리게 된 것도 미친듯이 매달리는 민병갈의 근성에서 나온 것이다.

그러나 광인 기질도 한계가 있었다. 한국에 빠져 한국인의 의식주을 생활화했지만 의식까지 한국화하지 못한 것이 그 대표적인 사례다. 민병갈은 한국인처럼 살고 한국인이 되기를 바랐으나 사는 방식만 따랐을 뿐, 사고방식은 어쩔 수 없는 서양인이었다. 미국에서 보낸 성장기의 두 배 넘게 한국에서 살았어도 한국인의 심성과 정서까지 체질화 할 수는 없었다. 그 결과는 한국인에 대한 이해 부족으로 나타나 갈등의 원인이 되기도 했다.

주변사람과의 갈등은 주로 광적인 나무사랑과 지나친 사유지 개념, 그리고 꼼꼼한 계산 습성에서 비롯되었다. 수목원에서는 나뭇가지 하나도 자르지 못하게 했고 주민의 통행로를 차단했다. 투자의 귀재로 계산이 빨랐던 민 원장은 작은 지출에도 따지는 깐깐함을 보여 측근이나 한집에 사는 식솔에게도 원성을 샀다. 그러나 그가 싫어서 떠난 사람은 거의 없다. 20~30년 간 그의 곁을 지킨 가정부나 비서 등이 이야기를 들어보면 그 이유는 간단하다. 지독한 구두쇠였지만 남보다 자신에게 더 인색했고 누구에게나 공정했기 때문이라는 것이다.

신들린 유목인간

민병갈의 말년 10년을 가까이서 본 모습을 요약하면 '신들린 유목遊牧 인간'이다. 한번 시작한 일은 끝장을 봐야 하며 한 가지 일에 만족하지 않고 사방에 일을 벌여 놓는다. 생활도 그렇고 취미 또한 그러했다. 수목원 운영과 증권투자 일만 해도 한 사람이 감당하기에는 벅찬 일이었으나 두 가지 일을 함께 하며 해외학회 활동과 RAS투어 같은 부업 등 또 다른 일에 매달렸다. 그런 중에도 일 년 중 두 달 이상을 해외에서 보냈다.

▲ 민 원장의 해외 교류망은 범세계적이다. 2000년 11월 천리포를 찾은 미국의 세계적 식물수집가 plant hunter 로이 랑카스터(오른쪽)와 영국의 저명한 원예평론가 존 갤러거(중앙)와 이야기를 나누고 있다.

자연에 빠져 살아도 하고 싶은 일은 다 했다. 취미 생활도 소홀히 하지 않았다. 오랜 여성친구이자 미국 호랑가시학회 회장을 지낸 바바라 테일러는 학회지 2002년 여름호에 기고한 추모의 글에서 "페리스(밀러 애칭)는 피아노, 외국어, 브리지 게임 등 좋아하는 것들이 너무 많다 보니 그는 낮이나 밤이나 바빴다"고 썼다. 그의 피아노 실력은 학창 때 교회 성가대의 올갠 반주자로 용돈을 벌면서 익힌 것이다. 여동생 준 맥데이드는 오빠의 피아노 연주를 들을 때가 가장 행복했다고 회고했다.

민병갈의 신들린 모습은 주흥이 도도하여 미친듯이 피아노 건반을 두드릴 때 나타난다. 이때 그가 즐겨 연주하는 곡은 재즈곡이다. 맥데이드에 따르면 그는 학창 때부터 재즈 광이었다. 미국 재즈음악의 본고장 뉴 올리언즈 근처 폰체타울라Pontchatoula에 1천만 평이 넘은 장원을 갖고 있는 필렌 브라이트 Phellen Bright는 "페리스가 내 게스트 하우스에 묵게 되면 예외 없이 시내의 재즈 바에 들러 흘러간 미국식 풍류를 즐겼다"고 회고했다. 서울 연희동 집에서 살 때는 가까운 홍대 앞거리의 재즈 카페를 즐겨 찾았다.

민병갈은 여러 모로 극과 극을 달린 특별한 삶을 살았다. 정신없이 일을 하며 많은 사람을 만나는 빠듯한 일정에서도 독서를 하거나 편지를 쓸 때는 완전히 자기 만의 세계에 빠진다. 굳게 잠갔던 수목원을 재정난으로 개방한 뒤부터 관람객들이 몰리기 시작하자 사람들을 만나기 싫다고 경내에서 가장 외진 오얏골을 찾아가 깊은 사념에 빠지기도 했다. 그렇듯 은둔자나 몽상가의 모습을 보이다가도 상황이 바뀌면 언제 그랬냐는 듯이 태도가 달라졌다. 수행비서 이규현에 따르면 증권 단말기 앞이나 브리지 게임장, 나무 경매장에서는 눈빛이 초롱초롱 빛났다.

독신생활이 몸에 밴 때문인지 민병갈은 시끄러운 사람을 아주 싫어했다. 식당에서 큰 소리를 내며 식사하는 손님이 있거나 떠드는 아이들이 있으면 눈살을 찌푸렸다. 특히 수다스러운 여성을 싫어했다. 브리지 게임을 할 때도 말 많은 여성과 한 테이블에 앉는 것을 기피했다. 큰 소리를 내는 남자나, 수다스러운 여인이나, 장난치는 어린이는 모두 세상 사람들의 한 유형으로 보는 너그러움이 없었다. 이 같은 편향적 성격은 결과적으로 그의 뿌리 깊은 한국인 사랑에 금이 가는 요인으로 작용했다.

어린 손주 남매를 극진히 사랑했으나 무조건 응석을 받아주지 않았다. 민병갈이 귀여워한 어린이의 유형은 대략 두 가지로 나누어진다. 첫째는 천진난만한 동자 형이고 둘째는 가정교육을 잘 받은 귀공자 형이다. 개구쟁이 형은 별로 좋아하지 않았다. 이를테면 수목원에 어린이를 데려오는 것을 반기지 않았다. 자녀에게 식물교육을 시키고 싶어하는 부모의 마음을 알면서도 철없는 손길이 나무를 꺾거나 꽃을 딸지 모른다는 우려감이 앞섰다.

민병갈은 신문 기고를 통해 장난기 있는 어린이들의 나무 훼손을 문제 삼고 청소년의 자연보호 교육을 강조한 적이 있다. 1980년 봄 남해안의 자생목을 탐사했던 그는 영자신문 코리아타임스 5월 23일자 Thoughts of Time 칼럼에서 완도지방에서 자라는 호랑가시나무 일부가 무참히 죽어있는 현장을 본 사실을 전하며 형식적인 자연보호 운동을 개탄했다. 칼럼에서 그는 아이들이 새를 잡는데 필요한 끈끈이 풀을 얻기 위해 호랑가시나무 껍질을 벗겨갔다고 설명하고 한 초등학교가 어린이들을 산속에 풀어 휴지와 담배꽁초를 줍게 했다는 한 신문보도 사례를 다음[35]과 같이 꼬집었다.

"무엇이 잘못인지 지적하기는 쉬워도 그 해결책을 제시하기는 어렵다. 시민들의 마음에 자연보호 정신을 심는 방법은 어렵고 시간이 걸리겠지만 초등학생 때부터 철저하게 교육시키는 것이 유일한 해답이다. 버려진 껌 종이와 담배꽁초를 줍게 한다고 학생들 500백 명을 산속에 풀어 놓는 것은 숲속의 자연을 해치는 일이다. 휴지와 꽁초는 비가 온 뒤에는 젖은 땅에서 저절로 분해되게 되어있다. 학생들에게는 그런 하찮은 일에서 돌려야 할 더 중요한 일이 있음을 강조하고 싶다."

남을 돕는 일에서도 여느 독지가와 다른 모습이었다. 많은 사람들에 경제적

[35] "I realize it is easy to point out what is wrong but much harder to suggest solutions. It will be a hard and long process, but intense education from primary school onward is the only answer so that every citizen understands the importance of nature preservation. Emphasis should shift from picking off gum wrappers and cigarette butts (five hundred students tramping over the hillsides do far more damage to the forest floor: paper and cigarette butts, while unsightly, are biodegradable and do return to soil after a few good rainstorms) to all the other more important aspects." <'Thoughts of Time', Korea Times, May 23, 1980, by Carl Miller.>

지원을 했지만 무조건 돕는 경우는 드물었다. 우선 능력과 자질이 갖추어져야 한다. 도덕성도 고려대상이다. 은혜를 베푼 상대로부터 인사 치례라도 받고 싶어 하는 동양인 기질이 아니었지만 수혜자가 최소한의 행동 규범은 보여주기를 원했다. 이를테면 해외연수 지원을 받은 수목원 직원이 귀국을 하게 되면 수목원을 위해 일할 책무를 갖는다는 생각이었다. 그런 기대가 몇 차례 깨지자 민병갈은 "나무는 거짓말을 안 한다" 며 나무에만 애정을 쏟았다.

민 원장은 애지중지한 천리포수목원을 통째로 기증하려다 사소한 문제로 백지화 한 적도 있다. 1997년 외환위기로 주식 값이 폭락하자 수목원 운영자금의 조달이 막막해진 그는 사무실에서 졸도하는 사태까지 일어났다. 당시 76세이던 그는 수목원의 장래를 생각하여 신뢰할 만한 공공기관에 맡기기로 작정하고 서울대학에 기증할 방법을 모색한다. 서울대 명예교수 이창복을 통해 선우종훈 총장을 만나 기증문제를 어느 정도 타결한 단계에서 언짢은 소식 하나가 날아들었다. 대학 측이 수목원을 교직원 휴양소로 활용하려 한다는 것이다. 발끈한 민 원장은 소문의 진위를 가릴 것도 없이 기증문제를 백지화했다. 이창복은 이에 대해 민 원장의 지나친 집착과 대학 사무처 직원의 실없는 농담이 와전된 것 때문에 천리포수목원이 탄탄대로를 잃었다고 아쉬워했다.

광적인 나무 사랑

민병갈의 나무 사랑은 신앙에 가까웠다. 나무를 인간에게 쾌적함을 안기고 유용한 목재를 제공하는 수단으로 보지 않고 그 자체를 존엄한 생명체로 보았다. 나무는 그 자체대로 보호받을 가치가 있는 자연의 일부라는 것이다. 수목원도 그에게는 인간이 나무를 감상하고 휴식을 취하는 쾌적한 자연 공간이 아니라 나무들이 어울려 사는 자연보전구역이었다. 같은 녹지 공간이라도 인간을 위한 공원과 나무를 위한 수목원을 엄격히 구분해야 하며 목재나 펄프 등 산업용도나 사방공사로 심은 조림지도 달리 취급해야 한다는 것이 그의 생각이었다.

민병갈은 1990년 미국 호랑가시학회지 겨울호에 기고한 글에서는 "천리포 수목원은 인간이 즐기기 위해서가 아니라 나무들을 보호하기 위해서 만들었다"고 밝혀 자신의 평생사업 터전이 나무들의 대피소 개념임을 암시했다. 식물들에게 무서운 것은 천재가 아니라 인재人災라고 생각한 그는 수목원의 기본 구상이 나무를 인재로부터 대피시켜 보호하는 안전지대였다는 점을 여러 차례 강조했다. 그에게 수목원이란 나무들이 인간의 위해危害 손길에서 벗어나 저희들끼리 오손도손 모여 살도록 특혜 환경이 마련된 일종의 보호구역이다. 수목원을 일반에 공개하지 않은 것도 이 같은 대피소 발상에서 나온 것이다.

민병갈의 나무 사랑은 편집광偏執狂 증세와 다를 것이 없었다. 나무 사랑이 지나쳐 수목원 직원들과도 불편한 관계를 일으켰다. 사무실 안에서 두 사람 이상 눈에 띄면 "수목원 직원은 나무와 함께 있어야 한다"고 호통치며 내 보내기가 일쑤였다. 한 번은 나이 지긋한 직원 한 사람이 통행을 거추장스럽게 하는 통로 옆의 나뭇가지 하나를 짤라 냈다가 현장에서 해고당하는 봉변을 치렀다고 수목원의 고참 직원 권윤상이 들려 주었다. 때로는 자기 몸의 안위보다 나무 걱정을 더 했다. 1980년대 초 민 원장과 함께 변산반도 부안으로 묘목을 구하러 갔던 식물학자 이은복은 귀로에 승용차가 돌부리에 걸려 심한 충격을 받자 트렁크에 실린 묘목부터 챙기는 모습을 보았다고 회고했다.

나무 보호를 구실로 수목원 경계에 철조망을 쳐 마을 사람들의 미움을 샀던 민 원장은 1998년 초 본원 옆을 지나는 도로 포장문제로 또 한 차례 주민과의 갈등이 일어났다. 나무도 동물처럼 숨을 쉰다고 믿었던 그는 수목원 담장 길에 유독가스를 뿜는 아스팔트가 깔리는 것을 찬성할 수 없었다. 비만 오면 진창길이 되는 집입로의 포장은 주민들의 숙원 사업이었으나 민 원장에게는 담장 근처에서 자라는 밤해당화, 사과산사 등 희귀목의 생존이 더 급했다. 승산 없는 실랑이를 벌이면서도 수목원 조성 초기에 경제적 도움을 받은 주민들의 협조를 기대했지만 옛날의 신세를 고마워하는 마을민은 아무도 없었다.

민 원장에게는 꿈에도 나무가 나타난다. 1980년대 중반 어느 날 새벽, 후박집에 머물던 가정부 아들은 민 원장이 울면서 잠을 깨워 깜짝 놀랐다. 소사나무집 앞의 후박나무가 아픈 꿈을 꾸었으니 빨리 가보라는 것이다. 어이가 없던 그 아들은 가보지도 않고 얼마 후 돌아와서 아무 일 없다는 말로 안심시켰다고 뒷날 회고했다. 그런데 문제의 회화나무는 그로부터 몇 년 뒤인 2000년 8월 31일 태풍 플라필린이 덮쳐 한쪽 뿌리가 드러나게 몸통이 휘는 등 수난을 겪었다. 그리고 같은 해 10월 17일에는 소사나무집의 화재로 큰 화상을 입었다.

수목원 초창기 11년간 직원으로 일했던 노일승은 냉해 입은 삼나무杉木 한 그루를 자르게 한 민 원장이 괴로워하던 모습을 잊지 못한다. 직원들의 강력한 권유로 문제의 나무를 잘라내도 좋다는 말을 해 놓고는 나무의 죽음을 차마 볼 수 없다며 현장을 피하더라는 것이다. 그리고 그날 저녁 때가 돼서야 나타나서는 둥지만 남은 나무그루를 찾아가 "나무야 미안하다"며 눈물로 사과하는 모습을 보여 직원들을 실소하게 했다. 그는 천리포 숙소의 현관 마루에 깔린 목련 장식의 카펫을 밟을 때마다 "목련아 미안해"라는 사과의 말을 잊지 않았다.

민병갈의 나무 사랑은 지나치게 극단적인 면이 있다. 독선이 지나쳐 전문가나 주변사람과 마찰을 빚기가 예사였다. 때로는 수목원이 갖추어야 할 기본 구조와 보편적 기능을 무시하기도 했다. 그 대표적인 사례가 영국의 저명한 수목원 전문가 존 힐리어John Hillier가 내놓은 수목원 개선안을 묵살한 것이다. 그는 영국의 명문 수목원 '힐리어 가든'의 설립자 해롤드 힐리어의 아들이다.

수목원의 기반 사업이 어느 정도 마무리된 1970년대 말, 민 원장은 천리포 수목원을 샅샅이 돌아본 존 힐리어로부터 고통스러운 제안을 받는다. "수목원의 기본 구조가 잘못됐으니 설계를 전면 뜯어 고치고 나무들을 파서 옮겨 심어야겠다"고 큰 개혁안을 내놓은 것이다. 하루 꼬박 고심한 민 원장의 대답은 간단했다. 자식처럼 가꾼 나무들에게 상처를 주느니 차라리 제자리에서 볼품없이 자라도록 놔두겠다고. 민 원장의 수행비서 이규현에 따르면 그 후 15년만에 한국을 방문하여 수목원을 둘러 본 힐리어는 자연미가 살아났다며 민 원장이 자신의 충고를 듣지 않기를 잘했다고 말했다.

민 원장 생전에는 수목원에서 간벌, 이식, 가지치기 어느 것도 용납되지 않았다. 같은 나무를 위해 솎아 내고 옮겨 심는 일인데도 모두 나무에 대한 가학 행위로 생각했다. 자리를 잘못 잡았거나, 잘못 자라 흉물스럽거나, 옆 나무에 피해를 주거나 상관없이 한번 심어져 생명체로 자라는 이상 그대로 놔둬야 한다는 것이 그의 기본 생각이었다. 그러나 이 같은 고집은 결과적으로 많은 나무들에게 고통을 주었다. 나무들이 성장하면서 뿌리 잡을 공간이 줄어들다 보니 함께 영양실조 현상이 일어나게 된 것이다. 간벌은 민 원장 사후에야 이루어져 나무들이 숨통을 트게 되었다.

가정부 박순덕은 30년 가까이 민병갈 품에서 자란 '새우나무shrimp plant'라는 난장이 나무 한 그루를 잊지 못한다. 멕시코가 원산인 이 작은 나무는 열대산이라서 추위를 타기 때문에 화분에 심어 보온에 신경 써야 한다. 연희동 집에서 데리고 살다시피 한 이 관목이 어쩌다가 새우 꼬리처럼 보이는 흰 꽃을 피우게 되면 집안에 경사 났다고 즐거워했다. 온실과 거실을 오가며 1990년대 중반까지 살았으나 끝내 고사하자 민병갈은 눈물을 흘리며 죽은 나무를 뜰에 묻었다.

민병갈의 과도한 나무 사랑은 말년을 외롭게 하는 원인으로 작용하기도 했다. 나무보다 못한 대접을 받는다는 유감 때문에 그의 곁을 떠난 측근이 적지 않기 때문이다. 민 원장의 입장에서는 변함없이 자신의 곁을 지키는 나무가 인간보다 더 믿음이 갔을 지도 모른다. 그가 평생지기로 삼은 나무는 말도 못하고 움직이지도 못하며 생각도 못하니 그 주인은 고독할 수밖에 없었다.

머리 따로 가슴 따로

민병갈의 인품은 인간미가 넘쳤으나 성격은 그렇게 원만한 편이 아니었다. 가슴과 머리가 따로 논다고 할 만큼 복합적인 측면이 있었다. 심정적으로 나타난 그의 마음은 한국인에 가까웠지만 실제로 보이는 행동은 역시 미국인이었다. 여린 마음과 은근한 태도 등 전형적인 한국인의 모습이 역연했던 그는 명분보다 실리를 중시하는 서양인의 합리주의 사고방식이 몸에 배어있었다. 이런 이중 구조의 성격 때문에 그는 한국인과 쉽사리 화합을 못했다. 한국인과 미국인을 넘나드는 그의 독특한 성격이 때로는 변덕으로 폄하되기도 했다.

평상시에는 관대한 민병갈도 돈과 관련된 일에서는 매우 깐깐했다. 수목원에서 일용직을 쓸 때는 노역 시간과 작업 할당량을 채워야 정해진 노임을 주었던 그는 한집에 사는 가정부에게도 특유의 계산 기질을 보였다. 한 번은 냉장고를 열고 준 돈만큼 시장을 봐 왔는지 점검하는 데 화가 치민 박순덕이 집을 나가겠다고 보따리를 싸는 사태가 벌어졌다. 양아들에게는 빌려간 돈을 갚으라고 다그쳐 한 때 부자관계가 불편해졌다. 친족 간에는 주는 셈 치고 꾸어 주는 한국식 대차 관행이 그에게는 통하지 않았다. 1996년에는 양아들이 시공한 수목원 건물에 결함이 나타나자 하자보수를 요구하여 또 한차례 서먹한 관계가 일어나기도 했다.

근검생활이 몸에 배었던 민병갈은 절약 정신이 지나쳐 주변사람들을 불편하게 했다. 수목원 직원들은 백지 한 장 쓰는 데도 신경을 써야했다. 일부 직원은 나무에는 돈을 아끼지 않으면서 월급 인상에는 인색하다고 불평했다. 가정부 박순덕에 따르면 한번은 서울 한남동의 싸구려 옷 가게에서 와이서츠 30개를 사다 주며 다리미질을 해 놓으라고 주문하는 바람에 두세 번 입으면 버려야 할 옷을 손질하느라고 애를 먹이기도 했다.

지나친 사유지 개념도 수목원의 이웃 주민과 갈등을 일으키는 요인으로 작용했다. 그 발단은 1980년대 초, 나무들을 보호한다는 구실로 수목원 가장자리에 철조망을 친 것이었다. 이는 10만 평이 넘는 수목원 경내의 지름길을 막은 것으로 샛길을 잃은 주민들의 반발이 클 수밖에 없었다. 한 주민으로부터는 "남의 길을 막으면 3대가 망한다" 는 극언까지 들었다고 마을 노인 김상곤이 웃으며 설명했다. 민 원장은 시골 야산의 산길은 마을사람에게 지름길로 이용된다는 사실을 뒤늦게 알았지만 그래도 남의 사유지를 무시로 통행하는 주민들의 관행을 납득하지 못했다는 것이다.

한국인의 미풍양속을 사랑한 민병갈도 '이웃사촌' 이라는 한국인의 전통적인 선린관계는 제대로 이해하지 못했다. 마을 주민들은 집안에 애경사가 생기면 가까이 사는 돈 많은 수목원 주인이 금일봉을 보내주기를 은근히 바랐으나 그로부터 축의금이나 조의금을 받은 경우는 한 번도 없다는 것이 김 노인의 설명이다. 마을 행사를 축하하는 화환은 상상도 못했다. 생나무와 생화를 잘라서 장식용으로 쓰는 것에 질색을 했기 때문이다. 민 원장 밑에서 10년을 일한 주민 박재길은 이 같은 성격을 평하여 "우리와 생각이 다른 사람" 이라고 표현했다

불행하게도 노년의 민병갈이 품은 한국과 한국인에 대한 애정은 젊은 날

같지 않았다. 그 실망의 시초는 78세 때인 1999년 한 공영방송으로부터 한국의 토종식물 유출범으로 몰린 사건이 아니었을까 싶다. 이때 받은 충격은 그의 뿌리 깊은 한국 사랑에 큰 앙금을 남겼다. 자신이 그토록 사랑했던 한국인으로부터 비수를 맞았다고 생각한 배신감은 그의 타고난 복고주의 기질과 상승 작용을 일으켜 뒤늦게 한국생활에 대한 회의를 품게 한다. 복고주의 기질이란 한국인의 전통적인 옛 모습을 못 잊어하는 전통주의 가치관을 말한다.

민병갈에게 가장 큰 불행은 한국과 한국인을 좋아했으나 옛 모습만 사랑한 것이다. 그의 의식세계는 변하는 시대의 흐름을 타지 못하고 제자리에 멈춰 있었다. 1950~1960년대 칼 밀러의 가슴에 새겨진 인상이 2000년대 민병갈의 뇌리에 그대로 남아 있게 된 것이다. 그가 사랑한 한국은 '고요한 아침의 나라'이었지 숨 가쁘게 돌아가는 대낮의 나라가 아니었다. 좋아한 한국인 상像도 서둘지 않고 예의 바른 백의민족의 모습이었지 치열한 생존경쟁을 벌이는 생활전사 형이 아니었다. 생활방식 뿐 아니라 의식까지 서구화된 한국인을 바라보는 이 서양 노인의 표정은 젊은 날의 애정과 감탄에서 크게 멀어져 있었다.

팔순을 바라보는 민 원장의 표정에는 한국인의 옛 모습에 대한 향수가 역연했다. 심신이 쇠약해진 때문인지 '한국인이 변했다'는 말을 자주 했다. 공손하기만 했던 남자들은 공공장소에서 무례하고 시끄러운 언행을 보이는가 하면, 차분하고 다소곳했던 여성은 대중 앞에서 수다를 떨고 흐트러진 자세를 보이기가 예사였다. 한번은 그와 한 엘리베이터에 타게 되었는데, 바로 앞에서 있는 젊은 여성이 핫 팬츠 차림에 껌을 질겅질겅 씹는 모습을 보더니 역겹다는 표정으로 얼굴을 돌렸다. 그는 머리를 염색하는 한국 여성을 이렇게 평했다. "한국인의 윤기 흐르는 검은 머리는 아름답다. 그런데 굳이 노랗게 물을 들여 서양인처럼 보이게 하는 것은 자신의 아름다움을 해치는 일이다."

또 다른 상처는 양아들과의 관계가 소원해진 것이다. 그가 공식적으로 밝

▲ 민 원장의 인간관계는 세계적 저명인사부터 속세에서 멀리 있는 구도자까지 다양했다. 미국 호랑가시학회 회장 바바라 테일러(왼쪽)와 수양딸로 사랑한 안선주 원불교 교무.

힌 양아들은 네 명이나 아들처럼 대한 젊은이가 몇 명 더 있었다. 40년간 친분을 나눈 재일동포 윤응수에 따르면 양아들 문제를 가장 가슴 아파 했다. 특히 극진한 사랑을 베풀었던 손주 남매가 학업을 위해 도시로 떠난 것에 상심이 컸다. 애써 키운 수목원 인재들이 외국 유학 중 돌아오지 않거나 수목원을 떠난 것도 못내 아쉬워했다. 떠난 사람의 입장에서 보면 더 넓은 세계를 찾아간 것이지만 보낸 사람의 마음은 그렇지 않았다.

민병갈은 "나는 인복이 많은 사람"이라고 자주 말했지만 다분히 자조가 섞인 말이었다. 그런 말을 할 때는 배신감을 느끼는 듯한 그늘진 표정이었다. 그러나 가까이 지낸 측근 말고는 경제적으로 도운 사람에게 어떤 기대도 하지 않았다. 한 번은 6.25전란기에 도움을 준 화가 김기창이 서울 프레스 빌딩에서 마주친 자신을 못 알아본 것에 "피차 80객인 처지에 그럴 수 있겠다"며 너털웃음을 지었다. 그가 수양딸로 삼은 안선주 원불교 교무는 각별한 정성으로 민 원장을 보살핀 배경에 대해 이렇게 설명했다.

"1999년 원장님을 처음 만났던 때부터 표정 한 구석에 쓸쓸한 듯한 그늘이 보였어요. 오랜 독신 생활 때문이려니 짐작 했으나 시간이 흐르면서 그 쓸쓸함이 다름아닌 가까운 사람들로부터 받은 마음의 상처에서 비롯되었음을 알게 되었지요. 사람 때문에 얻어진 상처라면 사람이 보듬어야겠다는 마음에서 교무 생활 틈틈이 찾아뵙고 아버님처럼 모셨습니다."

빛과 그림자

민병갈은 수목원 사업과 자연보호, 그리고 한국 자생식물의 해외 전파 말고도 한국에 살면서 좋은 일을 많이 했다. 그 대표적인 것이 장학사업 등 인재 키우기다. 나무만 심은 것이 아니라 꿈나무도 심은 것이다. 고액 봉급자에다 증권투자로 적지 않은 재력을 쌓았던 그는 촉망되는 꿈나무를 발견하면 학비 지원을 아끼지 않았다. 그로부터 개인적은 장학금을 받은 청소년이나 젊은이는 수목원 직원을 포함하여 50여 명이다. 수목원 교육생을 합치면 그 숫자는 훨씬 넘는다.

장학금 첫 수혜자는 1950년대 한국어 개인교사였던 민병규였다. 그는 민병갈 도움으로 미국 유학을 끝내고 AFP통신 특파원으로 활약했다. 태안 지방의 중고교생 몇 명에게도 학비 지원을 했다. 천리포수목원에는 민 원장의 도움으로 해외 유명 수목원에서 1년 이상 장기 연수를 받은 직원이 많다. 이들 중 일부는 국내 다른 수목원 등에 스카웃돼 국제감각을 익힌 수목 전문가로 활동하고 있다. 민 원장이 키운 인재들 중에는 세 명의 국내대학 교수가 있다. 천리포수목원의 교육생을 거친 김용식(영남대)과 김무열(전북대), 유학비 지원을 받은 김상태(상명여대) 교수가 그들이다. 미국 모턴Morton 수목원(일리노이 주)의 큐레이터로 있는 김군소와 충남 서산에서 변호사로 활동하는 최원영도 민 원장이 키운 인재다. 민 원장이 국내 원예식물계 발전에 끼친 큰 공로 중의 하나는 우수한 전문 인력을 양성하여 각급 연구기관과 수목원 등

▲ 수목원 직원들의 해외연수 교육에 관심이 많았던 민 원장은 2001년 4월 영국 출장길에 현지 유학 중인 두 직원을 런던에서 사는 친구이자 원예평론가인 존 갤러거의 집으로 불러 격려했다. 왼쪽부터 최창호, 갤러거, 비서 이규현, 민 원장, 김종건.

에 공급한 것이다. 충남 청양의 고운식물원을 설계한 정문영, 한국 수목원협회 부회장으로 있는 송기훈, 한화그룹 조경업무를 총괄하는 김정근, 국립수목원 연구관 배종규 등이 그들이다. 이들은 모두 민 원장의 도움으로 해외에 유학하여 선진 원예 재배기술을 습득한 인재들이다.

　장학사업 외에도 민병갈은 어려운 환경에 처한 사람과 재정이 빈약한 학술단체를 물질적으로 도왔다. 1972년 11월 15일자 동아일보를 보면 선천성 심장경화증을 앓는 13세 소녀의 딱한 사정을 듣고 서울~로스앤젤리스 왕복 항공권을 사주어 수술을 받도록 했다. 1973년 미국인 음악가 앨런 헤이먼Alan Heyman이 주도한 미국 카네기 홀의 한국 전통음악 공연에 경제적인 지원을 했다. 1970년대 말에는 한국식물분류학회의 회지 발간과 한국두루미보존협회의 연구 사업을 도왔다.

　빛이 있으면 그림자가 있듯이 민병갈이 살아온 길도 모두 빛나는 영광의 행로가 되기 어려웠다. 생면부지의 먼 나라에 와서 국적까지 바꾸며 반세기의 애정을 쏟았으나 적잖은 질시와 냉대를 감당하지 않으면 안 되었다. 그 발단은 미군 정보장교 출신이라는 전력이었다. 1970년대에는 교역이 불가능한 중공과 북한에서 씨앗을 들여 온 것이 문제가 되었고, 경제개발 바람이 일던 시절에는 대형 국책사업의 해외 발주에 개입한 것으로 의심받았다. 늘그막에는 한국 토종식물의 해외 유출을 조장한다는 여론재판에 휘말렸다.

민병갈에게는 많은 한국인 친구가 있었으나 모두 그를 좋게만 보지 않았다. 이국 정취를 즐기는 부유한 이방인으로 백안시되었는가 하면, 아집과 독선에 빠진 자연보호주의자라는 평을 듣기도 했다. 특히 그를 괴롭게 한 것은 알 만한 사람들이 그의 동성애를 부도덕하게 보는 따가운 시선이었다. 그는 애써 동성애를 옹호하지는 않았지만 결혼을 못 마땅하게 생각하는 등 은연중에 동성애 기질을 드러내 주변사람의 빈축을 샀다. 한 측근에 따르면 수목원 직원이 결혼을 하게 되면 축하금을 주고 나서 혼잣말로 "불행을 자초하는 바보"라고 중얼 거렸다는 것이다.

민 원장이 즐겨 읽는 책 중에 『동성애자 100인전』The Gay 100이라는 단행본이 있다. 폴 러셀Paul Russel이 쓴 이 책은 소크라테스, 미켈란제로, 록 허드슨, 마돈나 등 역사적으로 이름난 동성애자들의 기록이다. 그는 이 책을 보여주며 "한국인들은 동성애를 이해 못한다"고 은근히 불만을 나타냈다. 당시 그의 평전을 쓸 생각을 하고 있던 필자가 동성애자임을 밝혀도 좋으냐고 묻자 "괜찮아요"라는 짧은 말로 승낙했다. 그는 당연하다는 뜻으로 이 말을 자주 썼다. 그의 한국생활이 마냥 즐거울 수만 없었던 것은 다름 아닌 동성애에 대한 편견 때문이었다.

민병갈의 취미는 여행, 등산, 식도락, 외국어, 피아노, 게임 등으로 모험성과 향락성이 강한 것들이 많다. 만년까지 줄 담배에 독한 술을 즐겼던 그는 젊어서는 한 때 마작에 빠지기도 했으니 모범적인 생활인은 못되는 셈이다.

◀ 민 원장이 쓰던 책상과
유품. 망원경은 원장실
에서 가까운 연못에 날
라온 철새 가족을 관찰
할 때 사용하던 것이다.

그러나 자기관리는 철저히 했다. 담배를 하루 두 갑 반을 피우는 골초였으나 어느 날부터 점심시간이 끝나는 오후 1시까지 금연을 단행했다. 1980~1990 년대에는 독한 '88라이트' 킹사이즈만 고집하던 그는 기침이 심해지자 정오가 지나야 피우기로 하고 이를 철저히 지켰다. 그리고 얼마 후에는 한시간을 더 연장했다. 점심식사를 마치면 식탁위에 담배갑을 꺼내놓고 시계를 보며 오후 1시만 되기를 기다리는 습관은 암 진단을 받기까지 3년간 지속됐다.

30년 넘게 수발을 든 두 가정부는 밥상을 차릴 때 반드시 지켜야 할 수칙 하나가 몸에 배어있다. 계란 음식이나 닭고기를 식탁에 올리지 않는 것이다. 닭이라면 냄새는 물론 소리만 들어도 닭살이 돋을 정도로 닭을 혐오했다. 그토록 닭을 싫어한 것은 좋아하는 개구리를 잡아먹어서가 아니라 다른 이유가 있었다. 미국에서 여의사로 일하는 조카 데보라 밀러Deborra Miller는 아버지 앨버트에게서 들었다며 닭 혐오증 내력을 이렇게 설명했다.

"페리스 삼촌이 사춘기 시절, 할아버지가 일찍 세상을 떠나 생계가 어려워

진 할머니는 워싱턴으로 가서 직장생활을 하고 고모할머니와 함께 집에 남은 삼 남매는 닭을 키우며 닭고기를 팔아 학비를 마련했대요. 그런데 맏아들인 삼촌은 마음이 약해 닭 잡는 일을 차마 못하고 바로 밑 여동생인 맥데이드 고모에게 떠 맡겼다는군요. 막내인 제 아빠도 발뺌을 하고…. 삼촌은 어린 여동생에 못할 짓을 한 죄책감과 집안에서 닭 목을 따는 것을 본 것이 악몽으로 남아 닭이라면 몸서리를 쳤어요."

천리포수목원 경내에 있는 '닭섬'도 그 이름이 무사하지 못했다. 1975년 매입한 1만 2천 평의 이 무인도는 곰솔과 상록 활엽수로 덮인 아름다운 섬이었으나 민 원장은 지도상의 명칭에 닭이 들어간 것이 못마땅했다. 적어도 수목원 안내도에서는 '닭' 자를 떼고 싶었던 그는 태안중학교 생물교사로부터 섬에 낭새라는 바다직바구리과에 속하는 물새가 한때 서식했다는 설명을 듣고 옳다 싶어 '낭새섬'으로 바꾸어버렸다. 수목원 정문 앞에 사는 농부 박상곤을 찾아가 집에서 닭을 키우는 것을 문제 삼은 이야기는 마을 사람들에게 오랜 화젯거리로 남아 있다. 이 다툼을 계기로 동년배의 두 사람은 마을에서 가장 친한 사이가 되었다.

시작과 끝

민병갈의 출생지는 미국 펜실베이니아 주의 한적한 광산촌이다. 15세 때 아버지를 여의고 홀어머니 밑에서 두 남매 동생과 함께 어렵게 자랐다. 2년제 초급대학을 나온 뒤 4년제 대학에 편입할 만큼 집안이 빈한했다. 화학을 전공한 자연과학도가 해군정보학교에 들어간 것에 대해 본인은 모험심 때문이었다고 밝혔지만 당시 2차 세계대전에 참전한 미국의 징병제에서 사병 입대를 피하려는 편법이었던 것 같다. 행동거지로 볼 때 그는 참호에 숨어 있다가 적진으로 돌진하는 소총병 체질이 아니다.

정보학교를 졸업 후 해군 장교가 되었지만 민병갈은 총 한방 쏘아본 적이 없다. 임관 후 배속된 오키나와 미군 기지는 한국으로 가는 길목이었다. 한국에 첫발을 디딘 1945년 9월부터 대한민국 정부가 수립된 1948년 8월까지 정보장교와 군정청 관리로 보낸 한국생활 3년은 미국 정부로부터 월급을 받는 펜타곤(미 국방부) 요원이었다. 본인은 군사정보 수집과 일본인의 재산관리 등 두 가지 공무에 전념했다는 것 이상은 밝힌 것이 없다.

민병갈이 한국에서 보낸 반세기는 도전과 모험으로 엮어진 긴 세월이다. 언어와 생활습관이 다른 만리타국에 정착하려 한 것 자체가 도전이었고 뒤늦게 식물학도가 되어 수목원을 시작한 것도 모험이었다. 자신이 제2 조국으로 삼은 나라의 전통적인 생활문화를 지키겠다고 승산 없는 도전도 했다. 헐리는 한옥을 옮겨 짓고 한복을 애용하며 외국인 친구들을 불러 김치 파티를 열었다. 시류를 거슬러 한자漢字 옹호론을 펴기도 했다. 그 모두가 계란으로 바위 치기였지만 그에게는 도전 자체가 즐거움이었다. 80세 생일을 맞은 일주일 뒤 직장암 선고를 받은 그는 15개월간의 초인적인 투병 끝에 2002년 4월 8일 태안 보건의료원에서 81세를 일기로 타계했다.

사후에 공개된 민병갈의 유언장 내용은 간명했다. "나의 전 재산을 천리포 수목원에 유증한다"는 한마디였다. 이 유언을 달리 해석하면 "전 재산을 나무들에게 준다"는 말과 같다. 평생토록 나무를 사랑하고 나무에게 미안했던 그는 전 재산과 함께 자신의 몸까지 나무에게 바쳤다. 천리포수목원은 2012년 4월 8일 10주기를 맞아 고인의 유지를 받들어 무덤을 헐고 유해를 불살라 나무들의 거름으로 뿌렸다.

유년기와 성장기

민병갈은 1921년 12월 24일 미국 펜실바니아 주의 작은 도시 웨스트 피츠톤West Pittston에서 독일계 이민 후손 찰스 밀러Charles E Miller의 2남 1녀 중 맏아들로 태어났다. 미국 본명은 칼 페리스 밀러. 조부 조세프 밀러Joseph C. Miller는 18세기 말 독일 청교도의 이민선을 타고 미국 동부 펜실베이니어에 정착한 루터교 신자였다. 자동차 정비업을 하던 아버지 찰스는 유럽전쟁 참전 중 부상을 입은 후유증으로 일찍 세상을 떠나 페리스 등 3남매는 홀어머니 밑에서 자랐다. 어머니 에드나 오버필드는 같은 펜실베이니어

▲ 정장을 한 15세의 칼 밀러(맨 오른쪽). 여동생 준 밀러와 남동생 앨버트 밀러 등 남매 동생과 함께 사진을 찍었다.

출신으로 버크넬 대학에서 수학과 라틴어를 공부한 재원이었다.

어린 시절 밀러의 어려웠던 가정환경은 결혼 16년 만에 과부가 된 어머니 에드나의 딱한 사정과 관계가 깊다. 작은 문서 하나도 버리지 않았던 민병갈은 어머니에 대한 기록을 소중히 간직했다. 에드나가 1996년 5월 세상을 떠났을 때 피츠턴 지역신문 '윌크스 바 레코드Wilkes Barre Record'와 사우스 피츠턴의 부녀회 '우먼스 클럽'의 회보는 파란 많은 1세기를 산 에드나의 부음을 전하며 그녀의 생애를 소개했다. 에드나의 일생은 아들 민병갈의 어린 시절을 가늠하게 한다. 신문과 잡지에 실린 글을 요약하면 다음과 같다.

"에드나 오버필드 밀러는 1895년 9월 19일 펜실바니아주 미소펜에서 태어났다. 아버지 노먼은 대장장이였다가 후에 정비공이 되었다. 오빠가 있었으나 생후 6개월만에 디프테리아로 사망하여 외동 딸로 자란 에드나는 버크넬 대학에 진학하여 수학, 라틴어, 독일어, 철학 등을 공부하여 1917년 교육학 학사 학위를 받았다. 졸업 후 1년 동안 교사로 일했으나, 이 일이 자신에게 잘 맞지 않는다는 것을 알고는 그만 두었다.

1920년 3월 24일, 에드나는 사촌을 통해 소개받은 찰스 E. 밀러와 결혼식을 올렸다. 두 사람이 사귀던 중 전쟁이 일어나 유럽 전쟁전선에 참전한 찰스는 불행히도 큰 부상을 입고 고향으로 돌아왔다. 부모의 반대로 자신의 마음이 바뀔까 두려워 혼례를 재촉한 에드나는 결혼 이듬해 말 맏아들 페리스를 낳고 뒤이어 딸 준과 2남 앨버트를 두게 되었다.

남편 찰스는 전상 후유증으로 결혼 16년 만에 세상을 떠났다. 41세에 홀몸이 된 에드나는 15, 13, 10세된 3남매를 양육하기 위해 무슨 일이든 해야 했다. 로터리클럽에 음식을 납품했고, 중증장애아를 돌보았으며, 남는 시간에 청소부와 세탁부로 일했다. 자녀들은 집에서 야채와 닭을 길러 파는 고달픈 어린 시절을 보냈다. 1942년 공무원 시험에 합격한 에드나는 워싱턴 행정부로 발령받아 생계를 위해 3남매를 고모와 시조부모에 맡기고 집을 떠나야 했다. 10년 만에 피츠턴에 돌아온 에드나는 1960년 큰아들 페리스를 따라 한국에 가서 미 8군 사령부에 취직하여 1964년 7월 13일까지 타이피스트로 일했다. 1965년 귀국 후에도 여러 차례 한국을 방문한 그녀에게 한국은 제2 고향과 다름없다. 에드나는 특히 여행을 좋아하여 칠순 나이에 아시아, 유럽, 아프리카를 떠도는 방랑자가 되기도 했다. 여행에는 한국에서 경제적으로 성공한 페리스의 도움이 컸다.

그녀는 독실한 기독교 신자로 피츠턴의 루터교회에 다니다가 피닉스빌의 제1 감리교회로 옮겼다. 7명의 손자와 8명의 증손자를 만나는 것이 가장 즐거웠던 에드나의 또 다른 재미는 가족이나 친구들과 브리지와 피녀클 게임을 하는 것이었다. 한국에 귀화한 아들 페리스를 만나러 90세까지 한국을 방문했던 에드나는 1996년 1월 17일 페닉스빌 마노 양노원에서 101세로 사망했다."

▲ 1951년 3월 미국에 도착한 밀러를 마중하기 위해 공항에 나온 가족들. 밀러 오른쪽이 어머니, 아이들은 왼쪽에 서 있는 여동생의 자녀들이다.

가족과 친구들 사이에 페리스로 불렸던 칼 밀러는 1941년 고향 근처에 있는 윌크스Wilkes대학에서 초급대학 과정을 마친 후 어머니가 다닌 버크넬Bucknell 대학 화학과에 진학하여 1943년에 졸업한다. 집안 사정은 동생 남매와 함께 집에서 닭을 키워 팔아야 할 만큼 빈한했다. 대학에 들어가서는 학비 대부분을 장학금으로 해결하고 용돈은 교회에서 올겐 반

주를 해 주는 일로 벌었다. 그가 나중에 한국에 살면서 가끔 선보인 재즈 피아노곡 연주 실력은 이때 익힌 것이다. 대학 성적은 미국 대학의 최상위권 학생에만 문호가 열려 있는 200년 전통의 '파이 베타 카파Phi Beta Kappa' 회원이 될 만큼 뛰어났다. 1942년 11월 이 같은 사실을 보도한 지역신문 스크랩 기사에 따르면 1939년 웨스트 피츠턴 고등학교를 졸업한 밀러는 고교 재학 중에도 뛰어난 학업성적을 보여 125달러의 장학금을 받았다.

1980년 3월 민병갈이 한국 귀화 후 처음으로 고향을 찾았을 때 그 곳 지역신문 '윌크스 바 레코드' 가 보도한 내용을 보면 학창시절의 칼 밀러는 온순하면서도 열성적인 학구파였다. 자기 고장 출신이 한국에 가서 세계적인 수목원을 차린 것을 자랑스럽게 소개한 이 신문은 한 동창생의 말을 빌어 "젊은

날의 페리스는 말없고 차분하며 열성적인 학생"이었다고 인용 보도했다. 2001년 8월 형을 문병하기 위해 한국에 온 남동생 앨버트는 학창시절의 형에 대해서 "누구와도 다툰 적이 없으며 호기심과 모험심은 강했으나 수목원 같은 것은 꿈도 꾸지 않았다"고 회고했다.

밀러는 대학 졸업을 앞두고 로체스터(뉴욕주)에 있는 코닥사로부터 채용 제의를 받는다. 영문잡지 '아리랑' 1986년 겨울호에 실린 수잔 멀리스Susan Mulix의 인터뷰 기사[36]에 따르면 '좀더 모험적인 일을 하고 싶어' 병역 면제도 받는 좋은 직장을 마다하고 졸업

▲ 칼 밀러가 명망 높은 '파이 베타 카파' 장학생에 선발된 사실을 보도한 지역신문 기사.

사흘 만에 미 해군 정보학교의 일본어 훈련과정에 지원한다. 그가 입학한 정보학교는 일본어와 동양어를 집중적으로 가르치는 미 해군 동양어학교(The US Navy Japanese/Oriental Language School)라는 군사교육기관으로 일본과 태평양전쟁을 하고 있던 미국이 군사적 필요에 따라 콜로라도 대학(스프링 필드) 부설로 세운 해군 위탁교육기관이었다.

해군 정보학교 입학은 한국과 인연을 맺는 중요한 계기가 된다. 일본어 학습을 통해 같은 한자문화권에 있는 한국에 관심을 갖게 되고 한국을 잘아는

---

[36] After leaving Bucknell University with a degree in chemistry in 1943, Miller did not go back to old home town. He was offered a job with Eastern-Kodak in Rochester, New York. It was a good opportunity and included a built-in draft deferment, but as he recalls, "I was young and I wanted to have more adventure." So instead he talk his way into a Japanese language training class run by U.S. Navy at the University of Colorado. When he learned about the school it had filled almost all of its slots for male trainees, but he followed the recruiter to Cambridge, Massachusetts (just three days after he graduated from Bucknell) and was accepted on the spot. <The Blue Eyed Korean', Arirang,Winter 1986, by Susan P. Mulnix>

▲ 1943년 9월에 찍은 칼 밀러의 버크넬 대학 졸업 사진

종군신부인 에드워드 배론 정보학교 교장으로부터 '한국은 매력적인 나라'
라는 이야기를 들었기 때문이다. 뒷날 민병갈은 기숙사에서도 영어를 못 쓰
는 엄격한 학칙 아래 2년 동안 집중적인 일본어 교육을 받으며 코리아라는 나
라를 끊임없이 생각했다고 회고했다.

　1944년 말 정보학교 졸업과 동시에 해군 중위로 임관된 밀러는 하와이 해
군기지에서 일본군 항공기의 매뉴얼을 번역하는 따분한 일을 하다가 1945년
4월 오끼나와 주둔 미 극동군 사령부의 일본어 통역장교로 부임한다. 오키나
와에 배속되었을 때는 섬 장악을 위한 미군의 공격이 치열할 때였다. 총탄이
비오듯 하는 참호 속에서 밀러가 맡은 일은 잡혀 온 일본군을 통해 적정을 알
아내는 포로 심문이었다. 이때 그는 일본군 포로 속에 끼어있는 한국인을 처
음 만나 한동안 잊혀져 있던 한국을 다시 생각하게 된다. 얼마 후 일본이 항

복하고 미군이 한반도에 진주하게 되자 밀러는 한국행을 지원하여 운명적인
한국과의 만남이 시작된다.

혈육과 인조 가족들

평생 독신으로 지낸 민병갈에게
혈육은 미국에서 사는 어머니와 형
제자매 밖에 없다. 아버지는 일찍
세상을 떠나고 고모가 이웃에서 가
족처럼 살았다. 그가 극진한 사랑
을 베푼 여성 가족은 어머니 에드나,
고모 루스 카이트, 그리고 두 살 아
래인 여동생 준 맥데이드June Miller
MacDade 등 세 명이다. 어렸을 때부
터 어려운 환경에서 함께 자란 준은

▲ 민 원장이 어머니처럼 따르던 고모 루스 카이트.
한복을 입고 있다.(1953년 9월)

결혼하여 집을 떠났어도 변함없이 가까운 혈육이었다. 남동생 앨버트는 일본
여성 에미코와 결혼하여 한 때는 한국에서 살았다.

한국을 여러 차례 방문했던 준은 2002년 4월 초 민병갈이 죽기 사흘 전 남
편과 함께 한국에 문병 와서 뼈만 남은 오라버니를 보고 눈물을 흘리며 돌아
갔다. 민병갈이 세상을 떠난지 3주 후인 4월 27일 준은 오빠를 대신하여 필라
델피아에 갔다. 프리덤 재단이 수여하는 '우정의 메달'을 받기 위해서였다.
래디슨 투웰브 세자르 호텔에서 열린 시상식에서 79세의 여동생은 답례사에
서 "오빠는 생전에 이 메달을 받는다는 사실을 알고 무척 기뻐했다. 나를 만

▲ 민병갈의 어머니 에드나(왼쪽)와 남동생 부인인 일본 태생 에미코. 두 여성은 5년간 한국에 살면서 고부간의 정을 다졌다.

나러 미국에 와서도 돌아 갈 날만 기다릴 만큼 오빠는 한국을 사랑했다"고 말하며 목이 메었다. 시상식에 참석한 그녀의 짧막한 소감은 미국 호랑가시학회지의 민병갈 추모특집에 실려 있다.

고모 루스는 이웃에 살면서 페리스(민병갈)를 포함한 세 조카를 끔찍이 사랑했다. '루스 아줌마Aunt Ruth'라는 별칭으로 통했던 그녀는 집을 떠나 워싱턴에서 직장생활을 하는 올케 에드나를 대신하여 밀러 남매들에게 모정 이상의 사랑을 베풀었다. 페리스가 입대한 뒤에는 군인 봉급을 쪼개서 보낸 돈을 은행에 넣어 주는 예금관리까지 해 주었다. 글 쓰는 것을 좋아했던 루스는 일주일이 멀다고 페리스에게 편지를 보냈다. 에드나와 함께 여러 차례 한국을 방문한 그녀는 에드나보다 10년 먼저 1986년 90세로 세상을 떠났다.

한국에서 사는 동안 민병갈은 독신 생활을 지켰지만 혼자 산 경우는 거의 없다. 한국생활이 안정된 다음부터는 가정부와 양아들을 두었고 1960년에는 어머니를 모셔와 5년 동안 한집에 살거나 이웃간에 살았다. 어머니가 귀국 후에는 양아들이 결혼하여 며느리와 손주가 생겼다. 민병갈은 혈연관계를 떠나서 만들어진 가족이라는 뜻으로 이들을 '인조 가족'이라고 불렀다. 네 명의 양아들과 두 명의 가정부, 그리고 그 자녀들이 그들이다. 남녀 두 명의 비서도 여기에 포함된다. 네 양아들을 나이 순서로 말하면 김갑순(1943년생), 송진수(1945년생), 김홍걸, 구연수 등이다. 이들 중 가장 먼저 입양된 송진수는 결혼 후에도 민 원장의 말년까지 가족과 함께 천리포에서 이웃 간에 살았다.

송진수는 1961년 중학교 3학년 때 한국일보에 '진학이 어려운 가난한 수재'로 보도된 것이 인연이 되어 입양되었다. 그의 재능을 알아 본 민병갈은 어렸을 때부터 영어와 브리지 게임을 직접 가르치고 장성해서는 두 차례 해외연수를 보내는 등 극진한 사랑을 베풀었다. 그가 결혼하여 정근·정애 남매를 두게 되자 민병갈은 가족이 늘었다고 기뻐하며 어린 손주를 데리고 살다시피 했다. 추위를 많이 탄 그는 1월 초가 되면 해마다 어김없이 하와이로 가족여행을 떠났다. 한양대학 건축 공학과를 나와 수목원의 초가형 건물을 설계한 송진수는 불행히도 2004년 지병으로 타계했다.

민병갈에게는 또 다른 인조가족이 있다. 가정부로 집안일을 돌 본 박순덕과 김옥주로 30년 넘게 한솥 밥을 먹은 식구다. '아주머니'로 호칭되는 두 여성은 미

▲ 민 원장의 연희동 집 살림을 40여 년간 돌 본 박순덕(왼쪽)과 김옥주가 민병갈의 조카 데비 밀러(가운데)와 함께 포즈를 취하고 있다.

▲ 민 원장을 헌신적으로 뒷바라지 한 박동희(왼쪽)와 박순덕의 젊은 날

8군에서 요리사와 간호사로 일한 전력을 살려 손님접대, 영양관리, 건강점검 등 가정부 이상의 일을 했다. 이들에게 맡겨진 또 다른 일은 희귀 외래종 씨앗을 심고 배양하는 온실 관리였다. 박순덕은 유복자로 자란 외아들을 키우며 민병갈의 뒷바라지를 했다. 말년에는 지극정성으로 병치레를 했다. 그녀의 아들이나 손주들도 인조가족에 들어간다. 또 다른 아주머니 김옥주는 평

생 독신으로 연희동 집을 지키며 살림을 도왔다. 민병갈은 그 은혜를 못 잊어 유언장을 통해 두 아주머니에게 노후 생활비를 남겼다.

민병갈을 도운 제3의 '아주머니'로 수목원 초창기에 인부들 밥을 해주며 천리포 숙소를 지킨 박동희가 있다. 일찍 남편과 사별한 그녀는 천리포에 살면서 민병갈을 도운 사례금으로 세 아들을 키웠다. 그 중 한 사람은 태안군 군의원이 되었다. 서울사무실의 여비서로 25년간 보필한 윤혜정도 인조가족의 한 사람으로 사랑을 받았다. 민병갈이 세상을 떠났을 때 가장 슬퍼한 한국 여성은 박순덕, 김주옥, 박동희, 윤혜정 등 네 측근이다.

1982년부터 수행비서로 30년간 그림자처럼 따랐던 이규현 역시 인조가족과 다름없다. 그는 민 원장의 의중을 꿰뚫고 수목원의 관리운영에 수완을 보여 1급 참모로 대우받았다. 직원 한 사람을 쓸 때도 작은 물건 하나를 살 때도 의논 대상이 될 만큼 두터운 신임을 받았다. 해외출장 때도 예외 없이 동행하여 그를 모르는 민병갈의 외국인 친구가 드물다. 양아들 송진수와 함께 임종을 지켰던 그는 민병갈 묘소를 찾을 때마다 불붙인 담배 한 개비와 소주 한잔을 상석에 올려놓고 재배한다. 현재 천리포수목원 이사로 있으면서 민 원장의 유지 계승에 각별한 노력을 기울이고 있다.

민 원장은 수목원 직원들을 가족처럼 대했다. 중도에 나간 직원들도 많지만 30년 이상 근속자도 여러 명이 있다. 정문영, 김동국 등이 그들이다. 농사일을 전담한 유동현과 초가지붕 전문가 김동국은 정년까지 맞았다. 무궁화 전문가인 김건호는 토요일 일과가 끝나면 민 원장과

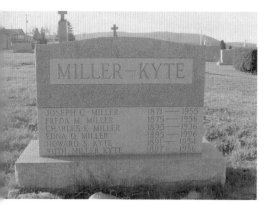

▲ 미국 사우스 핏츠턴에 있는 밀러 루스 양가의 합동 묘지. 민병갈의 조부모, 부모, 고모 내외 등 6명의 유골이 한 곳에 묻혀 있다.

사무실에서 맥주 파티를 갖는 것이 큰 즐거움이었다고 회고했다. 한번은 회식자리에서 한 젊은 남자 직원이 불쑥 "원장님은 동성애자라는데 사실인가요?"라고 당돌한 질문을 했다. 이에 민 원장은 프로포즈를 하느냐고 운을 뗀 뒤 "자네는 내 파트너가 되기엔 너무 어리다"고 말해 좌중을 웃겼다.

수목원 안에서는 무섭게 일을 다그치는 민 원장도 사석에서는 직원들에 자상한 어른이자 엄격한 스승 노릇을 했다. 그 밑에서 10년을 일한 한 60대 남자는 만리포 해안에서 꽁초를 버렸다가 호된 꾸지람을 들을 젊은 날을 회고했다. 버린 꽁초를 다시 주워오라는 엄명에 따른 후부터 30연간 꽁초를 주머니에 넣고 다니는 습성이 이어졌다는 것이다. 해마다 12월 24일이면 큰 절로 생일을 축하하던 수목원 직원들은 2002년 봄, 민 원장이 세상을 떠나자 꽃상여를 메고 어버이처럼 따른 고인의 저승길을 바래다주었다.

말년을 아름답게

민병갈은 한국에 오랫동안 머문 많은 외국인이 그러했듯이 한국의 서화나 골동품을 많이 소장하고 있었다. 그러나 이들 대부분은 돈을 들여 수집한 것이 아니고 선물로 받은 것이라서 값 나가는 물건은 별로 없다. 돈을 주고 산 것이 있다면 지나다가 고물상이나 노점상으로부터 구입한 민예품이나 옛 그릇 등 생활소품일 뿐이다. 그가 세상을 떠난 뒤 전문가들이 감정한 바에 의하면 양반집 소품인 탁자용 병풍과 위창 오세창이 쓴 여섯 폭의 서도 병풍, 그리고 고암 이응로가 그린 동양화 10여 점이 비교적 고가품에 들어간다.

유품들은 주인이 세상을 떠난 뒤 창고에 처박혀 있다가 8년 만인 2010년에야 먼지를 털고 정리의 손길을 맞는다. 정리된 골동품, 민예품, 서화 등은 모두 132점으로 그 중 쓸 만한 것은 63점에 불과했다. 전문가가 최고가품으로 지목한 탁자용 병풍은 같은 해 7월 25일 KBS에서 방영된 '진품 명품' 심사에서 1,400만 원으로 판정나 출품자가 기대한 3~4천만 원을 크게 밑돌았다. 좌우 길이가 1미터 안팎인 이 탁자용 병풍은 청전靑田 심산心山 등 네 명의 화가와 위창葦滄 석정石丁 등 또 다른 네 서예가의 작품을 한 데 묶은 것으로 민병갈 자신도 이 소품이 값나가는 물건인 줄 몰랐다.

민 원장이 애지중지한 소장품은 위창 오세창 글씨로 만든 여섯 폭짜리 병풍이었다. 그는 천리포 숙소인 후박집 서재에 세워진 이 병풍을 배경으로 좌정하여 책을 보거나 손님을 맞았다. 침실에 있는 고암 이응로의 그림과 이건직이 쓴 서예 작품도 사랑을 받았으나 그 시세는 지방 풍물시장에서 산 탁자용 병풍에 못 미치는 것으로 판정났다. 소장품 중 비교적 값이 나가는 40여점은 수목원의 운영비 조달을 위해 2011년 가을 6,000만 원에 일괄 처분되었다. 민 원장의 체취가 담긴 이들 애장품들은 그의 유품 목록에서 다시는 볼 수 없게 되었다.

민병갈은 고서화나 민예품 등 수집을 좋아했으나 취미 이상으로 하지 않았다. 개중에는 진품도 있었지만 미국에 있는 혈육이나 양아들 가족을 포함하여 누구에게도 준 적이 없다. 식물 관련 서적을 제외한 모든 장서를 이화여대 100주년 기념 도서관에 기증했던 그는 애지중지하던 구한 말의 희귀 우표도 함께 주었다. 그가 평생을 통해 가장 많이 수집한 나무는 학교나 공공기관에 기증 만 했을 뿐, 한 그루도 판 적이 없다. 팔았다면 일 년에 두 번 후원회 회원에게 염가로 제공한 정도 일 뿐이다. 그리고 모든 나무는 땅과 함께 재단법인 천리포수목원에 귀속시켰다.

2001년 가을, 병세가 침중했던 민병갈은 그가 학자금을 대준 최원영 변호사를 불러 유언장을 고쳤다. 고치기 전의 내용은 알 수 없으나 사후에 개봉된 내용은 금융자산 일부를 손주와 가정부 등 측근에 주라는 말과 함께 "나머지

나의 전 재산을 천리포수목원에 유증한다"는 몇 마디였다. 남긴 자산은 유가 증권을 포함한 20억 원과 미국은행 예치금 10만 달러 정도로 밝혀졌으나 미국에 있는 가족에게 주라는 유언은 한마디도 없었다. 수목원 운영 방향에 대해서는 죽기 얼마 전 수목원의 장래를 걱정하는 직원들에게 "재단 이사회가 잘 운영하기를 바란다"는 말만 남겼을 뿐이다.

자신의 장례문제에 관해서는 유언장에 밝히지 않았으나 매장을 원하지 않는다는 말은 생전에 여러 차례 했다. 1990년 봄 식목일을 며칠 앞두고 가진 필자와의 대담에서 민병갈은 자신의 시신이 나무의 생장을 돕는 거름으로 활용되기를 바란다고 말했다. 죽으면 한국에 묻힐거냐는 질문에 "나는 나무를 심기 위해 수목원 경내에 있는 수많은 묘지를 파헤쳤다"고 고백하며 자신이 매장되는 일은 있을 수 없다고 말했다. 화장을 해서 그 뼈 가루를 나무뿌리 근처에 뿌려지기를 바란다는 것이다. 그러나 그의 시신은 양아들 송진수의 희망에 따라 수목원 경내에 매장되었다.

2002년 이른 봄, 죽음이 다가오고 있음을 감지한 민병갈은 3월 초부터 신변 정리에 들어갔다. 일차로 유언장을 고친 그는 우선 가까웠던 친구와 친지들을 그룹별로 초청하여 그동안의 우정과 신세를 고마워하는 고별 행사를 갖기로 한다. 사무실 가족, 한국인 친구, 외국인 친구, 브리지 친구 등으로 나누어 5~6명 단위로 함께 식사를 하는 일종의 '최후의 만찬' 자리였다. 당시 그는 일반 음식은 입에도 못대고 병원이 마련해준 휴대용 영양식으로 연명하고 었었다. 그의 오랜 친구 도로우 목사는 민병갈 장례식에서 다음[37]과 같은 추도사를 영어로 읽었다.

"민병갈님은 특별한 분이었습니다. 뛰어난 머리와 기억력은 전설적입니다. 수목원에 있는 수천종류의 식물 이름을 한국어, 라틴어, 영어로 외울 만큼 그는 천재적인 식물 지식을 갖고 있었습니다. 자신의 시간을 남을 위해 기꺼이 할애하였습니다. 모든 사람에게 친절하였고 다른 사람이 무엇을 원하는지 신경을 썼습니다. 어떤 상황에서도 유머를 잃지 않았으며 높은 절제력과 함께 단호한 성품을 가진 분이었습니다. 많은 분들이 알고 있듯이 민병갈님은 마지막까지 규칙적인 일과를 지켰습니다. 사무실에 정시 출근하고, 주말에는 수목원에서 일하고, 그리고 언제나 친구를 초대하였습니다. 세상을 떠나기 정확히 일주일 전에 그는 몇 친구들을 점심에 초대하였습니다. 그 자신은 걷는 것도 테이블에 앉아 있는 것도 쉽지 않았습니다. 그리고 아무것도 먹을 수 없었습니다. 그러나 식사 내내 그는 손님들에게 전과 같은 배려를 잊지 않았습니다. 민 원장은 먹는 것을 사랑했던 분입니다. 한국음식과 서양음식을 불문하고 뛰어난 미식가였습니다. 집에서든 음식점에서든 다른 사람과 식사하는 것을 즐겼습니다."

한국이 가난했을 때 이 땅의 자연과 전통문화에 반하여 정착한 서양인들은 많다. 그들은 대개 선교사 등 종교인이 대부분이다. 한국인 아내를 따라 국적을 바꾼 경우도 있다. 그러나 이들은 말년이 되면 거의 고국으로 돌아간다.

37 Mr. Min was an extraordinary person. He had a brilliant mind with a memory that is fabled. His knowledge of the thousands of plants in the Arboretum was phenomenal; he was able to give the name of each one—in Korean, Latin and English. He was generous with his time and fortune; he was hospitable to one and all; he was sensitive to people's needs. He was good humored in all circumstances. Mr. Min was highly disciplined and determined. As many of you know, he maintained his schedule to the end—going regularly to the office, to the Arboretum on weekends, and hosting his friends as always. Just a week before his death he insisted on inviting a few friends to lunch. He himself was barely able to walk; he sat at the table, not able to eat anything. But throughout the meal he carried through with his typical concern for his guests and their welfare. Mr.Min loved to eat. He had a gourmet taste in food, including all varieties of Korean and western dishes. In the typical Korean fashion, of course, this meant sharing his table with others, whether in his home or in good restaurants. <Memorial address by Rev. Dorrow, Apr. 12, 2002>

일부는 한국에서 수집한 진귀한 골동품이나 민예품들을 가져가 한국생활의 기념품으로 간직한다. 그러나 민병갈은 이들과 다르게 법적인 한국인으로 살다가 평생 수집품 모두를 남겨놓고 이 땅에 묻혔다.

2011년 말, 천리포수목원 재단 이사회는 민 원장의 10주기 기념행사를 기획하면서 고인의 유지를 받드는 중요한 결정 하나를 내렸다. 2012년 4월 8일 기일을 맞아 그의 시신을 거두어 수목장樹木葬을 치르기로 한 것이다. 수목원 경내에 묻혀 10년 세월을 보낸 설립자가 어두운 땅 속을 벗어나 생전에 그토록 사랑했던 나무들 곁에서 사시사철을 보내게 하자는 배려였다.

이제 가면 언제 오나

2001년 1월 몸에 이상을 느끼고 세브란스병원을 찾은 민병갈은 의사로부터 매우 충격적인 진단을 받는다. 직장암 말기에 앞으로 살 날이 3개월 정도라는 것이다. 불과 한달 전에 한 유명 건강진단기관으로부터 약간의 폐 질환을 빼고는 건강에 이상이 없다는 결과를 통보받은 그로서는 믿어지지 않는 진단이었다. 재검을 했으나 결과는 같았다. 의사는 방사능 치료는 어려우니 항암제 주사를 맞아야 한다고 말했다. 담담하게 의사의 치료 방법을 받아들인 그는 그날로부터 1년 3개월에 걸친 투병생활에 들어간다.

세브란스병원의 심장혈관 병동 13층에 입원한 민병갈 환자는 여유 만만해 보였다. 문병을 갔더니 첫마디가 "석 달 정도 더 살겠다니 말도 안돼. 그보다는 훨씬 더 살 테니 걱정하지 마세요"라며 오히려 문병객을 위로했다. 간호사의 말을 들어보니 입원 첫날 두 가지를 요청했다고 한다. 병원식에 닭고기를 넣지 말 것과 특실 입원비가 너무 비싸니 값싼 1인실로 옮겨 달라는 주문이었다. 하루 62만 원짜리 병실은 그의 재력과 얼마 안 남은 여생을 고려하여 비서가 신청한 것이었으나 수목원 운영비를 축낸다고 옮길 것을 재촉했다.

고통스러운 항암치료 기간에도 민병갈의 일과는 변함이 없었다. 정기적으로 받는 사흘간의 항암제 치료가 끝나면 민병갈은 곧장 명동 쌍용투자증권 사무실로 출근했다. 그리고 금요일 오후가 되면 어김없이 천리포수목원으로 내려가 밀린 일을 마치고 월요일 새벽이면 출근을 위해 서울로 서둘러 떠났다. 두 번째 투약을 받고 난 2001년 3월 말에는 더블린(아일랜드)에서 열리는 국제수목학회에 참석하기 위해 해외출장에 나서기도 했다. '마지막 해외여행'이라며 그 해 가을 찾은 곳은 그가 한국 다음으로 뉴질랜드와 함께 좋아하는 베트남이었다. 귀국 후 병세가 악화됐으나 서울과 천리포를 오가는 근무 형태는 조금도 바뀌지 않았다.

민병갈의 투병은 초인적이라 할 만 했다. 항암제 치료를 받는 고통 속에서도 그가 통증을 호소하는 것을 한번도 보지 못했다고 수발을 들어준 박순덕은 회고했다. 입원 중 아픔을 이기는 방법은 주로 독서였다. 소설류는 잘 보지 않고 논픽션을 좋아한 그가 병원에서 많이 읽은 책은 서양인이 쓴 아시아 기행문이었다. 자신이 앓는 병의 정체를 알고 싶었던 그는 미국 친지를 통해 직장암에 관한 비디오 테이프를 입수하여 두 차례 정밀 시청했다. 테이프를 자세히 보고나서 자신의 병세가 회복이 어렵다는 것을 알게 된 그는 매우 참담한 표정이었다. 한번은 "도대체 나는 어떻게 해야 하나"라고 영어로 뇌까리는 한탄을 들은 적이 있다. 자신의 번민이 부질없다고 느꼈는지 얼마 후 VCR(녹화재생기)를 치우게 하고 다시 독서에 빠졌다.

병이 침중해진 2001년 말 명동 사무실에 출근한 민병갈의 모습은 보기에 딱할 정도로 수척해 있었다. 보기에 너무 안 되어서 "그만 쉬시라"는 말을 꺼냈다가 크게 무안을 당했다. "수목원은 어쩌란 말이야"라고 역정을 냈기 때문이다. 남에게 이처럼 신경질적인 반응을 보이는 것은 그에게 매우 드문 일이었다. 그만큼 수목원은 그에게 소중했다. 어떻게 보면 자신의 건강보다 수목원의 안위를 더 많이 걱정했는지 모른다.

민병갈은 죽음을 의연하게 받아들였다. 가까운 친구들에게 자신의 죽음이 가까웠음을 밝히는 데 주저하지 않았다. 그 솔직함이 때로는 듣는 이를 민망하게 했다. 사망하기 5개월 전 쯤 장충동의 서울클럽 식당에서 아리스 킴이라는 한국인 여성 친구가 그의 수척한 모습을 보고 놀라서 문안을 했을 때 민원장의 대답이 인상적이었다. "나 암 걸렸어. 의사가 곧 죽을 거래" 라는 말에 상대방이 농담으로 받아들이자 옆에 있는 동행자를 통해 사실임을 확인시켰다.

입원실을 자주 찾았던 세브란스병원의 미국인 의사 인요한을 만나면 "내가 살 날이 며칠 남았나?" 라는 어처구니없는 질문을 하기가 예사였다. 항암제 치료로 머리가 다 빠져서는 모자 패션에 신경을 쓰며 "암 환자로 안 보이지?" 라고 물어 여비서 윤혜정을 당혹스럽게 했다. 그는 울고 싶은 마음을 웃음으로 달래고 있었다.

투병 1년이 지난 2002년 2월 중순 민병갈은 암세포가 온몸에 퍼져 몸을 가누기가 어려웠다. 음식이 목에 넘어가지 않아 병원에서 주는 유체 음식을 갖고 다녀야 했다. 이제는 시간이 없었다. 주변 친구들을 불러 몇 차례 고별의 회식을 끝낸 민병갈은 세상을 떠나기 나흘 전인 4월 4일 금요일 마지막 출근을 했다. 식목일 공휴일을 포함하여 3박 4일을 천리포에서 보내기로 하고 필요한 짐을 꾸려 명동 사무실로 나온 그는 도저히 집무가 어려웠다. 여비서 윤혜정에 따르면 부축을 받으며 간신히 책상 앞에 앉은 그는 늘 보던 컴퓨터엔 시선도 안보내고 창밖만 응시했다. 그가 말없이 바라 본 곳은 57년 전 한국에 처음 와서 올랐던 남산 쪽이었다.

사무실에서 아무 일도 않고 한 시간 쯤 앉아 있던 민병갈은 비서 이규현에게 천리포로 내려갈 준비를 하라고 지시했다. 평소보다 이르게 수목원에 도

▲ 민병갈이 탄 꽃상여가 수목원 정문을 나와 장지로 향하고 있다. 손자 송정근이 초상을 들고 앞서고 그 뒤로
마을 노인 박상곤이 모가비로 나서 상여를 이끌고 있다. (2002년 4월 12일)

착한 그는 기진맥진한 상태였다. 이날 밤 의식을 잃는 등 병세가 악화돼 이튿
날 새벽 태안보건의료원에 입원하지 않으면 안 되었다. 아침나절 의식을 되
찾은 그에게 양아들이 주치 병원인 서울 세브란스병원으로 이송하겠다고 하
자 이를 완강히 거부하며 함께 이야기나 나누자고 했다. 죽음이 가까웠음을
의식했던 그는 태안에서 임종을 맞으며 모처럼 부자간의 정을 나누고 싶었던
것 같다.

8일 아침 병실에 가보니 문병객을 알아보지 못할 정도로 사경을 헤매고 있
었다. 몸부림을 치면서 코에 걸린 산소마스크 줄을 뜯어내는 모습은 차마 볼
수가 없어 병실을 나와야 했다. 그때 들은 마지막 말은 "나를 묶지마(Don'
t hook me up)"라는 한마디였다. 평생을 속박없이 자유롭게 살았던 민병갈
은 자신의 몸에 연결된 의료기 줄들이 거추장스럽기만 했던 것 같다. 이날 오
전 11시 평생을 자연과 함께 살았던 푸른 눈의 한국 노인은 81세 나이로 다시

는 돌아 올 수 없는 길을 떠났다.

그로부터 나흘 후(4월 12일) 민병갈이 꽃상여를 타던 날은 천리포수목원에 꽃 바람이 불었다. 절정의 개화기를 넘긴 벚꽃들은 어지러이 꽃잎을 날리고 고인이 그토록 사랑했던 목련들은 '이제 누굴 위해 꽃을 피우랴'는 듯 마지막 힘을 다해 봉오리를 터트리고 있었다. '임산 민병갈 박사 영결식'이라고 쓰인 대형 플래카드가 펄럭이는 큰 연못가는 긴 겨울잠을 깬 초목들이 한껏 기지개를 펴고 있건만 그들을 돌본 어버이는 한 줌의 흙이 되기 위해 차가운 몸으로 누워 있었다.

11시 정각. 뎅~뎅~ 긴 여운을 남기는 원불교의 범종소리가 수목원 경내를 울려 퍼지며 영결식이 시작됐다. 여성 교무들이 두드리는 목탁소리가 해안의 곰솔들이 바람 결에 윙윙거리는 소리와 어우러져 장례 분위기를 숙연하게 했다. 추도사(영어)를 읽는 미국인 목사 도로우의 목소리가 가느다랗게 떨렸다. 한국에서 맺은 40년 우정을 회고하는 이방인의 애틋한 마음이 한글 번역본을 통해 조문객들에 전해졌다. 헌화하는 사람들 중에는 마을 노인도 보였다. 특히 40년 수발을 든 가정부 박순덕은 소복을 하고 나와 울음을 삼키며 하직 인사로 국화 한 송이를 바쳤다.

시신을 꽃상여로 옮긴 수목원 직원들은 상여꾼이 되어 '원장님'의 마지막 길을 동행했다. 상여를 이끄는 모가비는 마을 친구이자 이웃사촌인 김상곤 노인이 맡았다. 수목원 정문 앞에서 닭을 키운다고 민병갈이 시비를 붙인 장본인이다. 모가비가 요령을 딸랑이며 애달프게 선先 소리를 냈다. 상여꾼들의 후後 소리 합창은 더욱 구슬펐다.

"이제 가면 언제 오나""에헤이~에헤이~"

상여는 고인의 집무실이 있는 본부 건물 앞에서 노제를 지낸 뒤 수목원의 정문을 나섰다. 장지의 언덕을 오를 즈음, 잡고 가던 상여 줄을 놓치지 않으려고 애쓰는 노신사의 거동이 불안해 보이는가 하면 지팡이를 짚고 장례 행렬을 따르는 또 다른 은발의 신사가 힘겨워 보였다. 앞서 가는 노인은 임산의 평생 친구이자 스승이었던 원로 식물학자 이창복李昌福이고 뒤의 노인은 같은 한국에서 40여년을 형제처럼 지낸 미국인 원일한Horace G. Underwood이었다. 이창복은 2003년 83세로, 원일한은 2004년 87세로 각각 1년 차이를 두며 차례로 민 원장의 뒤를 따랐다.

1945년 9월 8일 먼동이 틀 무렵 서해를 북상하는 미군 함정에서 처음으로 한국 땅과 마주쳤던 24세의 미군장교 칼 밀러 중위는 그로부터 57년이 지난 2002년 4월 8일 민병갈이라는 81세의 한국 노인으로 숨을 거두었다. 나흘 후 그의 시신은 서해가 보이는 양지바른 언덕에 묻혀 한줌의 흙이 되었지만 그의 염원은 죽어서도 나무의 성장을 돕는 자양분이 되는 것이었다. 57년간 맥을 이은 민병갈의 자연 사랑과 나무 사랑은 개발과 위락이라는 이름으로 황폐되고 훼손되는 자연의 수난에 경종을 울리는 교훈으로 지금도 살아있다. 나무는 인간을 가장 무서워한다고 생각했던 그는 인간과 나무가 어우러져 사는 자연 친화의 삶을 후대에 본보기로 남겼다.

긴 이야기를 끝내며

2012년 4월 8일로 민병갈님 서거 10주년이다. 그 분이 남긴 천리포수목원은 연간 관람객 20만 명에 가까운 관광명소가 되었다. 방문객들은 대부분 수목원의 아름다움에 심취하며 안내판을 통해 설립자가 한국에 귀화한 서양인이라는 정도만 알 뿐 그가 어떤 노력과 정신으로 이 세계적인 수목원을 일구었는지 잘 모른다. 알아도 정부로부터 훈장을 받고 국립수목원의 명예 전당에 오른 육림가 정도로 인식한다. 4~5년 전부터 이 점이 아쉬웠던 나는 민병갈님과 10여년을 가까이 지내며 보고 들었던 수많은 이야기들을 기록으로 남길 겸 그분의 일대기를 써야겠다는 생각을 하게 되었다.

민병갈님의 80평생은 아주 특별한 삶이었다. 그러나 한 개인이 살아온 자취가 특별하고 그가 남긴 유산이 명문 수목원이라는 이유만으로 이 책을 쓴 것은 아니다. 그 보다는 한 이방인이 한국의 자연에 쏟은 애정이 얼마나 깊었으며 자연보호 정신을 일깨우기 위해 얼마나 고군분투했는지 그 전설적인 이야기를 남기고 싶었을 뿐이다. 한국 토종식물의 가치를 해외에 선양한 노력과 세계 식물학계와 국제 원예계에서 올린 학술외교 성과가 제대로 인정받지 못하는 아쉬움도 작용했다.

이 책을 쓰는 데 거의 3년이 걸렸다. 민 원장 인터뷰 등 자료수집 기간을 합치면 10년이 넘는다. 민병갈과 천리포수목원에 관해 이곳저곳에 글을 쓰다 보니 자료를 챙기게 되었고, 그들 자료를 정리하다 보니 또 다른 자료를 찾게 되었다. 무엇보다 큰 도움은 미국인 칼 밀러로 입대한 1943부터 50여 년간 가족들과 주고받은 수백 통의 편지 다발을 찾게 된 것이다. 2010년 민 원장의 유품 속에서 찾은 서간문은 가족이 보낸 것이라서 큰 참고가 못되었으나 이 듬해 봄 미국에 있는 유족을 통해 본인이 쓴 편지와 기고문의 사본을 얻게 되어 이 책의 골격을 세우는 데 결정적인 도움이 되었다. 민 원장과 어머니 에드나는 놀랍게도 상대방의 편지를 수십 년간 간직하고 있었다.

1996년 101세로 별세한 에드나 여사는 95세 때 양로원에 들어가면서 아들의 편지와 가록을 모아 외동딸 준 맥데이드에게 넘겼다. 그 중에는 민 원장이 한국 영자지와 미국 학회지에 기고한 글들도 포함돼 있다. 2011년 4월 87세의 준 할머니는 자신이 받은 편지를 포함하여 어머니로부터 받은 오빠의 편지와 스크랩된 각종 기사들을 복사하여 필자에게 보냈다. 그 중 압권은 6.25전쟁 직후 미 대사관의 긴급 철수단에 끼어 허둥지둥 피난을 떠난 전말을 밝힌 장문의 육필 가록이었다. 1970년대 중반 귀화를 반대하는 어머니를 설득하는 민 원장의 편지를 읽고 싶었으나 찾지 못했다고 한다.

뒤늦게 찾은 본인 편지와 기록들은 그 동안 썼던 내용을 대폭 손질하지 않을 수 없게 했다. 민 원장으로부터 직접 들은 이야기도 편지 내용과 다른 것이 있었다. 본인이나 필자의 착오일 수 있으니 당사자의 기록에 비중을 둘 수밖에 없었다. 구전과 기록의 차이가 얼마나 큰 것인가를 실감했다. 스크랩도 기록이지만 인터뷰를 통해 들은 이야기를 기자가 각색한 때문인지 편지 내용과 틀린 부분이 자주 눈에 띄었다. 필자 입장에서는 본인의 사심 없는 기록을 접하게 된 것이 큰 행운이었다.

민 원장에게는 개인적으로 진 마음의 빚이 있다. 20년 연하의 태안 출신을 고향 후배로 따뜻이 대해 준 신세가 그것이다. 천리포수목원이 있는 태안은 그에게 제2 고향과 다름없다. 1991년 봄 식목일 대담을 위해 처음 만난 민 원장은 가끔 향우회를 갖자고 할 만큼 자상한 노인이었다. 애주가이자 미식가였던 그는 별미로 소문난 식당에 자주 데려갔다. 그와 함께 어울리는 즐거움은 식도락이나 주흥이 아니라 그가 살아 온 내력을 듣는 것이었다. 특히 8.15

해방군 시절과 전시 부산 피난정부 시절을 즐겨 회고했다. 그의 한국생활 전반부는 한국 현대사의 격동기와 맞물린 시점으로 한 때는 영향력 있는 미 정부 요원으로 일했기 때문에 비사를 많이 알았다.

개인적으로 잘 아는 사람의 이야기를 쓰게 되면 피하기 어려운 함정이 있다. 사실 이상으로 각색을 하거나 그의 행적을 미화시키고 싶은 마음이 그것이다. 민 원장을 좋아했지만 그런 호감이 작용하지 않도록 신경 썼다. 사사로운 친분이 작용한 것이 있다면 주인공에 대해 잘못 알려진 부분을 바로잡으려 했다는 점 일 뿐이다. 객관성을 위해 행적 중심으로 이야기를 이끌고 참고 증언을 곁들였다. 시대사를 배경으로 했을 때는 비판적인 시각으로 접근했다. 그러나 필자 나름의 주관이 작용했으리라는 개연성은 부인하지 않는다. 위선을 싫어하고 합리주의자였던 민 원장은 자신의 이미지가 손상되더라도 사실대로 전달되기를 바랐을 것으로 믿는다.

이 책을 쓰는 데는 무엇보다 풍부한 자료가 큰 도움이 되었다. 그 핵심은 이미 밝힌 대로 본인이 직접 기술한 보고서와 기고문, 그리고 가족에게 보낸 편지들이다. 특히 민 원장이 어머니에게 보낸 장문의 편지들이 진실 접근에 많은 참고가 되었다. 아들이 어머니에게 보낸 편지 이상으로 사심 없는 글은 없을 것이다. 국내외

▲ 민 원장이 선물한 개구리 석고상

신문과 잡지에 실린 그에 관한 인터뷰 기사들을 모아둔 천리포수목원의 스크랩북은 민 원장의 연대기를 일별할 수 있는 귀중한 자료였다. 여기에 민 원장으로부터 직접 들은 이야기와 주변사람들의 증언을 적어 둔 메모들이 유용하게 쓰였다.

책을 쓰는 동안 변함없이 내 곁을 지킨 보초는 민 원장이 세상을 떠나기 2

주 전 이승에서 만난 정표로 준 개구리 석고상이다. 억새 줄기로 엮어진 바구니 속에서 초록색 얼굴을 빼꼼이 내민 이 개구리는 지난 3년간 자신을 사랑한 할아버지의 이야기를 제대로 쓰는지 감시한 셈이다. 개구리 보초의 유난스레 큰 눈에 거슬리는 오류가 없었는지 알아보기 위해 쓴 글을 여러 번 재검토했다. 책상 옆 벽에 걸린 그 개구리가 눈에 띌 때마다 나는 민 원장이 생전의 소망대로 개구리로 다시 태어나 어느 아름다운 호반에서 한가로이 유영을 즐기는 모습을 상상한다.

이제는 감사의 말을 남길 차례다. 그 첫 번째 대상은 천리포수목원이다. 이 책을 쓰는 데 일차적인 도움은 민 원장 관련 기사를 모아둔 수목원의 스크랩북에서 받았다. 수목원의 일지, 보고서, 방명록 등 등 기록과 수목원이 보관한 민 원장 관련 서간문과 사진들이 없었다면 이 책이 나오기 어려웠을 것이다. 천리포수목원의 전 현직 직원들의 신세도 많았다. 특히 식물학자로서 민 원장과 오랜 교분이 있는 이은복 재단이사장과 30년간 그림자처럼 민 원장을 수행했던 이규현 이사의 증언이 많은 참고가 되었다. 노일승, 김군소, 박재길 등 수목원 초창기 직원들의 추억담은 책의 윤색을 더해 주었다. 식물 분야에서는 정문영 총괄부장의 꼼꼼한 감수와 최창호 식물팀장의 도움말이 안전판 역할을 했다. 오류가 있다면 식물 문외한인 필자의 책임이다.

가장 큰 도움을 준 분은 역시 당사자인 고故 민병갈 님이다. 그 분이 생전에 들려준 수많은 이야기들이 이 책의 밑바탕이다. 88세의 고령에도 귀중한 자료들을 챙겨 준 여동생 준June 할머니와 민 원장의 신변잡기를 털어놓은 가정부 박순덕, 박동회 두 분 할머게 특별한 감사를 드린다. 참고 증언을 해 주신 몇 분은 이미 고인이 되었다. 이경로 통문관 설립자, 식물학자 이창복 박사, 이영로 박사, 이보식 전 산림청장, 민 원장의 양아들 송진수님 등이다. 그 분들의 명복을 삼가 빈다. 그리고 많은 영문 자료를 제공한 RAS-KB 왕립아시아학회 한국지부 배수자 대표와 출판을 도와준 도서출판 '해누리'의 이동진 사장과 조종순 주간에게 고마운 마음을 전한다.

이 책에 쓰인 사진은 대부분 천리포수목원 소장품이거나 민 원장이 직접 찍은 것이다. 식물 사진은 최창호, 남수환, 최수진 등 수목원 직원의 작품이 많다. 귀중한 자료사진을 제공해준 사진작가 유기성, 이동협 두 분에게 감사한다.

책에 영문이 많은 것에 양해를 구한다. 민 원장의 편지 등 영문 자료를 제공해 준 여동생 멕 데이드가 일부나마 자신과 친지가 읽을 수 있게 해 달라는 요청에 따른 것이다. 원문을 읽고 싶어 하는 독자도 감안했다. 편지 원문은 판독이 쉽고 문법과 어법에 충실한 타이핑된 글만 골라서 실었다. 번역에는 의역을 많이 했음을 밝힌다.

이제는 지난 10년 넘게 써 두었던 잡다한 메모들을 버릴 때가 되었다. 남은 일은 민 원장이 반세기 넘게 보관했던 곰팡이 낀 수백 통의 편지와 개인적으로 구한 자료들을 정리하여 천리포수목원에 넘기는 작업이다. 이 책에 거는 사사로운 바램은 수목원의 운영진이나 방문객들이 설립자의 기본 철학을 이해하여 그 정신의 계승에 작은 보탬이라도 되는 것이다. 당초의 목표인 국제화된 교육연구용까지는 못 가더라도 적어도 하루 수백 통의 국제 우편물이 배달되고 외국 식물학자의 발길이 끊이지 않던 수목원의 옛 모습이 회복되었으면 한다.

민병갈님의 10주기를 앞두고 개인적으로 생각나는 모습은 만년 청년정신과 따뜻한 인간미다. 이제 세대를 뛰어 넘어 우정을 베풀어준 은혜를 마음에 새기며 파란 많았던 한 이방인의 긴 이야기를 끝낸다. 혹여 그 분의 이미지에 작은 흠집이라도 낸 것이 있다면 고인 생전의 모습을 진솔하게 보여주려는 충정으로 양해해 줄 것을 친지나 유족들에게 부탁드린다.

2012년 3월 천리포에서

◇천리포수목원 제공

〈신문기사 스크랩〉

▷ 육군신문 '통일' 1956년 8월호　'한국 경제안정 돕는 칼 밀러'

▷ 동아일보　1961년 3월 19일자　'순 한국살림하는 이방인'

▷ 동아일보　1963년 1월 1일자　'한국 한국인 한국문화' (좌담)

▷ 한국일보　1978년 3월 24일자　'내집 뜰에 보물을 심자' (기고)

▷ 신아일보　1979년 5월 10일자　'한국의 강산에 반해 귀화 결심한 민병갈' (유재주)

▷ 중앙일보　1979년 8월 24일자　'한국 호랑가시학회' (박금옥)

▷ 경향신문　1980년 4월 5일자　'벽안의 푸른 꿈 활짝' (고영재, 유인석)

▷ 서울경제신문　1980년 4월 6일자　'자연보호 이대로 좋은가' (기고)

▷ 경향신문　1981년 7월 11일자　'귀화 이방인'

▷ 서울신문　1983년 11월 27일자　'찬리포수목원 민병갈 이사장'

▷ 농수축산신보　1987년 8월 3일자　'벽안의 한국인이 마련한 천리포수목원'

▷ 스포츠 서울　1988년 7월 29일자　'파란눈의 한국인, 나무할아버지' (황용희)

▷ 이대학보　1988년 11월 28일자　'민병갈씨 도서 2차 기증'

▷ 한국일보　1991년 (날짜 미상)　'희귀목 6천종 가꾼다' (홍희곤)

▷ 중앙경제신문　1992년 4월 5일자　'내 시신을 나무 거름으로 〈대담 : 임준수〉

▷ 중앙일보　1993년 8634호　'벽안의 한국인… 식수 30년' (고혜련)

▷ 조선일보　1995년 9월 7일자　'민병갈 재회 50년 만찬' (고중식)

▷ 중앙일보　1995년 9월 7일자　'귀화 민병갈씨 한국생활 50주년' (배유현)

▷ 일간스포츠　1995년 9월 7일자　'민병갈 한국생활 50돌 축하연' (박인숙)

▷ 문화일보　　　　1996년 ?　　　　　　'모래 땅에 푸른 동산 일군 한국사랑 (이제교)

▷ 한국일보　　　　1997년 1월 3일자　　'파란눈의 한국인' (정덕상)

▷ 조선일보　　　　1998년 4월 5일자　　'어느새 나무를 닮아버린 할아버지' (임도혁)

▷ 한국경제　　　　1999년 4월 5일자　　'나무가 많아야 나라가 흥해요'〈대담 : 임준수〉

▷ 문화일보　　　　1999년 6월 17일자　'한국의 수목, 사람에 반했어요' (김순환)

▷ 국민일보　　　　1999년 6월 21일자　'한미우호상 받은 민병갈' (윤재석)

▷ 한국일보　　　　1999년 11월 20일자　'나무는 사람을 무서워해요'〈대담 : 문국현〉

▷ 한서대학보　　　2000년 10월 2일자　'명예학위 받은 민병갈 박사' (양진옥)

▷ 문화일보　　　　2000년 10월 28일자　'세계의 나무가 모여사는 꿈의 정원' (오병수)

▷ 일본 每日新聞　1993년(날짜 미상)　'한국인 된 것에 자부심'

▷ The Ewha Voice 1986년 9월 6일자　'Library Appreciates Dr. Miller's Donation'
　(허정원)

▷ The Korea Times 1999년 6월 21일자 'Carl Miller Cited for Devotion to Korea'
　(손기영)

〈잡지기사 스크랩〉

▷ 식물분류학회지　1978년 8월　　　　'천리포 수목원'

▷ 주간 매경　　　1979년 11월 15일자　'벽안의 한은맨' (윤옥섭)

▷ 대우가족　　　　1980년 3월호　　　'남은 인생을 나무에 바칩니다'

▷ 83 인물 연감　　1983년　　　　　　'나는 전생에도 한국인' (김수길)

▷ 원예생활　　　　1984년 5월호　　　'천리포수목원장 민병갈'

▷ 서울대 농학연구 1985년 12월　　　'천리포수목원'

▷ 월간조선 '화보' 1991년 9월호　　　희귀식물의 집합지 천리포수목원' (이명원)

▷ 환경과 조경　　1991년 11, 12월호　'영원한 미완성 수목원' (본인 구술)

▷ 갯마을　　　　　1992년 7월호　　　'수목들의 천국 천리포수목원'

▷ 마이컴　　　　　1992년 9월호　　　'나무와 정보를 하나로… 천리포수목원'

▷ 자동차 생활　　 1996년 8월호　　'바닷가의 희귀식물 낙원'

▷ 환경운동　　　 1996년 7월호　　'어느 귀화 한국인의 자연사랑' (정문화)

▷ LG사보 '느티나무' 1997년 7월호　'이 땅의 나무와 함께한 반세기' (신혜선)

▷ 뉴스플러스　　 1998년 129호　　'이유미의 숲으로 가는 길' (이유미)

▷ 한국관광저널　 1998년 9월호　　'파란 눈의 목련 할아버지'

▷ 리빙센스　　　 1998년 5월호　　'온 가족 테마공원'

▷ 환경과 조경　　 1998년 12월호　'한국식물 우수성 세계에 입증' (정종일)

▷ 연합 포토저널　 1999년 10월호　'희귀식물들의 현장 (이창호, 윤영남)

▷ 리더스다이제스트 2000년 4월호　'자랑스런 한국인 민병갈' (홍일)

◇ 영문 자료

〈천리포수목원 소장〉

▷ 'The Manual of Woody Landscape Plants' by Michel A. Dirr

▷ 'Hollies The Genus Ilex' by Fred Galle

▷ Botanic Gardens and Arboreta. 'Chollipo Arboretum'

▷ Holly Letter, July 1978. 'The Korean Holly Society Founded' by Theodore R. Dudley.

▷ Holly Letter, Winter 1978. 'Chollipo-An Asian Horticultural Renaissance' by C Ferris Miller.

▷ The Magnolia Journal, Summer 1982. 'Magnolia Heaven' by Robert Whymant.

▷ Holly Society Journal, Vol 1. No 1., Spring 1983. 'A Korean Holly Tour' by Virginia Morell.

▷ Washington Park Arboretum Bulletin, Vol 56. No 4., Winter 1993~1994, 'Arboretum on the Yellow Sea'

▷ The Virgianplot and the Leader Star, Mar. 13, 1994. 'Choose plants to please the senses year-round' by Robert Stiffler.

▷ Landscape Plant News, Vol 6. No 2, 1995. 'Weigelia Subsesilis'

▷ Holly Society Journal, Vol. No 1., Winter 1996. 'Chollipo Arboretum, South Korea' by C. Ferris Miller

▷ 1997 Year Book of American Camellia Society., 'Chollipo Arboretum, A Place of Beauty' by C. Ferris Miller

▷ Magnolia Journal, Vol 32. No 2., 1997. 'Chollipo and Korea' by John David Tobe.

▷ The Magnolia Society, 1990. 'Magnolia at Chollipo Arboretum' by John Gallagher.

▷ Holly Society Journal, Vol 20. No 3., 2002. 'Chollipo's Legacy to the Morris Arboretum' by Anthony S. Aiello.

〈RAS—KB 제공〉

▷ The Chosun, Sep. 1977. 'The Haven for Plants' by G. K. Ferrar

▷ Morning Calm, Jan. 1991. 'An Arboretum by the Sea'

▷ Korea Quarterly, 1980. 'Eden by the Sea' by James Wade.

▷ Arirang, Summer 1983. 'Heaven Scent Legacy' by Maggie Dodds

▷ Arirang, Winter 1986. 'C. Ferris Miller: The Blue Eyed Korean' by Susan Purrington Mulnix.

▷ Arirang, Fall 1991. 'Firsthand Reflection' by Diane Elizabeth Reaxure

▷ Arirang, Spring 1997. 'Dreaming of Magnolia' by Ann Lowey

▷ Korea Travel News, 1998년 11월호. 'Chollipo Arboretum'

▷ Korea Weekly, 1999년 11월 3일자. 'A Korean from Pennsylvania' by Kenneth Knight

▷ News Review, 1999년 7월 31일자. 'Exquisite Nature' 이경희

〈June MacDade 제공〉

▷ The Korea Times, 'Thoughts of Time', Apr.(날짜 미상) 1980 by C. Ferris Miller

▷ The Korea Times, 'Thoughts of Time' 2건, 날짜 미상 by C. Ferris Miller

▷ Far Eastern Economoc Review, Jul. 7, 1988. 'Letter from Chollipo'

▷ Wilkes-Barre Record, Feb. 23, 1980. ' Pittston Native Carl F. Miller is Korean Citizen Min Byong-gal' by Minnie MacLellan.

▷ Quarterly-Wilkes University, Fall/Winter 1990. 'Miller: Korean, banking, and an Arboretum'.

▷ Telegraph Magazine, Feb 23, 1991. 'Magnolia Heaven in Korea'

◇ 인터넷 검색자료

▷ 동아일보   1963년 4월 22일   '왜 음력을 천대하나' (서사여화 기고)

▷ 동아일보   1963년 7월 3일자   '제일 걱정되는 일' (서사여화 기고)

▷ 동아일보   1963년 8월 5일자   '예배당 건물' (서사여화 기고)

▷ 'The Chronicle of the NCSU Arboretum' 1990 by J. C. Raulston

▷ Arnold Arboretum Report, 'Korean Adventure', Oct.1~14, 1977 by Stephen A. Sponberg

▷ The Interpreter (The US Navy Japanese/Oriental Language School Archival Project), Mar. 15, 2003. 'Carl Ferris Miller Remembered' by Don Knode.

▷ Taranaki Daily News(New Zealand), Jun. 6, 2010. 'Extraordinary man left a legacy' by Glyn Church

▷ Korea Times, Feb. 20, 2009. 'Can Spring Be Far Behind?' by Hyon O'Brien

◇ 필자 저서/ 기고

▷ 세상에서 가장 아름다운 수목원   2004년 김영사

▷ 월간 조선   2001년 6월호   '벽안의 코리안 나무사랑 50년'

▷ 월간 중앙   2003년 3월호   '황무지에 일군 나무천국'

도움말 주신 분들

◇ 식물학계 / 원예계 (직책은 증언 당시 기준)

▷ 이창복 서울대학 명예교수. 1964년부터 말년까지 식물 지도. 작고

▷ 이영로 이화여대 명예교수. 1965년부터 단속적으로 만남. 작고

▷ 이은복 한서대학 부총장. 천리포수목원 재단 이사장.

 1974년부터 식물분류학회 통해 친교.

▷ 이보식 식물 연구가. 1997~1999년 산림청장. 천리포수목원 원장 재직 중 2010년 작고

▷ 조연환 산림 행정가. 2004~2006년 산림청장. 2012년 1월 천리포수목원 원장 취임

▷ 김용식 영남대학 교수. 1975년부터 천리포수목원에서 1년간 연수.

▷ 김무열 전남대학 교수. 천리포수목원 후원회장

▷ 이석창 농원 '제주자연' 대표. 천리포수목원에 관심.

▷ Barbara Taylor 미국 호랑가시학회 회장. 천리포수목원 자주 방문.

▷ Phellen Bright&Fay부부. 미국 뉴 올리언스 장원(1,200만 평) 주인. 해외 학회서 친교.

▷ Frederik Dustin 제주 미로공원 설립자. 1953년부터 친교. 1950~1970년대 자주 만남. 사
 진 추가, 설명 변경 사항

◇ 동료 / 친구 / 후배

▷ 이겸로 통문관(인사동 고서방) 주인. 1947년부터 20년 단골로 접촉. 작고

▷ 서정호 CCIG부대 동료. 1945년부터 57년 친교.

▷ 윤웅수 재일동포 친구. 1963년부터 37년 친교.

▷ 인요한(John Linton) 세브란스병원 의사. 천리포수목원 이사. 선대부터 친교.

▷ 장승익 한라중공업 부사장. 1998년부터 자주 만남.

▷ 정관희 1970~1980년대 브리지 게임 친구

▷ 이정태 RAS회원으로 1980년대 자주 만남.

◇ 주변 여성

▷ 배수자 RAS사무국장. 1968년 비서로 들어가 20년 보좌.

▷ 최문희 1970~1980년대 RAS회원. 새마을 운동본부 연수부 교수

▷ 송정애 리더스다이제스트 편집장. 천리포수목원 이사.

▷ 안선주 원불교 교무. 1992년부터 수양딸로 가까이 지냄.

▷ 윤혜정 증권사사무실 비서. 1989년부터 13년간 보좌

◇ 가족/측근

▷ June Macdade 민병갈 여동생. 1923년생. 미국 Pittston 거주

▷ Debbie Albert 민병갈 조카. 여의사

▷ 송진수 천리포수목원 이사. 양아들(1961년 입양)로 40년 측근. 2004년 작고.

▷ 이규현 수목원 총무부장(퇴임). 천리포수목원 이사. 1982년부터 30년간 수행비서

▷ 최원영 변호사. 천리포수목원 이사. 민 원장이 키운 만리포 인재.

▷ 박순덕 연희동 집 가정부. 40년간 한집에 살며 뒷바라지.

▷ 박동희 천리포 숙소 17년 가정부. 수목원 개발 초기 살림 보조.

◇ 천리포수목원 고참 직원

▷ 노일승 수목원 직원. 1970년부터 13년 근무.

▷ 김군소 미국 모턴수목원 큐레이터. 수목원 인재로 미국유학.

▷ 박재길 천리포 주민. 1971년부터 10년 근무. 수목원 부지 매입 알선.

▷ 권윤상 수목원 장기근속 직원(2001년 정년퇴임)

▷ 정문영 수목원 총괄부장. (1983년 입사)

▷ 송기훈 수목원 식물부장.(퇴임) 미산식물 태표.

▷ 김동국 수목원 장기근속 직원 (2009년 정년퇴임)

▷ 김건호 수목원 연구원. 식물학 박사. 무궁화 전문가 (1997년 입사)

▷ 최창호 수목원 식물팀장 (1993년 입사)

▷ 김종근 수목원 연구원(퇴임). 한화리조트 건설기술팀 과장.

memo

memo

memo

Went to Mins tea room during morning & brought my new radio phonograph up to room - checked on car but not ready - found out Mrs Su had gone with evacuees while eating lunch ~~they~~ N. Korea planes strafed near hotel - later took pictures of bullet holes. During afternoon reports were encouraging & notice went around that Tuesday - there would be work as usual. Took sun bath most of afternoon. Min taught me Korean after supper but about 7:30 PM we heard anti aircraft guns - so rushed up to roof. N.K. planes flew over every few minutes there was a 9 P.M. curfew so I quit now and send Min home - even though lesson was only half over. I never saw him again. Still none of us were impressed with the seriousness of the situation.

We watched all evening from the roof and about 11:00 P.M. figured I was going to bed and get a good

keep you people up to date but with
the general confusion and anxiety
just haven't been able to force
myself to write. I know it's weeks
since I wrote but since the war
started time has flown by so rapidly
already almost a month since I
left Korea. - I guess the main
reason I haven't written is because
I wanted to tell you all - but there
so much to tell that it has seemed
like too Herculean a task. I'm going
to write this as one long letter - send
it to Mother and then have her send
to Grandmas & then to June.

Sunday evening we went to
dinner's for dinner - spaghetti &
meat balls - While there we heard the
news that Kimpo had been strafed
and we sat around wondering what
would happen next. About 8:00 P.M
they drove us back to town - we got
off several blocks from hotel to have
a walk & to see if min were in the
tea room or not. Couldn't find him

Bofu, Japan
3 July 195_

Dear everyone —

I trust you received telegram
several days ago reporting my safe
arrival in Japan. This past week
has been a hectic one — as you no
doubt know. I hope I haven't caused
you too much worry but I'm afraid
saying so doesn't help very much.
I will not be back to the states, however,
unless present plans change. We will
return to Korea as soon as the fighting
stops — at least that is our present
understanding — I am most anxious to
return but the situation is so fluid
and so much can happen — no one
can predict the future. Approximate
timetable of events — as far as I'm
concerned —:

24 June — 2 P.M. changed plans — decided
not to go to hot spring for well. Car be
repaired at garage — promised for Tuesday.
4 P.M. — Went to Mrs. Su's and watched